Pearl S. Buck

Die Töchter der Madame Liang

Pearl S. Buck

DIE TÖCHTER DER MADAME LIANG

CARL HABEL
VERLAG

Die Töchter der Madame Liang
Genehmigte Sonderausgabe für Carl Habel Verlag, St. Augustin

Einzig berechtigte Übersetzung aus dem Amerikanischen
von Maria Steininger und Margarete Bormann

Umschlaggestaltung: RINCÓN² Design & Produktion GmbH, Köln
Coverfoto: The Image Bank
Gesamtherstellung: Carl Habel Verlag, St. Augustin

ISBN 3-87179-263-2

Es war nach Mitternacht. Madame Liang legte den Schreibpinsel zur Seite und klappte ihr Kontobuch zu. Es war still im Haus. Die Gäste ihres Restaurants im Erdgeschoß waren gegangen, bis auf die paar Unentwegten, die nicht eher aufbrechen würden, als bis die Kerzen flackerten und verglommen. Sie erhob sich von ihrem geschnitzten Schwarzholzstuhl, einem Zubehör des riesigen chinesischen Schreibtisches, der noch aus ihrem Elternhaus in einer fernen Provinz stammte und einst ihrem Vater gehört hatte. Sie trat ans Fenster, dessen rote, bodenlange Satinvorhänge zugezogen waren. Sie schob sie nicht zurück. Mochte sie als Besitzerin des schicksten Lokals im modernen Schanghai auch in Sicherheit sein, so war es dennoch riskant, sich hinter einem erleuchteten Fenster zu zeigen. Man wußte nie, wo der Feind lauerte. Zu viele Männer und Frauen waren eifersüchtig auf die berühmte Madame Liang, die es fertigbrachte – wie, wußte niemand –, ein Restaurant zu betreiben, auf dessen Speisekarte die erlesensten Feinschmeckergerichte standen. Zu ihren Gönnern zählten die einflußreichsten Beamten, die erfolgreichsten Kaufleute, die höchsten Offiziere der Armee. Alle waren sie ihre Freunde oder zumindest ihre Gäste. Heiter und gelassen, scheinbar unberührt von politischen Wirren, kam und ging sie, wie es ihr beliebte. So mußte es zwangsläufig Leute geben, die sie haßten, weil sie sie beneideten. Darum schlüpfte sie hinter die Portiere und schob im Schutz der Dunkelheit das Fenster auf.

Die milde Luft kündete den nahenden Sommer an; aus dem Garten wehte Jasminduft herauf. Das Haus hatte einmal Freunden von ihr gehört, einem wohlhabenden amerikanischen Geschäftsmann und seiner Familie. Als man seine Import-

Export-Firma beschlagnahmt und geschlossen hatte und er genötigt war, mit seinen Angehörigen in die Vereinigten Staaten zurückzukehren, hatte sie sein Haus und den Garten in diesem Stadtteil gekauft, der vormals das britische Viertel gewesen war. Hier in Schanghai hatten viele Amerikaner im britischen und französischen Viertel gelebt, da sie keine eigene Konzession besessen hatten. In vorkommunistischer Zeit hatte sich Madame Liang mit einigen von ihnen angefreundet, und da sie ihr gefielen, hatte sie ihre drei Töchter zur Ausbildung nach Amerika geschickt.

Jetzt gab es in China freilich keine Amerikaner mehr, und eine ganze Generation junger Chinesen wuchs heran, ohne je ein amerikanisches Gesicht gesehen oder eine amerikanische Stimme gehört zu haben. Sie hörten nur Worte des Hasses über ein Volk, das nach Madame Liangs Meinung das am wenigsten hassenswerte unter den westlichen Völkern war. Die Amerikaner waren die einzigen Weißen, die den Chinesen niemals Land entrissen, die niemals Grausamkeiten an ihnen verübt hatten.

Sie seufzte, als sie sich an die fröhliche und lebhafte Familie erinnerte, die einst dieses Haus bewohnt hatte. Mr. und Mrs. Brandon und ihre fünf Kinder – sie hatten China wirklich geliebt, so sehr geliebt, daß sie ihr Heim mit chinesischen Möbeln ausgestattet und chinesische Rollbilder und Gemälde an den Wänden aufgehängt hatten. Unverhofft hatten die Brandons abreisen müssen, und sie war heimlich hierhergeeilt, um ihnen Lebewohl zu sagen. Mrs. Brandon hatte an ihrer Schulter geschluchzt:

«Ach, Madame Liang, wird man uns je wieder zurückkehren lassen?»

Sie hatte die Amerikanerin schweigend umarmt.

Hätte sie vielleicht sagen sollen: «Sie werden nie mehr zurückkommen?» So hatte sie geschwiegen, die Jahre waren verstrichen, und jedes war schwieriger als das vergangene gewesen. Aber sie hatte ihre Töchter zu den Brandons geschickt, und manchmal ...

Ihre Überlegungen wurden von Tschu Ma unterbrochen, ihrer alten, treuen Dienerin.

«Herrin, warum stehst du immer am Fenster? Die Vorhänge verbergen dich nicht, glaub mir. Gestern abend bin ich auf die Straße hinausgegangen und habe deinen Schatten gesehen.»

«Wenigstens weiß niemand, daß es mein Umriß und mein Schatten ist», erwiderte Madame Liang.

Dennoch kam sie hinter der Gardine hervor und ließ sich von Tschu Mas geübten Händen für das Bad entkleiden.

«Jeder kennt dich», entgegnete Tschu Ma, «und wer hat schon eine Figur wie du? Natürlich wissen sie, daß es nicht meine Silhouette ist, und wer hält sich schon außer uns beiden in diesem Stockwerk auf. Sie wissen alles, diese verfluchten neuen Leute!»

«Du darfst sie nicht ‹verflucht› nennen», warnte Madame Liang. «Bedenke, ich habe keine anderen Gäste mehr.»

«Wir leben unter Löwen und Tigern», pflichtete Tschu Ma ihr traurig bei.

«Gib acht, was du sagst», wies Madame Liang sie zurecht.

Schweigend entfernte Tschu Ma das letzte seidene Kleidungsstück vom schlanken, cremefarbenen Leib ihrer Herrin, schweigend bewunderte sie die feinknochige Gestalt, die kleinen, runden Brüste, die edle Form des Nackens.

«Das Bad ist bereitet», verkündete sie. «Ich richte das Bett, während du dich wäschst, und dann bürste ich dir die Haare.»

Madame Liang ging ins Badezimmer. Sie war eine der wenigen, die noch über die Annehmlichkeiten vergangener Zeiten verfügten. Dafür mußte sie ihrem Mann, Liang Tscheng, dankbar sein, den sie vor langen Jahren verlassen hatte. Er war ein Freund und Gefolgsmann des großen Revolutionärs Sun Yat-sen gewesen, und die neuen Machthaber achteten sie noch immer als seine Frau – zu Recht übrigens, da sie sich nie die Mühe gemacht hatte, sich gesetzlich scheiden zu lassen. Doch hatte sie ihre gegenwärtige gesicherte Position auch ihrem eigenen Erfolg zu verdanken. Die neuen maßgebenden Männer waren Chinesen und damit Feinschmecker. In diesen rauhen Zeiten war es nicht leicht, die traditionellen Leckerbissen aufzutreiben, die zartfleischigen Flußfische, die gemästete Pekingente, den Tschiangkiang-Schinken, die Hirsesuppe aus dem Norden des Landes und die gekochten Teigtaschen, die mit gewürztem Schweinehack oder braunem Zucker gefüllt wurden. Glücklicherweise hatte der Koch über alle Kriegswirren und Regierungswechsel hinweg ihr die Treue gehalten.

Die Wanne, ein tiefes rundes Porzellanbecken, so groß wie ein kleiner Teich, war randvoll mit heißem Wasser gefüllt. Sie stieg hinein, ließ sich in Buddhastellung nieder und tauchte bis zu den Schultern in die wohlige Wärme ein.

Dankbar gedachte sie der amerikanischen Ingenieure und Installateure, die die Leitungen für Wasser und Heizung in den dicken Wänden dieses Hauses gelegt hatten; Genuß erweckte in ihr keine Schuldgefühle. Zwar hörte sie ergeben dem endlosen Gerede über Selbstaufopferung und Gleichheit zu, doch insgeheim hielt sie an den konfuzianischen Unterweisungen ihrer Eltern fest: daß der Sinn des Lebens Genuß und daß Gleichheit nur ein untergeordneter Traum sei. Es gibt dumme Menschen, weniger dumme Menschen und einige wenige, die geistig alle anderen überragen. An dieser ewigen Wahrheit konnte keine Regierung rütteln.

«Herrin!» rief Tschu Ma. «Ich höre Schritte!»

Madame Liang lauschte. «Ich höre nichts», erwiderte sie. «Sind die Türen abgeschlossen?»

«Laß ich je Türen offen?» Tschus Stimme klang vorwurfsvoll.

«Geh und horch», befahl Madame Liang.

Dann stieg sie aus der Wanne, trocknete sich sorgfältig ab und rieb ihren Leib mit Gardenienöl ein. Sie tat das seit vielen Jahren; ihre Haut hatte den Duft aufgesogen, der sie nun wie eine Aura umgab. Vor langer Zeit, in einer abgelegenen Provinz, hatte sie sich als Braut für ihre Hochzeitsnacht parfümiert. Er war kein Fremder für sie gewesen, der stürmische junge Mann, den sie sich zum Gatten erwählt hatte. Ja, sie hatte ihn erwählt in jenen Tagen, als sie zusammen an der Sorbonne in Paris studiert hatten, und beide waren sie Anhänger von Sun Yat-sen geworden. Sie waren gemeinsam nach Peking zurückgekehrt, um ihm zu sagen, daß sie die Revolution aktiv unterstützen wollten.

«Was täte ich ohne Liang!» hatte Sun Yat-sen geantwortet, als sie ihm später ihre Heiratspläne mitteilten. «Und du», hatte er zu ihr gesagt, «du bist genau die Frau, die ich für ihn ausgesucht hätte. Du bist stark, und er – nun, er hat nur ein allzu heißes Herz!»

Dann hatte er einen Diener angewiesen, seine eigene junge und schöne Frau herbeizuholen, mit der er erst seit kurzem verheiratet war. «Diese beiden», erklärte er ihr, als sie eintrat, «diese beiden wollen heiraten. Sie lieben sich. Sie passen gut zusammen. Er ist das Feuer und sie ist die Erde.»

An eben diesem Tag hatte sie zum erstenmal um Suns Leben gebangt; seine Haut spannte sich über fleischlose Knochen, seine schwarzen Augen glühten fiebrig in tiefen Höhlen. Ein Leberkrebs nagte bereits in ihm. Drei Monate später lag er im Sterben, zornig und mit dem Schicksal hadernd, das ihn abberief, noch ehe er sein Werk vollendet hatte. Vielleicht hatte er sein nahendes Ende geahnt, denn er hatte ihre und Liang Tschengs Hände ineinandergelegt und sie mit den seinen umschlossen.

«Führt die Revolution weiter», hatte er ihnen befohlen. «Im Leben und im Tode verlasse ich mich darauf, daß ihr vollendet, was ich begonnen habe.»

Er hatte ihren Hochzeitstag nicht mehr erlebt. Es war eine Hochzeit nach altem Brauch, denn sie und Tscheng waren zu ihren Familien zurückgekehrt. Ihre Familie lebte in Nanking, der alten Hauptstadt der reichen Zentralprovinz Kiangsu, die seine in Peking. Die Trauung wurde gesetzlich vollzogen, Geschenke wurden ausgetauscht. Erst am Hochzeitstag hatte sie Tscheng wieder zu Gesicht bekommen.

Tschu trat ins Zimmer. «Die Schritte sind bis an die Tür gekommen. Ich weiß nicht, wer es war, aber ich weiß, daß er gelauscht hat. Ich schaute durchs Schlüsselloch und sah ein Auge. Der Unbekannte sah mein Auge und stahl sich weg.»

«Warum sagst du ‹*der* Unbekannte›?» fragte Madame Liang. «Konntest du durch das Schlüsselloch erkennen, ob der Späher ein Mann oder eine Frau war?»

«Natürlich konnte ich das, Herrin!» antwortete Tschu Ma bestimmt. «Es war ein freches, schwarzes Auge.»

«Heutzutage blicken alle Augen frech, und da es bei uns keine Ausländer mehr gibt, sind alle Augen schwarz.»

Da sie einen Wortwechsel meiden wollte, ging sie in ihr Schlafzimmer und zog das weißseidene Nachthemd an, das Tschu Ma für sie bereitgelegt hatte. Dann setzte sie sich an den Toilettentisch, und Tschu Ma bürstete ihr langes Haar. Es glänzte trotz ihrer vierundfünfzig Jahre noch immer tiefschwarz.

«Dein Haar ist noch genauso schön wie in deiner Hochzeitsnacht», sagte Tschu Ma.

«Findest du?» fragte Madame Liang geistesabwesend. Ihr schwirrten viele Gedanken durch den Kopf, und meistens nahm sie Tschu Mas Geschwätz überhaupt nicht auf.

«Jene Nacht», Tschu Ma hielt inne, um sich mit dem Zipfel ihres linken Ärmels die Augen zu wischen, «wer könnte sie je vergessen? Plötzlich stand dein Herr unter der Tür. ‹Schäm dich›, sagte ich. ‹Du kommst zu früh. Warte noch, bis ich gegangen bin!› Wer hätte gedacht, daß er Jahre später, als deine dritte Tochter zur Welt kam –»

«Sei still!» befahl Madame Liang.

Tschu Ma gehorchte. Schweigend flocht sie Madame Liangs Haar für die Nacht.

«Bring mir die Kasse», verlangte Madame Liang schließlich.

Die Geldkassette war aus poliertem Holz und an beiden Seiten mit gewaltigen Messingschlössern versehen. Sie war so schwer, daß Tschu Ma sie auf den blauweißen, vor langer Zeit in Peking gewebten Teppich stellte und über den Fußboden schob.

«Mach sie auf und zähl die Tageseinnahmen.»

Unter Madame Liangs Aufsicht tat Tschu Ma, wie ihr geheißen.

«Dreihundert Dollar und fünfundfünfzig kleine Münzen», verkündete sie.

«Diesen Reichtum verdanken wir dem heutigen Festessen des Ministers», erklärte Madame Liang. «Schließ jetzt den Kasten zu und schieb ihn wie immer unters Bett. Und morgen legst du das Geld in den großen Stahlsafe. Wenn sie kommen und fragen, wieviel es ist, sagst du, du wüßtest es nicht. Ich werde erklären, daß ich mich für die Freundlichkeit des Ministers mit einer Spende an die Volkskommune Hungyang erkenntlich zeigen werde.»

«Klug wie immer, Herrin», bemerkte Tschu Ma.

Sie wartete, bis sich Madame Liang in das hohe, altmodische Bett gelegt hatte, dann breitete sie die seidene Steppdecke über sie und zog die gestickten Vorhänge zu. Dieses Bett hatte Madame Liang aus der Provinz mitgebracht, deren Gouverneur Tscheng gewesen war. Zehn Jahre hatte sie dort mit ihm gelebt, bis ihr drittes Kind, wiederum ein Mädchen, zur Welt gekommen war.

«Ich überlasse ihm doch nicht mein Ehebett, damit er mit anderen Frauen darin schläft», hatte sie gesagt, als sie ihn verließ.

Mit Karren und per Schiff war das Bett hierher nach Schanghai transportiert worden. Mehrere Jahre hatte es im Schlafzimmer jenes Hauses gestanden, in dem sie ihr erstes Lokal eingerichtet hatte, und sie hatte es abermals mitgenommen, als sie das amerikanische Haus mit dem zurückgelassenen Mobiliar gekauft hatte. Manchmal fragte sie sich, warum sie sich diese Mühe gemacht hatte, denn das Bett war mit schmerzlichen Erinnerungen beladen. Hier, hinter diesen Satinvorhängen, hatten sie und Tscheng nach langen Ehejahren, die auf das erste Glück gefolgt waren, einen entscheidenden Streit miteinander ausgetragen. In jener letzten Nacht war er zu ihr gekommen, doch sie hatte ihn mit eisiger Stimme abgewiesen.

«Wir beide, du und ich, hatten vereinbart, daß unsere Ehe nicht so werden sollte wie die unserer Eltern. Ich habe dir gesagt, daß ich auf keinen Fall so leben will wie meine Mutter. Sie ist daran zugrunde gegangen, daß sich mein Vater eine Konkubine nach der anderen genommen hat.»

«Du hast mir keinen Sohn geboren», murrte er.

«Kann ich denn nach Belieben Söhne gebären?» hatte sie geschrien.

Später hatte sie in einem Buch aus dem Westen gelesen, daß der Mann das Geschlecht seiner Kinder bestimmt, damals jedoch wußte noch niemand von diesen medizinischen Errungenschaften, und sie war nur eine von zahllosen Frauen, deren Männer sich über sie beklagten, weil sie keine Söhne gebaren. Wenigstens hatte sie ihr Schicksal selbst in die Hand genommen, wenigstens hatte sie sich von ihm, der andere Frauen ins Haus brachte, nicht noch ins Unrecht setzen lassen. Ihr Zorn war aufgelodert.

«Liebst du mich nicht mehr?» hatte sie gefragt.

«Ich liebe dich», hatte er mit Nachdruck erklärt, «aber eine andere Frau erwartet bereits ein Kind von mir. Und wenn es nun ein Sohn wird?»

«Du benimmst dich, als wärst du noch in Paris», hatte sie ihn angefaucht.

Er hatte gelacht. «Ich habe viel gelernt in Paris.»

Sie hatten sich vorher schon oft gezankt, aber diese Auseinandersetzung setzte einen Schlußpunkt. Denn die «Frau von draußen» hatte ihm tatsächlich einen Sohn geboren, und Tscheng – plötzlich ganz Chinese – hatte sie als Konkubine ins Haus geholt, damit das Kind seinen Namen und einen Platz in der Familie erhielt, einen angeseheneren Platz als die Töchter. Schließlich war es ja männlichen Geschlechts. Sie hatte sich nie mehr mit Tscheng gestritten, selbst an dem Tag nicht, als sie ihn verließ.

Tschu Mas Stimme riß sie aus ihren Gedanken. «Soll ich ein Licht brennen lassen, da sich heute abend jemand hier herumgetrieben hat?»

Madame Liang überlegte. «Ja, die kleine Lampe auf dem Kaminsims.»

Die offenen Feuerstellen in diesem Haus benutzte sie nie. Es waren eiserne Roste, auf denen früher im Winter glühende Kohlen Wärme ausstrahlten. Jedesmal, wenn sie hier zum Abendessen eingeladen war, entzückte sie das flackernde Feuer. Es war ein schöner Brauch – aber wer hatte heute schon Kohlen! Selbst wenn sie lieferbar gewesen wären, mußte man sich hüten, sie zu kaufen. Luxus gab es nur im Verborgenen. Aber ohne Luxus konnte Madame Liang nicht leben. Wenn sie in ihr Restaurant hinunterging, trug sie über ihrem Unterkleid aus Satin ein einfaches, aber elegantes Baumwollgewand. Ihr Alter, so erklärte sie, verbiete es ihr, in Jacke und Hose, der strengen Uniform aller jüngeren Frauen, zu erscheinen. In Wahrheit stand sie im Bann der Schönheit. Als Tochter eines reichen Mannes in einer reichen Stadt war sie in einem Reich der Schönheit aufgewachsen. Nein, sie wollte nicht an ihren Vater denken. Er wurde getötet – nein, daran wollte sie sich nicht erinnern. Er sollte so in ihrem Gedächtnis bleiben, wie er in ihrer rastlosen Jugend gewesen war, als sie nach Befreiung von allen überlieferten Lebensformen gesucht hatte. Ihre Auflehnung hatte ihn nur verwirrt.

«Was habe ich denn falsch gemacht, mein Kind?» hatte er sie traurig gefragt. «Habe ich dir etwa die Füße eingebunden, als du noch klein warst! Habe ich darauf bestanden, daß du den Sohn meines Busenfreundes heiratest, mit dem du bei deiner Geburt verlobt wurdest? Habe ich dir verboten, lesen zu lernen, obwohl Lesen für eine Frau nutzlos ist? Habe ich dir nicht gesagt, daß du den Mann nicht heiraten mußt, den ich dir erwählt habe, als du noch ein Kind warst? Was begehrst du denn noch?»

«Laß mich nach Paris gehen», hatte sie ihn gedrängt. Und der Vater hatte sie nach Paris geschickt, in die Stadt der Schönheit. Dort hatte sie Tscheng kennengelernt und Tschao Tschung, den jetzigen Minister, und all die anderen jungen Männer und Frauen, in denen das Feuer des Aufruhrs loderte. In späteren

Jahren, als die Schönheit vergessen war, in den Jahren, da die Schönheit in den enttäuschenden Fehlschlägen der Revolution untergegangen war, hatte Tscheng sich auf den Gouverneursposten einer abgelegenen Provinz abgesetzt. Sie war ihm gefolgt. Aber auf der Flucht hatte sie die Schönheit von neuem entdeckt: in den dunstverschleierten Landschaften, in den Gärten alter, mauerbewehrter Städte, in den Höfen weiträumiger, ehrwürdiger Häuser.

Nun war die Schönheit wiederum verlorengegangen. Der Krieg mit Japan und die neue, im Lande sich ausbreitende Ideologie hatten zum endgültigen Verlust der Schönheit und damit zur Zerstörung der Seele geführt. Sie kannte all die modernen Argumente gegen die Schönheit: die bessere Ernährung, die Ausmerzung der Korruption; man hatte Brücken und Hochwasserdämme gebaut, selbst die Fliegen und Ratten waren verschwunden – aber auch die Schönheit war gestorben. Madame Liang hegte und pflegte das ihr Verbliebene: Juwelen, Gewänder, das Haus, die Musik. Der Salon im Erdgeschoß wurde nur für private Gesellschaftsabende benutzt, die die wenigen führenden Persönlichkeiten der Staatshierarchie in Auftrag gaben; Bankette, für die ihr Koch längst vergessene Leckerbissen zubereitete. Das waren Gaumenfreuden, die der heutigen Generation ihres Volkes vorenthalten wurden. Entdeckten die jungen Leute diese Genüsse erst einmal, dann schwelgten sie wie im Schlaraffenland. Im Salon stand ein Flügel, ein amerikanischer Steinway, den die Brandons ihr am Tage ihrer überstürzten Flucht überlassen hatten. Diesen Flügel und alles übrige, was sie nicht mitnehmen konnten, hatte sie ihnen durch eine Überweisung auf ein Konto bei einer amerikanischen Bank vergütet. Über Jahre hinweg, seit sie ihren Mann verlassen und ein eigenes Unternehmen eröffnet hatte, zahlte sie ihre Überschüsse auf jenes Konto ein. Geld war nur in Amerika oder in der Schweiz sicher angelegt. Sie hatte Amerika gewählt, weil sie in dieses Land ihre drei Töchter schicken wollte, ein Vorsatz, den sie inzwischen verwirklicht hatte. Sie war froh, die Kinder rechtzeitig außer Landes gebracht zu haben; jetzt wäre ihr das nicht mehr möglich gewesen. Dort waren ihre Töchter von Krieg, Revolution und Elend unberührt geblieben. Dort waren sie in Sicherheit. Und sie war hier – allein.

Ruhelos wälzte sie sich in ihrem riesigen Bett umher. Trotz der leichten Daunendecke und der weißseidenen Laken fand sie keinen Schlaf. Durch die Gardinen schimmerte das Licht des Vollmondes. Sie erinnerte sich an ihre Kindheit, als dieser Mond am Himmel über den Gärten ihres Elternhauses gestanden hatte. In solchen Nächten hatte ihr Vater die Familie im Hof versammelt, wo in den Teichen der Lotos blühte. Sie hatten kandierte Früchte gegessen und der Musik gelauscht. Unter dem Gesinde waren stets ein paar, die ein Instrument spielen konnten. Ihr Vater, ein musischer Mensch, duldete Faulheit, ja sogar Ungehorsam, wenn er nur Musik hören konnte. Jahre später, als er zum erstenmal den weichen, vollen Klang eines Klaviers hörte, geriet er außer sich vor Entzücken.

«Warum hat mir nie jemand von diesem Instrument erzählt?» wollte er wissen.

Sie fuhren damals auf einem Flußdampfer der britischen Firma Jardine Matheson. In jenem Jahr wollte ihr Vater nach Kiukiang, um sich in der Sänfte über die steilen Hänge der Lu-Berge unweit der Stadt tragen zu lassen. Als sie an Bord gingen, war Verwirrung entstanden, weil sich herausstellte, daß chinesische Passagiere keine Erster-Klasse-Kabinen bekommen konnten. Da ihr Vater kein Mann aus dem Volke war, hatte man ihnen ausnahmsweise sechs Kabinen, getrennt von denen der Europäer, zugewiesen – sechs Kabinen, weil ihr Vater nicht ohne seine Lieblingskonkubinen und nicht ohne sie, seine Tochter, reisen wollte. Ihre Mutter, seine Frau, war zu Hause geblieben.

«Der Wind und das Wasser in fremden Gegenden machen mich krank», erklärte sie immer, aber Madame Liang, damals noch ein junges Mädchen, wußte, daß ihre Mutter die Gesellschaft der Nebenbuhlerinnen nicht ertrug. Nur eine Frau, die ihren Mann nicht liebte, litt nicht, wenn er Konkubinen ins Haus brachte.

Ihre Mutter stammte aus Sutschou. Sie war klein und zierlich, zartknochig wie alle Frauen dieser Gegend, ihr Gesicht war feingeschnitten wie das eines Kindes. Bis zu ihrem sechzigsten Lebensjahr, in dem die Cholera sie dahinraffte, hatte sie pechschwarzes Haar. Trotz ihrer Schmächtigkeit und ihres stillen Wesens verfügte sie über einen messerscharfen Verstand. In ihrem ererbten Familiensitz führte sie eine milde Regentschaft.

Auf jenem britischen Flußdampfer also hatte ihr Vater das erste Klavier in seinem Leben gesehen. Er untersuchte dieses Wunderwerk genau – das Gewirr der Saiten unter dem schweren Deckel, die filzüberzogenen Hämmer, den Resonanzboden. Und spontan entschloß er sich, bei seinem nächsten Aufenthalt in Schanghai, der einzigen Stadt in China, in der man solch ein Instrument kaufen konnte, sich ein Klavier anzuschaffen. Noch vor der Wintersonnenwende verwirklichte er sein Vorhaben. Liang, damals fünfzehn Jahre alt, begleitete ihn in das ausländische Geschäft, da sie als einzige in der Familie Englisch sprach.

Sobald sie den Laden betreten hatten, war ein hochgewachsener junger Engländer auf sie zugekommen und hatte mit gelangweilter Miene nach ihren Wünschen gefragt. Liang hatte das Wort ergriffen.

«Bitte, mein Vater möchte Klavier, mein Herr oder gnädige Frau, wie der Fall auch liegt», hatte sie ihm verkündet.

«Hier lang», hatte er erstaunt gesagt, aber ohne mit der Wimper zu zucken, und hatte sie in einen großen, mit Klavieren vollgestellten Raum geführt. Ihr Vater hatte mit ernstem Gesicht einem jungen Mann zugehört, der auf einem Klavier nach dem anderen eine kleine Melodie klimperte. Nach einigen Stunden hatte sich der Vater für ein ebenholzschwarzes Piano entschieden.

«Mein Kompliment, Sir», hatte der Engländer gesagt, «Sie haben unser bestes Instrument gewählt.»

Der Preis war hoch, aber Geld hatten sie im Überfluß. Ihr ranghöchster Diener, der ihren Vater stets begleitete, hatte das Klavier mit mexikanischen Silberdollars bezahlt, die in braunes

Packpapier eingerollt waren. Warum gerade mexikanische Dollars? Sie hatte nicht gewußt, daß dies damals die bevorzugte Währung war. Jetzt waren die Zahlungsmittel natürlich chinesisch – oder einfach nur kommunistisch. Sie selbst hortete Gold, da sie der Wirtschaft des neuen Systems mißtraute. Ihre Diener hatten Anweisung, ihr insgeheim Gold zu beschaffen: goldenes Geschmeide, kleine goldene Tempelfiguren, heilige Gegenstände von ehemaligen Priestern und Nonnen und Goldartikel von Raritätenhändlern. Diesen Schatz versteckte sie in einer Lade, die in die Wand ihres Schlafzimmers eingelassen war. Nach außen hin schien der Kasten der Aufbewahrung von Spezereien zu dienen, doch unter dem Bodenbrett war ein Geheimfach, das bereits halbvoll mit Gold gefüllt war. Der Gedanke an diese Schatzkammer tröstete sie, und schließlich schlief sie ein.

«Herrin, Herrin!» rief Tschu Ma.

Es war Morgen. Madame Liang lag in tiefem Schlaf, die schönen Hände über der Brust verschränkt. Tschu Ma streichelte sie sanft.

«Wach auf, Herrin», murmelte sie. «Ich rufe deine Seele in deinen Leib zurück. Komm zurück, o Seele! Wo du auch wandern magst, während sie schläft, kehre nun zurück!»

Madame Liang schlug die Augen auf und sah Tschu Mas besorgtes Gesicht über sich.

«Ist es schon Tag?»

«Leider ist es schon spät, Herrin», erwiderte Tschu Ma. «Ein hoher Herr wartet auf dich im Lotoszimmer – der Minister Tschao Tschung. Er ist ungeduldig.»

Madame Liang bereitete sich aufs Aufstehen vor. Sie kannte die Gefahren einer abrupten Beanspruchung von Herz und Gliedern, Blut und Hirn. Also blieb sie zunächst unbeweglich liegen, bis sie spürte, daß ihre Gedanken sich belebten. Dann füllte sie die Lungen mit frischer Luft, indem sie siebenmal tief ein- und ausatmete. Das Blut pulsierte in ihren Adern, sie bewegte Füße, Hände, Arme und Beine, bis sie munter und wieder im Vollbesitz ihrer Sinne war. Nun setzte sie sich auf, wobei Tschu Ma ihr Schultern und Rücken massierte. Dann streckte Madame Liang die Füße aus dem Bett und stellte sie auf den teppichbelegten Boden. Jetzt, da sie einmal wach und aufgestanden war, bewegte sie sich rasch, und in kurzer Zeit war sie gewaschen und hatte ein langes Gewand übergestreift, das bis zum Hals zugeknöpft war und ihr bis an die Knöchel reichte. Es war von gedeckter Farbe und schmiegte sich ihrem schlanken

Körper an und hob ihre helle Haut und ihre dunklen Augen hervor. Während des Ankleidens hatte sie heißen Tee getrunken, den Tschu Ma ihr dampfend heiß auf einem Lacktablett serviert hatte, und etwas Zuckerkonfekt gegessen.

«Er ist also ungeduldig», meinte Madame Liang, als Tschu Ma die letzte Silbernadel in ihr Haar steckte.

«Er führt etwas im Schilde», erwiderte Tschu Ma.

«Dann sollte ich mich wappnen», sagte Madame Liang. «Ich muß stark sein.»

Stark sah sie jedoch ganz und gar nicht aus, als sie ein paar Minuten später das Lotoszimmer betrat. Der Raum hieß so wegen der Lotosblumen und -blätter, mit denen seine weiße Täfelung bemalt war. Madame Liang wirkte zerbrechlich und in sich zurückgezogen, von Sorgen belastet. Der Raum war einigen wenigen und besonderen Gästen vorbehalten. Er war in französischem Stil ausgestattet, hier und dort stand ein ausgesuchtes chinesisches Stück: ein Tisch mit zwei Platten, dazu zwei zierlich geschnitzte Stühle, ein paar Sung-Vasen, auf einem Sockel ein Keramikpferd aus der T'ang-Zeit. Das Zimmer wirkte elegant, ohne extravagant zu sein.

Der Gast war ein schlanker, stattlicher Mann mit grauem Haar und dunklen, ironisch funkelnden Augen. In diesen neuen Zeiten begegneten sie sich fast wie Fremde; nur selten sprachen sie von den Tagen in Paris und ihren früheren Erlebnissen. Sie trat ihm mit der herkömmlichen weiblichen Schüchternheit entgegen, zierlich und anmutig.

«Ah, Madame Liang», begrüßte er sie. «Sind Sie wohlauf?»

Er sprach Mandarin in der kultivierten, korrekten Betonung Pekings.

«Es geht mir gut», antwortete sie. «Und wie befinden Sie sich, Euer Ehren?»

Sie gebrauchte bewußt diese aus dem Sprachgebrauch gekommene Höflichkeitsformel, wobei sie ihr Alter und ihre Position vorschützte, um ihn nicht beim Namen nennen zu müssen.

«Gut, gut», erwiderte er.

Mit einer Handbewegung lud sie ihn ein, Platz zu nehmen, dann setzte sie sich selbst auf einen Stuhl, der ein wenig niedriger war als der des Gastes. Das Licht vom Fenster fiel auf sein Gesicht. Aus dem Schatten, in dem sie saß, sah sie ihn an – nicht etwa unmanierlich offen, sondern flüchtig, aus den Augenwinkeln, mit gesenktem Kopf.

«Ich komme als Ihr alter Freund», sagte er. Seine Stimme war tief und volltönend. Sie wußte recht wohl, daß er sie als Werkzeug und zuweilen auch als Waffe benutzte.

«Ich kenne Ihr gutes Herz», entgegnete sie sanft.

«Auf der Ministerkonferenz vor zwei Tagen», fuhr er fort, «sind Ihre Angelegenheiten zur Sprache gekommen.»

«Ich fühle mich geehrt», sagte sie im gleichen Ton und neigte den Kopf. Sie wagte nun nicht mehr, den Blick höher zu heben als bis zum oberen Teil seiner Uniform. Er trug die übliche Landeskleidung: schwarze Hose und bis oben geknöpfte Jacke mit hohem Kragen. Die Aufmachung entsprach der aller Männer, aber der Stoff war aus feinster englischer Wolle, und der Schnitt zeugte von einer gewissen Eleganz. Sogar seine Schuhe waren elegant, zweifellos stammten sie aus einem englischen Geschäft in Hongkong.

«Wir sind seit langem befreundet», meinte er, «und so erbot ich mich, die Überlegungen der Versammlung an Sie weiterzugeben.»

«Überlegungen?»

«Um mehr handelt es sich nicht», sagte er. «Wir würdigen Ihre Standhaftigkeit. Wir wissen wohl, daß Sie sich oft einsam fühlen ohne Ihre Töchter.»

«Dazu habe ich keine Zeit», entgegnete sie. «Mein Betrieb füllt mein Leben vollständig aus. Darf ich fragen, ob das Bankett gestern abend nach Ihrem Geschmack war?»

«Jeder Gang war –» er hielt den Daumen hoch, um seine höchste Anerkennung auszudrücken – «einfach vorzüglich. Aber wir haben Sie vermißt. Sie haben uns nicht wie sonst Gesellschaft geleistet, als wir nach dem Essen Wein tranken.»

«Ich hatte Kopfschmerzen», erklärte sie.

«Und wie fühlen Sie sich jetzt?»

«Die Schmerzen haben nachgelassen.»

«Dann kann ich also fortfahren?»

«Selbstverständlich.»

Er räusperte sich, schlug die Beine übereinander und faltete die Hände über den Knien. «Was ich Ihnen zu sagen habe, Genossin Liang, ist in keiner Weise ein Vorwurf. Es ist ein Appell – ein Appell an Ihren Patriotismus, von dem Sie uns alle so oft überzeugt haben, ein Appell an Ihre Treue gegenüber der Partei, an Ihre –»

Sie hob den Kopf und blickte ihn unverhohlen an. «Was wollen Sie, daß ich tun soll, Genosse Tschao?»

Seine Antwort kam wie aus der Pistole geschossen: «Ihre älteste Tochter soll sofort aus Amerika zurückkehren.»

Sie verbarg die Angst, die unvermittelt ihr Herz zusammenschnürte, und zwang ihre Stimme zur Ruhe. «Ihre Ausbildung ist noch nicht abgeschlossen.»

«Die kann sie hier beenden. Ihre Tochter wird gebraucht.»

«Sie steckt mitten in einer Forschungsarbeit.»

«Wir wissen genau, was sie treibt und wo sie ist.»

Und dann, als wolle er beweisen, daß ihm nichts verborgen und er allwissend sei, fuhr er fort, von ihrer Tochter zu sprechen.

«Ihre älteste Tochter Endien – der Name wird im Ausland mit Grace übersetzt – ist in der Tat eine bemerkenswerte junge Frau. In ihr verbindet sich Schönheit mit einem messerscharfen wissenschaftlichen Verstand. Sie ist Assistentin am *Harvard Botanical Museum*, wo sie als Botanikerin und Pharmakologin tätig ist. Außerdem arbeitet sie als Fotomodell. Wir wissen, daß sie viel Geld verdient – um es genau zu sagen: Uns liegt die detaillierte Aufstellung ihrer wöchentlichen Einnahmen vor. Sie schickt Ihnen kein Geld –»

Madame Liang fiel ihm ins Wort. «Ich brauche keins.»

«Das wissen wir, dennoch hat man Ihrer Tochter nahegelegt,

mit einem Teil ihres reichlichen Einkommens unsere Sache zu unterstützen. Unser Land ist groß, unsere Bevölkerung nicht zu zählen. Wir haben viele strebsame junge Männer und Frauen, die wir zum Unterricht und zur Arbeit in die Dörfer schicken. Sie müssen ernährt und gekleidet werden. Unsere großen wissenschaftlichen Projekte kosten viel Geld. Man hat Ihrer Tochter dies alles erklärt. Sie gibt keine Antwort, sie nimmt keine Notiz davon. Es wird Zeit, daß sie nach Hause kommt.»

Madame Liang unterdrückte ein Zittern ihrer Lippen. «Wären dann nicht all die Jahre vergeudet, in denen sie Medizin studierte?»

«Nein, denn auch wir können ihr alles, was sie braucht, zur Verfügung stellen. Zweifellos wissen Sie, daß Ihre Tochter gerade eine Arbeit über die Charakteristika und die Verwendungsmöglichkeiten einer Giftpflanze schreibt, die in den Dschungeln Südamerikas vorkommt. Ich brauche Sie wohl kaum daran zu erinnern, daß sie bereits zwei Sommer mit der Suche nach diesem Gewächs verbracht hat. Nun gibt es besagte Pflanze aber auch in den Urwäldern im Süden unseres Landes. Ich selbst habe den Baum – seine Blüten ähneln der der Mimose – gesehen.»

«Sie arbeitet unter der Leitung eines berühmten Professors, der –»

«Den braucht sie nicht.»

«Aber sie faßt gerade ihr ganzes Wissen in einem Buch zusammen, mit dem –»

«Sie findet nirgendwo so viel Material über Arzneimittelkunde wie in unseren alten chinesischen Schriften. Gerade deswegen wird sie ja zur Rückkehr aufgefordert. Wir möchten, daß sie unsere einschlägige Literatur durcharbeitet und aus den reichhaltigen und ehrwürdigen Unterweisungen moderne Lehrbücher zusammenstellt, die an unserem neuen Pekinger Institut für chinesische Medizin verwendet werden können. Sie verfügt über das nötige Rüstzeug und kennt die Arbeitsverfahren. Warum sollte das alles für westliche Forschung verschwendet werden, wenn wir hier gespeichertes Wissen von Jahrhunderten haben? Unsere Ärzte haben seit altersher mit Kräutern geheilt. Zweifellos haben die Bewohner Westindiens diese Pflanze, die sie Cohoba nennen, durch uns kennengelernt. Sie wuchs bei uns während der Ming-Dynastie, als Kolumbus seine zweite Reise unternahm. Sie wissen vielleicht, daß in diesem Jahrhundert der große Li Schih-tschen das umfangreiche Werk *Materia Medica* verfaßte. Würde Ihre Tochter sich das Studium dieses Werkes zur Lebensaufgabe machen, wäre unserem Land sehr gedient. Und natürlich ist unser Wissen wesentlich besser geordnet als die wirre Literatur des Westens. Allein diese Pflanze ist ein beredtes Beispiel dafür.»

Madame Liang betupfte sich mit ihrem rosa Seidentaschentuch die Lippen. «Soviel ich weiß, macht meine Tochter auch medizinische Versuche mit Kranken.»

Wieder unterbrach er sie: «Ja, ja, vor nicht ganz zehn Jahren stellte sich heraus, daß die Pflanze medizinisch wertvoll ist. Sie kann Geisteskranken helfen. Bekanntlich ist ja in Amerika die Quote der Geisteskranken recht hoch. Das wundert einen nicht. Obwohl wir ein weitaus gesünderes Volk sind, müssen auch wir den einen oder anderen Patienten durch Narkotika heilen. Ich hoffe zuversichtlich, daß das Cohoba in der Chirurgie wirkungsvoll angewandt werden kann – doch letztlich bin ich kein Wissenschaftler, sondern ein ergebener Diener meines Landes.»

Sie bemühte sich, sein Lächeln zu erwidern. «Werden Sie ihr das alles schreiben?»

«Sie wird offiziell zur Rückkehr aufgefordert werden.»

«Was bleibt mir da noch zu sagen?»

Er stand auf. «Schreiben Sie ihr als Mutter. Machen Sie ihr klar, daß wir an der Schwelle unseres glorreichsten Zeitalters stehen. Überzeugen Sie sie davon, daß wir junge Frauen wie sie brauchen. Die Amerikaner lassen die Hälfte ihrer potentiellen geistigen Kräfte brachliegen – das können wir uns nicht leisten! Wir holen die Frauen vom häuslichen Herd weg, damit sie ihrem Vaterland dienen. Vor allem Frauen wie Ihre Tochter . . .»

«Dann wird sie wohl nicht bei mir wohnen?»

«Das werden wir sehen ... Selbstverständlich ist es ihre Pflicht, Ihnen ihre Aufwartung zu machen.»

Ein leutseliges Lächeln huschte über sein sympathisches Gesicht. Dann verneigte er sich zum Abschied. Schweigend folgte sie ihm zur Tür. Plötzlich drehte er sich um.

«Noch ein guter Rat: Lassen Sie Ihre üblichen Mittelsmänner aus dem Spiel. Ein wichtiges Glied in dieser Kette ist vor elf Tagen tot aufgefunden worden. Ein Unbekannter hat ihn in Hongkong auf offener Straße erstochen.»

Er lächelte, nickte und war zur Tür hinaus, noch ehe sie etwas erwidern konnte. Sie setzte sich auf den Stuhl und versuchte ihre Gedanken zu ordnen. Der Tote war ihr unbekannt. Welche Rolle er in der «Kette» spielte, von der Tschao Tschung gesprochen hatte, wußte sie nicht. Aber dieser Tschao Tschung kannte ihre Praktiken genau. Daß die Briefe an ihre Töchter geöffnet und gelesen wurden, war an der Tagesordnung. Aber da waren noch die anderen Briefe: eine auf wenige Worte beschränkte Mitteilung, die verborgen in einem Geschenk – in einem Schal oder in Strümpfen – von ihrer in Hongkong lebenden Schwester weitergeleitet wurden. Sie mußte einen Warnbrief an ihre Schwester schreiben und sie bitten, ihrer ältesten Tochter im fernen Amerika zu höchster Vorsicht zu raten. Sie mußte untertauchen: irgendwo in Europa, in Afrika, wo auch immer. Sie durfte nicht heimkehren. Kaum, daß ihr der Gedanke gekommen war, verwarf sie ihn auch schon wieder. Wo immer ihre Tochter sich auch verbergen mochte, man würde sie aufspüren und bestrafen. Außerdem würde sich ihre Tochter nicht verstecken. Sie war zur Vaterlandsliebe erzogen. Sie war stolz darauf, eine Chinesin zu sein.

Dr. Grace Liang war nicht in ihrem Labor, als die Aufforderung zur Rückkehr sie endlich erreichte. Drei Monate lang war das Schreiben unterwegs gewesen. Auf dem Umweg über die amerikanische Universität traf es schließlich in ihrer botanischen Expeditionsstation am Rande des brasilianischen Dschungels ein. Viele Wochen lang hatte sie auf der Suche nach der heilkräftigen Pflanze unerforschtes Land durchstreift. Keine Nachricht von der Außenwelt erreichte sie. An diesem Abend nun, als sie abgekämpft in der Station eintraf, sah sie auf dem ungehobelten Tisch ihres schäbigen Hotelzimmers ein Bündel Post liegen. Ohne sich den Staub von den Kleidern zu klopfen, setzte sie sich hin, schnitt die Schnur durch und ließ die Briefe auseinanderfallen. Nichts von ihrer Tante in Hongkong? Dann war also auch keine Nachricht von ihrer Mutter dabei. Sie sorgte sich um ihre Mutter, die im Herzen der kommunistischen Wüste ein unsicheres, kapitalistisch ausgerichtetes Leben führte. Halt, nein – da war ein Umschlag – aber warum kam er aus Peking? Er war auf Englisch und Chinesisch adressiert, die lateinischen Buchstaben waren mühsam gekritzelt, die chinesischen Schriftzeichen bestechend schön gemalt. Sie schlitzte ihn auf und zog ein Blatt dünnes Reispapier heraus. Es war mit chinesischen Schriftzeichen bedeckt, gemalt mit demselben sauberen Pinsel, von dem auch die Anschrift auf dem Kuvert stammte.

«Genossin Doktor Grace Liang!» Die Epistel begann brüsk, ganz im neuen Geist. Keine ehrerbietige Einführung, keines der bildkräftigen Komplimente.

«Sie werden hiermit aufgefordert, unverzüglich in Ihr Geburtsland zurückzukehren. Das neue China braucht seine

Jugend. Sie werden am zwanzigsten des dritten Monats um ein Uhr mit einem Passagierdampfer in San Francisco abfahren. Ihre Überfahrt ist bezahlt. Nach Ihrer Ankunft in Hongkong reisen Sie sofort weiter. An der Grenze erwartet Sie einer unserer Männer, den Sie nicht kennen, der aber Sie kennt. Er wird Ihnen eine Freifahrkarte für den Zug nach der Hauptstadt aushändigen. Ihre Mutter wurde verständigt. Sie können sie während eines zweitägigen Zwischenaufenthalts in Schanghai besuchen und somit Ihren Pflichten genügen. Sollten Sie es jedoch vorziehen, Ihren Posten umgehend anzutreten, so findet auch das unsere Billigung.»

Der Brief war mit einem ihr unbekannten Namen unterschrieben. Langsam faltete sie ihn zusammen. Nach der kurzen Dämmerung brach nachtschwarzes Dunkel über den Urwald herein. Sie hatte diese Aufforderung erwartet; ein Wunder nur, daß sie nicht früher eingegangen war. Als sie sich für die wissenschaftliche Laufbahn entschieden hatte, war sie sich bewußt gewesen, daß man sie früher oder später zurückbeordern würde.

«Warum versteifst du dich bloß darauf, Wissenschaftlerin zu werden?» hatte ihre Schwester Joy sich ereifert. «Warum machst du nicht mit deiner Musik weiter? Eine Konzertpianistin werden sie nie zwingen, zurückzukommen. Eine Musikerin ist unproduktiv im Sinne der neuen Gesellschaft. Deswegen habe ich mich schließlich doch für die Malerei entschieden. Was soll denn eine Pianistin in der neuen Gesellschaft? Werde, was du willst – bloß keine Naturwissenschaftlerin!»

Und doch hatte sie nie etwas anderes werden wollen, so sehr sie auch ihr Klavier liebte. Zudem stand sie hier vor einem Gewissenskonflikt. Wo auch immer dieses «neue» Volk politisch stand, wie tiefgreifend es sich geändert haben mochte, war es nicht ihr Volk? Ihre Generation? So hatte sie mit dem Ausblick auf die Zukunft ihr Gewissen beruhigt. Mochte die Zukunft bringen, was sie wollte, sie selbst konnte der Gesellschaft als versierte Naturwissenschaftlerin auf jeden Fall nützlicher sein. Waren die Bande zu ihrem Volk nicht stärker als zu Amerika?

Ein volles Jahr lang hatte sie mit sich gerungen, ob sie nicht Ärztin werden sollte. Sie hatte geschickte Hände, die ebensogut Klavier spielen wie das Skalpell handhaben konnten. Dann jedoch hatte sie, als sie sich an das Vorurteil ihrer Landsleute gegenüber medizinischen Eingriffen erinnerte, Pharmakologie studiert und sich zuletzt dem Studium der Heilpflanzen gewidmet. In der chinesischen Heilkunde spielen diese Gewächse eine wesentliche Rolle.

Das Geräusch schwirrender Flügel schreckte sie aus ihren Gedanken auf. Ein großer grüner Nachtfalter, den das Licht in ihrem Zimmer angelockt hatte, stieß gegen das Fliegenfenster. Sie stand auf, schob das Drahtgitter beiseite und ließ ihn herein. Dann fing sie das Insekt, um es vor einem kläglichen Ende am Glaszylinder ihrer Petroleumlampe zu bewahren. Schwer pumpend, mit herabhängenden Fühlern lag es auf ihrer Hand, die bizarren Spitzen seiner hauchzarten Flügel matt von sich streckend. Einen Augenblick starrte sie den Falter an, dann ließ sie ihn in die mondlose Nacht fliegen.

Hu tieh, flüsterte sie. Das war die chinesische Bezeichnung für Schmetterling. Aber es war nur ein Nachtfalter gewesen. Sie konnte sich nicht mehr erinnern, ob es im Chinesischen ein spezielles Wort für diese Insektengruppe gab. Hatte sie bereits ihre Muttersprache vergessen? Es war an der Zeit, daß sie zu ihrem Volk zurückkehrte. Sie war erst fünfzehn gewesen, als ihre Mutter sie zum Musikstudium nach Amerika geschickt hatte, und bis vor drei Jahren glaubte sie ausschließlich Musikerin, Pianistin, zu sein. Auf der Mädchenschule in Schanghai, die sie wie alle Töchter der Reichen besucht hatte, war sie die Begabteste gewesen. Ihre amerikanische Lehrerin hatte sie in so hohen Tönen gelobt, daß sie verlegen wurde. «Du mußt unbedingt auf eine unserer großen amerikanischen Musikschulen gehen», hatte sie gedrängt. «Wie wär's mit Juilliard in New York? Ich öffne dir mühelos die Türen. Sie brauchen dich bloß spielen zu hören.» Ursprünglich hatte ihr Vater darauf bestanden, daß sie an ihrem damaligen Wohnort Musikunterricht bei einer Französin nahm, die während des Krieges einen Chinesen geheiratet hatte. Dann hatte die Mutter ihren Vater verlassen, sie hatte sich ihrem Wunsch gefügt und war über den Ozean gefahren, um bei Juilliard zu studieren. Doch als sie ihre Ausbildung dort beendet hatte, war sie an das Harvard Botanical Museum hinübergewechselt.

Sie wußte kaum noch, warum und wann sie sich entschlossen hatte, die wissenschaftliche Laufbahn einzuschlagen. Vielleicht war ihre Lesewut schuld daran gewesen, vielleicht auch ihre Freundschaft mit einem jungen amerikanischen Wissenschaftler, der vorzüglich Geige spielte.

«Die meisten Wissenschaftler sind in ihrem Inneren Musiker», hatte er ihr klargemacht. «Warum? Ich nehme an, weil die Musik eine exakte – eine wissenschaftlich exakte – Kunst ist. Auf alle Fälle wirst du feststellen, daß sich sehr viele Naturwissenschaftler für Musik interessieren.»

Schließlich hatte sie sich entschieden und ihr neuen Studium begonnen, das mit ihrer Bestallung als Forschungsassistentin endete. Und da sie damit rechnete, daß ihre Mutter das Geld auf ihrem New Yorker Bankkonto eines Tages selber brauchen würde, hatte sie sich als Fotomodell ihren Lebensunterhalt verdient. Für eine Chinesin war sie groß, obwohl sich die Mädchen aus dem Norden des Landes durch hohen Wuchs auszeichnen. Mit ihrer schlanken Figur war sie ein ideales Mannequin, und sie wußte, daß ihre asiatischen Gesichtszüge fremdartig schön waren. So hatte sie dahingelebt, bis sie an dieser Expedition teilnahm.

Sie zog sich aus, um seit Wochen zum erstenmal wieder warm zu baden. In dem Badezimmer stand eine große Zinkwanne mit heißem Wasser bereit; über einer Stuhllehne hingen Handtücher. Als sie eintrat, zog sich die schweigsame Indiofrau zurück, die man ihr als Bedienung zugeteilt hatte. Seltsam, wie asiatisch diese südamerikanischen Indianer aussahen. Der asiatische Menschenschlag war sicher der verbreitetste und stärkste der Welt. Und plötzlich, obwohl ihre eigenen Landsleute den Amerikanern, denen sie so viel verdankte, feindlich gesinnt waren, ja sogar den Brandons, die sie wie eine leibliche Tochter in ihr Haus aufgenommen hatten, war sie glücklich, Chinesin zu sein. Alle Chinesen empfanden so. Sie lag im warmen Wasser, und die Erinnerung an ihren ersten Lehrer stieg in ihr auf. Sie lachte leise vor sich hin. Er war steinalt gewesen, ein konfuzianischer Gelehrter mit schütterem Kinnbart. Er gehörte in die Zeit vor der Trennung ihrer Eltern, als sie noch alle zusammen in Szetschuan lebten. Man hatte ihn für sie, die älteste der drei Töchter, als Erzieher angestellt.

«Wir, die wir Chinesen sind», hatte ihr der alte Mann erklärt, «müssen uns allezeit bewußt sein, daß wir das kultivierteste Volk der Erde sind. Die anderen Völker blicken zu uns auf. Wir sind die zivilisiertesten Menschen und stehen den Göttern am nächsten. Alle anderen Völker sind Barbaren auf unterschiedlichen Zivilisationsstufen.»

Von dieser Voraussetzung ausgehend, hatte er sie in der Gelehrsamkeit und der Kunst des schicklichen Betragens unterwiesen. Ja, er hatte sie rechtschaffen belehrt, dachte sie, während sie ihren glatten, zierlichen Körper seifte, und sie hatte nichts vergessen. In ihrem tiefsten Innern glaubte auch sie, daß ihr Volk allen anderen Völkern überlegen sei und die bedeutendste Kultur hervorgebracht hatte. Sie trug den Kopf bewußt hoch, weil sie Chinesin war. Aber galten ihre Ansichten denn noch für die Chinesen von heute?

«Du würdest unser Land nicht wiedererkennen», hatte ihre Mutter in einem ihrer durchgeschmuggelten Briefe geschrieben. «Wir werden jetzt von Bauernkindern regiert. Himmel und Erde sind auf den Kopf gestellt. Die einst oben standen, wurden erniedrigt – oder sind tot. Die unten waren, stiegen auf und üben die Herrschaft aus. Wir müssen warten, bis die Dinge wieder ins Lot kommen, auch wenn es hundert Jahre dauert.

Hat nicht auch Wang An-schih in der Sung-Dynastie die Nation in Aufruhr versetzt? ‹Der Staat›, schrieb er, ‹sollte Handel, Industrie und Ackerbau kontrollieren, um die Armen zu schützen und den Reichen zu wehren.› Er stiftete viel Verwirrung, aber bereits zehn Jahre nach seinem Tod renkte sich alles wieder ein, da das Volk Wang die Gefolgschaft verweigerte. Heute bedenkt man Wang An-schih mit Spott und Verachtung. Die Zeiten werden wiederkommen . . .»

Grace lächelte. Sie wußte, daß ihre Mutter sich neuerdings viel mit chinesischer Geschichte befaßte, da die Exzesse und Torheiten der Vergangenheit sie über die Gegenwart hinwegtrösteten.

Sie spürte, wie sich das Wasser abkühlte, stieg aus der Wanne, rieb sich trocken und zog die Kleider an, die die Indiofrau auf einem Stuhl zurechtgelegt hatte. Tagsüber trug sie einen Khakianzug, streng wie eine Soldatenuniform, abends vertauschte sie ihn mit einem chinesischen Gewand aus weicher Seide, das sich sanft ihrem schlanken Körper anschmiegte. Nachdem sie das Gewand angelegt hatte, bestellte sie sich ihr Abendessen aufs Zimmer. Als sie das wenig appetitliche Gericht verzehrt hatte, ging sie zu Bett, konnte jedoch nicht einschlafen. Stunde um Stunde lag sie wach, die Hände im Nacken verschränkt, ihre Gedanken wirbelten durcheinander. Was sollte sie tun? Die Warnung befolgen, die ihre Mutter und ihre Tante in Hongkong ihr immer wieder hatten zukommen lassen, oder die Aufforderung aus Peking? Die Morgendämmerung zog bereits wieder herauf, als sie endlich zu einem Entschluß kam. Sie sehnte sich nach ihrer Heimat, nach ihren Landsleuten. So freundlich die Amerikaner ihr auch begegnet waren, sie wollte nach Hause. Außerdem war es ihre Pflicht, heimzukehren. China bedurfte der Jungen und Starken. In seinem Kampf um die Befreiung von den Ketten der Vergangenheit brauchte es die in westlichen Ländern ausgebildete Jugend, vor allem die Naturwissenschaftler. Sie erinnerte sich an die Dörfer der entlegenen Provinz, in der sie ihre ersten Lebensjahre verbracht hatte. Schon damals war sie tief betroffen beim Anblick der Kinder, die elend dahinsiechten oder denen eitrige Infektionen das Augenlicht raubten.

«Warum gehen diese Leute nicht zum Arzt?» hatte sie ihre Mutter gefragt.

«Weil es hier keinen Arzt gibt», hatte ihre Mutter erwidert. «Weißt du nicht mehr, wie ich voriges Jahr, als du die Ruhr hattest, mit dir nach Peking zu der großen amerikanischen Klinik gefahren bin? Die Ärzte dort haben dich geheilt.»

«Warum fahren dann die Leute hier nicht auch nach Peking?» hatte sie gebohrt.

«Sie sind zu arm», hatte ihre Mutter gesagt. «Die Reise und die Klinik kosten viel Geld.»

«Warum geben wir ihnen nicht unser Geld?»

«Es sind zu viele.»

Vielleicht gaben letztlich jene Dorfbewohner den Ausschlag für ihre Entscheidung. Erst jetzt, da sie schlaflos in dem kleinen Hotel einer weltabgeschiedenen südamerikanischen Stadt lag, wurde ihr bewußt, daß sie die Gesichter der Leute – ihrer Landsleute – nie vergessen hatte. Ja, sie mußte zu ihnen zurückkehren, sonst würde ihr keine glückliche Stunde mehr beschieden sein.

In dem großen Restaurant waren am späten Abend sämtliche Tische besetzt. Die gutgelaunten Gäste waren in der Überzahl Chinesen, doch sah man auch Europäer, Skandinavier und Afrikaner, Geschäftsleute mit ihren Ehefrauen oder Delegationen. Um einen Tisch hatte eine Gruppe von Indern Platz genommen, die Männer bis auf ihre Turbane westlich gekleidet, die Frauen trugen farbenprächtige, weichfallende Saris. Madame Liang freute sich, Menschen aus anderen Ländern zu sehen. Fast wie im alten Schanghai, dachte sie, während sie zwischen den Tischen hin und her ging und den einen oder anderen ihrer Gäste begrüßte. Damals wirkte Schanghai wie der Nabel der Welt, von einem anhaltenden, unablässig wandelnden Strom von Reisenden aus allen Teilen des Erdballs durchflutet. Jetzt waren die Schleusen freilich geschlossen. Anfänglich hatte sie sich dagegen ereifert, sogar gegenüber dem Außenminister Tschao Tschung, der ihr Freund geblieben war, obwohl Tscheng die Beziehungen zu ihm abgebrochen hatte, als Tschao Tschung sie drängte, ihren Mann zu verlassen. Tscheng hatte ihr vorgehalten, sie liebe ihren ehemaligen Verehrer immer noch, aber sie hatte diese Behauptung zurückgewiesen.

«Ich habe ein für allemal genug von der Liebe», hatte sie ihm entgegnet. «Ich will nicht mehr darüber sprechen.»

Bei diesen Worten hatte sie ihm fest in die Augen gesehen, da sie wußte, daß er ihrem Blick nicht standhalten konnte. Wie verändert war er ihr damals erschienen im Vergleich zu dem unerschrockenen, impulsiven jungen Mann, den sie geliebt und geheiratet hatte! Er war ihrem Blick ausgewichen, hatte den Kopf abgewandt und geschwiegen. Wortlos hatte er sie gehen lassen, und Tschao Tschung, dem er alle Schuld in die Schuhe geschoben hatte, war ihr Freund geblieben. Sie wußte, daß er all die Jahre hindurch zur richtigen Zeit und am richtigen Ort die richtigen Worte gesagt hatte, Worte, die es ihr ermöglichten, weiterhin in ihrem luxuriösen Haus zu leben und ihr renommiertes Restaurant zu führen. Er war auch heute abend hier und präsidierte an einem langen rechteckigen Tisch, den sie stets für ihn und seinen Stab reservierte, wenn er sich in Schanghai aufhielt. In diesem Moment hob er den Kopf, als hätte er ihren Blick wie eine Aufforderung empfunden, doch sie lächelte ihm nur zu und wandte sich ab, um ihren Rundgang durch das Lokal fortzusetzen. Ihr schwarzes, enganliegendes Gewand war schlicht, aber elegant. Die wenigsten ihrer Gäste hatten Sinn für ihre Eleganz: Tschao Tschung bildete allerdings eine Ausnahme. Er war im Luxus aufgewachsen und in Europa erzogen worden, hatte seine Vergangenheit jedoch anscheinend unbekümmert abgestreift. Im Grunde seines Herzens, das wußte freilich nur sie, war er zynisch und schwermütig. Die Umwelt ließ sich von seinem strahlenden Lächeln täuschen, von den lebhaften schwarzen Augen unter den dichten Brauen.

Sie richtete es so ein, daß sie zuletzt an seinem Tisch vorbeikam, ehe sie sich in ihre Privatgemächer zurückzog. Je nachdem, wie rasch die Besucher kamen und gingen, ließ sie sich bis Mitternacht alle ein oder zwei Stunden im Lokal sehen, um zu zeigen, daß ihr das Wohl der Gäste am Herzen lag.

«Guten Appetit», murmelte sie stets. «Schmeckt Ihnen das Essen? Vielen Dank. Schade, daß ich es nicht so delikat zubereiten kann, wie ich möchte!»

Mit den gleichen Worten, denen sie lediglich den Titel Genosse Tschao hinzufügte, blieb sie an seinem Tisch stehen. Er nickte ihr wie immer gut gelaunt zu und richtete dann das Wort an sie.

«Ich beglückwünsche Sie, Genossin Liang», sagte er so laut, daß die ganze Tischrunde ihn hören konnte. «Wir haben einen Brief von Ihrer ältesten Tochter erhalten. Sie teilt uns darin mit, daß sie zurückkommt, um für ihr Volk auf dem Gebiet der medizinischen Forschung zu arbeiten. Eine wahrhaft patriotische Gesinnung! Aber von der Tochter einer solchen Mutter habe ich nichts anderes erwartet.»

Sie hörte von diesem Entschluß ihrer Tochter zum erstenmal. Dann war also auch der Brief ihrer Schwester abgefangen worden. Ihre Schwester wurde überwacht. Die Mauern türmten sich höher, und die Tore wurden eins nach dem anderen verriegelt. Vielleicht war es sogar das letzte Tor gewesen. Nun blieb ihr nichts weiter, als auf die Rückkehr ihrer Tochter zu warten. Ja, sie mußte den Göttern danken, den christlichen wie den anderen, daß wenigstens sie, die Mutter, hier war. Sie konnte schützen und warnen, erklären und retten. Ihre Töchter waren nicht so aufgewachsen wie die anderen chinesischen Mädchen. Sie hatte ihnen eingeimpft, daß man Selbständigkeit und Tüchtigkeit nicht zu verbergen braucht, weil man eine Frau ist. In diesen Tugenden war sie selbst ihren Töchtern ein leuchtendes Vorbild. Aber daß sie jetzt in Sicherheit lebte, verdankte sie ausschließlich dem Erfolg ihrer Unternehmungen. Diese Lektion mußte sie ihrer Tochter beibringen: Sei erfolgreich, und du bist geborgen.

«Ich danke Ihnen», sagte sie ruhig zu dem lächelnden Minister. Ihre Augen trafen sich, doch sie trotzte seinem herausfordernden Blick. Gelassen, als habe er ihr etwas längst Bekanntes erzählt, setzte sie ihren Weg fort und schritt anmutig wie immer zur Küchentür. Außer ihr wußten nur noch ihr treuer Koch und ihre alte Dienerin, daß vom Zugang zu dem verschlossenen Vorratsraum, wo selten benötigte Lebensmittel aufbewahrt wurden, ein versteckter Lift zu ihren Privatzimmern führte.

Von nun an lebte sie in fieberhafter Erwartung. Keiner konnte ihr sagen, wann ihre Tochter eintreffen sollte. Sie wagte nicht, sich noch einmal an ihre Schwester in Hongkong zu wenden, und an Grace direkt zu schreiben war natürlich gänzlich ausgeschlossen. Außerdem sollte der Minister nicht erfahren, daß sie ahnungslos war. Er sollte ruhig glauben, sie verfüge über viele private Informationsquellen, die er nicht aufspüren konnte. Mochte er annehmen, sie sei gerissener als er. Aber dann fiel ihr ein, daß er sich womöglich wundern würde, wenn sie nicht an ihre Schwester schrieb. Deshalb verfaßte sie sogleich einen ihrer liebenswürdigen Briefe, der keine Neuigkeiten enthüllte und in neutralem Ton abgefaßt war.

«Hier ist es Sommer», schrieb sie. «Im Garten stehen die Lilien in voller Blüte, und der Lotos im Teich treibt bereits Knospen. Dank vieler Freunde geht das Geschäft gut. Mein alter Koch hat gelernt, Suppe ohne importierte Gelatine aus Schwalbennestern herzustellen, und Haifischflossen verwendet er auch nicht mehr. An Stelle dieser Zutaten nimmt er selbsterfundenen Ersatz, der aus Sojabohnen besteht. Du wirst dich erinnern, daß er früher in einem Kloster gearbeitet hat. Die Mönche, die ja kein Fleisch essen durften, machten sich bekanntlich einen Spaß daraus, vegetarische Gerichte so zu kochen, daß sie Fleischspeisen täuschend ähnlich wurden ... Neuigkeiten? Hier gibt es nichts Neues. Mein Leben verläuft äußerst friedlich. Mache dir keine Sorgen um mich.

Deine Schwester Siu-lan.»

Das Jahr ging unmerklich in den Spätsommer über. Es gab Stunden, ja ganze Tage, an denen sie sich vorgaukeln konnte, in Schanghai habe sich nichts verändert. Das Restaurant ging gut, und die Märkte boten mehr als in den Jahren nach der letzten Hungersnot. Dennoch überkam sie eines Nachmittags im fünften Mondmonat Unruhe. Das Warten auf die Ankunft ihrer Tochter zermürbte sie. Spontan beschloß sie, das Haus zu verlassen, was sie nur selten tat, und sich für eine Rundfahrt einen Pferdewagen zu mieten. Der Himmel war klar, und vom Meer her wehte ein frischer Wind. Schanghai liegt nicht unmittelbar an der Küste, sondern an einem Fluß, der ins Ostchinesische Meer mündet und mit seinen gelben, lehmigen Wassern die Bläue der See auf Meilen hinaus dunkel verfärbt. Tschu Ma half ihr in einen Überwurf aus grauem Tuch, der ihr kostbares, leichtes Seidengewand verdeckte. Minuten später saß sie in dem bestellten Wagen.

«Fahr den Kai entlang», befahl sie dem Kutscher.

An diesem Tag betrachtete sie die Stadt, deren wechselvolles Geschick sie aus nächster Nähe miterlebt hatte, mit besonders scharfem Blick. Wie würde Schanghai auf ihre Tochter wirken, die doch seit Jahren an das Leben in großen amerikanischen Städten gewöhnt war? Etwas wie eifersüchtige Parteilichkeit regte sich in Madame Liang, denn sie liebte Schanghai. Ob Grace das jetzige Leben der Stadt wohl begreifen und würdigen konnte? Würde sie sich noch daran erinnern, daß diese Straßen einmal von Bettlern und Elendsgestalten gewimmelt hatten, die vor Hochwasser- und Hungersnot geflüchtet waren? Mit widerwilligem Stolz stellte sie fest, daß sich in den Straßen nun andere Menschen drängten: nicht die Reichen, nicht die Armen, nicht die Fremden, sondern schmucklos, aber sauber gekleidete Leute. Ihr Auge entdeckte keinen einzigen Bettler. Durch die Nanking Road, die große Geschäftsstraße mit ihrem vielfältigen Warenangebot, flutete ein schweigender Menschenstrom – Kraftfahrzeuge sah man kaum. Ihre Tochter hatte ihr von den unzähligen schnellen Autos auf den Straßen amerikanischer Städte geschrieben. Hier fuhren nur Omnibusse, in welche die Passagiere schweigend ein- und ausstiegen. Schweigend, wie sie ihr ganzes Tagewerk verrichteten.

Als ihr Wagen den Kai entlangrollte, sah sie, wie sehr sich das Leben auch hier verändert hatte. Geschäfte waren keine zu entdecken, doch die großen Banken standen noch, obwohl in ihren Tresoren längst kein ausländisches Gold mehr lag. Das Zentrum der internationalen Handelskontore von ehedem hatte sich in einen Park verwandelt, und am Flußufer reihten sich Bänke und schattenspendende Bäume.

«Anhalten», rief sie dem Kutscher zu. «Ich möchte eine Weile hier sitzen und nachdenken.»

Sie stieg vom Wagen und ging zu einer Bank, an deren einem Ende ein uralter Mann saß. Er mußte einst reich gewesen sein, denn seine Haut war hell und zart, und seine Hände wiesen keine Spuren körperlicher Arbeit auf. Daß er verarmt war, sah man ebenfalls, denn er trug ein abgenutztes Satingewand mit zerschlissenem Seidenbesatz an Ärmeln und Saum. In früheren Zeiten hätte sie ihn begrüßt, aber heutzutage tauschte man mit Fremden keine Grüße mehr. Als sie sich hinsetzte, lächelte er ihr zu und sprach sie an:

«Ein schöner Tag heute, *T'ai-t'ai.*» Er redete sie mit «Gnädige Frau» an und zeigte die höflichen Manieren, die sie so gern mochte. Sie erwiderte ihm mit einem Nicken und einem kleinen Lächeln, sagte aber nichts, sondern ließ den Blick über den Fluß schweifen, der Boote mit dreieckigen Segeln, schwerfällige Dschunken und langsame Prahme an ihr vorbeitrug.

«Ich komme hier jeden Tag her, wenn es nicht regnet», fuhr der alte Herr fort.

«Ach, wirklich?» murmelte sie.

«Heutzutage ist es still und eintönig hier», plauderte er weiter. «Dabei kann ich mich noch gut an die Zeit erinnern, als dies der belebteste Teil der Stadt war. Damals wohnten viele Kapitalisten in Schanghai, und es herrschte reger Betrieb. Große Schiffe fuhren den Fluß herauf, und Dockarbeiter schleppten auf den Schultern Lasten hin und her. Und überall lungerten Bettler und Diebe herum und lauerten auf einen Fang.»

Er hielt inne, und sie machte höflichkeitshalber eine nichtssagende Bemerkung. Darauf nahm er seine alte runde Mütze ab und kratzte sich mit dem langen Nagel seines kleinen Fingers am Kopf. Dann setzte er sein Käppchen wieder auf, sah sich rasch um und spuckte auf den Boden. Heutzutage war es verboten, auf den Boden zu spucken. Wie gut verstand sie diesen vorsichtigen Blick. Für die Alten war das eine Beschwernis, denn sie waren es gewohnt, sich so Erleichterung zu schaffen, wann und wo sie das Bedürfnis danach hatten. Sorgfältig verrieb er seinen Auswurf mit der Ferse seines abgeschabten Samtschuhs. Plötzlich verwandelte sich seine liebenswürdige Miene. Bitterkeit überzog sein zerknittertes Gesicht.

«Es ist zwar sehr schön hier», sagte er leise, «aber wir in unserem Alter, *T'ai-t'ai,* erinnern uns eben an andere Zeiten. Und wenn Sie einmal in die Gegend hinter dem früheren japanischen Stadtviertel kommen, werden Sie auch heute noch eine Menge armer Leute antreffen, die dort herumschwirren wie Fliegen um einen Komposthaufen. Von Omnibussen oder Pferdewagen wie dem Ihren keine Spur. Nein, auf den Straßen wimmelt es von Karren, die nach wie vor von Menschen gezogen werden.»

Sie begann sich vor dem alten Herrn zu fürchten. «Es kann nicht alles auf einmal geschehen. Wenigstens sind die Reichen nicht mehr so reich und die Armen nicht mehr so arm.»

«Lassen Sie nur die Zeit vergehen, und die einen werden wieder reich und die anderen wieder arm sein. Das ist Menschenlos.»

Statt einer Antwort stand sie auf, verneigte sich leicht und ging. In diesen Tagen mußte man immer damit rechnen, daß auch scheinbar harmlose Leute für ein bißchen Geld Spitzeldienste verrichteten. Und dennoch blieben ihr die Worte des alten Mannes im Gedächtnis haften. Sollte wirklich die Zeit wiederkommen, da die Reichen immer reicher und die Armen immer ärmer wurden? Zwanzig Jahre lang, seit sie mit ihren drei kleinen Töchtern hier eingetroffen war, hatte sie die Wandlungen dieser Stadt erlebt. Bei ihrer Ankunft war Schanghai noch ein Weltzentrum gewesen. Ja, die Welt war hier vertreten gewesen: England, Frankreich und Japan. In diesen ausländischen Vierteln waren die Straßen sauber gewesen, der Verkehr wurde von uniformierten ausländischen Polizisten geregelt. Hunden und Chinesen war der Zutritt zum Park verwehrt. Wie wütend war sie gewesen, als sie kurz nach ihrer Ankunft erleben mußte, daß sie ihre Kinder an einem schulfreien Tag nicht in den Anlagen spazierenführen durfte, weil sie Chinesen waren.

«Sind wir hier denn nicht in China?» hatte sie einen Polizisten angeherrscht, der den Parkeingang bewachte.

«Nein», hatte er erwidert. «Dies ist ein Stück England, eine Reparationsleistung nach dem letzten Opiumkrieg.»

Und vor diesen Ausländervierteln schwärte damals die chinesische Stadt mit ihrem Gewirr von engen, schmutzigen Straßen und ihren offenen Abwassergräben.

Dann erinnerte sie sich an ein Schanghai, auf das japanische

Bomben fielen, und zwar ausschließlich auf die chinesischen Viertel. Die Bewohner waren wie Ratten davongerannt und hatten in den Vierteln der Ausländer Zuflucht gesucht, wo sie sich aus Matten, alten Kisten und sonstigem Behelfsmaterial Hütten und Verschläge errichteten. In die japanische Siegesparade hatte ein junger Chinese eine Bombe geworfen, worauf er sich vom Dach eines ausländischen Gebäudes stürzte. Sie hatte seinen blutenden Leichnam auf dem Bürgersteig liegen sehen. Und überall gefallene chinesische Soldaten, die Toten der Nationalen Armee, die man zurückgelassen hatte. Bald erfüllte ihr Verwesungsgestank die Stadt, herrenlose Hunde fraßen die Leichen und mästeten sich an ihnen.

Die Stadt durchlebte Höllenqualen. Auf den Straßen wurden schöne Mädchen für einen oder zwei Dollar pro Nacht verkauft, und dann verlor auch noch der Dollar seinen Wert. Der Wind blies Geldscheine wie Altpapier durch die Straßen; Menschen, die im Rinnstein hockend ihre Notdurft verrichteten, säuberten sich mit Banknoten, die das Bildnis des geflüchteten Feldherrn trugen. In den Läden gab es alle möglichen gestohlenen amerikanischen Waren, die nun auf Privatmärkten weiterverkauft wurden. Die Fäulnis der Korruption ergriff die gesamte Stadt, und jeder wurde angesteckt. Die Zustände ekelten Madame Liang derart an, daß sie aufatmete, als die Belagerer der Stadt zum Angriff übergingen. Die Reichen flüchteten mit ihren Familien in andere Städte und Länder. Wer in Verdacht geriet, einer der ihren zu sein, wurde auf offener Straße niedergemacht, bis das Volk, am Ende seiner Leidensfähigkeit angelangt, nach Frieden schrie, obwohl der Sieg damit dem Feind zufiel.

Und dann rückte sie ein, die schweigende Armee, in Tuchschuhen, mit geräuschlosem Marschtritt: bäuerliche, grimmige Männer. Furchtbar, wie graue Meeresflut brachen sie über die Stadt herein. Sie vergewaltigten nicht und plünderten nicht und nahmen doch alles in Besitz, sogar die Seelen der Menschen.

«Ich will nach Hause», sagte Madame Liang zu ihrem Fahrer. «Ich habe genug gesehen.»

Grace Liang betrat das Eßzimmer des Hauses ihrer Tante in Hongkong. Es stand an einem felsigen Abhang mit Blick auf Meer und Hafen; das niedrige chinesische Dach fügte sich harmonisch in die Landschaft ein. Die Fenster der großen, zentralen Wohndiele gingen aufs Meer, vom dahinterliegenden Eßzimmer aus jedoch sah man nur die übervölkerte Stadt und darüber, auf den Anhöhen, die hinter Bäumen versteckten Villen reicher Chinesen und westlicher Ausländer. Ihre Tante saß bereits am Tisch. Vor ihr standen verschiedene Schüsseln, aber die Deckel waren noch nicht abgenommen.

«Du hast hoffentlich nicht auf mich gewartet, Tantchen», meinte Grace. «Ich gestehe, ich habe zu gut geschlafen. Ich wußte nicht mehr, wie mild die Luft hier ist.»

«Ruh dich nur aus, solang du kannst», erwiderte ihre Tante. «Wer weiß, ob du noch so gut schlafen wirst, wenn du erst über der Grenze bist.»

Sie unterhielten sich in englischer Sprache, von der die Hausangestellten nicht einmal die einfachsten Wörter verstanden. Grace setzte sich an ihren Platz. Vom Personal abgesehen, lebte ihre Tante allein, da ihr Mann bei einer der ersten Säuberungsaktionen in der Provinz Kiangsi umgebracht worden war. Er war Gutsbesitzer gewesen, und die Bauern, die seit Generationen für seine Familie den Boden bestellten, hatten sich auf Betreiben der neuen Machthaber gegen ihn erhoben. Er war kein grausamer Gutsherr gewesen, sondern nur ein unachtsamer, hatte jedoch die Klugheit besessen, sich in den letzten Jahren der Republik ein Haus in Hongkong zu bauen. Denn als die Kommunisten aus Sowjetrußland ins Land geholt wurden, war ihm klar, daß Männer wie er sich eines Tages zwischen Übergabe, Exil oder Tod würden entscheiden müssen.

Leider hatte man ihm dann doch keine Wahl gelassen. An einem sonnigen Frühsommermorgen war er ans äußere Tor seines Hauses gerufen worden, wo ihn eine merkwürdig stumme Schar seiner eigenen Bauern erwartete. Sie hatten auch dann nicht gesprochen, als eine Handvoll junger, fanatischer Fremder seine Verurteilung forderten. Er war zu stolz gewesen, etwas zu seiner Verteidigung vorzubringen, denn seiner Meinung nach hatte er ja nichts Böses getan. Er hatte das Leben eines Herrn und Gelehrten geführt, der sich am Haus seiner Väter mit seinen vielen Höfen und Gärten erfreut. Als das beiderseitige Schweigen sich in die Länge zog, hatte der junge Wüterich, der die Bauern anführte, ihn kurzerhand erschossen. Sobald der Haufen sich zerstreut hatte, hoben die Angehörigen den Leichnam auf und begruben ihn in der Familiengrabstätte am nahegelegenen Berghang; die Bestattungsriten vollzogen sie dann sicherheitshalber erst in der Dunkelheit. Noch in der gleichen Nacht machte sich die Witwe, Madame Liangs jüngere Schwester, in Begleitung ihrer Diener auf den Weg nach Hongkong. Sie tat dies auf inständiges Bitten ihres einzigen Sohnes, der zurückblieb, um nach Möglichkeit den Familienbesitz zu erhalten. Aber das war nicht möglich gewesen. Nach knapp einem Monat beschlagnahmten die neuen Machthaber die Ländereien und schickten ihren Sohn als Schwerarbeiter an einen abgelegenen Ort, dessen Namen sie nicht kannte. Sie hatte nie wieder von ihm gehört. All das wußte Grace, doch sie war zu taktvoll, um zu fragen, ob irgendwelche neuen Nachrichten eingegangen seien. Seit damals waren zehn Jahre vergangen.

Ihre Tante hob nacheinander die Deckel von den Schüsseln.

«Vermutlich wirst du amerikanisch frühstücken wollen», meinte sie. «Ich habe sowohl westliche wie chinesische Speisen herrichten lassen.»

«Ich freue mich schon auf ein chinesisches Frühstück», antwortete Grace.

«Dann ist hier Reisbrei mit den dazugehörigen Beilagen», sagte die Tante.

Sie füllten ihre Näpfe und aßen, wie es der Anstand gebot, einige Minuten, ohne zu sprechen. Schon in früher Kindheit hatte ihre Mutter ihnen beigebracht, daß man keine Unterhaltung anfängt, ehe der erste Hunger gestillt ist. Schließlich legte Grace ihre Eßstäbchen nieder.

«Meiner Mutter scheint es in Schanghai sehr gut zu gehen», bemerkte sie.

«Du wirst schon selbst sehen, ob es ihr gutgeht», entgegnete ihre Tante. «Natürlich schreibt sie nicht schwarz auf weiß, was sie durchmacht. So töricht ist sie nicht.»

«Du glaubst wirklich –»

«Ich glaube nicht – ich weiß. Jeden Tag verbringe ich ein paar Stunden in den Flüchtlingslagern, um unseren Leuten vom Festland zu helfen, die über die Grenze kommen. Sie warten erst gar nicht, bis ich ihnen Fragen stelle. Das Leid bricht aus ihnen heraus. Sie haben es satt. Diese Kommunen –»

Sie sah sich vorsichtig im Zimmer um. Bis auf einen alten Mann hatten alle Diener sich zurückgezogen.

«Lao Erh weiß Bescheid», sagte sie mit gedämpfter Stimme, jedoch auf chinesisch. «Er weiß alles. Er ist von drüben.»

Der Alte nickte, sagte aber nichts.

«Geh nun und hol uns heißen Tee, Lao Erh», befahl sie. Er gehorchte. Sobald er das Zimmer verlassen hatte, beugte sie sich über den Tisch zu Grace.

«Diese Leute erzählen fürchterliche Dinge. Die Familien werden auseinandergerissen. Die Kinder steckt man hierhin, die Eltern dorthin und die alten Großeltern an einen dritten Ort. Heißt das nicht eben die Harmonie stören, auf die sich Himmel und Erde gründen?»

«Vielleicht glauben sie nicht an diese Harmonie», gab Grace zu bedenken.

Ihre Tante nickte. «Da hast du ein wahres Wort gesprochen. Sie glauben nichts von dem, was unsere Vorfahren lehrten. Und deshalb werden sie sich nicht halten können. Es ist nur eine Frage der Zeit.»

Grace lächelte, ohne zu antworten. Sie war entschlossen, sich selbst ein Bild von diesem neuen China – ihrem Vaterland – zu machen. Denn wie es auch sein mochte, es war ihre Heimat – im Guten wie im Bösen. Am letzten Tag vor ihrer Abreise hatte sie sich mit ihren zwei Schwestern in San Francisco getroffen. Sie hatten sich lange unterhalten und waren erst um Mitternacht auseinandergegangen.

«Ich habe keine Angst um dich. Ich freue mich, daß du heimgehst», hatte Mercy gesagt. «Unsere Mutter ist allein.»

Ihre Schwestern waren anders geartet als sie. Mercy, die Sängerin, war vielleicht die stärkste von ihnen, stärker noch als sie selbst, beweglicher, redefreudiger, gefühlsbetonter. Joy war die stillste, die jüngste, die Träumerin, die Malerin.

«Ich kann mir nicht vorstellen, daß ich von meinen eigenen Leuten etwas zu befürchten hätte», hatte Grace sehr bestimmt erklärt.

Joy hatte geschwiegen. Sie war klein und schlank. Ihre Bilder und sie waren merkwürdig verschieden. Die Amerikaner schlossen aus ihrem zierlichen Figürchen und ihrem sanften chinesischen Wesen, daß sie getuschte Blütenzweige und Weidenbäume malte. Statt dessen malte sie mit kühnem Pinselstrich kräftige Farben auf großformatige Leinwand. Ihr Thema war der Mensch – ausschließlich der Mensch: Männer bei der Arbeit, spielende Kinder, Frauen; ihre Frauen waren untätig und dekorativ.

«Natürlich bin ich darauf gefaßt, daß sich vieles geändert hat», fuhr Grace fort. «Aber mit Veränderungen sind die Chinesen noch immer fertig geworden. Sie nehmen Wandlungen mit Fassung auf. Ich erinnere mich –»

Wenn sie lächelte, bildeten sich Grübchen auf ihren Wangen.

«Los, weiter mit deinen Erinnerungen», hatte Mercy gedrängt.

«Ein alter Bauer wollte mit einem Flugzeug reisen, einem der ersten, die zwischen Schanghai und Peking verkehrten. Er trug einen Korb mit Hühnern auf der Schulter, von dem er sich nicht trennen wollte. Als die Maschine vom Boden abhob, war er nicht im mindesten beeindruckt – als flöge er jeden Tag mit diesem Federvieh durch die Lüfte.»

In ihrem Gelächter schwang jene Zärtlichkeit mit, die sie stets empfanden, wenn sie über ihr Volk sprachen.

«Ich vermisse diese Menschen», meinte Mercy. «Mir fehlt nicht bloß unsere Mutter, mir fehlen auch unsere Landsleute. Sie haben etwas an sich, das sie von allen anderen Völkern der Erde unterscheidet. Sie sind immer gut gelaunt.»

Die Schwestern schwiegen. Jede hing ihren Erinnerungen nach. Joy ergriff wieder das Wort. «Vielleicht wird alles besser als je zuvor. Vielleicht sind wir eines Tages wieder glücklich vereint.»

«Vielleicht», sagte Grace, «vielleicht . . .»

Eine Stunde später hatten sie sich auf unbekannte Zeit getrennt.

«Ich besuche jetzt meine Flüchtlinge», hörte sie ihre Tante sagen. «Kommst du mit?»

«Selbstverständlich.»

Sie stand auf, und während ihre Tante einem Diener Anweisungen erteilte, schaute sie vom Fenster aus auf die Stadt hinunter. Hinter den Bergen, jenseits der Grenze, erwartete sie ihre Heimat.

Sie stand an einer Straßenecke im Chinesenviertel von Hongkong. An jeder Seite ragten mächtige Gebäude empor, die die Regierung Ihrer Majestät für die Flüchtlinge vorgesehen hatte. In jedem Stockwerk flatterte bunt zum Trocknen aufgehängte Wäsche.

«Aber diese Leute haben doch alles zurücklassen müssen», rief sie aus. «Es ist nur natürlich, daß sie verbittert sind. Ich darf mich von ihrem Haß nicht beeinflussen lassen. Ich muß mir meine eigene Meinung bilden.»

«Trotzdem solltest du dir zu Herzen nehmen, was diese Menschen sagen», erwiderte die Tante. «Das sind doch gerade diejenigen, denen das neue Regime unter die Arme greifen wollte.

Und was tun die Leute, sobald sie hier in Sicherheit sind? Sie führen das gleiche Leben wie früher. Sie machen sich selbständig und gründen ein kleines Unternehmen. Siehst du den Berghang zwischen den beiden Häusern gegenüber? Die Buden, die an ihm kleben, sind aus Pappe und Holzabfällen gebaut. Dort wohnen sie nach ihrer Flucht; in jeder Flüchtlingsfamilie arbeitet jung und alt zusammen, um diese erste armselige Unterkunft in der Fremde zu errichten. Doch bald schon beziehen sie als Wohngemeinschaft eines der vielen Zweizimmerappartements und waschen ihre zerlumpten Kleider – auf den Balkons dort hinten siehst du sie flattern. Dann kaufen sie ein paar Schachteln Zündhölzer, eine Handvoll Bonbons, ein Pfund Erdnüsse – irgendwelche kleinen Dinge, die sie abpacken und an einer Straßenecke weiterverkaufen können. Sie bringen es allmählich zu etwas – natürlich bringen sie's zu etwas. Bist du schon einem Chinesen begegnet, der sich nicht hochgearbeitet hätte, sobald man ihm freie Hand ließ? In ganz Asien sind wir verhaßt, weil wir immer zu Wohlstand kommen – und sei es aus den kläglichsten Anfängen heraus. Der reichste Mann im alten Indonesien war ein chinesischer Kuli, der mit leeren Taschen eingewandert war. Seine Tochter wurde die Frau des chinesischen Gesandten in den Vereinigten Staaten. Wer sonst als ein Chinese würde innerhalb einer Generation einen solchen Aufstieg schaffen?»

«Ein Amerikaner», meinte Grace lachend.

Ihre Tante sah sie scharf an. «Ich kenne die Amerikaner nicht.»

«Nein, Tantchen, aber sie sind genauso wie wir.»

«Jedenfalls sind unter dem neuen Regime solche Dinge nicht mehr möglich», entgegnete ihre Tante, «weder einem Amerikaner noch einem Chinesen.»

Während ihres Gesprächs war über den Bergen eine schwarze, unheilvolle Wolke aufgezogen, die sich in einem plötzlichen Regenguß entlud. Die beiden Frauen fuhren im Auto zur Grenze.

Am Schlagbaum drängten sich Chinesen, die nach eventuell eintreffenden Verwandten oder Freunden Ausschau hielten. Es kamen nicht nur Flüchtlinge, sondern auch Lastenträger mit Stangen über der Schulter, an denen Körbe voll Gemüse, Obst, Geflügel und Eier baumelten.

«Wir sind derart abhängig vom feindlichen Festland, daß wir von dort sogar unser Wasser und unsere Nahrung beziehen. Wir leben auf dieser steinigen Insel –»

Grace hörte die Worte ihrer Tante nicht. Gespannt beobachtete sie die Menschen, die sich durch die wartende Menge hindurch einen Weg zum britischen Territorium bahnten. In der Mehrzahl handelte es sich um junge Männer und Frauen zwischen zwanzig und dreißig. Was trieb sie, ihr Land zu verlassen? Sie war überzeugt, daß keineswegs alle dem Arbeiterstand angehörten und manche den Anzug aus verwaschenem blauem Baumwollstoff nur als Verkleidung benutzten. Denn immer wieder sah sie wache Intellektuellengesichter. Würden auch diese Menschen in einer Hütte am Berghang wohnen und warten, bis sie zwei Zimmer in einer Bienenwabe aus Beton mieten konnten? Würden auch sie Streichhölzer an einer Straßenecke, Zigaretten oder Bohnenquarkfladen an einem Parktor verkaufen? Sie konnte es sich nicht vorstellen und wandte sich an ihre Tante.

«Das sind aber nicht nur Bauern. Was werden denn die anderen anfangen?»

«Die werden wieder verschwinden», war ihre Antwort. «Sie gehen in der Stadt auf. Sie finden zu ihren Freunden, verhalten sich still und warten.»

«Worauf denn, Tantchen?»

«Auf dasselbe wie deine Mutter.»

«Glaubst du denn, daß sich etwas ändert?»

«Es ändert sich immer etwas, zum Besseren oder zum Schlechteren. Und kann es noch schlimmer kommen?»

«Ich weiß es nicht, Tantchen.»

«Ich sage dir doch, der Tiefpunkt ist erreicht. Aber das wirst du schon selbst sehen.»

«Vielen Dank, Tantchen.»

Sie war unruhig. Sie wußte nicht, ob die Andeutungen ihrer Tante der Wahrheit entsprachen, sie verstand nicht, warum ihre Mutter ihr nicht geschrieben hatte. Sie wollte eiligst das brodelnde Hongkong verlassen, diese steil aus dem Meer ragende Insel, an deren schroffen Flanken sich Häuser über Häuser klammerten. Als eines Nachmittags ein Taifun ausbrach, der Wind an den Klippen zerrte und Regenfluten niederstürzten, stellte sie sich vor, wie alles weggewaschen und nur der nackte Fels zurückbleiben würde. Sie dachte an die erbärmlichen Buden am Berghang mit ihren Pappdeckelwänden und Wellblechdächern und an die unglücklichen Menschen, die in ihnen hausten. Konnte das, was sie in die Flucht getrieben hatte, schlimmer sein als ihr jetziges Elend? Ja, denn sie hatten die Chance, sich ein neues und besseres Leben aufzubauen. Aber was hieß schon besser? Diese Fragen nagten in ihr. Zwei Tage früher als geplant, sobald der Taifun abgezogen war, reiste sie ab.

«Ich schreib dir alles, Tantchen», sagte sie beim Abschied.

«Schreib mir ja nichts», rief ihre Tante entsetzt.

«Warum denn nicht?»

«Du wirst auf all deine Fragen Antworten finden», erwiderte ihre Tante entschieden. «Aber ich habe meine eigenen.»

Es war ein klarer Morgen. Ihre Tante brachte sie bis zur Grenze, wo ein Mann sie in Empfang nahm und ihr einen Brief überreichte. Sie öffnete ihn und erkannte an der Unterschrift, daß er von einem Genossen Tschao stammte und Willkommensgrüße enthielt.

«Wir erwarten Ihre Rückkehr mit Ungeduld», hieß es in dem Brief. «Sie werden gebraucht und erhalten jegliche Hilfe. Aber lassen Sie sich Zeit. Verweilen Sie, wenn Sie Lust dazu haben, einen oder zwei Tage in Kanton. Machen Sie sich ein Bild von der Stadt, ihren Menschen und deren Arbeit. Dann nehmen Sie den Zug nach Schanghai und bleiben zwei Tage bei Ihrer Mutter. Wir erwarten, daß Sie am dritten Tag nach Peking abreisen, wo alles für Sie vorbereitet ist. Sie müssen wissen, daß die Regierung alles tut, um die medizinische Forschung zu fördern. Die Imperialisten haben sie lange vernachlässigt, aber jetzt erwecken unsere Ärzte ihre alten Praktiken zu neuem Leben. Sie wurden zurückberufen, um an diesem wichtigen Werk zum Wohle unseres Volkes mitzuarbeiten.»

Nach der Lektüre dieses Briefes entschied sie sich, einen Zwischenaufenthalt in Kanton einzulegen, einer Stadt, die sie als Heimat schönen Kunsthandwerkes in Erinnerung hatte. In westlichen Zeitschriften hatte sie gelesen, daß die Schönheit, die altehrwürdige Schönheit Chinas, aus dem Land gewichen sei. Nun konnte sie sich selbst ein Urteil bilden. Sie setzte ihre Reise fort.

Sie hatte so viele Jahre im Ausland gelebt, daß sie vergessen hatte, wie grau eine Stadt sein kann. Vielleicht hatte sie sich zu lange in der wuchernden Wildnis des Amazonas aufgehalten und sich an die buntschillernden Farben der Orchideen im saftigen Grün gewöhnt. In ihrem Gedächtnis haftete die Üppigkeit amerikanischer Städte, die Pracht ihrer Gebäude, der Kirchen und Geschäfte, der Apartmenthäuser rings um den Central Park in New York, der alten herrschaftlichen Villen in Philadelphia und Boston, ja vielleicht auch nur das britische Gepräge Hongkongs. Wie reizlos war dagegen das heutige Kanton! Enttäuschung machte sich in ihr breit, eine schleichende Entmutigung. Die Leute waren schlecht gekleidet, auch erinnerte sie sich nicht, daß man in ihrer Kindheit in der Stadt barfuß gegangen wäre. Nur hin und wieder fuhr ein gut angezogener Mann auf einem Fahrrad vorüber, blieb eine Frau in einem hübschen, langen Gewand an einem Gemüsestand stehen. Es entging ihr jedoch nicht, daß auch die Unbemittelten frisch und sauber aussahen. Sie hatte viel über den Feldzug gehört, den das neue China gegen den Schmutz und die Fliegen geführt hatte. Jetzt waren die ehemals von Abfällen überquellenden Straßen sauber, aber die kleinen Handwerkerläden waren ebenfalls verschwunden.

Grace näherte sich einer bejahrten Frau in einem modischen Kostüm aus schwarzem Flor. «Ältere Schwester, kannst du mir sagen, ob es in dieser Stadt noch Elfenbeinschnitzer gibt?»

Die Frau sah sie starr an. «Die richtige Anrede heißt ‹Genossin›!» erwiderte sie barsch.

«Verzeihung», stotterte Grace. «Ich bin eben erst über die Grenze gekommen.»

«Und die Elfenbeinarbeiter sind dort drüben.» Mit einer Kinnbewegung wies die Frau ihr die Richtung.

«Vielen Dank.»

Sie bemühte sich, «Genossin» zu sagen, aber das ungewohnte Wort kam ihr nicht über die Lippen. Ich muß noch viel lernen, sagte sie sich.

Die angegebene Stelle war nicht die Zeile kleiner Häuschen, in denen jeweils ein Handwerker im Kreise seiner Familie wohnte und wirkte. Sie stand vor einer mittelgroßen Fabrik, in der sie nicht nur eine bemerkenswerte Ausstellung von Elfenbeinarbeiten vorfand, sondern endlich auch die Elfenbeinschnitzer selbst. Auf ihrem Rundgang sah sie viele erlesene Gegenstände aus Edelsteinen, die aus den Ländern Südostasiens stammten. Sie mochte jedoch das rahmweiße Elfenbein nach wie vor am liebsten, diese knochenharte Substanz, die trotzdem nachgiebig war wie lebendes Gewebe. Jeder Handwerker hatte seinen eigenen Arbeitsplatz, und er erhielt das Material zugeteilt. Gleichgültig, ob er den ganzen Stoßzahn eines Elefanten oder nur ein Bruchstück erhielt: Er versenkte sich in seine künstlerische Aufgabe, und das Rohmaterial nahm unter seinen Händen Gestalt an. Ein neues Werk entstand. Sie sah auch Schaustücke, die sie von früher kannte, ineinander passend geschnitzte Beinkugeln, bis zu sechsundzwanzig an der Zahl. Aber diese Kunstgegenstände ließen sie kalt. Kunst, so schien es ihr, plakatiert sich nicht, sie setzt sich nicht in Szene; unmerklich wie der Atem einer dunstverschleierten Landschaft geht ihre Aussage in die Wahrnehmung ein. Sie sah solch eine Landschaft in Elfenbein geschnitzt, mit Trauerweiden und Blütenbäumen – ein sprechendes Bild des Frühlings. Sie sah Gallionen in vollen Segeln, flatternden Wimpeln und winzigen, sich gegen den Wind stemmenden Figürchen. Sie sah einen Elfenbeinfischer sein Elfenbeinnetz auswerfen, das

Masche für Masche von einem elektrischen Bohrer ausgeführt war.

«Ein Bohrer?» fragte sie den Schnitzer. «Und wie nun, wenn die Spitze abrutscht? Dann ist doch das ganze Werk zerstört.»

Der Befragte, ein bronzefarbener alter Mann, lächelte. «Er rutscht nie ab», sagte er.

Zwischen den Elfenbeinstücken hin- und hergehend, prüfte sie genau die jeweilige Verarbeitung. Sie sah Dschunken mit gewundenen Seilen, sich drehende, schleierumflatterte Tänzerinnen, alte Männlein und Weiblein mit runzligen Gesichtern, lachende Buddhas – alles aus Elfenbein. Diese Gegenstände waren für den Export durch die Schleuse Hongkong bestimmt, aber es gab auch Raritäten, die nicht ausgeführt werden durften. So sah sie eine dreizehn Stockwerk hohe Pagode mit freischwingenden Glöckchen, Palastgärten mit naturgetreu nachgeformten Bäumen und Blumen sowie bizarre Gebirgslandschaften.

Dann besichtigte sie die Abteilung mit den Plastiken aus Jade. Sie bewunderte die Geschicklichkeit, mit der sich die Kunsthandwerker die natürliche Färbung ihres Materials zunutze machten, um violette Weintrauben, grüne Blätter und grauen Fels nachzubilden. Auch sah sie blaßgrün getönte Panther, Tiger und Schoßhunde. Sie entdeckte schöne Dinge aus einfacherem Material, aus Holz und Bambus, ja selbst aus Papier, das kundig geführte Scheren in Szenerien zu Wasser und zu Lande verwandelt hatten. Aus ihrer Kindheit stieg die Erinnerung auf, daß ihre Mutter an Feiertagen die Dienerschaft angewiesen hatte, solche Papierbilder als Glücksbringer an Türen und Toren zu befestigen, und daß die Bilder damals jedenfalls aus einem Stück geschnitten waren und keine Klebestellen aufwiesen.

Als sie sich sattgesehen hatte, wandte sie sich an ihren Führer. «Es freut mich, zu sehen, wie dieses alte Handwerk lebendig erhalten wird. Aber ich bin doch erstaunt, daß das neue Werkzeug ebenso tauglich ist wie das alte.»

«Es leistet sogar mehr», entgegnete ihr Begleiter. «Schauen Sie sich doch mal diese steinernen Krabben an.»

Die Gegenstände, auf die er sie hinwies, waren grau wie die im Meer lebenden Krabben, doch vertiefte sich die Tönung naturgetreu am Kopfende des Panzers, und die steinernen Fühler waren so fein, daß sie vibrierten, als Grace sie berührte.

«Unglaublich», staunte sie.

Diese Nacht schlief sie in einem chinesischen Gasthaus. Es war ihr lieber als das prächtige Ausländerhotel, das vornehmlich für die Besucher der Kantoner Exportgütermesse errichtet worden war. Die Kost war einfach, aber man setzte ihr längst vergessene Gerichte vor. Schließlich ging sie zu Bett. Sie war entschlossen, nicht länger in dieser grauen und stillen Stadt zu bleiben. Denn nun, da der Tag zu Ende ging, kam ihr zum Bewußtsein, daß dieses neue Volk ein schweigsames Volk war. Dabei erinnerte sie sich noch gut, was für ein lautes und fröhliches Leben einst auf den Straßen chinesischer Städte geherrscht hatte, wie die Nachbarn einander zugerufen, die Straßenhändler ihre Waren ausgeschrien, lachende Kinder sich gebalgt hatten. Nun aber gingen die Leute schweigend ihrer Wege, und wenn jemand den Mund auftat, dann sprach er wenig und mit gedämpfter Stimme. Sie hätte diese Stadt freudlos genannt, wären ihr nicht die herrlichen Gegenstände aus Elfenbein und Jade, aus Holz, Bambus und Papier wieder in den Sinn gekommen, die sie hier gesehen hatte. So war auch diesem neuen Lebensstil ein wesentliches, aus ihrer Kindheit her wohlvertrautes Element zu eigen: die Schönheit.

Vom Fenster ihres Zugabteils aus konnte sie sehen, daß das Land wohlbestellt war. Noch immer war die Erde die Lebensspenderin. Bis zum Horizont erstreckten sich die Felder, auf denen der junge Reis grünte. Jeder Fleck Erde, jeder noch so schmale Rain war mit Gemüse bepflanzt, als könne das Volk nie mehr vergessen, daß es einmal Hunger gelitten hatte.

Ja, sogar das Land war verändert. Die kleinen Äcker von früher waren verschwunden. Man hatte die Zäune abgerissen, Gräben aufgefüllt und Feldwege bepflanzt, so daß weiträumige Flächen mit wogendem Grün entstanden waren. Eine reiche Ernte stand bevor. Wer mochte die alten Umfriedungen beseitigt und die Landschaft in jenen großen Garten verwandelt haben, der da an ihren Augen vorüberzog?

Es drängte sie, zu fragen, wie das alles vor sich gegangen war, aber in ihrem Abteil saß niemand, dessen Aussehen sie zu einer solchen Unterhaltung ermutigt hätte. Ihre drei Mitreisenden waren Männer, einer davon ihr schweigsamer Führer, der mit ausdrucksloser Miene die gegenüberliegende Wand anstarrte, die anderen zwei junge Burschen in der üblichen Landestracht, hochgeknöpfte Jacke mit engem Stehbündchen und Hosen aus ein und demselben dunkelfarbigen Baumwollstoff. Diese beiden lasen in kleinen Büchern und unterbrachen ihre Lektüre nur, um sich gelegentlich etwas auf den Rand zu notieren. So fühlte sie sich völlig isoliert, wandte sich wieder zum Fenster und sah zu, wie die Sonne im Abenddunst unterging.

Offenbar hätte ihre Reise ursprünglich direkt nach Peking führen sollen, denn sie fuhren nach Hankau, statt den Weg nach Osten, in Richtung auf die Küste und Schanghai einzuschlagen. Sie hatte ihren Führer um eine Erklärung gebeten und war von ihm kurz abgefertigt worden.

«Sie werden in Hankau die neue Brücke besichtigen. Und dann nehmen Sie den Flußdampfer nach Schanghai.»

Sie hatte keine Einwände gegen diesen Umweg erhoben, denn sie war neugierig auf das großartige Bauwerk, diese berühmte Brücke über das breite Bett des Jangtsekiang, deren Errichtung westliche Ingenieure für unmöglich gehalten hatten. Dennoch war sie gebaut worden, und sie sollte sie mit eigenen Augen sehen. Bis dahin aber bot sich das Bild fruchtbarer Provinzen, über die sich ein wasserklarer Himmel wölbte. Auch hier war der Reis von saftigem Grün; soweit sie es von ihrem Abteilfenster aus erkennen konnte, hatte sich an den Dörfern, diesen Zusammenballungen menschlichen Lebens, kaum etwas verändert. Wie eh und je zogen graue Wasserbüffel Holzpflüge über die Felder. Alles war wie früher – halt, nein, die einst kahlen Hügel, auf denen nur struppiges Gras zum Heizen wuchs, waren mit jungem Baumbestand aufgeforstet. Bewässerungsanlagen spendeten Wasser. Dann sah sie, wie Bauern ein weißes Pulver über die Felder streuten, zweifellos Kunstdünger, den ihnen die Kommunen zur Verfügung stellten. Dieser Staat produzierte also Kunstdünger. Demnach mußten eine chemische Industrie und vielleicht auch Fabriken für chemische Arzneimittel existieren.

In Honan zeigten zwar die Bauten noch ihr altes Gesicht, aber die Menschen waren besser gekleidet. Sie trugen weniger ausgebleichte und nur selten geflickte Kleider. Grace mußte daran denken, daß diese Provinz die Heimat Mao Tse-tungs war und daß sein Vater, ein begüterter Landwirt, den rebellischen Sohn hatte zwingen wollen, Dorfschullehrer zu werden. Mao Tse-tung ein Dorfschullehrer! Sie sah einen träge dahinströmenden Fluß, auf dem Dschunken trieben. Dschunken, mit denen Waren befördert wurden, und für den Fischfang ausgerüstete Dschunken. Und das, was nun in Sicht kam, waren zweifellos die Produktionsgenossenschaften. Denn hier pflügten nicht mehr einzelne Bauern hinter einem langsam dahintrottenden Büffel, sondern Gruppen von rund zwanzig Männern und Frauen bestellten die riesigen Felder. Nur auf einem kleinen Fleckchen Erde sah sie noch Kinder arbeiten. Das mußten wohl die Parzellen sein, die man den Familien zur privaten Nutzung zugeteilt hatte.

Am folgenden Tag reisten sie durch die nächste Provinz. Roter Lehmboden, kahle Berge und alte Ansiedlungen prägten das Landschaftsbild. Auf den Tennen wurde Gerste gedroschen. Sie erinnerte sich, daß in ihrer Kindheit Schwärme von Vögeln über den Dreschplätzen kreisten, die sich immer wieder dreist unter die Hühner mischten und die Körner pickten. Jetzt gab es keine Vögel mehr, da man sie auf behördliche Anweisung ausgerottet hatte. Zu spät hatte die Regierung dann bemerkt, daß ohne Vögel die Insektenplage überhand nahm.

Am Abend des nächsten Tages sah sie dann die gewaltige Brücke über den Jangtsekiang, dieses Symbol für das Selbstbewußtsein eines Volkes. Der Zug hatte in Wutschang noch einmal gehalten und ratterte nun auf den Fluß zu. Sie ließ das Fenster herunter und blickte hinaus. Die Brücke stand auf acht großen, zu beiden Seiten des Ufers tief im Boden verankerten Pfeilern. Es war ein mächtiges Bauwerk mit drei Geschossen, das unterste für die Eisenbahn, darüber eins für Lastwagen und Omnibusse, ganz oben das Fußgängergeschoß. Sie befanden sich nach ihrer Schätzung siebzig bis achtzig Meter über dem Fluß, als der Zug seine Geschwindigkeit herabsetzte. Unter ihr flossen die gigantischen Wassermassen von ihrer Quelle in den westlichen Bergen dem anderthalbtausend Kilometer entfernten Meer zu. Im Schneckentempo legte der Zug die einhundertsechsundsiebzig Meter Spannweite der Brücke zurück. Grace blickte auf den majestätischen Strom hinunter und fühlte unbändigen Stolz auf ihr Volk in sich aufsteigen. Wenn ihre Landsleute die Brücke hatten bauen können, gab es dann noch etwas, wozu sie nicht fähig waren?

Grace blickte dem Zusammentreffen mit ihrer Mutter sehnsüchtig und zugleich mit Bangen entgegen. Ob sie ihre Mutter gealtert und von Mühsal gezeichnet vorfinden würde? Alle Berichte über China, die in Amerika kursierten, handelten von Not und Gewalttaten. Sie hatte die Briefe ihrer Mutter sorgfältig gelesen, aber es sprach weder Freude noch Kummer aus ihnen. Gelassen schilderte sie kleine Alltagsbegebenheiten, beschrieb sie den Garten, das Haus, das Personal. Nicht der geringste Hinweis auf die ungeheuren Umwälzungen. Nie schrieb ihre Mutter von Krankheit, von Hunger oder Einschränkungen. Folglich setzte sie wohl irgendwie ihr altes Leben in der neuen Umwelt fort. Anders konnte es sich Grace nicht vorstellen.

Dennoch schlug ihr das Herz bis zum Halse, als sie, endlich in Schanghai angekommen, vor dem Tor stand. Ihr Führer hatte sie in seiner stummen, wenngleich höflichen Allgegenwärtigkeit auch hierher begleitet.

«Wir haben Befehl, sofort den Wohnsitz Ihrer Mutter aufzusuchen», hatte er ihr beim Verlassen des Schiffes mitgeteilt, das sie den großen Fluß hinunterbefördert hatte. Der Dampfer hatte einst der Firma Jardine Matheson gehört und war jetzt chinesisches Eigentum. Früher hatten sie stets englische Schiffe benutzt, wenn sie vor der Hitze des Flußdeltas in die Berge von Kiangsi geflüchtet waren. Zwar war die Einrichtung etwas schäbig und der Anstrich erneuerungsbedürftig; ansonsten aber waren die Schiffe nach wie vor in gutem Zustand. Der chinesische Kapitän war wortkarg und tüchtig, wie hier überhaupt jedermann wortkarg und tüchtig zu sein schien. Ohne viel zu reden, hatte sie die drei Tage Flußfahrt verbracht, vollauf damit beschäftigt, die großartige Landschaft in sich aufzunehmen und ein Wiedersehen mit jenen Orten zu feiern, die sie von lang zurückliegenden Vergnügungsreisen mit ihrer Mutter kannte.

«Weiß meine Mutter, daß wir kommen?» fragte sie.

«Selbstverständlich», antwortete ihr Führer. «Es ist alles vorbereitet und in bester Ordnung.»

Grace warf ihm einen Seitenblick zu. Er war ein sanftes, farbloses Männchen, dessen Anwesenheit sie fortwährend vergaß, obwohl sie nun schon mehrere Tage beisammen waren. Er war stets höflich und darauf bedacht, rasch ihre Wünsche zu befriedigen. Manchmal glaubte sie, er sei verschwunden, aber sowie sie sich in Bewegung setzte oder nur den Kopf drehte, war er wieder da. Ob er wohl für jeden ihrer Schritte Anweisung hatte – wann sie essen mußte, wie ihre Mahlzeiten zuzubereiten waren, wo sie schlafen, wo sie hingehen, was sie ansehen sollte? Sie lächelte über ihre Eitelkeit. Eine so wichtige Persönlichkeit war sie nun auch nicht. Außerdem lief alles so reibungslos, daß ihr nichts zu wünschen übrigblieb, nur daß sie eben keine eigene Entscheidung treffen konnte. Noch ehe sie ein Anliegen vortragen konnte, waren bereits Abmachungen getroffen, die zu ändern schwierig gewesen wären.

Wieder klopfte ihr Führer an das Tor, und nun öffnete es sich. Der Pförtner war ihr unbekannt, aber sie war darauf gefaßt, da sie durch einen Brief ihrer Mutter wußte, daß ihr früherer Torhüter jetzt in einem Altersheim lebte. Diese Heime waren ebenfalls neu. In ihrer Kindheit hatte es noch keine solche Anstalten gegeben; damals sorgte jede Familie selbst für ihre betagten

Mitglieder. Aber vielleicht hatte dieser alte Diener keinen Sohn.

«Die Genossin *T'ai-t'ai* erwartet Sie», sagte der Wächter und verband so die alte mit der neuen Anrede.

Er ging vor ihr her, ein magerer alter Mann mit hängenden Schultern. Der Führer folgte ihr. Auf einen Zuruf des Torhüters ging die Haustür auf. Ein weiterer Diener, ein junger Bursche in der landesüblichen blauen Baumwollmontur, verbeugte sich zur Begrüßung.

«Bitte tretet ein», forderte er sie auf.

Auch die Redeweise war neu für sie. Früher hätte er sie mit «junge Herrin» oder «ältere Schwester» angesprochen und ihr die geziemenden Ehren erwiesen.

Er führte sie durch eine quadratische Eingangshalle, die ihr so fremd war wie das ganze Haus. Als die Brandons noch in Schanghai wohnten, hatte sie sie nur ein- oder zweimal besucht. Doch hatte sie das ganze Wochenende vor ihrer Abreise nach Hongkong in ihrem Heim in San Francisco zugebracht.

«Laß von dir hören, Liebes», hatte Mrs. Brandon sie gedrängt. «Deine gute Mutter schreibt uns nie. Vermutlich darf sie nicht.»

«Unsinn», hatte sie erwidert. «Sie wird einfach keine Zeit haben. Zudem hat sie nie gern Briefe geschrieben. Selbst wir, ihre Töchter, hören von ihr höchstens zwei-, dreimal im Jahr.»

«Hoffentlich hast du recht», hatte Mrs. Brandon nachdenklich gesagt. «Man hört da Sachen, die mir ganz und gar nicht gefallen.»

Der Diener öffnete eine Tür. «Sie ist da», verkündete er.

Madame Liang saß in einem großen, geschnitzten Lehnstuhl, die Hände im Schoß gefaltet. Seit zehn Minuten hielt sie die Augen starr auf die Tür gerichtet. Man hatte ihr den genauen Zeitpunkt genannt, an dem ihre Tochter ankommen würde, und sie zweifelte nicht, daß im angegebenen Augenblick, also jetzt, die Tür aufgehen und Grace ins Zimmer treten würde. Und nun sah sie eine junge Frau vor sich, eine sehr schlanke, unerwartet hochgewachsene Gestalt in einem westlichen Kostüm aus weichem, grauem Wollstoff. Das Gesicht war unverändert, nur die kindlichen Züge waren verschwunden. Es war das Gesicht einer innerlich gefestigten, resoluten Erwachsenen. Das schwarze Haar war kurz geschnitten und leicht gelockt. Die dunklen Augen blickten fest.

«Mutter», sagte Grace leise.

Madame Liang stand auf, kam ihr aber nicht entgegen. Abwartend sah sie den Führer an. Der verstand, hüstelte ein wenig und trat zwei Schritte vor.

«Genossin Liang?» fragte er.

«Die bin ich», antwortete Madame Liang.

«Ich habe Ihre älteste Tochter weisungsgemäß hierhergebracht. Hiermit übergebe ich sie Ihnen und bitte um Bestätigung.»

«Ich bestätige es», erwiderte Madame Liang.

«Dann verabschiede ich mich jetzt», sagte er mit einer kurzen Verbeugung, die kaum mehr als ein Kopfnicken war. Mit derselben Geste wandte er sich an Grace.

«In drei Tagen reisen Sie nach Peking weiter. Ich hole Sie ab und begleite Sie.» Ohne ein weiteres Wort verließ er den Raum. Der Diener machte die Tür zu. Mutter und Tochter waren allein.

«Mutter», wiederholte Grace. Sie verspürte eine merkwürdige Beklemmung. Es drängte sie, die Arme um ihre Mutter zu legen, und doch zögerte sie. Madame Liang ging auf sie zu, nahm ihre Hand, streichelte sie und sah ihr in die Augen.

«Du bist noch die gleiche, und doch hast du dich sehr verändert», sagte sie mit ihrer sanften Stimme. Sie sprach so leise, daß Grace sie kaum verstand.

«Dafür hast du dich gar nicht verändert, Mutter», gab sie zurück. «Oder nur sehr wenig.»

«Ich lebe hier», sagte Madame Liang vage, beinah ausweichend. «Ich lebe hier», wiederholte sie und nickte dazu mit dem Kopf.

«Ich glaube, du bist abgemagert», meinte Grace.

«Ich werde alt», erwiderte Madame Liang. Sie zog ihre Tochter zu einem Sofa, und dort saßen sie, noch immer Hand in Hand, und sahen einander an. Schließlich ergriff Madame Liang wieder das Wort.

«Du sollst es wissen», sagte sie. «Du sollst wissen, daß ich ihnen alles verzeihe.»

«Was meinst du damit, Mutter?» fuhr Grace auf. «Wem willst du verzeihen?»

Mit einemmal hatte sie den Eindruck, daß ihrer Mutter nicht wohl war. Diese seltsame Unbestimmtheit – was hatte das bloß zu bedeuten? Auch merkte sie erst jetzt, daß sie sich auf englisch unterhielten. Es war ihr nicht gleich aufgefallen, weil sie an diese Sprache gewöhnt war. Aber in früheren Zeiten hatten sie im Familienkreis ausschließlich chinesisch gesprochen. Gewiß, sie hatte sich in San Francisco auf englisch von ihren Schwestern verabschiedet – sie alle hatten die Sprache ihres Gastlandes angenommen –, aber warum fuhr sie hier damit fort, und warum ging ihre Mutter darauf ein?

«Wir sprechen ja englisch», sagte sie verwundert.

«Es ist sicherer», erwiderte ihre Mutter.

Aber nach einem weiteren Augenblick des Schweigens, währenddem jede von neuem im Gesicht der anderen las, wechselte

Madame Liang zum Chinesischen über. Das geschah so mühelos, als hätten die letzten Minuten nicht existiert, als sähen sie sich erst jetzt nach langer Trennung wieder.

«Du wirst müde sein», sagte sie. «Und Hunger wirst du auch haben. Die lange Reise – wer weiß, welche Strapazen du hinter dir hast.»

Grace antwortete ihr auf chinesisch, was ihr nach dem langjährigen Umgang mit dem rauhen Englisch nicht ganz leichtfiel. «Mir hat es an nichts gefehlt. Dafür hat schon mein Führer gesorgt.»

«Das bezweifle ich nicht», meinte Madame Liang wegwerfend. «Und ob der sich um alles gekümmert hat. Das war ihm ja vorgeschrieben, er hat nur seine Pflicht getan. Aber jetzt laß uns auf dein Zimmer gehen. Es wartet auf dich.»

Sie stand auf und führte ihre Tochter an der Hand die große Treppe hinauf. Im zweiten Stock machte sie eine Tür auf.

«Ich hab dich neben meinem Schlafzimmer einquartiert», sagte sie. «Wenn du in der Nacht nach mir rufst, kann ich dich hören.»

Grace lächelte. «Ich bin so glücklich und zufrieden, wieder bei dir zu sein, Mutter. Ich werde nicht aufwachen.»

«Das weiß man nie», sagte Madame Liang vieldeutig. «Manchmal hört man Lärm – Straßenlärm. Es ist besser, die Fenster nicht aufzumachen.» Plötzlich verflog ihre Unbestimmtheit. «Mach dich frisch, mein Kind, und komm dann in mein Zimmer. Heute abend gehe ich nicht ins Lokal hinunter. Wir lassen uns das Essen in der kleinen Bibliothek neben meinem Schlafzimmer auftragen. Da können wir miteinander reden. Drei Tage werden nicht ausreichen für all das, was wir uns zu fragen und zu erzählen haben.»

Die zwei Frauen sahen einander prüfend an, und dann fielen sie sich um den Hals. Die Tochter spürte in ihren Armen die schmächtige, feingliedrige Gestalt ihrer Mutter. Die Mutter spürte in ihren Armen die starke, große Gestalt ihrer Tochter. Beide wußten instinktiv, daß sie einander vertrauen konnten.

«Und nun sag mir», bat Grace, «was du gemeint hast, als du vom Verzeihen sprachst.» Sie waren allein, die Stunde für ein eingehendes Gespräch war gekommen. Tschu Ma hatte ihnen das Essen serviert, Delikatessen, die vom Restaurant heraufgeschickt worden waren, Gerichte, die Madame Liang selbst ausgesucht hatte. Sie hatte diese Mahlzeit sehr bedacht zusammengestellt. Sollte sie ihrer Tochter jene Spezialitäten vorsetzen, die sich nur die Reichen leisten konnten, oder sollte sie ihr die einfache Kost auftischen, mit der sich das Volk begnügen mußte? Schließlich hatte sie sich für die üppigen, sonst nur wenigen Gästen bestimmten Speisen entschieden, und zwar aus zwei Gründen: erstens – und das schien ihr das wichtigste – sollte sich ihre Tochter selber umsehen und den wahren Sachverhalt erkennen. Zweitens lag ihr daran, daß sie zuerst die Ernährungssituation erkannte. Mochte Grace von Tag zu Tag genauer erfahren, was ihr noch alles bevorstand. So sprach Grace den erlesenen Köstlichkeiten in aller Unschuld und Unwissenheit zu, wobei sie ein ums andere Mal erklärte, daß sie derartige Gerichte seit ihrer Abreise aus Schanghai nicht mehr gegessen habe.

«Ich möchte bloß wissen, wieso die ausländische Presse unentwegt von Hungersnöten in China berichtet», ereiferte sie sich. «Dafür gibt es doch keinerlei Anzeichen. Die Bauern wirtschaften produktiv.»

«Sie sind keine Bauern im üblichen Sinn mehr – also Menschen, die allein mit ihrer Hände Arbeit das Feld bestellen», entgegnete Madame Liang. «Heutzutage arbeiten wir alle mit den Händen; der Gelehrte, der Intellektuelle . . .»

Grace lachte schallend. «Mutter», sagte sie auf chinesisch, «machst du Propaganda? Bitte hör auf damit, das ist bei mir nicht nötig. Ich glaube es ja. Ich fragte nur, weil mir das als erstes aufgefallen ist.»

Madame Liang lächelte und verrührte mit ihren elfenbeinernen Eßstäbchen Hühnerfleisch und Pilze. «Du wirst auf Gutes und Schlechtes stoßen», sagte sie mit ihrer ruhigen Stimme. «Hier ist ein Stück Leber. Du mochtest doch Hühnerleber immer so gern.»

«Und du hast nichts vergessen, Mamachen!»

Als das Geschirr abgetragen war, erinnerte sie sich wieder an die Frage, auf die sie noch keine Antwort erhalten hatte. Erneut verfiel sie ins Englische.

«Mutter, du hast mir noch nicht gesagt, was du gemeint hast, als du von Vergebung sprachst. Wir haben uns von der Hühnerleber ablenken lassen.»

Im Zimmer herrschte Stille, die Türen waren verriegelt, die Fenster geschlossen. Wenn sie aufmerkte, konnte sie das Stimmengemurmel unten aus dem Lokal hören. Aber sie achtete nicht darauf. Die Atmosphäre des geräumigen Zimmers hatte etwas Erlesenes, ja Kostbares, zu dem die Anmut ihrer Mutter ihren Teil beitrug. Weder sie noch ihre Schwestern hatten die Schönheit ihrer Mutter in vollem Ausmaß geerbt. Trotz ihrer fünfundfünfzig Jahre war Madame Liang schlank und kräftig; unter dem anliegenden Gewand aus blaßgrünem Satin zeichneten sich schmale Hüften, eine enge Taille und kleine, feste Brüste ab. Ihr Hals war glatt, ihre Haut faltenlos. Sie paßte in diesen von ihr geschaffenen Raum wie ein Edelstein in seine Fassung. Grace hatte nicht damit gerechnet, in ihrer Mutter noch das erlesene Geschöpf von einst wiederzufinden.

«Ich müßte sehr weit zurückgehen, um deine Fragen zu beantworten», meinte Madame Liang.

Sie sprach wieder englisch, ganz unbewußt, als sei ihre Tochter eine Ausländerin geworden. Es war ein makelloses, beinah akzentfreies Englisch.

«Bitte, tu mir den Gefallen!» bat Grace.

«Und du hast mir noch nichts von deinen Schwestern und deiner Tante in Hongkong erzählt?»

«Beantworte mir erst meine Frage, dann stehe ich dir voll und ganz zur Verfügung.»

Madame Liang zündete sich eine Zigarette an. Diese Luxusartikel wurden ins Land geschmuggelt, aber sie fragte nicht, auf welchem Wege. Minister Tschao versorgte sie mit Nachschub.

«Ich verzeihe meinem Volk», sagte sie langsam, «weil es erstens mit äußerster, ja übermenschlicher Anstrengung darum ringt, eine Stabilität zu schaffen, und zweitens, weil alles, was dieses Volk tut, fühlt und sagt, ja überhaupt alles, was geschieht, das Resultat früherer Ereignisse, also ein historischer Prozeß ist. Jedes Ereignis wurzelt in der Geschichte.»

«Ich hab mich mit chinesischer Geschichte befaßt», bemerkte Grace, «aber eine Erklärung habe ich durch diese Studien nicht gefunden.»

Madame Liang ließ einige Minuten verstreichen, rauchte gedankenverloren und klopfte mit dem kleinen Finger die Asche ab. Plötzlich drückte sie die Zigarette in einem Porzellanschälchen aus.

«Ich will den Kern der Sache umreißen», sagte sie. «Jahrtausendelang war unsere Schwäche der Hochmut. Wir glaubten und wir glauben noch, daß wir der edelste Menschenschlag, das beste Volk sind. Zu Recht gewöhnten wir uns daran, die erste Nation der Welt zu sein und eine allen anderen überlegene Kultur zu besitzen. Wir waren die ältesten. Andere Völker stiegen empor und starben aus, andere Nationen erlebten Blütezeiten und gingen unter, aber unser Reich und unser Volk dauerte fort, denn wir waren das Herzstück dieser Erde. Wir wußten das, und dieses Wissen, diese Gewißheit, wurde uns zum Verhängnis. Wir konnten nicht glauben, daß es an der Zeit sei, uns zu wandeln, als die Menschheit eine neue Macht gewann: die Macht der Wissenschaft, die sich uns zuerst in neuen Waffen offenbarte. Diese neuen Waffen, von einigen wenigen erfunden, wurden bald von vielen angewandt. Ein einziger Mann, der einen neuen Vernichtungsapparat konstruiert, verleiht einem Heer von Unwissenden, die nur einen Abzug bedienen können, die uneingeschränkte Macht über Leben und Tod. Diese Wissenschaft wurde unser Verderben, und die ganze Weisheit eines Konfuzius konnte uns nicht retten.»

Erstaunt starrte ihre Tochter sie an. «Du sitzt hier mutterseelenallein und hegst solche Gedanken!»

«Ich sitze hier mutterseelenallein und hege solche Gedanken», bestätigte Madame Liang. «Wer leistet mir jetzt noch Gesellschaft, wenn nicht meine Gedanken? Ja, wir sind sowohl das weiseste wie auch das dümmste Volk – das weiseste, weil wir das Richtige geglaubt haben. Auch unter uns gab es helle Köpfe. Einer von ihnen erfand das Schießpulver, ein anderer konstruierte einen Flugapparat, wieder einer erfand den Buchdruck, ein weiterer ... aber warum soll ich diese altbekannten Tatsachen wiederkäuen. Wir waren die ersten, sogar auf dem Gebiet der Erfindungen.»

«Wir machten zwar Erfindungen, bauten sie aber nicht aus. Wo lag der Fehler?»

«Unser nächster Fehler», antwortete Madame Liang, ihrer Tochter gerade in die Augen sehend, «bestand darin, daß wir blindes Vertrauen in die Weisheit unserer Heiligen setzten. Sie lehrten uns, daß die Grundvoraussetzung für den Fortbestand des Lebens nicht das Töten, sondern schöpferisches Wirken sei. Daß man andere so behandeln müsse, wie man selbst von ihnen behandelt werden wolle. Daß man so für die Alten sorgen solle, wie man es sich für sein eigenes Alter wünsche. Daß das Geheimnis des Lebens in der Wechselseitigkeit aller menschlichen Beziehungen liege – so lehrten uns unsere Weisen. Und all dies stimmte so lange, wie wir in Frieden lebten, indes die anderen in Kriegen und Machtkämpfen umkamen. Ja, wir waren gut beraten. Aber dann ließen uns unsere guten, großen Männer im Stich.»

«Wie meinst du das, Mutter?»

«Sie hatten nicht bedacht, daß auch der Rechtschaffene und der Weise dem Mann mit der Waffe in der Hand auf Gnade und Ungnade ausgeliefert ist. Leider. Heute weiß ich das, und darum schweige ich, gehe meiner Arbeit nach und behalte meine Gedanken für mich. Ich vertraue mich niemandem an. Die alten Lehren taugen nicht mehr, nicht weil sie falsch wären, sondern weil unsere Umwelt barbarisch ist. Müssen auch wir Barbaren werden, um zu leben?»

Sie hielt inne und schüttelte seufzend den Kopf. «Das ist jetzt die große Frage. Muß Waffengewalt mit Waffengewalt vergolten werden? Müssen wir, die wir alt und weise sind, auf die Stufe der jungen und tieferstehenden Völker hinabsteigen?»

Sie zündete sich eine weitere Zigarette an; der große Jadering an ihrem linken Zeigefinger glänzte im Licht der Streichholzflamme. «Und doch hätten wir womöglich unsere Vorrangstellung behauptet, wenn sich nicht die Geschichte gegen uns verschworen hätte.»

«Wovon sprichst du, Mutter?» Grace saß vorgebeugt auf ihrem Stuhl, den Blick gebannt auf ihre Mutter geheftet.

Madame Liang zog zweimal an ihrer Zigarette, ehe sie antwortete. «Ich kann Vorgänge, die sich über Jahrhunderte hinzogen, nicht mit ein paar Sätzen umreißen. Was ich dir sage, das ist wie der Kern in einer Nuß, der Samen in einer Frucht, die die Anstrengung des ganzen Baumes, ja das Wesen seines Daseins verkörpert. Ich habe euch, meine drei Töchter, in ein fernes Land geschickt, weil ich ahnte, daß die Verkettung der Ereignisse Unheil über unser Volk bringen würde. Ich möchte, daß ihr überlebt.»

«Von welchen Ereignissen sprichst du?» wollte Grace wissen.

Madame Liang legte die Zigarette in den Aschenbecher, um die Finger zum Abzählen frei zu haben. Sie begann mit dem kleinen Finger der linken Hand und zählte bis zum Daumen durch: «Erstens: In unserer Heimat rückte das natürliche Ende einer Dynastie heran. Die Witwe des Kaisers war dem Tode nahe und hatte keine Erben. In solchen Zeiten zerfällt unser Land in Teilgebiete, die starke junge Männer, auf ihre Privatarmee gestützt, an sich reißen. So ist es immer gewesen. Einer von ihnen bezwingt dann seine Rivalen und trägt den Sieg davon und wird der erste Kaiser der neuen Dynastie. Ein gesunder Prozeß, denn der neue Herrscher ist ein Mann des Volkes, der seine Führernatur unter Beweis gestellt hat. Aber diesmal, und damit kommen wir zu Punkt zwei, fand der Sieger keinen Thron vor, auf den er sich hätte setzen können. Welche Verwirrung! Und warum gab es keinen Thron mehr?»

Madame Liang knickte den dritten Finger ein. «Weil ein junger Christ, Sun Yat-sen, unser gesamtes Staatsgefüge zum Einsturz gebracht hatte. Das war in meiner Jugendzeit, lange vor deiner Geburt. Wir hatten keinen Thron mehr, aber wir hatten ihn, unseren Anführer. Dein Vater war mit Sun Yat-sen befreundet, und ich gehörte zu den abertausend Anhängern, die er unter der Jugend hatte. Wir träumten von einer neuen Regierung, die unserem Volk nutzen könnte. Wir träumten von einem neuen Vaterland, das stark genug sein würde, sich der habgierigen westlichen Völker zu erwehren, die es nach unserem Grund und Boden gelüstete. Ach, was hatten wir für Ideale! Und die Nation hielt stand. Familientraditionen und unser seit undenklichen Zeiten bewährter Beamtenapparat sorgten für Ruhe im Volk, während wir den Wandel herbeiführten.»

«Aber warum mußte dabei gleich alles Vergangene über Bord geworfen werden, Mutter?» fragte Grace nicht ohne Vorwurf.

Madame Liang schnitt ihr ungeduldig das Wort ab. «Weil wir das – ob zu Recht oder Unrecht – für den einzigen Weg hielten, um an die Macht zu kommen. Wir waren alle auf den westlich orientierten christlichen Schulen erzogen worden, und daher fehlten unseren jungen Männern die Voraussetzungen für die althergebrachten Regierungsexamen, durch die seit jeher unsere Staatsbeamten ausgewählt wurden. Heute weiß ich, daß diese Prüfungen weise waren, denn sie erschlossen zum Nutzen des Volkes das rascheste und das tiefgründigste Denkvermögen. Hast du gewußt, daß England seinen Staatsdienst nach unserem Muster eingerichtet hat? Und daß Amerika seine Behördenstruktur von England – und somit indirekt von uns – übernommen hat? Alles Gute kam von uns!»

«Woher sollte ich, Mutter? Ich hab mich nie näher mit diesen Dingen befaßt.»

«Aber ich! Seit ich deinen Vater und seine Kebsen verließ, sind viele Jahre vergangen; ich hatte also reichlich Zeit dazu. Ja, wir waren ein Teil jener Revolution, aber in unserem jugendlichen Unverstand erkannten wir nicht, daß eine Regierung ausschließlich vom Volk gebildet wird. Im Verlauf von Jahrhunderten erzeugt es aus sich und seinen Bedürfnissen heraus jene Herrschaftsstruktur, die allein Frieden und Ordnung gewährleisten kann. Und wir wirklichkeitsfremden Idealisten wollten uns einfach ein westliches Regierungssystem aneignen oder gar selbst eine Regierung zurechtzimmern, so wie eine Frau sich ein Kleid schneidert oder ein Mann sich ein Haus baut. Für ein natürliches Wachstum fehlte die Zeit. Wir behaupteten, daß wir eine Regierung für das Volk und durch das Volk schaffen wollten – ja, diesen Traum hatten wir von Amerika übernommen –, aber die Menschen in unserem Land gingen ihren eigenen Träumen und Erinnerungen nach. Sie verstanden uns nicht, sie ließen sich nicht auf das ein, was wir entdeckt hatten, obwohl wir uns zehn lange Jahre bemühten, sie zu überzeugen. Leider stürzten in diesen zehn Jahren auch die Russen ihren Herrscher und gaben sich eine andere Regierung. Aus vergossenem Blut und Ruinen erschufen sie einen neuen Staat, einen gefährdeten und wackeligen zwar, aber doch einen Staat. Bei uns herrschte Chaos, und unser Anführer, Sun Yat-sen, war verzweifelt. Wie schlau die Russen doch zuwege gingen! Dabei wußten wir, daß sie seit Jahrhunderten begehrlich in unsere Richtung schielten, aber es verlangte uns, zu glauben; wir, die wir jung waren, glaubten ihrer Jugend. Und hatten nicht unsere Überlieferungen uns im Stich gelassen? ‹Wir wollen euch helfen›, sagten sie, und wir sagten ‹helft uns›. Dann kamen sie ins Land mit Beratern und mit Waffen – und damit war es geschehen. Ich habe natürlich ein wenig vorgegriffen – es traf uns ja auch noch der Überfall der Japaner und der Abfall der Nationalisten, aber es kam mir darauf an, dir die Zusammenballung gewaltiger Geschehnisse vor Augen zu führen. Vielleicht sollte ich auch noch die zwei großen Weltkriege erwähnen, die die Westmächte schwächten und damit ihren Kolonien hier im Fernen Osten rascher zur Unabhängigkeit verhalfen. So erhielt unser Wunschdenken immer mehr Nahrung und bewegte sich in immer weiteren Dimensionen. Wir träumten vom Aufstieg Asiens, in dem wir wie ehemals die Führerrolle übernehmen würden.»

Sie hatte an ihren Fingern weitergezählt und war nun beim Daumen angelangt. Ihre Tochter staunte über die Schärfe und

Behendigkeit ihres Verstandes, auch über die Leidenschaftslosigkeit ihrer Beweisführung.

«Und jetzt ist es geschehen», wiederholte Madame Liang. «Da es sich keine andere Führung erhoffen konnte, hat unser Volk sich überreden lassen, die gegenwärtige anzuerkennen. Aber nicht nur das – es hat sich mit Leib und Seele dem neuen Anlauf verschrieben. Es sind gute, aber verzweifelte Menschen, denn alle Wege außer diesem einen sind verschüttet. Dieses Zerstörungswerk haben wir begonnen, und die Japaner haben es beendet.

Zur Überraschung ihrer Tochter brach Madame Liang in Tränen aus. Schluchzend schüttelte sie den Kopf.

«Mamachen!» rief Grace erschreckt. «Warum weinst du denn?»

Sie lief zu ihrer Mutter, kniete sich neben ihr auf den Boden und wischte ihr mit einem Taschentuch die Tränen ab. Madame Liang rückte von ihr ab und versuchte zu lachen.

«Glaube mir – ich weiß es selbst nicht», sagte sie mit unsicherer Stimme. «Das war sehr dumm von mir. Natürlich hab ich gar keinen Grund zum Weinen – außer, daß eigentlich alles . . .»

Wieder stockte sie, aber Grace stellte ihr keine weiteren Fragen. «Du bist müde, das ist alles. Dieser Tag war sehr anstrengend für dich. Wir sind so lange getrennt gewesen, und du warst zu lange allein. Ich mache mir Vorwürfe. Wenn ich nur bei dir bleiben könnte. Ich werde darum bitten –»

Madame Liang fiel ihr hastig ins Wort. «Nein, nein – bitte um nichts! Ich habe mich daran gewöhnt . . . offengesagt, für mich ist es besser, wenn du keine Sonderwünsche äußerst. Wir dürfen jetzt nicht an uns denken. Du wirst anderswo gebraucht. Das Interesse der Allgemeinheit geht vor.»

Sie machte einen derart verstörten Eindruck, daß ihre Tochter nichts mehr sagte. Grace fragte sich nur, warum ihre Mutter solche Angst hatte.

«Es wird Zeit, zu Bett zu gehen.» Madame Liang fand zu ihrem gewohnten Tonfall zurück. «Es gibt immer wieder ein Morgen.»

Und damit trennten sie sich und suchten ihre nebeneinanderliegenden Schlafzimmer auf.

«Soll ich nicht die Zwischentür offenlassen?» fragte Grace.

«Wenn du willst.» Madame Liang hatte sich jetzt wieder völlig in der Gewalt.

«Ich fühle mich fremd in diesem Haus», meinte Grace.

«Dann laß die Tür offen», entgegnete ihre Mutter.

«Und jetzt weißt du», nahm Madame Liang das Gespräch vom Vorabend wieder auf, «warum ich sagte, daß ich dem Volk vergebe. Es ist nicht verantwortlich für das, was geschehen ist.»

«Verzeihst du den Anführern auch?» fragte die Tochter.

Madame Liang nickte. «Ich verzeihe ihnen», sagte sie einfach.

Sie frühstückten in dem kleinen, wohnlichen Südzimmer mit Blick auf den Garten. Tschu Ma hatte ihnen Schüsseln mit dünner Reissuppe und dazu gesalzenen Fisch, gesalzene Enteneier und ein Dutzend weiterer Appetithäppchen gebracht.

«Du hast doch immer amerikanisch gefrühstückt, Mutter», meinte Grace beiläufig.

«Das ist heute nicht mehr möglich», erwiderte Madame Liang heiter. «Niemand hätte Verständnis dafür. Außerdem schmeckt mir das hier besser.»

«Mir auch.»

«Dann können wir das, was wir ohnehin tun müssen, getrost auch mit Genuß tun», meinte Madame Liang lachend.

«Hast du manchmal Gewissensbisse, Mutter?» fragte Grace.

«Niemals», sagte Madame Liang.

Über dem Garten lag der erste Hauch sommerlichen Friedens. Die Lilien öffneten ihre Knospen; dünne Bambusstäbe stützten ihre schweren Köpfe.

«Das Haus, in dem du wohnst, ist mir zwar fremd», meinte Grace. «Aber ansonsten könnte ich mir gut vorstellen, daß alles noch so ist wie früher.»

«Und doch ist nichts mehr wie früher», entgegnete Madame Liang.

Geschickt klemmte sie einen kleinen Fisch zwischen ihre Eßstäbchen und tunkte ihn in die Reisbrühe.

«Das habe ich mir gedacht», stimmte Grace bei. Sie wartete, ob ihre Mutter genauer ausführen würde, worin die Veränderungen bestanden, aber Madame Liang war mit ihren Gedanken weit weg. Erst nach einer Weile nahm sie das Gespräch wieder auf.

«In Amerika hat sich ja nun alles gewandelt.»

Überrascht blickte Grace auf. «Wie soll ich das verstehen, Mutter?»

«Wir erfahren, was dort geschieht.»

«Was soll dort geschehen?»

«Die Amerikaner werden von Armut, von Streiks und neuerdings vom Aufstand ihrer schwarzen Sklaven heimgesucht. Mir tun die Brandons ja so leid! Sicher denken sie mit Wehmut an dieses Haus, in dem sie so glücklich waren.»

Grace legte ihre Eßstäbchen nieder. «Was redest du da, Mutter? Die Brandons leben in besten Verhältnissen. Ihr Haus in San Francisco ist größer als dieses hier, und Mr. Brandon leitet eine bedeutende Bank.»

Madame Liang sah ihre Tochter groß an. «Aber die Banken sind doch alle verkracht!»

«Wie kannst du nur solche Sachen behaupten, Mutter!»

«Aber man hat uns doch berichtet . . .»

«Aber das stimmt doch alles nicht!»

«Dann hat man mich also hinters Licht geführt! Und ich habe mir die größten Sorgen gemacht, ob ihr drei in Amerika sicher aufgehoben seid! Aber ich nahm an, daß ihr Freunde hättet. Und ich wollte nicht, daß ihr heimkommt – vor allem nicht meinetwegen –, außer die Regierung lädt euch ein.»

Noch ehe Madame Liang weiterreden konnte, öffnete Tschu Ma die Tür und komplimentierte einen hochgewachsenen Chinesen in einer Uniform aus feinem, blauem Wollstoff ins Zimmer, der ihnen beide Hände entgegenstreckte. Seine Stimme klang voll.

«Sie sind zeitig aufgestanden, Genossinnen. Aber Sie, Genossin Liang, sind ja immer früh auf den Beinen und voller Tatendrang. Ist das Ihre Tochter, Ihre Älteste? Wir haben Sie mit Sehnsucht erwartet, Frau Doktor Liang. Sie sind zwar auch unsere Genossin, aber bei unserer ersten Begegnung möchte ich Sie doch mit Ihrem wohlverdienten Titel anreden.»

Er sprach das geschmeidige Pekinger Chinesisch, und Grace, die bei seiner Begrüßung aufgestanden war, blickte in ein wohlgeformtes, ovales Gesicht mit klargeschnittenen Zügen und großen, lebhaften Augen. Sie hatte es so oft auf Bildern gesehen, daß sie es auf Anhieb wiedererkannte.

«Hauptmann Li . . .»

Der Besucher hob abwehrend die Hand. «Nein, nein, bei uns sind Titel abgeschafft. Selbst Offiziere werden mit ‹Genosse› angesprochen.»

«Haben Sie schon gefrühstückt?» griff Madame Liang ein.

«O ja, ich bin ebenfalls Frühaufsteher. Bitte, lassen Sie sich nicht stören.»

«Wir sind fertig», sagte Madame Liang und bedeutete Tschu Ma, die an der Tür stand, mit unauffälligem Wink, den Tisch abzuräumen.

«Bring frischen Tee», flüsterte sie ihr zu. Tschu Ma nickte.

Hauptmann Li nahm Platz und strahlte die beiden Frauen an. «Ein glücklicher Tag für Sie und für uns alle. Wir sind sehr froh über Ihre Rückkehr, Genossin Liang. Wir haben die Absicht, unsere althergebrachte Heilkunde, welche die Imperialisten nur mit Hohn und Spott bedachten, zu neuem Leben zu erwecken. Nicht, daß wir uns den modernen Wissenschaften verschlössen. Auch da leisten wir unseren Beitrag. Beide Gebiete müssen sich nebeneinander fortentwickeln und sich gegenseitig befruchten. Ihr Labor erwartet Sie. Ihr Mitarbeiterstab steht bereit. Wir haben einige unserer besten Mediziner für Sie ausgewählt.»

Während er mit ihr sprach, beobachtete Grace sein Gesicht und seine Gesten. Nichts an ihm erweckte Furcht, nichts wies auf einen Wandel der Verhältnisse hin. Von seiner Kleidung abgesehen, hätte er ein vornehmer Chinese früherer Tage sein können. «Auch ich wünsche zu lernen», sagte sie, «und mich von meinen Vorgesetzten in chinesischer Medizin unterweisen zu lassen.»

Dem schwachen, undeutbaren Zucken, das über sein Gesicht huschte, folgte ein beifälliges Lächeln. «Die freuen sich ebenfalls darauf, Sie willkommen zu heißen.»

Grace merkte ihm eine gewisse Unsicherheit an, nicht ausgeprägt genug, um ihr Mißtrauen zu erwecken, doch blieb ein zwiespältiger Eindruck. Seine Augen mit den weißen Augäpfeln und der dunklen Iris begegneten ihrem Blick nicht mit dem gleichen Freimut, sein Lachen klang zu beflissen. Doch schüchterte ihn sicher nur das aus seiner Kindheit ererbte Gebot ein, nach dem ein Mann einer Frau nicht offen ins Gesicht sehen darf. Aber das Benehmen ihrer Mutter verriet ebenfalls Beklemmung. Oder hielt sie sich lediglich an die traditionelle Regel, nach der eine Dame in Anwesenheit eines Mannes Stillschweigen zu bewahren hatte? Kaum vorstellbar in einem Land, in dem sich Männer und Frauen in Kleidung und Benehmen kaum noch voneinander unterschieden. Das schien ihr überhaupt der auffallendste Unterschied zu sein zwischen dem China, das sie gekannt hatte und jenem, in das sie heimgekehrt war. Selbst im Zug, selbst auf der Landstraße sahen Frauen und Männer gleich aus, vor allem die jungen, die in den Wirren der Revolution geboren waren.

«Sie werden sehen», sagte Hauptmann Li, «daß man für Sie ein umfassendes Programm vorbereitet hat. Die erste Zeit werden Sie in einem Wohnheim verbringen, das eigens für Rückkehrer aus Amerika eingerichtet wurde. Die haben keine Ahnung von der Entwicklung, die wir durchmachen; ihre Ansichten sind mittelalterlich, und ihrem Verstand fehlt die Erleuchtung durch echtes Wissen und exaktes Verständnis. Sie werden Ihren Geist von allen früheren Vorstellungen reinigen und sich auf das Neue und Gegenwärtige vorbereiten müssen. Aber Sie sind ja intelligent, so daß Sie diesen Prozeß bald durchlaufen haben werden. Mittlerweile können Sie bereits mit Ihrer Arbeit beginnen, indem Sie einen vollständigen Bericht über Ihre wissenschaftlichen Entdeckungen und die von Ihnen herangezogenen Quellen abfassen.

Unsere Fachleute werden dann das Manuskript prüfen und entscheiden, welche Punkte wir übernehmen werden.»

Leiser Unwille regte sich in Grace. «Ich kann Ihnen versichern, daß meine Arbeit unter der sorgfältigsten Beobachtung wissenschaftlicher –»

Mit einer Handbewegung brachte er sie zum Schweigen. «Sie brauchen sich nicht zu verteidigen, Genossin. Wir gehen nach unseren eigenen Methoden vor.»

«Ich verteidige mich nicht», protestierte sie, brach aber sofort ab. Seine schwarzen Augen sprühten Funken. «Kein Wort weiter», sagte er schroff. «Ich sehe schon, es wird eine Weile dauern, bis Sie begreifen. Ihre Niederschrift wird Punkt für Punkt geprüft werden. Wir sind streng wissenschaftlich orientiert.»

Verwirrt sah sie ihre Mutter an. Das schöne Gesicht war völlig ausdruckslos. Madame Liang hatte sich eine Zigarette angezündet, die sie mit vollendeter Anmut rauchte.

«Mutter», drängte Grace, «du verstehst doch, warum ich mich nicht verteidige?»

Madame Liang lächelte. «Genosse Li sagt doch, daß du das nicht nötig hast.»

Einen Augenblick lang glaubte Grace, zwei völlig fremden Menschen gegenüberzustehen. Ergriff ihre Mutter etwa Partei gegen sie? Aber nein, hier ging es nicht um Für und Wider.

«Sie war zu lange fort», hörte sie ihn zu ihrer Mutter sagen. «Sie hätten sie früher zurückholen müssen.»

«Vielleicht haben Sie recht», erwiderte Madame Liang.

Er stand auf und winkelte den linken Arm ab, um nach der Uhr zu sehen. «Entschuldigen Sie mich jetzt. Ich habe gleich eine Verabredung mit . . .» Das Hochziehen der Augenbrauen deutete auf eine wichtige Persönlichkeit hin.

«Aber selbstverständlich», sagte Madame Liang. «Lassen Sie sich nicht aufhalten.»

Wieder war es Abend, und wieder waren Mutter und Tochter allein. Grace hatte an diesem Tag etwas schier Unglaubliches erlebt: Soweit sie feststellen konnte, verlief alles Tun und Lassen ihrer Mutter noch in genau denselben Bahnen wie damals, als sie ihr Restaurant in Schanghai eröffnet hatte.

«Nichts hat sich verändert, Mutter!» rief sie aus.

Madame Liang setzte sich in ihren Lieblingssessel. Sie hatten sich in den kleinen Salon neben ihrem Schlafzimmer zurückgezogen, einen Raum, der in verschiedenen Stilrichtungen ausgestattet war. Der Fußboden war in westlichem Stil ausgelegt, jedoch mit einem blaßgrün und altrosa gemusterten Pekinger Teppich bedeckt. Die Möbel waren chinesisch, bis auf zwei bequeme, mit rosa Samt bezogene Polstersessel. Ein exquisites, etwa zweihundert Jahre altes Rollbild, das eine Landschaft darstellte, war der einzige Schmuck an den elfenbeinfarbenen Wänden. Die rosa Vorhänge waren zugezogen. Stille herrschte, und nur ab und zu waren einige Fetzen Musik aus dem Restaurant zu hören. Auch diese Musik schien aus verschiedenen Kulturbereichen zu stammen. Ein Klavier begleitete eine Frauenstimme, die ein revolutionäres Lied sang.

«Alles hat sich verändert», sagte Madame Liang, während sie sich eine Zigarette anzündete, die zwar in Schanghai gekauft, jedoch in Amerika hergestellt worden war.

Grace lachte. «Du rauchst sogar eine amerikanische Zigarette!»

«Wir haben die richtige Tabakverarbeitung noch nicht gelernt», entgegnete Madame Liang. «Aber das kommt sicher noch. Jetzt erzähl mir von deinen Schwestern. Rauchst du nicht?»

«Nein, danke.»

«Dann glaubst du den Ärzten?»

«Ich möchte möglichst lange leben.»

«Nun ja, da ich auf keinen Fall lange genug lebe, warum sollte ich bloß leben?»

Grace betrachtete das rätselhafte Lächeln auf dem schönen Gesicht ihrer Mutter. «Was ist nach deiner Ansicht ‹lange genug›?»

«Ich will noch das Ende erleben – das Ende aller Dinge.»

«Das Ende der Menschheit?»

«Was kümmert mich die Menschheit. Nein, ich denke an unser Land.»

«Und wird es je ein Ende geben?»

«Das wüßte ich eben gern. Und da mir das verwehrt ist, berichte mir wenigstens von deinen Schwestern! Hast du sie vor deiner Abreise gesehen?»

«Wir haben uns bei den Brandons getroffen. Mrs. Brandon wußte, daß wir nur schwer zusammenkommen konnten, und hat uns ihr Haus zur Verfügung gestellt. Weißt du, daß sie dich nie vergessen hat? Sie hält es für besser, dir nicht zu schreiben –»

«Sie hat recht», warf Madame Liang ein. «Es ist besser für mich und besser für sie.»

«Meinst du wirklich? Aber warum denn?»

«Laß das jetzt! Wir sprachen von deinen Schwestern.»

«Ja, richtig, Mutter. Wir trafen uns also bei den Brandons. Sie haben ein großes Haus, ihre Kinder sind im Internat. Und da Mr. Brandon tagsüber in einer Bank arbeitet und Mrs. Brandon nach Art amerikanischer Damen da und dort zu tun hat, verbrachten wir drei lange, ungestörte Tage miteinander. Mamachen, meine zweite Schwester will nach China zurückkehren. Joy möchte dich wiedersehen, aber ... nun ja, du wirst dich erinnern, daß sie sehr weichherzig ist. Von uns dreien hat sie dich am stärksten vermißt. Mercy will zurück, weil sie glaubt, daß jeder redliche Chinese in seine Heimat gehört. Aber was will sie als Sängerin hier schon anfangen? Oder glaubst du, sie könnte eine Musikschule gründen?»

Madame Liang drückte ihre Zigarette in einem kleinen Jadeaschenbecher aus und steckte sich eine neue an. «Sie sollen nur bleiben, wo sie sind, es sei denn, sie werden vorgeladen wie du.»

«Ich bekam eine *Ein*ladung, und deinetwegen und weil ich meinem Volk dienen will, habe ich sie befolgt.»

«Einladung oder Vorladung, das kommt aufs gleiche hinaus. Erzähl mir mehr von deinen Schwestern.»

«Du würdest sie nicht wiedererkennen, Mutter. Sie sind beide sehr hübsch geworden – jede auf ihre Art. Mercy ist so groß wie ich, Joy hingegen ist klein und zierlich. Man könnte sie fast noch für ein Kind halten, und dabei malt sie die erstaunlichsten Bilder. Ich weiß zwar nie recht, was sie darstellen, aber sie lassen einen nicht los. Und dann hat sie auch die Illustrationen für das Buch gemacht, das ich schreiben wollte – bestechende Bilder, korrekt bis ins Detail. Sie ist nämlich eine kleine Pedantin, unendlich geduldig, sehr feinfühlig . . .»

Sie lächelte in Gedanken an ihre zarte jüngere Schwester.

«Sie bleibt besser, wo sie ist», meinte Madame Liang.

«Ich weiß nicht, ob sie allein in Amerika bleibt, wenn Mercy hierherkommt», erwiderte Grace.

«Und möchtest du mir bitte verraten», Madame Liangs Stimme war ein drängendes Flüstern, «warum *du* hierhergekommen bist, wo ich dir doch befohlen habe, in Amerika zu bleiben?»

Plötzlich waren alle Muskeln ihres Gesichts angespannt. Starr vor Staunen sah Grace sie an. «Du hast es mir befohlen?»

«Ich habe dir eine geheime Nachricht geschrieben, die dir in einem Seidenkleid versteckt von Hongkong aus zugeschickt werden sollte. Darin sagte ich: ‹Tauche unter oder unternimm sonst etwas, aber bleib unbedingt weg!›»

«Diesen Brief habe ich nie bekommen.»

«Auch kein Seidenkleid?»

«Nein, nichts dergleichen! Nur die – die Einladung.»

Entsetzen stand in den Augen ihrer Mutter. «Vielleicht wurde das Paket zu spät abgeschickt. Es wird schlicht und einfach zurückgehen», sagte Grace.

«Ausgeschlossen. Wenn mein letzter Brief dich nicht erreicht hat...»

«Der kam eine Woche vor meiner Abreise an, und da du darin keine Einwände gegen meine Rückkehr –»

«Aber ich habe doch fest damit gerechnet, daß du inzwischen meine geheime Nachricht in Händen hättest! Ich glaubte, du würdest verstehen...»

«Was verstehen?»

«Nichts – und alles», erwiderte Madame Liang, und ein ängstlicher Ausdruck überzog ihr Gesicht wie der Schatten einer Wolke.

Irgendwann in der Nacht hörte Grace verstohlene Schritte in ihrem Zimmer. Oder ging ihre Phantasie mit ihr durch? Ihr Ohr, durch die vielen Monate im Dschungel geschärft, fing das Geräusch schleifender Fußsohlen, verhaltener Atemzüge auf, ein Rascheln, nicht lauter als das Fallen eines Blattes in einem herbstlichen Wald. Sie griff nach der Taschenlampe auf ihrem Nachttisch.

«Sieh zu, daß du immer eine Taschenlampe zur Hand hast», hatte die Mutter ihr beim Zubettgehen eingeschärft.

«Wer ist da?» rief sie.

Jemand räusperte sich, dann hörte sie die Stimme von Tschu Ma. «Ich wollte bloß nachsehen, ob dein Moskitonetz richtig befestigt ist.»

Der Lichtstrahl der Taschenlampe holte ein verlegen lächelndes Gesicht aus dem Dunkel. Grace überlief es heiß und kalt.

«Traue niemandem», hatte ihre Mutter gesagt.

«Es ist alles in Ordnung», entgegnete sie. «Ich weiß noch aus meiner Kindheit, wie man die Mücken forthält.»

Aber Tschu Ma ging nicht hinaus. Sie näherte sich dem Bett und zündete die Kerze auf dem kleinen Schwarzholztisch an.

«Älteste Schwester», flüsterte sie, «hat deine ehrenwerte Mutter dich schon unterrichtet?»

«Worüber?» Grace dämpfte unbewußt die Stimme.

«Über meinen Kummer», antwortete Tschu Ma.

Grace setzte sich auf und strich sich das kurze Haar zurück. «Wir hatten so vieles zu besprechen.»

«Ich will es dir erzählen.» Tschu Ma ließ sich mit gekreuzten Beinen auf dem teppichbelegten Boden nieder und fuhr sich zuerst einmal mit dem einen, dann mit dem anderen Ärmelaufschlag über die Augen. «Sicher wollte deine ehrenwerte Mutter nicht, daß du gleich bei deiner Heimkehr mit traurigen Dingen behelligt wirst», begann sie. «Und dann darf ich dich auch nicht vom Schlafen abhalten.»

«Ich bin wach», versicherte Grace. «Wenn du nicht weitersprichst, kann ich vor Neugier nicht wieder einschlafen.»

Tschu Ma wiegte sich hin und her; Kummer verdüsterte ihr Gesicht.

«Ich hatte einen Sohn», sagte sie und schloß, von Erinnerungen überwältigt, die Augen. «Er lebte in unserem Heimatdorf. Es ist nur ein kleines Dorf, aber wir besaßen zwei Tagwerk guten Ackerboden und hatten zu essen. Hätte ich nicht gegenüber meiner Herrin, deiner Mutter, Pflichten gehabt, wäre ich dort geblieben und hätte mit meinem Sohn, meiner Schwiegertochter und meinen zwei Enkeln zusammen gewohnt. Und doch, wie viel Schweres ist mir so erspart geblieben! Als sie meinen Sohn dazu überredeten, in die Kommune einzutreten – aber warum sage ich überreden? Wann hätten sie jemals mit Überredung gearbeitet? Sie fielen in unser Dorf ein wie die Heuschrecken in einem schlimmen Jahr in unsere Felder. Sie ließen sich nicht vertreiben. Sie diskutierten mit meiner Schwiegertochter, einer guten Frau, die aber nicht beredt genug war, um ihnen zu antworten. Als sie ihr von ihren neuen Lehren erzählten, hörte sie nur, daß sie in der Kommune Tag für Tag umsonst Essen bekäme, daß sie nicht einmal selbst zu kochen brauchte. Und auch die Feldarbeit würde die Genossenschaft besorgen.

‹Werde ich weiter vor den Pflug gespannt?› fragte sie auf ihre törichte, kindliche Art.

‹Nie mehr›, versicherten sie ihr.

So beschwatzte sie denn meinen Sohn, wie Ehefrauen es so machen. Sie erzählte ihm von den Versprechungen, sie seufzte und jammerte, bis er schließlich nachgab und sich, seine Frau, seine Kinder, sein Land und seinen Ochsen der Kommune auslieferte. Weißt du, junge Herrin, was eine Kommune ist?»

«Ich habe davon gehört», sagte Grace.

«Aber bestimmt nicht alles», gab Tschu Ma zurück und brach in unterdrückte Klagen aus. «O weh, o weh, wie soll ich es dir bloß erzählen?» Wieder wischte sie sich die Augen.

«Was meine beschränkte Schwiegertochter nicht wußte, war, daß in der Kommune Männer und Frauen getrennt leben müssen. Alle vierzehn Tage dürfen sie zusammenkommen – in einer kleinen Kammer mit nichts als einem schmalen Bett darin, wo sie . . .» Tschu Ma brach ab und hustete diskret hinter vorgehaltener Hand.

«Ich verstehe», bemerkte Grace. «Sprich weiter, gute Mutter.»

«Mit nichts als einem einzigen schmalen Bett darin», wiederholte Tschu Ma, den ernsten Blick auf das junge Gesicht in den seidenen Kissen geheftet. «Das Zimmer hat nicht einmal eine Tür, sondern nur einen blauen Baumwollvorhang, der im Wind weht. Und davor sitzt eine Genossin mit Papier und Bleistift an einem Tisch und hakt ab, welches Paar in welche Kammer gehört, und schreit, sie hätten nur eine halbe Stunde Zeit, dann müßten sie dem nächsten Paar Platz machen. Aber es kommt noch schlimmer.» Tschu Ma kämpfte mit den Tränen. «Erzähle weiter», bat Grace. War dies nicht die Stimme des Volkes, jener Schicht, die einen Großteil der Nation ausmachte und die durch die neue Regierung vom Joch der Tyrannei befreit worden war?

Tschu Ma warf einen Blick auf die verschlossene Tür und rückte näher. «In jedem dieser hölzernen Verschläge hängt ein Bild des Vorsitzenden Mao, einen halben Meter lang und einen halben Meter breit», flüsterte sie. «Es ist so aufgenommen, daß man meint, seine großen Augen bewegten sich und sähen alles, was Mann und Frau miteinander treiben. Das hat mir mein Sohn erzählt. ‹Mutter›, sagte er, ‹wie kann ich auch nur die Hand meiner Frau berühren, wenn er mir mit solchen Augen zusieht?›»

Grace war versucht, laut herauszuplatzen, aber sie konnte nicht lachen.

«Das geht natürlich nicht», meinte sie.

«Und so», fuhr Tschu Ma in heiserem Flüsterton fort, «nagte seine Begierde in ihm, bis er entdeckte, daß er streitsüchtig und ruhelos wurde. Und trotzdem konnte er seine Frau nicht nehmen, obwohl sie alle vierzehn Tage eine halbe Stunde beieinander waren. Schließlich sagte er leise zu ihr, damit die Genossin ihn nicht hörte: ‹Laß uns in unser Dorf zurückkehren, wir wollen wieder in unserem eigenen Haus leben.› Aber sie antwortete: ‹Ich arbeite gern mit den Frauen, denn wir plaudern beim Hacken und Pflanzen, ich fühle mich nicht mehr einsam, und unsere Söhne lernen lesen.› Darauf zankte mein Sohn so heftig mit ihr, daß sie schließlich beteuerte, sie würde um ihre Versetzung in eine andere Kommune bitten, und sie empfahl ihm, sich eine andere Frau zu suchen. Mein Sohn hätte sie am liebsten verprügelt, aber wegen der Augen an der Wand und der Genossin hinter dem Vorhang wagte er es nicht. So überlegte er in aller Eile, was er tun könnte. ‹Ich werde ein kleines Boot besorgen›, sagte er zu seiner Frau. ‹Der Fluß ist die Grenze zum Ausland – wir werden ihn überqueren. Komm morgen um Mitternacht zu der großen Weide und bring unsere Söhne mit. Wir fliehen gemeinsam, und drüben suche ich mir Arbeit.›»

«Ein kluger Plan», bemerkte Grace, da sie spürte, daß Tschu Ma eine Äußerung von ihr erwartete.

«Ein kluger Plan», pflichtete Tschu Ma bei, «aber höre, was weiter geschah. Meine beiden Enkel glaubten mittlerweile blind, was man sie in der Schule lehrte. Ihre Mutter unterrichtete sie von dem Plan des Vaters und führte sie zu der Weide. Als nun der ältere der beiden – damals knapp siebenjährig – seinen Vater sah, schrie er aus Leibeskräften: ‹Da ist der Verräter!› Daraufhin brachen Genossen aus dem Bambusröhricht, ergriffen meinen armen Sohn, meinen einzigen Sohn, banden ihn mit Stricken und schleppten ihn weg. Was aus ihm geworden ist, habe ich nie erfahren. Ich habe keinen Brief von ihm bekommen, aber er kann ja auch nicht schreiben, und ich kann nicht lesen.»

«Und was geschah mit deinem Enkel?» fragte Grace, von Mitleid überwältigt.

«Oh, der wurde als großer Held gefeiert», antwortete Tschu Ma. «Ein Kind, das seinen Vater ans Messer geliefert hatte!»

«Und was macht deine Schwiegertochter jetzt?»

«Die ist immer noch in der Kommune, aber sie grämt sich. Eine gute Seele, nur leider dumm – und wahrscheinlich Witwe!»

Tschu Ma seufzte tief und weinte lange Zeit still vor sich hin. Dann stand sie auf, tastete das Moskitonetz ab und entschuldigte sich.

«Ich habe dich um den Schlaf gebracht!»

«Ich bin froh, daß du mir deine Geschichte erzählt hast, so traurig sie auch ist», erwiderte Grace. «Ich werde mich an sie erinnern, wenn andere zu hochtrabende Reden halten.»

Tschu Ma erwiderte nichts darauf, sondern stahl sich auf leisen Sohlen aus dem Zimmer.

«Mutter», meinte Grace am nächsten Morgen beim Frühstück, «letzte Nacht hat mir Tschu Ma ihre Geschichte erzählt. Kann das wahr sein?»

Mit einem Blick über die Schulter hinweg vergewisserte sich Madame Liang, daß die Tür geschlossen war. «Aus ihrer Sicht ist die Geschichte wahr. Ein anderer würde den Vorgang sicher anders darstellen. Jeder Mensch hat zwei Augen, das eine, um nach rechts, das andere, um nach links zu sehen.»

«Und mit beiden Augen zusammen sehen wir eine Sache, wie sie ist», schloß Grace.

«Richtig», stimmte Madame Liang zu. «Deshalb mußt du auch die andere Seite anhören. Tschu Mas Sohn sperrte sich dagegen, in die neue Kommune einzutreten. Er wollte ein Individuum bleiben. Aber in diesen Zeiten ist Individualität eine unwichtige Nebensache.»

Grace sah ihre Mutter groß an. «Solche Worte aus deinem Mund?»

Sie sprachen nach wie vor englisch. Beide wußten, ohne es auszusprechen, daß die Vorsicht es gebot. Wenigstens für ein paar Tage, sagte sich Madame Liang, bis man jemand gefunden hatte, der dieser Sprache kundig war und den man ihr als Kellner oder Küchenhilfe empfehlen würde, ohne daß sie Einspruch dagegen erheben könnte.

«Da ich mich entschlossen habe, in meinem Heimatland zu bleiben», erwiderte sie, «bemühe ich mich auch, eine loyale Bürgerin zu sein.»

«Bereust du deine Entscheidung, Mutter?»

«Da ich sie einmal getroffen habe, vergeude ich keine Zeit damit, sie zu bereuen.»

Madame Liang preßte die Lippen zusammen, Lippen, die noch immer frisch und feingeschwungen waren. «Nein», fuhr sie mit Entschiedenheit fort, «es tut mir nicht leid. Ich liebe meine Heimat, mag sie sein, wie sie will. Und ich habe Pflichten gegenüber meinem Land. Überdies bin ich alt genug, um zu wissen, daß alles vorübergeht. Es kommt nur darauf an, daß man überlebt, was einem mißfällt – das heißt, falls man dem Übel nicht abhelfen kann.»

«Ja, mißfällt dir denn etwas, Mutter?»

Ihre Blicke trafen sich über dem Tisch mit den Lackschälchen, elfenbeinernen Eßstäbchen und einer schwarzen Onyxvase mit einer gelben Rose. Madame Liang antwortete nicht gleich. Schließlich hob sie die grazilen Schultern.

«Ob ich mit den Verhältnissen einverstanden bin oder nicht, das zählt für mich nicht. Ich bin da, wo ich sein möchte. Wenn etwas ertragen werden muß, ertrage ich es. Ich kann das, weil ich am richtigen Platz bin. Ich will nicht vor etwas fliehen, vor dem mein Volk nicht fliehen kann. Es ist lange her, daß ich als junge Revolutionärin gelernt habe, was wahre Vaterlandsliebe ist.»

Grace zog die Augenbrauen hoch. «Angesichts deines Patriotismus bekomme ich ja direkt Schuldgefühle.»

«Dazu besteht kein Anlaß», versicherte ihre Mutter rasch. «Ich habe euch drei mit einem bestimmten Vorsatz ins Ausland geschickt. Ich sah, wie unsere Tore sich schlossen und der Außenwelt den Zutritt verwehrten. Ich sah den alten Hochmut meines Volkes wieder aufleben und schickte euch fort, da ich wußte, daß ihr bei eurer Rückkehr das Leben der Außenwelt mitbringen würdet. Ihr werdet Frische in unsere Stickluft bringen, einen anderen Blickwinkel, einen neuen Geist.»

Grace rückte näher an ihre Mutter heran. «Soll das heißen, daß das, was hier vorgeht, nicht neu ist?»

Madame Liangs Stimme war so leise, daß Grace ihr die Antwort fast von den Lippen ablesen mußte. «Nichts ist neu – nichts! Wie könnte auch aus einer altersschwachen Seele noch nie Dagewesenes kommen!»

«Wie meinst du das?»

«Ich meine, daß wir zu der Selbstgefälligkeit und Abkapselung unserer fernen Vergangenheit zurückgekehrt sind. Immer noch sind wir das stolzeste Volk der Erde, wir Chinesen.»

«Wir hatten aber auch allen Grund, stolz zu sein.»

«Zugegeben, aber das gehört alles der Vergangenheit an. Jahrhundertelang verschloß unser Stolz dem Tun und Treiben anderer Völker die Tore. Zwar waren wir ihnen wirklich jahrhundertelang überlegen, aber von Stolz geblendet, weigerten wir uns, wahrzunehmen, daß andere Völker sich wandelten, daß sie auf allen Gebieten wuchsen und uns zuletzt überflügelten. Deshalb schloß ich mich der Revolution an – um meinen Landsleuten die Augen zu öffnen.»

«Und haben sie nicht mitgemacht?»

Auf Madame Liangs Gesicht zeichnete sich ein trauriges Lächeln ab. «Wir tappten im dunkeln. Wir lenkten die anderen durch Zerstörung, statt auf dem Fundament des Erreichten aufzubauen. Wir begriffen die Geschichte nicht – nicht einmal unsere eigene. Was wir hatten, schien uns durch und durch schlecht. Wir fanden unsere Regierung alt und verbraucht. Also zerstörten wir sie und damit die Errungenschaften von Jahrtausenden. Wir dachten, was der Westen habe, sei alles gut, und das, was wir hätten, sei alles schlecht. Wir waren damals noch halbe Kinder – wir wußten überhaupt nichts davon, wie man eine neue Regierung bildet. Wir wollten bloß verwerfen, was uns zuwider war: unsere alten Verwandten und ihre Bevormundung, unsere alten Magistraten und Vizekönige, unsere alte Kaiserin und ihre korrupten Beschnittenen. Wir sagten – und wir glaubten –, unsere Taten geschähen für das Volk, aber in Wirklichkeit handelten wir in unserem eigenen Interesse. Wir ließen unseren privaten Abneigungen freien Lauf und glaubten, dem Groll des ganzen Volkes Luft zu verschaffen. Unser Volk . . .»

Sie brach ab und betupfte sich die Augenwinkel mit einem seidenen Taschentuch, das am Knopf ihrer schwarzen Satinrobe befestigt war. «Kann mir mein Volk jemals verzeihen? Als ich meinen gewaltigen Irrtum erkannte, als ich jene sah, die unaufhaltsam in den durch die Revolution geschaffenen Leerraum hineinströmten – in den von mir geschaffenen Leerraum, denn ich machte diese Revolution mit –, da wußte ich, daß ich mein Land zeitlebens nicht würde verlassen können. Was meine Landsleute erleiden, das will ich auch erleiden. Wenn ich weiterlebe, während sie sterben, so nur, weil ich hoffe, daß sie meine Zuversicht teilen!»

Sie verstummte. Ihr feines Gesicht wirkte plötzlich um Jahre gealtert.

«Dann war unsere Verschickung ins Ausland nicht als Flucht gedacht?»

«Nein», antwortete ihre Mutter. «Ich habe euch weggeschickt, damit ihr lernt und stark werdet. Und was Tschu Ma angeht – ja, ihre Geschichte stimmt. Sie ist wahr, so wie sie die Dinge sieht, aber sie ist auch dann noch wahr, wenn man sie unter einem anderen Blickwinkel betrachtet. Je mehr die Menschen bei uns leiden, desto früher werden sie erkennen, was sie nicht wollen.»

«Ja, wissen sie denn, was sie wollen, Mutter?»

«Was sie wollen, werden sie zunächst dadurch erkennen, daß

sie erfahren, was sie nicht wollen. Wir gingen unseren Weg und erlitten Schiffbruch. Jetzt erprobt man einen anderen Weg. Aber ist das Tao, der Ewige Weg, von dem Lao-tse sprach? Es ist ein Weg, aber ist es der Ewige Weg? Das ist es, was unser Volk selbst herausfinden muß.»

«Und dabei willst du ihm nicht helfen?»

«Wie kann ich ihm helfen, da ich doch auch in die Irre gegangen bin? Ich kann nur mit ihm leiden.»

Grace ließ den Blick durch das erlesen möblierte Zimmer wandern. «Nennst du das Leiden?»

«Dieses Leben birgt die schmerzlichste Pein, die mich heimsuchen kann», sagte Madame Liang. «Wer nie Schönheit kennengelernt hat, empfindet nichts dabei, wenn sie ihm versagt wird. Ich aber liebe die Schönheit; sie ist das einzige private Lebensbedürfnis, das ich habe. Ihr Verlust, der mich zu jeder Stunde treffen kann, bedeutet für mich das bitterste Leiden, das ich mir ausdenken kann.»

Grace fragte nicht weiter. Sie wußte wohl, daß jede Einzelheit im Leben ihrer Mutter von Schönheit durchdrungen war. Wenn sie plötzlich ein armseliges Dasein in häßlicher Umgebung fristen müßte, würde sie sterben. Da sie sich kannte, war ihre Mutter klug genug gewesen, den Fortbestand ihrer Existenz dadurch zu sichern, daß sie den Feinschmeckergelüsten ihrer mächtigen Kundschaft Nahrung verschaffte. Denn die Vorliebe eines Mannes für die eine oder andere Frau ist nicht so dauerhaft wie seine Vorliebe für ein Leibgericht.

Tschu Ma erschien in der Tür. «*T'ai-t'ai*, der Minister ist da.»

Durch die Lautstärke, mit der sie diese Ankündigung machte, gab sie zu verstehen, daß er unmittelbar hinter ihr in der Diele stand.

Madame Liang stand auf. «Bitte ihn in den Salon», sagte sie zu Tschu Ma, und dann, an ihre Tochter gewandt: «Bitte entschuldige mich.»

«Selbstverständlich», versicherte Grace und verließ den Raum durch eine Seitentür, die über eine Veranda in den Garten führte.

Als Madame Liang das Zimmer betrat, erhob sich der Minister. Sie begrüßte ihn mit einer leichten Verbeugung und setzte sich schweigend. Wie sie aus langjähriger Erfahrung wußte, war es nicht ratsam, eine Unterhaltung mit einer Amtsperson selbst zu eröffnen. Und sie war fast so weit, in diesem Mann nur noch eine Amtsperson zu sehen. Dennoch durchzuckte sie jetzt eine Erinnerung: das Bild eines sonnigen Tags in Peking, als er ihr auf dem Weg zu einer Vorlesung zum erstenmal begegnet war. Und sie hatte ihn als den attraktivsten Mann in Erinnerung, der je in ihr Leben getreten war. Die Jugendzeit war vorüber, doch er war immer noch stattlich, immer noch der Mann von einst.

«Entschuldigen Sie, daß ich Sie zu so früher Stunde überfalle», begann er das Gespräch.

«Sie befinden sich nicht wohl», sagte sie weich.

«Lasse ich mir das so deutlich anmerken? Sie haben tatsächlich recht, ich fühle mich nicht gut.»

«Was fehlt Ihnen?»

«Nichts – und alles. Ich verrichte eine Sisyphusarbeit.»

«Sisyphus?»

Er lachte. «Der Name sagt Ihnen nichts? Macht nichts. Sisyphus war nur ein überarbeiteter Mann.»

«Sie haben wirklich viele schwere Aufgaben zu bewältigen», pflichtete sie ihm bei.

Er zog die dichten schwarzen Augenbrauen zusammen und verfiel unvermittelt ins Französische. «Sie haben Ihr Französisch doch nicht vergessen, Madame? Wir haben es zusammen gelernt, wissen Sie noch? Bei Monsieur Paul Joriot in Paris.»

«Ich habe nichts vergessen», erwiderte sie in derselben Sprache.

«Von den Fenstern unseres Studiensaals aus sah man grünen Rasen und eine große alte Weide», fuhr er fort. «War da nicht auch ein Teich?»

«Mit fetten Goldfischen», ergänzte sie. «Einer von ihnen sah aus wie unser Professor, weil ihm rund ums Maul Bartfäden wuchsen.»

«Ah, Sie haben wirklich nichts vergessen! Dann kann ich ja fortfahren. Ihre Tochter muß gewarnt werden.»

«Wovor?»

«Warum fragen Sie? Als ob Sie die Antwort nicht selbst wüßten.»

«Sie wollen die Angelegenheit nicht in Worte fassen?»

«Natürlich nicht. Wer weiß, ob hier nicht eine Wand, eine Tür, ja selbst ein Schlüsselloch Französisch versteht?»

«Und Sie sind waghalsig genug, sie zu warnen? Dann sagen Sie mir, was ich ihr raten soll.»

Er sah sich zögernd um. Sehr schnell und noch immer auf französisch flüsterte er: «Machen Sie ihr wenigstens klar, daß sie zuhören muß – nichts als zuhören, und zwar lange Zeit. Sie war viele Jahre in Amerika, und dort hat sie gelernt, zu sagen, was sie denkt. Ich will damit nicht andeuten, daß sie das hier nicht tun kann, aber sie soll erst einmal auf das achten, was man um sie herum spricht. Sie wird dann schon selbst wissen, was sie sagen kann und wie sie es sagen muß. Es gibt da verschiedene – wollen wir es Lösungen nennen? Sobald sie die verwendet, ist sie sicher. Gebraucht sie das betreffende Wort nicht, wird man den Stab über sie brechen. Sie ist zu wertvoll, als daß wir sie wegen eines – Ausrutschers verlieren dürften. Helfen Sie ihr, daß sie nicht stolpert.»

Er sprach rasch und mit großem Nachdruck, und sie hörte angespannt zu, damit ihr nur ja keines seiner Worte entging.

«Ich verstehe», sagte sie.

Sie sahen einander an und erinnerten sich. Sie entsannen sich jenes weit zurückliegenden Tages, da er sie gebeten hatte, seine Frau zu werden. Sie waren damals bereits eine Weile befreundet und wußten beide, daß das ein kühnes Ansinnen war, da man ihn bereits als Kind mit der Tochter eines Freundes seiner Familie verlobt hatte. Und doch hätte sie ihn in jenen traumseligen Tagen in Paris zum Mann genommen, wäre nicht damals Tscheng einige Monate zuvor in ihr Leben getreten. Ja, sie erinnerte sich noch gut daran, wie dieser Mann ihr einen Heiratsantrag gemacht hatte, und welche Anziehung er in diesem Augenblick auf sie ausgeübt hatte, obwohl sie wußte, daß er zu spät gekommen war. Er hatte eine Zeitschrift in der Hand gehalten, ein Anarchistenblatt, wie sie bemerkte. Sie hatte ihn abgewiesen, worauf er prompt Paris verließ und seine Studien in Japan fortsetzte.

Ja, sie hatte seinen Antrag abgelehnt, und doch hatte es ihr gefallen, daß er selbst dann ihre Hand nicht berührt hatte, als er sie gebeten hatte, seine Frau zu werden. Nicht einmal ihre Schultern hatte er angefaßt, und dabei hatten sie Seite an Seite unter einem Kastanienbaum auf einer Straße in Paris gestanden, und er hätte leicht den Arm um sie legen und sie an sich ziehen können. Einen Augenblick lang hatte sie es beinah bedauert, daß sie ihn abweisen mußte – Tschengs wegen.

«Sie sind mein bester Freund», hatte sie gesagt, «aber . . .»

Sie hatte nicht weitergesprochen, sondern ihn nur angesehen und den Kopf geschüttelt. Sie hatten einen langen Blick getauscht, und dann hatte er sich verbeugt und war gegangen. Als er zwei Jahre nach ihrer Heimkehr seinerseits nach China zurückkam, war sie bereits mit Tscheng verheiratet. Obwohl sie sich in den folgenden Jahren oft gesehen hatten, war jener Tag in Paris von ihm nie wieder erwähnt worden.

Doch in diesem Augenblick schlug die Erinnerung eine Brücke zwischen ihnen, eine Brücke aus Spinnweben und dennoch unzerstörbar. Sie wäre schließlich keine Frau gewesen, wenn sie vergessen hätte, daß dieser Mann sie einst geliebt hatte. Auch konnte sie nicht bestreiten, daß er sie noch immer anzog, daß seine Energie, sein scharfer, analytischer Verstand und seine Lebensart nach wie vor ihre Wirkung auf sie ausübten. Und doch, wie unerbittlich war er, wenn er einen Verräter entlarvte. Wie war das noch mit jenem Kao gewesen, der sich von ihrer Sache lossagen wollte und in Hankau zur Polizei gegangen war, um Geheiminformationen preiszugeben? Während seiner Abwesenheit war der Mann, der ihr hier gegenübersaß und immer noch an ihr Herz rührte, an der Spitze einer Gruppe von Gesinnungsgenossen in das Haus des Abtrünnigen eingedrungen. Jeden Bewohner, den sie antrafen, hatten sie umgebracht, sogar die Diener und die kleinen Kinder. Sollte sie diese Geschichte als warnendes Beispiel ihrer Tochter erzählen?

Der Minister stand auf. «Wir verstehen uns, Sie und ich – ich denke, wir haben uns immer verstanden. Sie ist Ihre Tochter, und mir liegt daran, daß Sie nicht in Kummer oder Angst leben. Also bereiten Sie sie vor, Genossin.»

Er legte eine Pause ein; sein dunkler Blick bohrte sich in ihre Augen. «Bin ich immer noch Ihr bester Freund?» fragte er. Also konnte auch er nicht vergessen! Was sollte sie nur antworten? Unter den gegenwärtigen Umständen war es gefährlich, einen solchen Freund zu haben, und doch durfte sie ihn sich nicht zum Feind machen.

«Spricht etwas dagegen?» erwiderte sie.

Mit diesen Worten trennten sie sich.

Am selben Abend, dem letzten, ehe Grace ihre Reise nach Peking fortsetzte, bereitete Madame Liang getreu der erhaltenen Warnung ihre Tochter auf deren kommendes Leben vor. Sie hatte für diese schwere Aufgabe ihr privates Wohnzimmer gewählt; vor der verschlossenen Tür hielt Tschu Ma Wache. Von weither hörte man die Geräusche des Restaurants – Musik, Stimmengewirr, das Klappern von Geschirr. Zu dieser Stunde herrschte in den Speiseräumen reges Leben. Sie hatte ihre Tochter an die Eingangstür geführt und sie einen Blick in das überfüllte Lokal werfen lassen.

«Alles haargenau wie früher», hatte Grace staunend geflüstert.

«Es ist ganz und gar nicht wie früher», hatte Madame Liang entgegnet.

Und nun, geborgen in dem Zimmer im Oberstock, wo ihr Abendessen aufgetragen, verzehrt und abgeräumt worden war, hinter verriegelten Türen, weihte Madame Liang ihre Tochter ein.

«Du mußt darauf gefaßt sein, Veränderungen hinzunehmen», fing sie an. «Und das wird dir nicht schwerfallen, wenn du im Auge behältst, daß keine Veränderung stattgefunden hat.»

Grace lachte. «Sprich bitte nicht in Rätseln, Mamachen.»

«Ich meine genau das, was ich sage», erwiderte Madame Liang. Sie lag ausgestreckt auf einer Couch, ihre hochhackigen Satinschuhe waren von dem gleichen blassen Rosa wie ihr Hausmantel. Außer Tschu Ma bekam niemand ihre Füße zu sehen. Vor langer Zeit – sie war damals ein fünfjähriges Kind gewesen – hatte die Mutter ihre Füße eingebunden. In Abwesenheit ihres Vaters, der sich am kaiserlichen Hof aufhielt, hatte sie sie mit Streifen aus derber weißer Baumwolle umwickelt und diese Tag für Tag straffer angezogen, bis ihr kleines Mädchen vor Schmerzen unaufhörlich weinte. Monate vergingen, sie hörte auf herumzutollen und wurde mager und wachsbleich. Und eines Tages kam ihr Vater nach Hause.

«Wo ist sie?» hatte er gerufen. «Wo steckt meine Kleine?»

Er hatte nach ihr gesucht und sie in ihrem Zimmer gefunden, wo sie auf dem Bett gesessen und ihre gepeinigten Füße betastet hatte, um ihre Qual zu lindern. Welch ein Aufruhr! Wie hatte er getobt und geschrien, Verwünschungen ausgestoßen und vor Wut geschäumt! Eigenhändig hatte er ihr die Bandagen abgerissen, hatte Tränen vergossen, als er ihre kleinen, verkrüppelten Füßchen erblickte. Dann hatte er sie auf den Arm genommen und war in die Gemächer ihrer Mutter gestürmt.

«Habe ich dir nicht gesagt, du sollst die Füße dieses Kindes so lassen wie sie sind?»

Voller Angst hatte ihre Mutter ihn angefleht und umschmeichelt: «Aber bedenke doch, Vater meiner Kinder, wer wird ein Mädchen mit großen Füßen heiraten? Nur eine Bauernfamilie wird sie haben wollen. Ich tue es um des Kindes willen – für sein künftiges Glück.»

Ihr Vater hatte dies nicht gelten lassen. «Ach du, die du nicht sehen kannst, nicht sehen willst, was jeder mit Händen greifen kann! Ich sage dir, unser Land wandelt sich! Selbst ich habe mich gewandelt. Ich wünschte, deine Füße wären keine solchen mißgestalteten Stümpfe. Schau dich nur an, damit du siehst, wie meine Tochter nicht werden soll!»

Grausame Worte, denn ihre Mutter war stolz gewesen auf ihre winzigen Füße, die von den nach innen gekrümmten Zehen bis zur Ferse kaum acht Zentimeter maßen; sie hatte ein Taschentuch aus dem Ärmel gezogen und sich die Tränen aus den Augen gewischt. Aber für sie, das Kind, hatten die Worte des Vaters Glückseligkeit bedeutet, denn nun war sie von einer Fessel befreit. Gewiß, es hatte Monate gedauert, bis sie wieder schnell laufen konnte, und ihre Füße waren nie wieder schön geworden, nur eben brauchbar. Als brauchbar hatten sie sich erwiesen, als sie mit Tscheng und vielen anderen in den Tagen der Revolution von Stadt zu Stadt hatte fliehen müssen. Heute entschädigte sie sich für ihre verkrümmten Füße damit, daß sie stets ausgesucht schöne Schuhe trug.

«Ich muß mit dir über viele Dinge sprechen», fuhr sie fort.

«Worüber denn, liebe Mutter?»

«Ich muß dich auf jenen Wandel vorbereiten, der in Wahrheit keiner ist», erklärte Madame Liang.

«Ja, Mutter?»

«Es ist ein Wandel, weil sich vieles verändert hat. Du wirst erschrecken über all die Umwälzungen. Und du wirst aufbegehren, zornig werden, du wirst dich fürchten, wenn du nicht unverwandt im Auge behältst, daß kein Wandel stattgefunden hat.»

«Lehre mich, Mutter», bat Grace.

Dann beschränkte sie sich aufs Zuhören, während ihre Mutter zu einer ausführlichen Erklärung ansetzte. «Folgendes ist anders geworden, mein Kind: Jene, die einst unten waren, stehen jetzt an der Spitze. Wir sind ein Volk von Bauern. Fünfundachtzig von hundert unserer Landsleute arbeiten in der Landwirtschaft. Zwar sind es die verbleibenden fünfzehn Prozent, die die Staatsgeschäfte ausüben und die zwei Prozent Regierenden einschließen, aber diese haben nicht mehr die Macht. Der Vorsitzende hat den Drachen der bäuerlichen Jugend losgelassen. Jene, die diese Jugend einst im Zaum hielten, gibt es nicht mehr – die Grundbesitzer, den Adel, die Gelehrten, jene Schicht also, aus der wir beide hervorgegangen sind. Einem schrecklichen Wesen hat der Vorsitzende da freien Lauf gelassen! Und mit welcher List, welcher Kenntnis, welcher Einfühlung in sein Volk! Allein wäre er nie und nimmer an die Macht gelangt. Aber er ist der Sohn eines Landedelmannes, einer von denen, welche die Gebildeten ‹Bauern› und die Unwissenden ‹Grundbesitzer› nennen, ein Mann zwischen den Ständen, der keiner Seite und zugleich beiden angehört. Schlau hat er die Bauern dazu benutzt, ihn zu den höchsten Höhen emporzutragen. Aber er reitet den Drachen, mein Kind – vergiß das nie! Er reitet den Drachen, und eines Tages wird dieser die Last abwerfen.»

«Und was wird dann sein?» fragte Grace.

«Wer kann schon vorhersagen, wie sich ein Drache verhält, wenn niemand mehr seine Zügel führt?» entgegnete Madame Liang.

Bis tief in die Nacht saßen Tochter und Mutter beisammen, die eine Fragen stellend, die andere Erklärungen gebend. Zug um Zug rollte Madame Liang vor Grace die Geschichte ihres Landes auf.

«Du erinnerst dich doch an die Bäche, die an den Hängen der Lu-Berge hinabfließen», meinte sie, eine Zigarette aus der neben ihr stehenden Silberdose nehmend.

Grace ließ das Feuerzeug aufschnappen. «Mutter», erkundigte sie sich, «sag mir, wie es kommt, daß du amerikanische Zigaretten rauchst.»

«Sie schmecken mir eben», erwiderte Madame Liang.

«Ist ihre Einfuhr denn nicht verboten?»

«Es gibt immer Mittel und Wege, das zu bekommen, was man haben möchte», sagte Madame Liang und nahm ihren vorigen Gedanken wieder auf. «Wie du dich entsinnen wirst, mein Kind, vereinigen sich diese Bäche am Fuß des Gebirgsmassivs und strömen als reißender Wasserlauf durch die Ebene. An der Stelle, wo sie in den Jangtse eintreten, erzeugen sie einen gewaltigen Wirbel, der mir Angst macht, so oft ich ihn sehe. Das Wasser tobt dort dermaßen, daß selbst große Schiffe in Seenot geraten.

Doch wenn sie kundig gesteuert werden, überstehen sie die Gefahr und können ihre Fahrt fortsetzen. Das gleiche gilt zu dieser Stunde für unser Land.»

Sie hielt inne und sprach erst nach längerer Pause weiter.

«Aufruhr», murmelte sie. «Aufruhr und Bedrängnis. Aber ich überdaure, weil ich weiß, daß das alles nicht in die Tiefe wirkt. Auf dem Grund bleiben unsere Menschen, was sie immer waren: die Söhne von Han, das edle Volk. Es ist zwar verboten, den Namen des großen Konfuzius auszusprechen, aber ich lese insgeheim seine Werke und erbaue mich an der Weisheit der Alten.»

Ihre Tochter, die bisher schweigend zugehört hatte, konnte nun nicht mehr an sich halten. «Und du rührst dich nicht, Mutter? Wie kannst du so dahinleben, als ob du mit allem einverstanden wärst?»

Statt einer Antwort stand Madame Liang auf, öffnete eine verschlossene Lade und zog aus einem Winkel ein Buch, das in rote Seide eingeschlagen war. Sie öffnete es und las vor:

«Der Edle führt seinen Wandel entsprechend dem Charakter, der sich in ihm gefestigt hat.

Das Verdecktsein bedeutet, daß er noch verborgen und nicht anerkannt ist, daß er noch nichts zustande bringen würde, wenn er handeln würde. In diesem Fall handelt der Edle nicht.»

Sie überschlug einige Seiten und las weiter:

«Oberhalb des Sees ist die Erde: das Bild der Annäherung. So ist der Edle in seiner Absicht zu lehren unerschöpflich. Und im Ertragen und Schützen des Volkes ohne Grenzen.»

Sie schlug das Buch zu, verwahrte es in seiner roten Seidenhülle und sperrte es wieder weg.

«Sie sind hier untergebracht, bis Sie ein Quartier finden, das Ihnen mehr zusagt. Sollte Ihnen das Zimmer aber gefallen, dann können Sie es bewohnen, so lange sie wollen», erklärte ihr neuer Begleiter.

Grace sah sich um. Das Zimmer war geräumig und mit einem blauen Teppich ausgelegt, die Einrichtung bestand aus einem Doppelbett, einem chinesischen Pult mit Stuhl und zwei Polstersesseln mit dunkelblauen Satinbezügen.

«Sieht sehr komfortabel aus», sagte sie. «Vielleicht suche ich mir später ein eigenes kleines Haus in einem der *hutungs* von Peking. Es gab da so entzückende Gäßchen ...»

Ihr Führer lächelte breit; in seinem Gebiß wurden drei Goldzähne sichtbar. «Hier ist das Bad.» Schwungvoll stieß er eine Tür auf. «Im Winter dampfgeheizt. Aber jetzt haben wir ja erst Spätsommer, deshalb ist die Anlage noch nicht in Betrieb.»

«Sehr schön», meinte sie lächelnd.

«Wir möchten, daß Sie sich wohl fühlen», sagte der Mann. Er war jung und vertraueneinflößend, aber er hatte auch etwas Verkrampftes an sich, als ob er an sich selbst zweiflle.

Sie trat an das breite Fenster und schob den Vorhang beiseite. Draußen wurde es Abend, und die Lampen flammten auf – erst vereinzelt, dann in Mengen, Licht zeichnete die Umrisse größerer Gebäude nach, bis die Stadt als sanft schimmernde Landkarte vor ihr lag.

«Was ist das für ein hohes Bauwerk dort?» erkundigte sie sich.

Ihr Führer, der neben ihr stand, antwortete mit einer Frage. «Meinen Sie das Tor Tien An Men oder das Denkmal der Volkshelden?»

«Den Überbau des Tores erkenne ich wieder», entgegnete sie, «aber als ich das letztemal hier war, stand das Denkmal noch nicht.»

«Oh, Sie werden hier viel Neues entdecken», meinte der Führer.

«Hoffentlich auch viel Altes.» Sie ließ den Vorhang fallen und drehte sich um.

«Was gut war, ist noch da», erklärte er. «Und jetzt verlasse ich Sie. Melden Sie sich morgen vormittag um zehn Uhr in der Akademie für Heilkunde.»

Er tastete die Taschen seiner blauen Baumwollkluft ab. «Ich habe irgendwo die Anschrift. Ah – da ist sie ja. Zu viele Taschen – das ist der Fehler.» Damit reichte er ihr einen Zettel, auf dem eine Adresse stand.

Sie hatte für ihre Fahrt nach Peking die Eisenbahn gewählt, um Land und Leute besser kennenzulernen. Ihrem ständigen Begleiter, diesem blauuniformierten jungen Mann mit dem kurzgeschorenen Haar, hatte sie ihren Wunsch auf Chinesisch auseinandersetzen müssen, da er keine andere Sprache verstand.

«Ich war lange Jahre weg und bin erst vor einigen Tagen zurückgekommen. Und es hat sich so vieles verändert.»

«Da haben Sie recht», hatte er ihr beigepflichtet. «Wir gestalten alles neu. Die Imperialisten werden verjagt. In welchem Land waren Sie, Genossin?»

«In Amerika.»

«Oh, ein schlimmes Land, ein böses Volk», hatte er prompt erwidert.

Sie hatte ihm entschieden widersprochen. «Ich habe Amerika anders erlebt, und zu mir waren die Menschen freundlich.»

«Dann haben Sie eben eine Gehirnwäsche hinter sich», hatte er im Ton der Überlegenheit behauptet. «Hier werden Sie die Wahrheit kennenlernen.»

Es war ihr tatsächlich seltsam vorgekommen, daß keine Amerikaner im Zug waren. Es fuhren kaum westliche Ausländer mit – ein junger französischer Journalist mit schmalem, übereifrigem

Gesicht, der, da er sich nicht auf Chinesisch verständigen konnte, beredt mit seinen langen Händen gestikulierte, und ein dicklicher schwedischer Geschäftsmann, der ein stümperhaftes Mandarin sprach. Nach ein paar raschen Seitenblicken war ihr Interesse an den beiden erschöpft. Um so aufmerksamer musterte sie ihre chinesischen Mitreisenden. Auch sie waren nicht eben zahlreich, ein paar Geschäftsleute in chinesischer Kleidung, ein halbes Dutzend junger Männer in westlichen Anzügen, die sich angeregt auf französisch und russisch unterhielten, ein Universitätsprofessor bebrillt und unnahbar, und eine Gruppe junger Mädchen, deren Reiseziel vermutlich eine Schule in Peking war. Sie war sich fremd vorgekommen unter diesen Menschen, und die Blicke, die ihr westliches Kostüm auf sich zog, hatten Grace auch nicht gerade ermuntert, ein Gespräch anzuknüpfen. Sie hatte sich vorgenommen, ihre ganze Garderobe zu erneuern. Aber was trugen die Frauen unter ihrer tristen Uniform? Sie hatte mit der Anschaffung neuer Kleider gewartet, weil sie dieses Geheimnis noch nicht ergründet hatte.

Der Zug, in dem sie fuhr, bot durchaus Anlaß, auf das neue China stolz zu sein. Der Zug war blitzsauber; bei jedem Aufenthalt wurde der Boden gefegt und die Plüschsitze gebürstet. An beiden Enden der Waggonkorridore erzeugte eingetopfter Rippenfarn Gartenatmosphäre, und die polierten Tischchen blinkten. Vor dem Fenster zogen herbstliche Fluren vorbei, auf den Feldern wurde die Wintersaat bestellt. Diese Felder, einst kleine Parzellen, waren nun zu großen Anbaugebieten zusammengelegt. Doch immer noch neigten sich Trauerweiden über die Dächer der Bauernhäuser, hingen Fischernetze am Ufer der Teiche. An jeder Station drängten sich ambulante Händler vor den Waggontüren und boten lauthals ihre Waren feil.

All diese Bilder gaukelten ihr vor Augen, als sie am Fenster ihres Zimmers stand. Hier würde sie nicht lange wohnen. Man hatte ihr zu verstehen gegeben, daß sie sich einige Wochen lang eingewöhnen müsse, da dieses Land ihr neu sei und sich grundlegend von jenem ihr vertrauten China unterscheide. Aber dann, so malte sie es sich aus, den Blick auf die gleichgebliebenen, erst vor kurzem restaurierten Paläste geheftet, dann würde sie sich im Stadtkern ein kleines altes Haus hinter einem Tor und einer Mauer suchen, ein Haus mit weit heruntergezogenem Keramikziegeldach, mit plattenbelegtem Hof und einem Seerosenteich. Dort würde sie leben, verwurzelt in einer Vergangenheit, in die sie jeden Abend nach Arbeitsschluß zurückkehren würde. Sie hatte nur eine Bedingung gestellt – daß man ihr ein eigenes Labor ...

«Genossin», meldete sich ihr Begleiter, «wo soll ich Ihre Koffer verstauen?»

Sie hatte Raum und Zeit vergessen. «Bitte lassen Sie sie stehen. Ich packe sie gleich aus.»

Sie suchte ihren Geldbeutel. Der Mann machte ein finsteres Gesicht und hob abwehrend die Hand.

«Das haben wir abgeschafft», erklärte er, ging aus dem Zimmer und schloß die Tür hinter sich.

Es war spät. Sie hatte in dem kahlen, sauberen Speisesaal im ersten Stock zu Abend gegessen und anschließend ihre Koffer ausgepackt. Nun setzte sie sich an das Schreibpult in ihrem Zimmer, um, wie versprochen, gleich nach ihrem Eintreffen in Peking den ersten Bericht für ihren engsten Arbeitskollegen im fernen Amerika abzufassen. Der Tisch stand vor dem Fenster, und wie von selbst begann sie zu schreiben:

«Lieber Clem, ich sehe nirgends Kompromisse. Vor meinem Fenster hier in Peking steht die Vergangenheit derart unverrückbar, als wäre sie nicht Geschichte, sondern Gegenwart. Die einstmals Verbotene Stadt, der Stadtteil, in dem früher die Kaiser mit ihrem Hofstaat lebten, sieht noch genauso aus wie ehedem, nur hat man sie primitiv restauriert. Ich bin als kleines Mädchen an der Hand meiner Mutter hier gewesen und kann mich erinnern, daß damals die Bauwerke bedrohliche Verfallserscheinungen zeigten. Die bemalten Dachtraufen bröckelten ab, auf den marmornen Auffahrten lag dicker Staub, niemand kehrte das dürre Laub weg. Die Wachen waren alle korrupt. Ihre Aufgabe bestand darin, die Vorübergehenden am Stehlen der gelben Keramikziegel von den Palastdächern zu hindern, aber insgeheim verkauften sie diese Ziegel für einen Dollar das Stück. Ich erinnere mich deshalb daran, weil meine Mutter das Angebot so eines verlotterten Aufsehers empört zurückwies und ihm die Leviten las, daß ihm Hören und Sehen verging. Heute könnte niemand einen Ziegel ‹mitgehen› lassen, ohne verhaftet zu werden. Bedeutet dieser Stolz auf die Vergangenheit, daß die Neubauten der Stadt Nachahmungen darstellen? Nach allem, was ich bisher gesehen habe, möchte ich eher sagen, daß meine Landsleute sich zwar einerseits viel auf ihre Geschichte zugute halten – und die war wahrlich glanzvoll, Clem –, andererseits aber ebenso großen Wert darauf legen, auf der Höhe der Zeit zu stehen. An allen Ecken und Enden, ja sogar in der Innenstadt von Peking, schießen riesige Bauten aus dem Boden – ihre Namen muß ich mir noch einprägen –, und das Interessante ist, daß sie mit den alten Gebäuden harmonieren. Ich glaube, das kommt daher, daß die Architekten unserer Vorfahren in klaren Linien und noblen Maßen bauten.»

Hier stockte sie. Konnte sie Clem von dem Besuch bei ihrer Mutter berichten? Es sprach nichts dagegen, sie hatte auch keinen versteckten Fingerzeig erhalten. Und trotzdem zögerte sie. Sie war zwar in ihrer Heimat, aber sie war dennoch ein Neuling. Früher hatte sie sich hier sichergefühlt, aber jetzt herrschten neue Männer und Frauen, die von der Revolution nach oben gespült worden waren. Über ihrer Nasenwurzel bildete sich eine Falte, während sie weiterschrieb.

«Meine Mutter läßt mich gleichzeitig an die Vergangenheit und an die Gegenwart denken. In ihrem Wesen ist sie sich gleichgeblieben; sie gehört der Vergangenheit an. Und doch lebt sie in der Gegenwart und nimmt das Neue mit Zuversicht auf, da die Vergangenheit sich gläubigem Vertrauen so würdig erwiesen hat.»

Doch dann wandte sie sich in einem plötzlichen Stimmungsumschwung anderen Vorstellungen zu. «Zu dieser Stunde, lieber

Clem, beginnt für Dich ein neuer Tag. Er wird ganz anders ablaufen als meiner. Ich sehe Dich vor mir, wie Du im Labor mit Mikroskop und Tabellen hantierst. Ich wollte, ich hätte bleiben können, um mit dir nach Indien zu fahren; besonders um den geplanten Besuch beim St. Xavier's College in Bombay tut es mir leid. Wie steht es mit dem Extrakt des Alraunegifts? Haben sich die Berichte bestätigt, daß Frauen, denen man es verabreicht, nur männliche Kinder zur Welt bringen? Was mir in jedem Fall hier von Nutzen wäre, sind Deine Forschungsarbeiten über die bewußte Substanz aus den Samen von Sapindazeen. Stimmt es nun, daß sie, oral eingenommen, eine sichere Fruchtbarkeitskontrolle ermöglicht? Halte mich auf dem laufenden, Clem. Ich bin sehr gern hier, aber hin und wieder werde ich mich wohl einsam fühlen.»

Merkwürdig beklommen steckte sie den Brief in einen Umschlag. Was hinderte sie daran, Clem mehr von ihrer Mutter zu erzählen – einem Menschen, der zwar ihr Vorgesetzter, aber auch ihr Freund gewesen war? Eine Schranke, körperlos wie Nebel, richtete sich zwischen ihnen auf. In Amerika war ihr das nie widerfahren. Aber hier in China spürte sie, daß Clem und sie etwas trennte, und nach langem Nachdenken kam sie zu dem Ergebnis, daß es ihr nationales Selbstgefühl war. Als Chinesin war sie zu stolz, selbst einem so nahestehenden Menschen wie Clem einzugestehen, daß ihr seit dem Besuch bei ihrer Mutter bang war und daß sie obendrein nicht einmal wußte, warum sie sich fürchtete.

Wenn ich erst einmal zu arbeiten anfange, sagte sie sich, wird allein schon die Ablenkung durch den Beruf diese eigentümliche Mischung aus Vergangenheit und Gegenwart klären, werden die Anforderungen des Alltags die unbestimmte Angst verscheuchen. Daraufhin traf sie entschlossen ihre Vorbereitungen für die Nacht und den kommenden Tag. Es ermunterte sie ein wenig, daß heißes Wasser in eine Badewanne lief, die kaum ein Jahrzehnt älter war als ihre in Amerika, und daß der Strom nach halbminütigem Flackern brauchbares elektrisches Licht hervorbrachte. Vielleicht würde sich das Leben in diesem neuen alten Land doch noch erfreulich gestalten und ihre Befürchtungen Lüge strafen.

Ein Alptraum schreckte Madame Liang aus dem Schlaf. Still lag sie da und versuchte ihre Stimmung zu erforschen, denn sie hielt es für eine Stimmung, da ihr eine treffendere Bezeichnung nicht einfiel. Und doch kam es von außen – oder war dieser Zustand vielleicht nur ein Vorbote des Alters? Deutete er womöglich darauf hin, daß sich der Organismus auf den Tag einrichtete, an dem er aufhören würde, mehr als ein hilfloser Körper zu sein? Im Grunde sah sie keinen Anlaß, niedergeschlagen zu sein. Also hielt sie geduldig still, die Augen geschlossen, und suchte die Ursache ihrer Depression zu ergründen. Langsam sammelten sich ihre Gedanken, stellten das Bild vor ihrem inneren Auge schärfer ein, und sie erkannte, daß in seinem Mittelpunkt ihre Tochter Grace stand. Spontan beschloß sie, ihren chinesischen Namen Endien zu verwenden. Sie hatte ihn eine Stunde nach der Geburt des Kindes gewählt, als man es ihr zum erstenmal in den Arm gelegt hatte.

«Ein Mädchen», hatte die Hebamme geseufzt.

«Ich freue mich», erwiderte die junge Mutter. «Es bringt Glück, wenn man eine Familie mit einer Tochter eröffnet.»

Sie hatte es nicht bedauert, daß zwei weitere Töchter kamen und sie keinen Sohn gebar. In schweren Zeiten konnte eine Frau den Gefahren aus dem Weg gehen, aber ein Sohn würde in ein führendes Amt gezwungen oder des Landes verwiesen werden. Sie erwog das Schicksal dieses Sohnes, der nie geboren worden war. Es war besser, daß es ihn nicht gab. Aber warum ängstigte sie sich jetzt um ihre Tochter? Hatte sie Grace unzulänglich vorbereitet – aber worauf? Selbst Endien hätte sie nicht klar und deutlich sagen können, was ihr die Zukunft bescheren würde und daß die Sicherheit, in der sie ihrer geregelten Tätigkeit nachging, trügerisch war. Schon ein falscher Schritt, ein unbedachtes Wort konnte sie in unabsehbare Gefahren stürzen. Sie hatte eine eindeutige Beschreibung ihrer Situation vermieden, denn diese Situation ließ sich nicht in Worte kleiden.

Für Stunden wie diese hatte Madame Liang einen Trost. Sie stand auf, ging zu ihrer verschlossenen Lade und zog unter einem Stapel bestickter Satingewänder, einst ihre Alltagskleidung, das *Buch der Wandlungen* hervor. Wie seinerzeit ihre amerikanische Freundin Mrs. Brandon das heilige Buch der Christen, so verehrte sie das Werk des großen und weisen Konfuzius, eines Ausgestoßenen der Gesellschaft. Und obwohl seine Werke verboten waren und von Presse und Rundfunk lächerlich gemacht wurden, zweifelte sie nicht daran, daß eine klügere Generation sich seiner erinnern und daß dann wieder Ordnung herrschen würde. Bis es soweit war, zog sie das *Buch der Wandlungen* zu Rate und ordnete ihr Leben nach seinen Grundsätzen. Blind schlug sie eine Seite auf und legte den Finger auf eine bestimmte Stelle. Die Augen öffnend, las sie folgende Worte:

«Vorwärts und rückwärts Abgrund über Abgrund. In solcher Gefahr halte zunächst inne, sonst gerätst du im Abgrund in ein Loch. Handle nicht so.»

Handle nicht so – das war die Antwort. Sie schloß das Buch und legte sich wieder schlafen.

«*Huang ch'ang-shen*», psalmodierte der alte Arzt in seinem klaren Pekinger Chinesisch, «ist das eine der beiden Heilmittel gegen Malaria. Der Aufguß wird aus der Wurzel der Pflanze bereitet. Es ist eine althergebrachte und zuverlässige Medizin.»

Grace schlug ihr klinisches Wörterbuch auf und suchte die englische Übersetzung. Hier: *Diochroa Febrifuyl.*

Diese Pflanze kannte sie.

«Das zweite», fuhr der alte Herr fort, «ist *ma p'ien ts'ao.*»

Ah ja, das europäische Eisenkraut. Das war ihr bekannt.

«Ist das nicht auch ein wurmabtreibendes Mittel?» fragte sie.

Auf dem Gesicht des alten Arztes spiegelte sich Überraschung. Sie bemerkte, daß seine langen Fingernägel schmutzig waren.

«Woher wissen Sie das?» fragte er.

«Ich hörte davon», gab sie zur Antwort.

Die Erfahrung hatte sie bereits gelehrt, daß es Zeitverschwendung war, einen chinesischen Arzt der alten Schule überzeugen zu wollen, daß die Medizin der westlichen Länder heilsam sei. Der greise Gelehrte kratzte sich das spärlich behaarte Kinn und fuhr in seiner Unterweisung fort.

«Die Krankheit wird regional unterschiedlich bezeichnet. Man nennt sie ‹Kälte, die in den Leib eindringt›, ‹das Fröstelleiden›, ‹die Krankheit der fünf Teufel›, ‹die wahre Krankheit›, ‹Einmal-in-drei-Tagen›, ‹die schwankenden Tage›, ‹das ewig Wiederkehrende›, ‹Hitze dringt in den Leib ein›, ‹schlechtes Gewissen auf der Haut›, ‹das Kribbeln in den Fingerspitzen›, ‹Teufelspein›, ‹Fieberfrost›, ‹die unbezwingbare Krankheit›, ‹Kloß im Bauch›, ‹dreitägige Krankheit›, ‹hunderttägige Krankheit›, ‹drei Schüttelfröste in zwei Tagen›.»

Grace hörte staunend zu. Die Namen bezeichneten treffsicher die vielfältigen Krankheitsbilder der Malaria, den Wechsel von Schauer und Fieber, die kurze und die lange Anfallphase, sogar die Schwellung der Milz im letzten Stadium.

«Wie allgemein bekannt», dozierte der alte Arzt, «ist der Aal die Ursache des Leidens. Bei epidemischem Auftreten der Malaria sollten daher die Aale vernichtet werden.»

Er kratzte sich mit dem langen schwarzen Nagel seines rechten Ringfingers am Kopf und besah sich das Resultat. «Schon wieder Läuse!» seufzte er.

Aale? Grace war sprachlos über die Akkuratesse und die Ungenauigkeit, aus der sich die Heilkunde ihrer Heimat zusammensetzte. Aale leben bekanntlich in Sumpfgebieten, wo auch die Anophelesmücke ihre Eier ablegt.

Plötzlich erwachten in dem alten Arzt die Lebensgeister. Er beugte sich vor und fuchtelte ihr mit seinem langen Zeigefinger vor der Nase herum.

«Und trauen Sie bloß nicht den ausländischen pharmazeutischen Erzeugnissen», ereiferte er sich. «Zu hohe Dosen von dem ausländischen bitteren Pulver verursachen eine andere fiebrige Krankheit.»

Sie kam aus dem Staunen nicht heraus. Chinin, in Überdosen eingenommen, löst tatsächlich Schwarzwasserfieber aus. Wie sollte sie die richtigen medizinischen Erkenntnisse und die Fehlurteile miteinander in Einklang bringen? Ihre Überlegungen wurden durch ein lautes Gähnen des alten Herrn unterbrochen; ein Schwall übelriechenden Atems stieg ihr in die Nase.

«Genug für heute», verkündete er, raffte seine grauen Gewänder zusammen und verabschiedete sich mit einer Verbeugung.

Der Tag war zu Ende, ihr erster Tag in dem Laboratorium, das man ihr in der großen, modernen Klinik eingeräumt hatte. Das Krankenhaus war vor Jahren von wohlhabenden Amerikanern gestiftet worden. Sie hatte auf den ersten Blick gesehen, daß es nach neuesten, im Westen erarbeiteten Methoden geführt wurde.

Ärzte und Pflegepersonal in blütenweißer Einheitskluft versahen geschäftig ihren Dienst, ohne es jedoch an Ehrerbietung gegenüber den alten Heilkundigen in ihren langen grauen Kutten fehlen zu lassen. Aus allen Teilen Chinas hatte man die angesehensten Ärzte in die Hauptstadt geholt.

«Ihre Aufgabe», so hatte man ihr auseinandergesetzt, «besteht darin, eine Synthese aus den zwei medizinischen Schulen herbeizuführen. Jede von ihnen enthält Richtiges und Falsches. In früheren Zeiten befolgten wir ausschließlich die Regeln unserer Schule, dann verwarfen wir sie und vertrauten ausschließlich der westlichen medizinischen Forschung. Beide Wege führten in die Irre. Sie haben eine große Verantwortung, die Ihnen der Vorsitzende Mao persönlich übertragen hat. Sein Auge ruht auf Ihnen.»

Diese Worte hatte ein junger Mann in Parteiuniform ausgesprochen. Ihr war aufgefallen, daß er eine stattliche Erscheinung war, groß wie die meisten Männer aus dem Norden. Gleich am Morgen nach ihrer Ankunft hatte er sich ihr vorgestellt:

«Ich bin Liu Peng, ebenfalls Arzt. Sie erhalten Ihre Anweisungen von mir. Wenn Sie Fragen haben, wenden Sie sich ruhig an mich. Wir begrüßen Ihre Heimkehr.»

Dann hatte er sie mit dem alten Heilkundigen bekanntgemacht: «Doktor Tseng, einer der angesehensten Ärzte der chinesischen Schule.» Und damit war er gegangen.

Nachdem sie ihre Notizen eingetragen und ihr Tagespensum vorbereitet hatte, verließ sie das Gebäude. Auch die Gartenanlagen waren sorgfältig gepflegt. Jetzt im Herbst legten die Gärtner empfindlichen Büschen zum Schutz gegen die ersten Nachtfröste Strohhüllen an. Über der Stadt hing ein feiner Dunstschleier, und obwohl die Luft noch mild war, spürte man doch schon die herbstliche Kühle. Am Goldfischteich blieb sie stehen. Bald würden die Fische sich im Schlamm verkriechen, um zu überwintern. Ein letztes Aufflackern von Bewegungsdrang jagte sie hin und her, so daß ihre Leiber in der späten Nachmittagssonne aufblitzten wie Splitter eines edlen Metalls. Tiefe Zufriedenheit überkam sie. Wie schön war der Herbst hier in dieser alten Stadt. Sie hatte nichts, aber auch gar nichts zu befürchten, sie hatte ihre Aufgaben zu erfüllen.

«Akupunktur», dozierte Dr. Tseng, «kann als die Lehre von den Kanälen im menschlichen Körper bezeichnet werden.»

Er hustete keuchend, kramte aus seinen Gewändern ein Papiertaschentuch hervor und spuckte hinein. Dann faltete er es sorgfältig zusammen und warf es unter das Pult. Gleich darauf schienen ihm gewisse Anordnungen für das Hauspersonal einzufallen, denn er ließ sich auf Hände und Knie nieder, hob das Tuch wieder auf und warf es in einen Zinkeimer, der als Abfallbehälter diente.

Grace verbiß sich das Lachen. Noch in ihrer Kindheit, die für sie bereits ein fernes, versunkenes Land war, hätte ein greiser Gelehrter sich lächerlich gemacht, der auf der Suche nach einem Fetzen Papier auf dem Boden umherkroch.

«Früher war das Leben eben noch leichter», sagte sie mitfühlend.

Zu ihrer Überraschung sah Dr. Tseng sie argwöhnisch, fast furchtsam an. «Ganz im Gegenteil», erwiderte er, während er sich auf seinem Stuhl niederließ. «*Jetzt* ist das Leben leichter. Unter der Führung des Vorsitzenden Mao ist alles besser geworden.»

Grace ging auf diese Bemerkung nicht ein. Sie hatte etwas Unüberlegtes gesagt, und er hatte sie zurechtgewiesen. Leiser Groll stieg in ihr auf, doch sie schluckte ihn hinunter.

«Kehren wir zu den Kanälen der Akupunktur zurück – wir nennen sie übrigens Meridiane», sagte sie, um ihn abzulenken.

Seit ihrer Rückkehr waren einige Wochen vergangen, so daß sie ihre Muttersprache nun wieder fließend beherrschte. Das kam ihr jetzt zugute, denn Tseng verstand kein Englisch. Er räusperte sich mühsam; nach einem Lebensalter im Staub der Millionenstadt Peking fiel ihm das Atmen schwer. Dennoch erfüllte er seine Pflicht, die nun einmal darin bestand, dieses unwissende

Weib zu unterrichten. Insgeheim mißfiel es ihm zwar, daß die neuen Machthaber so großen Wert auf Frauen legten, aber er wagte nicht aufzumucken. Die Beauftragten für seinen Stadtbezirk hatten ihm erklärt, die Festigung der neuen Ordnung erfordere noch so viel Arbeit, daß Frauen sich nicht den Luxus leisten dürften, nur für ihre Familie da zu sein, sondern daß sie für den Staat tätig werden müßten. Die Folgen verspürte er am eigenen Leib. In seinem Hauswesen herrschte Unordnung, und sein Essen bezog er aus einer Gemeinschaftsküche. Da er einen empfindlichen Magen hatte und an feine Speisen gewöhnt war, litt er unter diesen Verhältnissen, bewahrte jedoch Stillschweigen, damit man ihn nicht beschuldigte, er erhebe Anklage gegen den Vorsitzenden. Vergrämt setzte er seine Unterweisung fort.

«Es gibt dreihundertfünfundsechzig Körperpunkte, an denen die Kanäle bis zur Haut aufsteigen. Haut, Kanäle und innere Organe bilden ein System und sind daher dem Wechsel von Yang und Yin unterworfen. Der Arzt muß herausfinden, wo die Punkte sitzen. Das geschieht, indem er die richtige Nadel an der richtigen Stelle einsticht. Ebenfalls von Bedeutung ist, wie lange die Nadel steckenbleibt.»

«Welchem Zweck dient das Einstechen der Nadeln?» fragte Grace.

Der alte Arzt warf ihr einen tadelnden Blick zu. «Ich erkläre Ihnen alles der Reihe nach. Man will dadurch eine Flüssigkeit oder vielmehr eine Substanz, die freilich keine Substanz ist, vermehren oder vermindern. Auf keinen Fall darf die Nadel nachlässig oder voreilig eingestochen werden. Zuerst mißt man den Puls und verschafft sich ein Bild von der Hautfärbung und all den anderen Merkmalen. Ist die Diagnose gestellt, läßt man den Patienten husten. Wenn der Kranke diese Anweisung befolgt, ist seine Aufmerksamkeit für einen Augenblick abgelenkt. Im selben Moment wird die Nadel eingeführt. Sie müssen auswendig lernen, wie lange die Nadel steckenbleiben soll – fünf Minuten, fünfzehn Minuten, eine Stunde oder noch länger. Auch muß die Nadel unter neun Stärken sorgfältig ausgewählt werden Ein andermal werde ich Ihnen diese Nadeln zeigen und Ihnen erläutern, für welche Krankheit welche Nadel eingestochen wird.»

Er hatte zu lange gesprochen und rang schon wieder nach Luft. Grace hatte Mitleid mit ihm, öffnete ihre Handtasche und zog ein Fläschchen Antihistamin heraus, das sie eingedenk der Staubstürme Pekings aus Amerika mitgebracht hatte.

«Versuchen Sie es einmal damit, ehrwürdiger Herr», sagte sie.

Er schüttelte den Kopf. «Man soll alte und neue Medizin nicht miteinander vermischen. Dadurch entstünde nur Verwirrung im Körper, und Yang und Yin gerieten in Unordnung. Zwei Lebensweisen lassen sich nicht vereinbaren.»

Er war jedoch derart angegriffen, daß er seinen Folianten zuklappte. «Die Akupunktur», erklärte er, «läßt sich nicht in einem Tag lehren. Sie erfordert ein langes und vielseitiges Studium, das alle Lebensvorgänge im menschlichen Körper erfaßt. Richtig angewandt, bringt sie Heilung, unrichtig gehandhabt, den Tod. Wir machen morgen weiter.»

Er erhob sich, als Grace etwas einfiel, das ihren Seelenfrieden aus dem Gleichgewicht zu bringen drohte. Da er ihr Lehrer war, stand sie auf, um das Wort an ihn zu richten.

«Ich möchte Sie um eine Gefälligkeit bitten.»

«Ha?» Seine hängenden Augenlider hoben sich.

«Könnten Sie mir ein kleines Haus empfehlen? Ich wohne nicht gern in einem Heim und wäre glücklich über eigene vier Wände. Ich entsinne mich, daß es in den *hutungs* sehr angenehme Häuser gibt, aber da ich hier fremd bin, weiß ich nicht, wo ich mich hinwenden soll.»

Sie sah ihm seine Überraschung an. Er dachte einige Sekunden schweigend nach, dann ging er auf ihre Bitte ein.

«Es fragt sich nur, an was für ein Haus Sie denken. Neu oder alt?»

«Oh, ein altes mit einem Hof und ein paar Bäumen.»

Sie hatte ganz spontan gesprochen, bewegt von der Erinnerung an den Liebreiz jener verwunschenen Pekinger Häuser, die zwischen engen Straßen ein verborgenes Dasein führten.

«Die haben aber kein fließendes Wasser und keine Heizung außer dem *k'ang*», meinte er.

«Das kann ich entbehren», erklärte sie.

«Höchst ungewöhnlich», murmelte er. «Die jungen Leute heutzutage ...»

Er hielt mitten im Satz inne und strich sich den schütteren Bart. «Das Haus neben dem meinen steht zufällig leer. Der Besitzer ist vergangene Woche gestorben, und die Familie ist in eine Genossenschaft auf dem Land umgesiedelt. Die Frau wollte schon seit langem wegziehen – ein träges Geschöpf, dem die tägliche Hausarbeit zuwider war. Wir wollen hoffen, daß ihr Mann ein natürliches Ende gefunden hat.»

Grace entschloß sich nicht sofort; seine letzten Worte ließen sie zögern. «Darf ich mit Ihnen hineingehen und es mir ansehen?» fragte sie schließlich.

«Ich führe Sie hin», erwiderte er.

Sie gingen die Hauptstraße hinunter, wobei Grace auf Abstand achtete, um nicht den Eindruck zu erwecken, sie gehöre zu ihm, denn das hätte Dr. Tseng womöglich in Verlegenheit gebracht. Sie kamen an den Toren der restaurierten, von Touristen wimmelnden Verbotenen Stadt vorbei, gingen durch enge Straßen, noch engere Gäßchen und blieben schließlich vor einer Pforte in einer grauen Ziegelmauer stehen.

«Das ist mein Zuhause», sagte er mit gepreßter Stimme hinter dem großen Taschentuch, das er sich zum Schutz gegen den Staub vor Mund und Nasenlöcher hielt. «Kommen Sie herein. Ich werde meiner Frau sagen, sie soll Sie nach nebenan führen. Sie weiß immer alles über die Nachbarschaft.»

Grace trat hinter ihm durch das Tor und blieb wartend stehen, während der alte Mann nach seiner Frau rief. Fast im selben Moment stürzte ein flinkes Weiblein in einem altmodischen blauen Baumwollanzug und mit mehlbestäubten Händen aus dem Haus.

«Ich backe gerade Nudeln», rief sie. «Es sollte eine Überraschung –»

Er hob die Hand, um ihrem Redefluß Einhalt zu gebieten. «Wasch dir die Hände. Das hier ist meine Schülerin. Sie möchte das Haus nebenan mieten.»

Als Frau Tseng dieses Wort hörte, sperrte sie die Augen auf und schüttelte den Kopf.

«Aber in dem Haus wohnt doch ein Fuchsgeist!»

«Was soll dieser Unsinn?» herrschte Dr. Tseng sie an. «Jeder von uns weiß, daß der Vorsitzende alle Fuchsgeister ausgetrieben hat.»

Er warf ihr einen wütenden Blick zu und ging ins Haus. Frau Tseng wischte sich die Hände an der Schürze ab.

«Wenigstens ist die Miete niedrig», sagte sie und setzte mit gedämpfter Stimme hinzu, «weil da nämlich *doch* ein Fuchsgeist wohnt!»

Grace lachte. «Ich habe keine Angst.»

«Fuchsgeister sind grausam und sehr hinterlistig», beharrte Frau Tseng. «Sie können sich in schöne, boshafte Frauen verwandeln.»

«Ich fürchte nichts», entgegnete Grace.

Frau Tseng gab nach: «Wenn dem so ist . . .» brummte sie und führte Grace zum nachbarlichen Anwesen.

Zwei Tage später zog Grace aus dem Wohnheim aus, und in weniger als einer Stunde hatte sie sich in ihrem eigenen, wenn auch nur gemieteten Haus eingerichtet. Sie schlenderte ein wenig vor der äußeren Pforte herum, einem roten Tor, an dessen Flügelpaar zwei schwere Eisenringe hingen. Es unterschied sich nicht von den anderen Toren in den Umfriedungsmauern diesseits und jenseits der engen Straße, aber auf sie übte es einen besonderen Reiz aus, weil es der Eingang zu einem Zuhause in ihrer Heimat war. Ihre zwei kleinen Zimmer in dem New Yorker Apartmenthaus waren eine Unterkunft gewesen, die man für die Dauer eines Auslandsaufenthalts, also zeitweilig, bewohnt. Aber jetzt, in diesem Augenblick des Verweilens, verspürte sie die tiefe Zufriedenheit jedes Chinesen, der in sein Eigentum zurückkehrt.

Sie stieß das Tor auf und trat ein. Jemand hatte den Hof gefegt und zu beiden Seiten der Haustür einen blauweißen Porzellantopf mit einer Zwergkiefer aufgestellt. Wie freundlich von Frau Tseng, sagte sich Grace, und wie typisch für eine Chinesin alter Schule, sie mit dieser Geste willkommen zu heißen. Und dann überschritt sie die hohe Schwelle und betrat den Hauptraum des Hauses. Er war mit guten alten chinesischen Möbeln eingerichtet, und nachdem sie auch die übrigen Zimmer besichtigt hatte, war sie sehr zufrieden. Ein älteres Dienerehepaar erwartete sie.

«Auf Anweisung von Madame Tseng», murmelte der Mann unter vielen Verbeugungen. «Unser Familienname ist Wang.»

«Wir schicken uns zu allen Arbeiten», sagte die Frau mit bittender Stimme.

«Lao Wang und Wang Ma», sagte Grace, die alte, ihrer Stellung angemessene Höflichkeitsformel benutzend. Doch sogleich sah sie, daß sie einen Fehler gemacht hatte, denn auf den Gesichtern der beiden spiegelte sich Angst wider.

«Genossen», berichtigte sie sich.

Sie lächelten. Die Frau sagte unterwürfig: «Auch wir wissen, wie man geziemend redet, aber jetzt hat sich ja alles gewandelt.»

«Für die Weide ist es besser, sich mit dem Wind zu biegen», warf der alte Mann ein.

«Ich muß noch lernen, mich zu biegen», erwiderte Grace.

«Es fällt schwer, immer daran zu denken», meinte die Frau.

Darauf zogen sie sich zurück, und ein paar Minuten später sah Grace durch die offene Tür, wie sie in der Küche mit kleinen Strohbüscheln Teewasser kochten. Sie setzte sich an den Tisch und musterte den Raum. Sie mußte sich noch ein paar gute Rollbilder kaufen, eine Landschaft oder etwas Kalligraphisches, und einen Polstersessel; der hölzerne, auf dem sie saß, war wunderschön anzusehen, doch sie war durch die bequemen amerikanischen Möbel verwöhnt. Gardinen wollte sie allerdings nicht. Die Fenster nahmen die ganze Frontseite des Raums ein, und ihre kleinen Scheiben waren mit dünnem Reispapier bedeckt. Ihre

Überlegungen wurden durch lautes Klopfen unterbrochen. Jemand stand vor dem Tor. Lao Wang rannte über den Hof, um den Riegel zurückzuschieben. Gleich darauf hörte Grace die kraftvolle Stimme Liu Pengs.

«Wohnt hier eine Ärztin namens Liang?»

«Sie ist eben erst angekommen, Genosse», erwiderte Lao Wang.

«Ich komme herein», kündigte Liu Peng an, und schon sah Grace, wie er mit langen Schritten über den Hof ging.

«Bitte treten Sie ein», sagte sie und stand auf. «Sie sind mein erster Gast.»

Grußlos folgte er ihrer Aufforderung und nahm ihr gegenüber Platz.

«Warum sind Sie ohne Genehmigung aus dem Wohnheim ausgezogen?» fragte er ohne Einleitung.

Sie machte große Augen.

«Brauche ich eine Genehmigung zum Umziehen?»

«Aber sicher», erklärte er. «Wie sollten wir denn sonst wissen, wo wir Sie finden können?»

«Ich behalte doch meinen Arbeitsplatz bei, wenn ich auch woanders wohne. Wo ich tagsüber anzutreffen bin, wissen Sie doch.»

«Wir müssen aber wissen, wo Sie sich die ganze Zeit über aufhalten.»

«Warum?»

Einen Augenblick schien es, als brächte ihn die Einfachheit dieser Frage aus der Fassung. Seine ungewöhnlich dichten Augenbrauen schoben sich zusammen. Sie hatte noch gar nicht bemerkt, wie dunkel sie waren.

«Das ist Vorschrift», sagte er barsch.

Grace ließ sich die Sache durch den Kopf gehen und beschloß, sie auf die leichte Schulter zu nehmen.

«Nun gut, hier wohne ich! Wenn ich nicht im Ärztezentrum arbeite, bin ich hier.»

Schlagartig verflog seine schlechte Laune. Sie bemerkte sogar den Schimmer eines Lächelns in seinen ungewöhnlich großen schwarzen Augen.

«Da ich meine Pflicht erfüllt habe», meinte er, «wollen wir zur Unterhaltung übergehen. Ich möchte Sie als erstes fragen, ob der alte Arzt Sie in die Philosophie eingeführt hat, die die Basis unserer chinesischen Medizin ist.»

Sie schüttelte den Kopf. «Nur in die organischen Krankheiten und deren Heilung. Gegenwärtig behandelt er die Akupunktur.»

«In diesem Fall», meinte Liu Peng, «werde ich Sie in medizinischer Philosophie unterrichten.»

«Bitte, lehrt mich», entgegnete sie.

Das war die überkommene Antwort des klassischen Schülers an seinen Lehrer, und er quittierte sie mit einem argwöhnischen Blick. Da sie ihm jedoch offen in die Augen sah, wandte er den Kopf und räusperte sich.

«Wir benützen die alten Formen nicht mehr. Sie waren im Ausland und wissen das nicht, daher will ich Ihren Fehler übersehen. Um die Grundlagen der chinesischen medizinischen Philosophie zu umreißen, werde ich vom Historischen ausgehen. Sicher ist Ihnen klar, daß wir die alten Wunderlehren zwar verwarfen, sie aber weiterhin als Bestandteil einer toten Geschichte betrachten. Spezialisten auf dem Gebiet moderner Medizin wie Sie und ich müssen die Vergangenheit kennen, auch wenn es eine tote Vergangenheit ist. Unsere Geschichte ist die erhabenste, die großartigste, die älteste, die das Buch der Menschheit verzeichnet. Befassen wir uns deshalb mit dem klassischen Werk des großen Weisen Lao-tse, eines Mannes, der insofern merkwürdig modern war, als er vor Tausenden von Jahren den Formalismus seines Zeitgenossen Konfuzius bekämpfte. Konfuzius ist wirklich tot, und dieses Schicksal teilen seine Schriften. Wir lehnen ihn ab. Er riegelt unser Volk ein. Lao-tse hingegen befürwortete die flexiblen Prinzipien des Tao. Westliche Wissenschaftler in ihrer anmaßenden und oberflächlichen Gelehrsamkeit haben das Wort *Tao* mit *Weg* übersetzt. Was für ein Unsinn! *Tao* ist Geist, der Geist, der alle himmlischen und alle irdischen Bereiche durchdringt, selbst jene, die unserem Zugriff weit entrückt sind. *Tao* umschließt alles, was ist, und alles, was nicht ist. Lao-tse beschreibt es in seinem Gedicht *Tao-Te-King* folgendermaßen.» Liu Peng hielt inne. Er räusperte sich, strich sich das kurze, struppige Haar zurück und legte die Hände mit gespreizten Fingern auf die Knie. Dann hob er den Kopf, schloß die Augen und begann auf Gelehrtenart zu psalmodieren:

«Es gibt ein Wesen,
unbegreiflich, vollkommen,
vor Himmel und Erde entstanden.
So still!, so gestaltlos!
Es allein beharrt und wandelt sich nicht.
Durch alles geht es und gefährdet sich nicht.
Man kann es ansehen als der Welt Mutter.
Ich kenne nicht seinen Namen.
Bezeichne ich es,
nenne ich es: Tao.
Bemüht, ihm einen Namen zu geben,
nenne ich es: Groß.
Als groß nenne ich es: Fortgehen,
Als fortgehen nenne ich es: Zurückkehren.»

Hier brach Liu Peng ab, öffnete die Augen und sah Grace scharf an, als habe sie eine Frage gestellt.

«Herrlich», sagte sie leise, «aber ich verstehe es nicht.»

«Sie können es nicht verstehen», erwiderte er. «Und woran liegt das? Weil *Tao* alles Seiende in sich birgt. Es umschließt die endlose Zeit und den endlosen Raum. Doch in dieser Endlosigkeit existiert jedes Ding für sich und in der Harmonie des Gleichgewichts. Was wissen wir über diese Harmonie? Sie ist einbezogen in die Entsprechungen. Was sind diese Entsprechungen? Sie bestehen in den Wechselbeziehungen zwischen den fünf Elementen. Was sind die fünf Elemente? Holz, Feuer, Erde, Metall und Wasser. Sie erschaffen und zerstören einander.»

Er machte eine Pause; wieder befragten sie seine Augen, und sie sagte unverzüglich: «Bitte, erklären Sie mir das.»

Er fuhr fort: «Die Schöpfung: Holz erschafft Feuer; Feuer in Form von Asche erschafft Erde. In der Erde befindet sich Metall; Metall schmilzt und wird flüssig. Wasser erschafft Bäume, also Holz. Die Zerstörung: Holz vertilgt das Wasser durch Bäume, Erde kann Wasser aufhalten, Wasser zerstört Feuer; Feuer zerstört Metall. Aber Metall in Gestalt eines Werkzeugs zerstört Holz. Das sind die Entsprechungen – Fortgehen und im Fortgehen zurückkehren. Innerhalb dieses Kreislaufs von Erschaffung und Zerstörung muß der Mensch harmonisch leben, mit Ebbe und Flut, im Einklang mit allem Seienden. Das ist die fundamentale Philosophie des Kosmos, auf der unsere chinesische Lehre von der Heilkunst aufbaut.»

«Dürfte schwierig sein, danach Diagnosen zu stellen», murmelte Grace.

«Aber Sie müssen doch die fünf Planeten und ihre verschiedenen Einflüsse mit einbeziehen», rief er. Er hielt die rechte Hand hoch, eine wohlgeformte, sensible Hand. Mit der Linken zählte er an den Fingern ab: «Jupiter, Planet der Großmut und der Milde; Mars, Planet der Abenteuerlust und der Phantasie; Merkur, der Planet der Klugheit, des Wagemuts, des sich Zurückziehens; Saturn, Planet der Anmut und der Macht; Venus, Planet der Sinnenfreude, der Kampfeslust und des Ansehens.»

«Interessant», sagte sie, «und es stimmt so ziemlich mit den Vorstellungen überein, die sich der Westen von den Planeten macht, ausgenommen die Widersprüche – Sinnenfreude und Kampfeslust zum Beispiel.»

«Das ist kein Widerspruch», entgegnete er. «Liebe führt zum Krieg. Kein Zerwürfnis ist so bitter wie das zwischen Menschen oder Völkern, die sich einst zugetan waren. Das erweist sich doch an uns und den Amerikanern.»

Grace lachte, und er fuhr mit triumphierendem Lächeln fort: «Es gibt noch andere Entsprechungen, wie zum Beispiel die zwischen Gefühlen und Verhaltensregeln, zwischen Farben und

Klima. Innerhalb des menschlichen Organismus kennen wir die Entsprechungen zwischen den Eingeweiden, den Geweben, den Säften und den Körperöffnungen. Außerdem entsprechen sich Zeit, Jahreszeit und Richtung. Ein Mensch, der bis ins hohe Alter gesund bleiben will, muß in Übereinstimmung mit den wechselnden Zyklen des Kosmos leben.»

In diesem Augenblick erschien Wang Ma mit Kanne und Teeschalen.

«Ehrenwerter Genosse», sprach sie Liu Peng an, «Ihr Mund muß vom vielen Reden ausgetrocknet sein. Bitte trinken Sie Tee.»

Er nahm ihr finsteren Blicks die Schale ab.

«Lassen Sie das ‹ehrenwert› weg! Nach den neuen Bestimmungen ist diese Anrede verboten.»

Wang Ma fuhr zusammen. «Verzeihen Sie einem alten, dummen Weib. Ich hab's vergessen.»

«Dann passen Sie besser auf.»

Er hatte einen so scharfen Ton angeschlagen, daß Grace das Bedürfnis empfand, die alte Frau in Schutz zu nehmen. «Sie hat vielleicht gegen eine neue Wechselbeziehung verstoßen, aber bestimmt nicht gegen eine fundamentale.»

Er hörte den Sarkasmus heraus, und sie sah, daß er sich ärgerte. Die bräunliche Haut seiner Wangen rötete sich bis an die Augenlider. «Die Schulung des Landvolkes ist eine endlose Aufgabe, und doch muß sie erfüllt werden. Jeder, und sei er noch so unwissend, muß den neuen Weg gehen lernen.»

«Aber ist das auch der Ewige Weg?» gab sie listig zu bedenken.

Die Frage war so keck, so boshaft, daß er sie zunächst keiner Antwort würdigte. Er stellte die Schale neben sich auf ein Tischchen und versank in finsteres Brüten. Plötzlich stand er auf und sah ihr gerade in die Augen.

«Alles was ich Ihnen gesagt habe, ist Unsinn», erklärte er barsch und stapfte grußlos aus dem Zimmer und über den Hof. Am Tor verbeugte sich Lao Wang vor ihm, aber Liu Peng ging ohne ihn eines Blickes zu würdigen an ihm vorbei, und der Alte legte hinter ihm den Riegel vor.

In dem Raum, den Liu Peng soeben verlassen hatte, stellte Wang Ma vor sich hinmurmelnd Teekanne und Schalen auf ein Tablett. Der kleine graue Haarknoten an ihrem Hinterkopf hatte sich aufgelöst, und nun hing ihr ein dünnes Schwänzchen im Nacken.

Grace, die von der offenen Tür aus Liu Pengs Abgang beobachtet hatte, wandte sich um. «Was redest du da, gute Seele?» fragte sie belustigt.

Wang Ma sah zu ihrer Herrin auf, die hoch und aufrecht im Abendlicht stand.

«Ich weiß, Ältere Schwester, daß man heutzutage niemand mehr ehrenwert nennen darf. Aber was wird aus uns, aus den alten hundert Geschlechtern, wenn es keine Ehrenwerten mehr gibt, zu denen wir aufschauen können? Und wo sind die Ehrenwerten jetzt? Im Reich der Geister, und die sind verboten. Heute steht keiner mehr höher als die anderen. Das Leben ist schal geworden; wir sind alle gleich. Wo sind die Männer, die der Himmel zu Führern bestimmt hat, denen wir folgen sollen? Welche Bitterkeit! Wenn ich bedenke, wie mein alter Herr umgekommen ist! Er war ein Ehrenwerter in diesem Haus . . .»

Die alte Frau stellte das Tablett auf einen Tisch und wischte sich mit den Zipfeln ihrer blauen Baumwolljacke erst das eine und dann das andere Auge.

«Wie ist er denn gestorben?» fragte Grace.

Wang Ma kam näher, sah sich nach allen Seiten um und begann dann im Flüsterton zu sprechen.

«Das hier war sein Haus, aber außerdem besaß er noch Land vor der Stadt – nicht viel, aber ausreichend, um den Weizen für unser Brot anzubauen. Dieses Land hat meinen alten Herrn ins Verderben gestürzt. Er galt nämlich als ein Grundbesitzer. Als der Neue Weg eingeführt wurde, hetzten die Leute, die er dafür bezahlte, daß sie die Äcker bestellten, gegen ihn. Die Stunde war günstig, um das Land an sich zu reißen. In diesem Zimmer hier haben ihn junge Männer erschossen, die mit den Genossen zusammenarbeiten. Er saß an dem Tisch da und aß eben Brot mit Knoblauch. Das aß er immer zu Abend, und dazu trank er eine Schale Tee. Und immer wieder sagte er einen alten Vers auf:

«Iß früh am Tag zum erstenmal,
Ganz satt iß dich beim nächsten Mahl.
Dein Abendbrot sei knapp bemessen,
Noch besser wär' es, nichts zu essen.»

Auf diese Weise würde er sehr alt werden, behauptete er. Ach, armer Mann – er hat nicht lange genug gelebt, um es zu beweisen. Hier an diesem Tisch saß er. Es war Abend, und plötzlich war das Zimmer voll von Männern und Frauen, die als Tagelöhner für ihn das Feld bestellten. Sie zeigten mit dem Finger auf ihn und schrien ‹Da sitzt er, der alte Teufel! Er ißt Brot, für das wir uns abgerackert haben!›

Ehe er fragen konnte, was sie damit meinten, schoß ihn ein Genosse nieder. Er war fast noch ein Kind – zu jung, um zu wissen, was er da tat. Mein alter Herr hatte nicht einmal Zeit, sein Knoblauchbrot aufzuessen! Es fiel ihm aus der Hand, und damit es nicht verdarb, hab ich es später selbst gegessen.»

Voll Entsetzen hörte Grace zu. Sie wollte nicht glauben, was ihr die alte Frau da erzählte, und doch spürte sie, daß Wang Ma die Wahrheit sprach. Diese Geschichte konnte sie nicht erfunden haben. Aber dann erinnerte sie sich, daß ihre Mutter sie zur Geduld ermahnt hatte.

«Ich kann nicht verstehen, warum so etwas geschieht, aber ich will nicht vorschnell urteilen.»

Mit diesen Worten ging sie ins Nebenzimmer, um dem Bild des alten Herrn zu entkommen, den man bei seinem kärglichen Nachtmahl getötet hatte. Wenn sie ihren Gedanken erlaubte, sich mit ihm zu beschäftigen, würde sein Geist in diesem Hause umgehen.

Als die Nacht hereingebrochen war, plagte sie eine bange

Ahnung. Die Diener hatten ihr das Abendbrot gebracht, sie hatte gegessen, und dann hatten die beiden alten Leute ihr eine angenehme Ruhe gewünscht und sich auf ihr Zimmer zurückgezogen. Nun, da sie allein und die Tür verriegelt war, ging sie in das Schlafzimmer, schloß sich ein und setzte sich an einen Tisch, um ihrer Schwester Mercy einen Brief zu schreiben. So konnte sie sich die Anwesenheit eines jungen, lebensfrohen Menschen wenigstens vorgaukeln. Ehe sie ihre Gedanken zu Papier brachte, stützte sie den Kopf auf, schloß die Augen und stellte sich das junge Mädchen vor, wie es seine Triller und Kadenzen sang, um sich für den Unterricht des nächsten Tages vorzubereiten. Viele Male hatte sie Mercy so erlebt, und es fiel ihr nicht schwer, sich ihr Bild wieder ins Gedächtnis zurückzurufen. Deutlich sah sie die schlanke Gestalt in dem geradegeschnittenen chinesischen Kleid vor sich, das glatte schulterlange Haar, die sprühenden dunklen Augen, die jugendfrische Tönung der Haut. Als ihre Schwester fast körperlich vor ihr stand, begann sie zu schreiben:

«Liebste Schwester, ich wohne jetzt in einem kleinen alten Haus. Dies ist die erste Nacht, die ich hier zubringe, die erste Nacht meines Lebens, in der ich allein bin. Da ist zwar noch ein Dienerehepaar, das im Pförtnerhaus schläft, aber im Haupthaus bin nur ich. Ob mir das zusagt? Ich bin mir nicht schlüssig. Es ist alles zu neu – und zu alt. Diese beiden Größen, alt und neu, sind noch nicht im Gleichgewicht. Sie liegen im Widerstreit. Du wirst wohl nicht verstehen, was ich Dir da schreibe. Ich sehe Dich richtig vor mir, wie Du herumrätselst ‹Was will mir meine ältere Schwester bloß sagen?› Und ich kann Dir nur antworten, daß nicht einmal ich weiß, was ich Dir sagen will.»

Nach einer Stunde beendete sie den Brief. Dann steckte sie ihn in einen Umschlag, klebte ihn zu und adressierte ihn. San Francisco – wie fern war diese Stadt, wie weit war sie ihr entrückt. Aber sogleich appellierte Grace an ihre Vernunft. Ich benehme mich albern, sagte sie sich, ich bin noch nicht lange genug hier. Wenn ich Antwort auf meine Briefe bekomme, wenn Clem mir schreibt ... und schon sah sie Clem mit seinem feuerroten Haar vor sich, sah, wie er sich im Labor über ein Mikroskop beugte, und hörte seine jugendliche Stimme sagen: «Das ist immer noch nicht die richtige Hydrangea, Liang! Oder Ihr Rotchinaflüchtling hat die falsche Pflanze durchgeschmuggelt. Diese hier enthält jedenfalls keinen Wirkstoff gegen Malaria.»

In einer alten medizinischen Abhandlung, dem *Buch der Kräuter*, etwa 2700 v. Chr. zusammengestellt von dem chinesischen Kaiser Schen-nung, hatten sie einen Hinweis gefunden, daß eine bestimmte Hydrangea zur Heilung von Malaria verwendet werden könne. Sie hatten sich bemüht, ein Exemplar dieser unter Ausfuhrverbot stehenden Pflanze, *ch'ang schan* genannt, zu ergattern. Clems letzte Worte an sie hatten gelautet: «Sieh zu, daß du eine Hydrangeawurzel auftreibst, Liang. Du wirst ja nun auf eigene Faust experimentieren. Gott, wie ich dich um all die Dinge beneide, die du da drüben rauskriegen kannst! Schreib mir doch bitte bald!»

Westlich von San Francisco ging die Sonne unter. Mercy Liang lehnte am Geländer der Golden Gate Bridge, die Augen auf den oberen Rand der strahlenden Scheibe geheftet, die gerade im Meer versank. Neben ihr, so nah, daß ihre Schultern sich berührten, stand John Sung und redete auf sie ein. Sie hörte ihn nicht; ihr ganzes Sinnen galt dem Taggestirn, das über die Himmelsgrenze glitt.

«Still», bat sie ihn. «Das ist der entscheidende Moment. Jetzt dauert es nicht mehr lange, bis die Sonne über unserem Heimatland aufgeht.»

Er respektierte ihre Stimmung und schwieg. Einträchtig sahen sie zu, wie der letzte goldene Schimmer im Meer versank. Das Weiß der Wolken über dem Wasser ging in Rosa über. Mercy seufzte.

«John, wir müssen nach China zurück!»

Er antwortete nicht sofort. Mercy warf da ein altes Thema auf, über das sie sich im wesentlichen einig waren. Beide hatten das deutliche Gefühl, daß die Pflicht sie rief. Sie waren Chinesen, und China, ihr Vaterland, brauchte wissenschaftlich ausgebildete junge Chinesen. John war Kernphysiker. Bis jetzt hatte man ihm die Ausreise nach China noch nicht erlaubt.

«Ich habe erst dieser Tage wieder mit meinem Vorgesetzten in der Firma geredet, aber er sieht keine Möglichkeit ... Wir sollten lieber chinesisch sprechen. Es kommen hier dauernd Leute vorbei ...»

Obwohl er bereits leise sprach, sah er sich doch nach den vereinzelten Passanten um. Mercy ging auf seine Bitte ein.

«Ich habe heute einen Brief von meiner Schwester bekommen.

Sie ist jetzt in Peking, und bei ihr läuft alles wunschgemäß. Sie hat unsere Mutter in Schanghai besucht. Sie führt ein angenehmes Leben. Trotz allem, ich möchte nach Hause, John. Ich möchte, daß unsere Kinder in unserer Heimat zur Welt kommen. Es ist schlecht für sie, wenn sie von Geburt an amerikanische Staatsbürger sind, und wir dann nach China zurückkehren.»

Er lächelte sie an. Der Abendwind spielte mit ihrem weichen, schwarzen Haar, so daß es sich wie Rankenwerk über ihr reizendes Gesicht legte. Er liebte sie. Er liebte ihr impulsives Herz, ihre flinke Zunge, ihren biegsamen Leib.

«Erst müssen wir heiraten», erinnerte er sie neckend.

Lebhaft antwortete sie: «John, so oft wir zusammenkommen, bringst du mich dahin, daß ich unser Hochzeitsdatum vorverlege. Wir lassen uns am 10. Mai trauen. Ich habe Mr. und Mrs. Brandon verständigt. Sie richten uns für diesen Tag unsere Hochzeit aus.»

«Also noch monatelang warten», seufzte er.

«So hast du Zeit, dich aus deinem Vertrag zu lösen.»

«Ich habe dir aber gesagt, daß sie mich vielleicht nicht gehen lassen.»

«Sollte dieser Fall eintreten, so könnten wir nach England fahren – und nicht wiederkommen.»

Mit funkelnden schwarzen Augen sah sie ihn an. Er war entsetzt. «Hältst du das für anständig? Schließlich habe ich mein Wort gegeben.»

Sie unterbrach ihn: «Diese Leute haben kein Recht, dir die Rückkehr in die Heimat zu verbieten.»

«Das tun sie auch nicht. Aber ich soll demnächst Geheimnisträger werden; zur Zeit werden die Voraussetzungen dazu noch überprüft.»

«Du hast mir selbst gesagt, daß diese Überprüfung nur ein Vorwand sei, um dich in Amerika festzuhalten. Sie wollen nicht, daß du nach China zurückgehst und dort als Kernphysiker arbeitest!»

«Ich habe gesagt, daß ich das *vermute.*»

«Du weißt genau, daß dies der wahre Grund ist.»

Spaziergänger warfen den beiden neugierige Blicke zu. Zwar verstanden sie die fremde Sprache nicht, doch sie hörten, daß hier ein Wortgefecht im Gange war. Diese Aufmerksamkeit brachte die beiden zum Schweigen. Sie kehrten Meer und Himmel den Rücken zu. Fast wortlos fuhr John sie zum Haus der Brandons, wo Mercy zu Besuch weilte. Als er ihr aus dem Auto half, hielten sie einander einen Augenblick bei den Händen fest.

«Morgen?» fragte er.

«Morgen», sagte sie.

Sie trennten sich, und Mercy ging ins Haus. Im Wohnzimmer stand Mrs. Brandon an einem niedrigen Tischchen und ordnete Rosen in einer Vase.

«Bleibt John nicht zum Abendessen?» fragte sie, als Mercy das Zimmer betrat.

«Ich habe ihn nicht eingeladen», erwiderte Mercy.

«Er weiß doch, daß er uns immer willkommen ist.» Aufblickend sah Mrs. Brandon das Mädchen im Spiegel. Lag da nicht ein Schatten auf ihrem hübschen, asiatischen Gesicht?

Mercy ließ sich auf den Rand eines weißen Plüschsessels nieder. «Wir hatten einen – wir hatten so etwas wie eine Meinungsverschiedenheit.»

«Was du nicht sagst», murmelte Mrs. Brandon. Sie wartete, aber anstatt weiterzusprechen, stand das Mädchen auf und ging zur Tür.

«Halt!» sagte Mrs. Brandon auf ihre forsche amerikanische Art, «so kannst du mich nicht abspeisen. Jetzt muß du mir schon erzählen, worüber ihr euch gestritten habt. Du weißt, daß ich an dir Mutterstelle vertrete.»

Mercy setzte sich wieder. «Ich möchte nach China zurück, Mrs. Brandon.»

«Aber John doch auch.»

«Er sagt, er bekäme keine Ausreisegenehmigung.»

«Das ist anzunehmen. Bei einem jungen Wissenschaftler von solcher Bedeutung!»

«Dann sollte er trotzdem gehen.»

«Gegen den Willen der Regierung?»

«Es ist ja nicht unsere Regierung!»

Mrs. Brandon ließ von den Rosen ab und drehte sich nach dem Mädchen um. «Das ist aber recht ungehörig von dir, meine Liebe. Deine Mutter würde nie so reden.»

«Meine Mutter ist eine altmodische Chinesin. Ich nicht.»

Mrs. Brandon sah das aufsässige Mädchen erstaunt an, sagte aber nichts, sondern wandte sich wieder ihren Blumen zu. Mercy stand auf und verließ das Zimmer.

Nach dem Abendessen entschuldigte sich Mercy damit, daß sie noch Briefe schreiben müsse. Sobald Mrs. Brandon mit ihrem Mann allein war, berichtete sie ihm von ihrer Unterhaltung.

«Dieser kriegerische Ton paßt gar nicht zu Mercy», schloß sie.

Mr. Brandon hatte zugehört, ohne sie zu unterbrechen. «John ist ein feiner Mensch», meinte er jetzt. «Er wird tun, was er für richtig hält. Ich würde mir an deiner Stelle keine Gedanken machen. Unter den gegenwärtigen Umständen läßt man ihn auf gar keinen Fall nach China zurückkehren.»

«Sie ist fest entschlossen, Howard.»

«Sie ist nicht die Regierung; mag sie sagen, was sie will.»

Dieser Schlußfolgerung hatte Mrs. Brandon nichts entgegenzusetzen. Männer- und Regierungsangelegenheiten fielen nicht in ihre Zuständigkeit. Ihre Gedanken drehten sich um die Festlichkeiten, die sie zur Hochzeit des jungen chinesischen Paares veranstalten wollte. Es würde eine große Hochzeit werden, denn sie hatten viele Freunde.

«Wohin soll denn nun die Hochzeitsreise gehen, Liebes?» fragte sie Mercy am anderen Morgen. Die beiden Frauen saßen im behaglichen Frühstückszimmer mit Blick auf die Bucht und tranken Kaffee.

Das Mädchen, das nach Mrs. Brandons Ansicht an diesem Tag aussah wie eine halb geöffnete Rosenknospe, erwiderte in aller Unschuld: «Ich würde sehr gern nach England fahren, Mrs. Brandon. John könnte bei der Gelegenheit einige bekannte englische Wissenschaftler aufsuchen.» Sie lachte gewinnend. «Ich glaube, selbst in den Flitterwochen wird für ihn der Beruf an erster Stelle stehen. Darauf muß ich gefaßt sein.»

«Wenn du ihn nur verstehst», meinte Mrs. Brandon. «Gegenseitiges Verständnis ist so wichtig, so außerordentlich – notwendig. Es ist die Grundlage einer guten Ehe.»

«Ja, Mrs. Brandon, das hat meine Mutter auch immer gesagt. Und jetzt entschuldigen Sie mich bitte. Ich möchte spazierengehen und meine Briefe aufgeben.»

«Heute war Mercy wieder ganz die alte», berichtete Mrs. Brandon ihrem Mann an diesem Abend. «Sie fahren auf Hochzeitsreise nach England.»

Mr. Brandon sah von seiner Zeitschrift auf. Wie immer, wenn sie allein waren, saßen sie in der Bibliothek. Mrs. Brandon legte am Kartentisch Patience.

«Hm», knurrte er, «das ist merkwürdig.»

«Was ist merkwürdig?» fragte Mrs. Brandon.

«London . . . England . . .»

«Ja und?»

«Rotchina unterhält dort eine Botschaft.»

«Ach, du zählst immer gleich zwei und zwei zusammen», meinte Mrs. Brandon nachsichtig.

«Na ja, gewöhnlich bringe ich dabei vier heraus, stimmt's?»

«Ich denke schon», antwortete sie geistesabwesend, überblickte ihre Karten und vergaß ihn zu fragen, was in dieser speziellen Rechnung vier bedeutete.

Sechs Monate und einige Tage später wurden Mercy und ihr Ehemann John Sung in einem prunkvollen Privatbüro der Londoner Botschaft Rotchinas empfangen. Es war ein schöner Tag im späten Frühling, aber die Sonne drang nicht durch die schweren, samtenen Portieren vor den Fenstern. Das Licht eines Kristallüsters fiel auf geschnitzte Möbel und einen blauweißen Pekingteppich. Und es beschien das ebenmäßige Gesicht eines

Chinesen in strenger, dunkler Uniform, der am Ende des weitläufigen Raums hinter einem riesigen Schreibtisch saß.

«Sie benötigen keine amtlichen Dokumente», verkündete er in präzise akzentuiertem Chinesisch. «Ich habe mich bereits mit den Behörden von Peking in Verbindung gesetzt. Ein Sonderflugzeug wird Sie, Doktor Sung, und Sie, Frau Sung, nach Peking bringen. Dort wird man sie als Patriotin gebührend willkommen heißen, und dann erhalten Sie Ihre Posten zugewiesen.»

«Ich auch?» fragte Mercy.

«Sie auch», erklärte der Beamte mit Nachdruck. «Daß Sie eine Frau sind, schließt Sie nicht aus. Wir brauchen auf jedem Gebiet gute Köpfe. Vielleicht überlegen Sie sich schon einmal, ob Sie in Peking nicht eine Musikschule eröffnen wollen. Es gibt bei uns viele neue Volkslieder, Schöpfungen unserer jungen Werktätigen. Sie sollten gesammelt und aufgeschrieben werden, damit sie nicht verlorengehen. Wohlgemerkt, das ist nur ein Vorschlag von mir, Madame. Ihnen, Doktor Sung, möchte ich sagen, daß Sie zu einem sehr gelegenen Zeitpunkt in unser Land zurückkehren. Unsere Wissenschaftler entwickeln gerade eine Wasserstoffbombe neuen Typs, deren Sprengwirkung jede bisher bekannte Kernwaffe übertrifft.»

«Eine Bombe?» wiederholte John Sung. «Mein Arbeitsgebiet liegt mehr auf industriellem als auf militärischem Gebiet.»

«Industrie ist sinnlos, wenn sie von der Gnade einer unersättlichen westlichen Macht wie den Vereinigten Staaten abhängt, einem Land, das offensichtlich entschlossen ist, in Asien ein neues Weltreich zu errichten.»

Falls er bemerkte, daß seine Gäste ihm die Antwort schuldig blieben, gab er es nicht zu erkennen. Er drückte einen großen roten Stempel auf einige Papiere, hob dann den Hörer seines Telefons ab und erteilte eine lakonische Anweisung. Beinahe im selben Augenblick ging die Tür auf, und ein junger Chinese in dunkelblauer Uniform trat ein. Der Beamte blickte auf.

«Begleiten Sie Doktor Sung und Frau Sung hinaus. Und sorgen Sie dafür, daß sie in zwei Stunden am Flughafen sind.»

Sie standen auf. Der Mann hinter dem Schreibtisch nickte knapp, und Mercy und John gingen mit ihrer Eskorte hinaus.

Als an diesem Abend die Schlafenszeit kam und die Innenbeleuchtung der Düsenmaschine abgedunkelt wurde, tastete Mercy nach der Hand ihres Mannes.

«Deine Hand ist ja eiskalt», rief er, als ihre Finger ihn berührten.

«Ich bin aufgeregt», sagte sie. «Vielleicht habe ich auch Angst.»

«Du hast Angst?»

«Nun ja, China ist doch nicht mehr das alte, gemächlich dahinlebende Land, in dem ich aufgewachsen bin.»

«Woher willst du das wissen?»

«Die Briefe meiner Mutter waren so ... so seltsam.»

«Seltsam?»

«Sie waren sich so ähnlich, und dann steckte hin und wieder in einem Geschenk eine Mitteilung, die mir sagte, ich solle bleiben, wo ich bin – das heißt also, in Amerika. Hattest du nicht auch den Eindruck, daß der Botschaftsangestellte nicht aus sich herausgegangen ist, daß er irgendwie steif wirkte – zu förmlich oder so?»

«Er hat eben seine Amtsmiene aufgesetzt.»

«Glaubst du? Was werden nur die Brandons denken, wenn wir nicht zurückkommen? Wir müssen ihnen schreiben und alles erklären. Du, John –»

«Ja?»

«Wäre es nicht herrlich, wenn wir unseren Landsleuten die Amerikaner erklären könnten? So wie wir versucht haben, den Amerikanern die Chinesen zu erklären. Ich halte das für unsere Pflicht.»

«Warum nicht?» stimmte er ihr zu.

Nun, da die Entscheidung getroffen, der große Schritt getan war und es für sie kein Zurück mehr gab, schnürte ihm eine unerklärliche Kälte das Herz zu. Er hatte China als kleiner Junge verlassen, zusammen mit seinem Vater, dem jüngeren Bruder eines Kaufmanns, der im Chinesenviertel von San Francisco lebte. Dort war er aufgewachsen und hatte nach dem Tod des Vaters dem Onkel Kindespflicht gezollt. Nicht einmal ihm hatte er verraten, daß sie, anstatt ihre Flitterwochen an den Niagarafällen zu verbringen, nach China heimreisen wollten. Denn mochte es die Menschen dieses Landes auch in die entlegensten Winkel des Erdballs verschlagen, so war für sie trotz wachsenden Reichtums und beruflichen Erfolgs doch stets China ihr Zuhause. Er durchforschte sein Gedächtnis nach Kindheitserinnerungen und glaubte sich eines Dorfes zu entsinnen, das in der südlichen Provinz Kwangtun nahe Kanton liegen mußte, und in diesem Dorf eines bäuerlichen, aber behaglichen Heims und in diesem Haus eines alten Paares, das große Stücke auf ihn hielt, und einer sanften Frau, die weinte, als sein Vater ihn abholte, um ihn nach Amerika zu bringen. Seine Großeltern waren wohl kaum noch am Leben, aber seine Mutter würde er ausfindig machen.

Die Hochzeit und die unterdrückte Aufregung über die unmittelbar bevorstehende Abreise hatten ihm stärker zugesetzt, als ihm bewußt war. Nun übermannte ihn die Müdigkeit. Als Mercy sah, wie ihm die Augen zufielen, zog sie sacht ihre Hand aus der seinen. Sollte er schlafen, wenn sie selbst auch keine Ruhe fand. Sie war noch kaum zu sich gekommen seit ihrer Hochzeit – einer wunderschönen Hochzeit, wie sie sich dankbar sagte. Sie sah noch die blumenübersäten Räume voller warmherziger Menschen vor sich. Sie konnte einfach nicht glauben, daß die Freundschaft zwischen diesem Volk und dem ihren gestorben sein sollte. Nach einem Jahrhundert des Wohlwollens und der Achtung konnten die Amerikaner doch nicht zu Feinden geworden sein. Mr. und Mrs. Brandon und ihre Kinder waren ihre amerikanische Familie, ja sie nannte Mrs. Brandon sogar Mutter – amerikanische Mutter. Aber nun fuhr sie nach Hause, in ihr Vaterland, und die Freude darüber erfüllte ihr Herz mit Zuneigung für alle Menschen. Zärtlich blickte sie auf John, der im Sitz neben ihr friedlich schlief. Seinem gut geschnittenen, entspannten Gesicht sah man seine siebenundzwanzig Jahre noch nicht an.

«Der glänzendste unserer jungen Wissenschaftler», hatte sein Arbeitgeber bei der Hochzeit gesagt. «Ich prophezeie ihm eine große Zukunft, Mrs. Sung.»

Das Düsenflugzeug zitterte leicht, und sie umkrampfte die Armstütze. Sie fürchtete sich stets so hoch in der Luft, aber es war der einzige Weg, auf dem sie nach China gelangen konnten. Das Zittern wurde stärker, und aus dem Lautsprecher ertönte die Stimme des Piloten: «Meine Damen und Herren. Legen Sie bitte ihre Sicherheitsgurte an. Wir haben eine stürmische Strecke vor uns.»

Sollte sie John wecken? Nein, er war bereits wach. Gleichzeitig hakten sie ihre Gürtel zu. Dann saßen sie in angsterfülltem Schweigen da, hielten sich hilflos an den Händen, und die Maschine torkelte am finsteren Himmel auf und ab, flog aber unbeirrbar ostwärts.

Madame Liang hielt sich im großen Speisesaal ihres Restaurants auf, als ihr Geschäftsführer und Vertrauter ihr durch ein verabredetes Zeichen zu verstehen gab, daß er ihr etwas Wichtiges mitzuteilen habe. Zwar beschleunigte sie ihren Rundgang nicht, doch in weniger als einer halben Stunde hatte sie ihn hinter sich gebracht und alle ihre einflußreichen Gäste begrüßt. Dann betrat sie den kleinen Privatlift, den einst Mr. Brandon hatte einbauen lassen, als seine von Arthritis verkrüppelte Mutter zu ihm zog. Natürlich war sie jetzt längst tot; ihr Grab lag auf dem Friedhof des ehemaligen britischen Viertels.

Ihr Geschäftsführer Tschu San erwartete sie bereits im Aufzug. Er drückte einen Knopf, worauf die Kabine auf halber Höhe zwischen dem ersten und zweiten Stockwerk stehenblieb. Er machte das immer so, wenn er sicher vor Zuhörern mit seiner Herrin sprechen wollte.

«Was hast du mir zu sagen?» fragte Madame Liang.

«Es ist durchgesickert, daß der bedeutende chinesische Wissenschaftler Doktor Sung aus den Vereinigten Staaten geflohen ist.»

«Und?»

«Seine Frau begleitet ihn, Madame.»

«Und?»

«Sie ist die zweite Tochter von Madame.»

«Nein!»

«Wußte Madame das nicht?»

«Nicht, daß sie geheiratet haben.»

«Die Briefe für Madame wurden eben abgefangen.»

«Das ist doch mit allen Briefen so», sagte sie ungeduldig

«Aber auf die Post von Madame achtet man besonders.»

«Wie kommst du darauf?»

«Madame hat drei schöne Töchter, die im feindlichen Ausland ausgebildet wurden.»

Madame Liang betrachtete sein derbes Bauerngesicht. Er stammte vom Lande und war seinen Eltern durchgebrannt, da die kleine Anbaufläche ihres Hofs die einzige Existenzgrundlage der Familie bildete. In Schanghai hatte er sich mit Gelegenheitsarbeiten durchgeschlagen, war zur Schule gegangen und hatte Lesen und Schreiben gelernt, und mit sechzehn erwischte ihn Madame Liang dabei, wie er in ihrer Küche Speisereste aß. Etwas an seinem knochigen Äußeren hatte sie davon überzeugt, daß sie hier einen Menschen von angeborener innerer Kraft vor sich habe, und so war er dann unter ihrer Anleitung zu seiner gegenwärtigen Stellung aufgestiegen.

«Warum erwähnst du meine Töchter?» forschte sie.

«Die da oben werden keine Ruhe geben, bis sie alle hier sind», sagte er.

«Und was geschieht, wenn es soweit ist?»

«Das müssen wir abwarten.»

Madame Liang faßte rasch ihren Entschluß. «Ich muß nach Peking. Du kommst mit.» Sie hielt inne und setzte dann mit Nachdruck hinzu: «Per Flugzeug.»

«Madame!» jammerte er.

«Es gibt keine andere Möglichkeit», beharrte sie. «Ich muß sofort zu meiner ältesten Tochter. Sie hat mich darüber informiert, daß meine zweite Tochter die Vereinigten Staaten verlassen hat. Ich muß wissen, warum. Man hat mich völlig im dunkeln gelassen.» Eine zornige Aufwallung verdüsterte ihr schönes, reifes Gesicht. «Wie soll ich meine Vorkehrungen treffen, wenn man mir nicht alles sagt?»

«Was ich Madame erzählt habe, habe ich vor kaum einer Stunde in einem der separaten Speisezimmer aufgeschnappt», berichtete er.

«Gib unseren Leuten Bescheid», ordnete sie an. «In anderthalb

Stunden startet eine Maschine. Tschu Ma soll meine Koffer packen und uns eine Fahrgelegenheit zum Flughafen besorgen. Du wirst mich begleiten.»

«Ja, Madame.»

Er drückte auf einen Knopf, und der Aufzug fuhr weiter zum nächsten Stock.

Madame Liang begab sich auf dem schnellsten Weg zu ihrer ältesten Tochter. Sie kannte sich in der Innenstadt von Peking aus, da sie hier mit Tschen ihre ersten Ehejahre verlebt hatte. Nun schien es ihr, als habe es diese Zeit nie gegeben. Hätte sie, hätten ihre Gesinnungsgenossen nicht vorher sehen müssen, was geschehen würde? Sie hatten auf westlichen Schulen die westliche Welt kennengelernt und sich Wunderdinge vom Leben erhofft, weil man sie dazu angehalten hatte, von der Freiheit zu träumen und sich sein eigenes Glück zu zimmern. Hätten sie nicht trotzdem die Gefahr erkennen müssen, die sie heraufbeschworen, als sie den Thron, die Sicherheit und alles Althergebrachte stürzten? Unausgesetzt quälte sie diese Frage und das damit verbundene Schuldgefühl. Das Schuldgefühl hatte sie daran gehindert, wie andere Chinesen in Paris oder New York Zuflucht zu suchen. Das Schuldgefühl, verbunden mit tiefer Liebe zu Heimat und Volk.

Dieses Schuldgefühl wurde zur Zentnerlast, als sie vor dem verriegelten Tor des Hauses stand, in dem ihre Tochter wohnte. Sie war dafür verantwortlich, daß ihre Kinder in dieses aufgewühlte Land zurückkehrten. Inzwischen war die Dunkelheit hereingebrochen; Stadttore und Läden waren geschlossen.

«Klopf noch einmal an», befahl sie Tschu San. Längst verließ sie ihr Haus nur noch in seiner Begleitung, denn er war ein guter Leibwächter. Er beherrschte bestimmte Fausthiebe und im Sprung ausgeführte Fußstöße, die jeden Angreifer in die Flucht jagten. Und in Zeiten wie diesen konnte stets irgendwo ein unbekannter Feind lauern.

Nun hämmerte er mit beiden Fäusten gegen das Tor. Es öffnete sich einen Spalt breit, und ein Auge wurde sichtbar.

«Wer ist da?» ertönte eine Stimme.

«Mach das Tor auf, oder ich trete es ein», brüllte Tschu San. «Hier ist Madame Liang aus Schanghai.»

Madame Liang meldete sich nun ebenfalls. «Ich bin die Mutter von Doktor Liang!» rief sie.

Sofort ging das Tor auf. Sie überquerte den Hof und betrat das Haus. Die Türen standen offen, denn der Abend war mild. Sie waren alle da, Grace, Mercy und ihr Mann. Denn der hochgewachsene junge Mann mußte ihr Schwiegersohn sein, den sie bislang nur aus Briefen kannte. Niemand hatte sie erwartet, da sie es darauf angelegt hatte, ihre Ankunft möglichst nicht publik werden zu lassen. Grace erholte sich als erste von ihrer Überraschung.

«Mutter! Wie bist du hierhergekommen?»

«Ich bin geflogen», antwortete sie so gelassen wie immer.

Im nächsten Augenblick schlangen sich Arme um ihren Hals, geriet ihre rechte Hand in den kräftigen Griff ihres Schwiegersohns.

«Genug jetzt», wehrte sie ab. «Ich bin hierhergekommen, um zu hören, was ihr mir zu sagen habt.»

«Aber zunächst einmal – hast du schon gegessen?» fragte Grace.

«Ja, und ich möchte jetzt nichts weiter, als daß ihr mir erklärt, wieso ihr alle hier seid und warum man mich nicht verständigt hat.»

«Ich habe auch nichts gewußt», sagte Grace. «Erst eine Stunde vor ihrer Ankunft bekam ich Bescheid.»

Sie setzten sich an den mittleren Tisch, wobei Madame Liang den Ehrenplatz unmittelbar neben der Wand einnahm. Zwar war sie durchaus eine moderne Frau, doch in der Sitzordnung hielt sie sich instinktiv an die Sitte ihrer Vorfahren.

Sie wandte sich zuerst an Grace. «Kannst du deinen Dienern vertrauen, meine Tochter?»

«Zumindest verstehen sie kein Englisch», erwiderte Grace.

«Dann sprechen wir eben englisch», bestimmte Madame

Liang. Und zu ihrer zweiten Tochter gewandt: «Ich möchte hören, warum ihr mich nicht benachrichtigt habt.»

Mercys Antwort klang beinahe wie eine Entschuldigung. «Wir haben lange geschwankt, ob wir heimkommen oder in Amerika bleiben sollten. John hatte ja eine gute Stellung. Aber eines Tages wurde uns schlagartig klar, daß wir nach unserer Hochzeit womöglich Kinder bekommen würden. Und daß sie Amerikaner wären, wenn sie drüben geboren würden. Der Gedanke, daß ich vielleicht amerikanischen Staatsbürgern das Leben geben müßte, brachte mich ganz durcheinander. Darum sagte ich zu John: ‹Unsere Kinder müssen in unserer Heimat zur Welt kommen. Sie müssen gebürtige Chinesen sein. Wir wollen bald heiraten und dann sofort heimkehren.›»

Hier unterbrach sie John Sung. «Außerdem, Madame, hatte ich das Gefühl, daß ich zum Aufbau unseres Vaterlandes beitragen müßte. Wir brauchen Wissenschaftler. Und so sind wir denn zurückgekommen.»

«Wieso wurde euch das erlaubt?» fragte Madame Liang. «Ich weiß doch, daß die Amerikaner keine Atomphysiker ausreisen lassen.»

Ihre Töchter wechselten Blicke. Mercy lachte. «Wie kommt es nur, Mutter, daß du immer alles weißt? Wir sind nach England geflogen – und dann einfach nach Osten weitergereist.»

«Wohl mit Hilfe unserer eigenen Behörden?»

«Ja», antwortete John Sung rundheraus.

Madame Liang faßte ihren ersten Schwiegersohn genauer ins Auge. Er gefiel ihr. Der hohe Wuchs, das angenehme, jedoch nicht zu gute Aussehen – sie mißtraute Schönlingen, wie ihr Mann einer gewesen war –, der offene Blick, die unumwundene Redeweise, all das fand ihren Beifall.

«Euer Patriotismus ist ja recht lobenswert», meinte sie, «aber jetzt müßt ihr auch Geduld aufbringen. Hier ist zwar schon viel geschehen, aber es bleibt noch eine Menge zu tun.»

Noch ehe sie weitersprechen konnte, ertönte von der Straße her Marschtritt, Gesang und das Krachen von Feuerwerkskörpern.

«Der dreizehnte Mai», erläuterte Grace.

«Den hatte ich ganz vergessen», gestand John.

Ein paar Minuten lauschten sie gebannt dem sich nähernden Lärm.

«Was ist an jenem dreizehnten Mai wirklich geschehen?» brach Mercy schließlich das Schweigen.

«Ist es möglich, daß du das nicht weißt?» fragte Madame Liang überrascht.

«Man hat es mir erzählt, aber das ist so lange her.»

«Stimmt», sagte ihre Mutter. «Mir kommt es zwar nicht so lange vor, als läge das alles weit zurück, aber geschehen ist es Jahre vor eurer Geburt. Ich hielt mich damals in Schanghai auf, denn ich wartete auf euren Vater, der für Tschiang Kai-schek arbeitete. Sie bereiteten sich auf die Expedition nach dem Norden vor, um die Kriegsherren niederzuwerfen, die gegen die Revolution waren und sich gegenseitig bekämpften, um die alte Obrigkeit wiederherzustellen. Wir brauchten einen dramatischen Vorfall als auslösendes Moment für diese Expedition, damit uns die Bauern unterstützten. Ohne zu wissen, was sie taten, lieferten die Westmächte diesen Anstoß. Ich wohnte um diese Zeit bei Freunden in der Nanking Road. An jenem dreizehnten Mai 1925 las ich gerade einen Brief eures Vaters, als ich plötzlich von der Straße herauf zornige Stimmen hörte. Ich ging ans Fenster und sah unter mir eine große Ansammlung von Studenten. Sie schrien und schwangen Stöcke gegen Polizisten, die im Sold der Internationalen Niederlassung von Schanghai standen. Diese Polizisten drohten, in die Menge zu schießen, wenn sie sich nicht unverzüglich zerstreute.»

«Was sie natürlich nicht tat», warf Mercy ein.

«Selbstverständlich nicht», fuhr Madame Liang fort. «Die Studenten schwärmten aus, und die Polizei schoß in die Luft – über ihre Köpfe hinweg. Sie ließ dann noch einmal eine Warnung ergehen, aber als die Studenten sich weiterhin weigerten, die Straße zu räumen, feuerte sie ihre Gewehre in die Menge ab. Dabei fanden mehrere Studenten den Tod.»

Ihr Blick wanderte über die Gesichter ihrer gespannt lauschenden Zuhörer. «Damit hatten wir den gewünschten Anlaß. Das ganze Land geriet in Aufruhr – Ausschreitungen gegen Briten und Japaner, Boykotte, allgemeine Empörung, Angriffe der Zeitungen auf alle westlichen Ausländer. Im darauffolgenden Jahr fand die Expedition gegen den Norden statt – ein Erfolg, ein Triumph, denn Intellektuelle und Bauern waren ein Bündnis eingegangen, das sie unbezwingbar machte.»

Ihr Englisch war akzentfrei, ihre Beredsamkeit erstaunlich. Doch nun hielt sie inne und schüttelte den Kopf.

«Was ist los, Mutter?» fragte Grace. Madame Liang machte plötzlich einen völlig erschöpften Eindruck.

«Dieser Vorfall bewies auch noch etwas anderes.» Madame Liang sprach überlegt, aber mit sichtlichem Kraftaufwand. Sie fuhr sich über die Wangen und ließ dann die Hände in den Schoß sinken. Alle warteten. Schließlich griff John Sung ein.

«Sie meinen . . .»

«Ich meine», sagte sie, sich aufraffend, «daß dieses Ereignis aufzeigt, wie wenig die Chinesen und die Menschen des Westens einander verstanden. In deren Augen hatte die Polizei legal gehandelt – sie hatte die Studenten hinlänglich gewarnt. Da diese ihren Widerstand nicht aufgaben, mußten sie auch die Folgen tragen. Für uns Chinesen konnte kein Gesetzesparagraph die Tötung von Studenten – also von Angehörigen unserer geistigen Elite – entschuldigen. Wir sind der Meinung, daß Gesetze ausschließlich Verbrechen verhindern sollen. Aber das waren Studenten und keine Kriminellen. Es ist uns gleichgültig, daß nach westlicher Auffassung die Polizei rechtmäßig gehandelt hatte, da sie sich innerhalb der Internationalen Stadtviertel befand. Der Boden unter ihr war ja nach wie vor chinesisch. Nur die oberste Erdschicht gehörte den Ausländern, und selbst das schien uns untragbar.»

Sie schloß die Augen und verfiel in Stillschweigen. Jenseits der Hofmauer wurde der Lärm der Parade lauter. Marschtritt, Rufe und Gesang klangen herüber.

«Gehen wir doch hinaus und sehen zu», rief Mercy, in die Hände klatschend. Sie sprang auf. «Wir wollen das Tor aufmachen!»

Sie hatte das Zimmer kaum halb durchquert, als Madame Liang bereits an der Tür stand. «N-nein», stammelte sie, «n-nein, das Tor muß zubleiben!»

«Aber warum denn?» fragte Grace erstaunt.

Alle umringten Madame Liang, und sie blickte ihnen der Reihe nach in die Augen. Ihre Überraschung schien sie zur Besinnung zu bringen. Als Madame Liang ihre Erklärung gab, hatte sie ihre gewohnte Ruhe wiedergefunden.

«Haltet euch von der Masse fern. Laßt sie schreien und marschieren. Das ist zwar ein Weg, aber es ist nicht der Ewige Weg.»

Sie blieb vor der Tür stehen. Vor dem Haus, auf der anderen Seite des Hofs, stand Tschu San und stemmte sich gegen das verriegelte Tor.

Drei Tage später kehrte sie nach Schanghai in ihr Heim zurück. «Madame!» sagte Tschu San im Aufzug zu Madame Liang. «Wenn Sie sich nach dieser gefährlichen Reise unter dem Himmel ausgeruht haben, möchte ich etwas mit Ihnen besprechen.»

Sie waren wieder zu Hause angekommen; Madame Liang begab sich nach oben in ihr Zimmer, und Tschu San kehrte an seinen Platz in den unteren Stockwerken zurück. Kurz bevor sie ausstieg, redete er sie an. Sie zögerte.

«Ist es etwas Eiliges?» fragte sie.

«Nein, nein, Madame – nur ein Plan, ein guter, sonst würde ich Sie nicht damit behelligen.»

«Dann laß ihn ein paar Stunden lang in deinem Kopf ruhen», sagte sie und ging in ihre Räume, wo ihr Tschu Ma entgegenkam, die ihr das Bad bereitet und frische Gewänder herausgelegt hatte und ihr jetzt eine ihrer gewohnten Strafpredigten hielt.

«Dieses Zum-Himmel-Hinaufklettern in einem fliegenden Schiff, dieses Wandern zwischen Wolken – damit versucht man die Teufel der Luft, Madame! Früher machte man es besser; da ritt man in einem bequemen Stuhl, der auf Männerschultern lag, rastete in irgendeiner Wirtschaft am Wege – und man bewegte sich auf der festen Erde unter Menschen. Verlängert man damit nicht sein Leben?»

«Du weißt sehr wohl, daß es in unserem Land keine Sänften mehr gibt. Und wenn es eine gäbe – wer würde sie heute schon auf seinen Schultern tragen? Außerdem habe ich keine Zeit für langsame Reisen – ein Monat bis Peking anstatt ein paar Stunden!»

Madame Liang war müde, und sie sprach mit ungewöhnlicher Ungeduld, um so mehr, als sie dieses «Zwischen-Wolken-Wandern», wie Tschu Ma es nannte, selber haßte, und sie erinnerte sich sehnsüchtig an die ruhigen, schönen Stunden, wenn sie als junges Mädchen mit ihrer Familie in die Berge der Provinz Kiangsi gereist war, um der Sommerhitze zu entgehen. Für den Aufstieg in diese Berge hatten sie Sänften mieten müssen, denn es gab kein anderes Verkehrsmittel auf dem engen Pfad, der sich zwischen den immer steileren Klippen hinaufwand. Sie erinnerte sich, wie kühl die Bergluft gewesen war, wie lieblich das Vogelgezwitscher und das Rauschen der Wasserfälle. Wie ganz anders, wie unendlich besser, als in einem Zylinder am Himmel eingeschlossen zu sein, aus dem es kein Entrinnen gab als zur festgesetzten Stunde, es sei denn, das Schicksal sorgte für einen hastigen Ausgang: geradewegs in die nächste Inkarnation!

Sie schwieg hartnäckig, während sie badete und sich dann von Tschu Ma ein hellgraues langes Seidengewand anlegen ließ. Endlich brach Tschu Ma das Schweigen mit einer versöhnenden Frage:

«Darf ich Madame fragen, ob die jungen Damen bei guter Gesundheit sind?»

«Es geht ihnen gut», antwortete Madame Liang und ließ sich auf eine Couch nieder.

«Und der ehrenwerte Schwiegersohn, hat Madame –»

«Er gefällt mir sehr gut.»

Mit dieser kurzen Feststellung entließ sie ihre alte Dienerin und schloß die Augen; sie wünschte, sie hätte Tschu San nicht versprochen, heute abend mit ihm über Geschäftliches zu reden. Aber sie hatte es nun einmal zugesagt, und sobald sie sein Hüsteln vor der Tür hörte, stand sie auf, denn sie wollte nicht einmal einen untergeordneten Mann liegend empfangen. Sie trat an einen schweren geschnitzten Stuhl und bat Tschu San herein. Als er eintrat, bemerkte sie, daß er sich aus Höflichkeit, vielleicht auch, um sie für das Gespräch günstig zu stimmen, das Gesicht gewaschen und eine saubere schwarze Jacke angezogen hatte.

«Setz dich, wohin du möchtest», befahl sie, und er nahm sich aus Respekt vor ihr einen etwas entfernter stehenden Stuhl, setzte sich auf die äußerste Kante und gab sich nicht den Anschein, als mache er es sich bequem. Dann wartete er, bis sie zu sprechen begann.

«Nun, was verbirgt sich jetzt in deiner Seele?» fragte sie.

Er hüstelte diskret hinter der Hand, und sie betrachtete ihn; ein gutes, ehrliches, häßliches Gesicht, dachte sie, ein richtiger Bauer, aber von bestem Schlag. Zumindest hatten die gegenwärtigen Machthaber ihm einiges zugute kommen lassen, denn er war noch jung genug gewesen, um auf ihren Schulen Lesen und Schreiben zu lernen, und er konnte durch diese Bildung ein kleiner Geschäftsmann werden. Früher wäre er ein einfältiger Ackermann auf zwei Morgen Land irgendwo in einer abgelegenen Provinz geblieben. So aber konnte er, obwohl im Grunde seines Herzens ein Bauer, ihre Geschäfte überwachen, Fisch und Schweinefleisch auswiegen, Geflügelbrüste prüfen, die Eier in einem Wassertopf auf ihre Frische untersuchen, und er betrachtete alles Geld mit Mißtrauen bis auf das, was er selbst in Händen hielt. Im Laufe der Jahre war er ihr Leibwächter geworden, und sie konnte ruhig schlafen, so lange er in ihrer Nähe war. Außerdem wußte sie, da sie durch und durch Frau war, daß er sie auf seine Weise schweigend verehrte.

Darum wartete sie, bis er zu reden anfing, was er auch tat, nachdem er wieder hinter der Hand gehüstelt und sich mehrmals umgeblickt hatte.

«Madame, unser Geschäft bringt Ihnen jedes Jahr mehr Geld ein, trotz der . . .»

Hier hüstelte er wieder und fuhr dann fort: «Trotz derer.»

«Das verdanken wir deiner unermüdlichen Umsicht», sagte Madame Liang mit gewohnter Anmut.

«Nein, nicht so», widersprach er. «Das verdanken wir einzig und allein der Natur.»

«Der Natur?» fragte Madame Liang verwundert.

«Der Natur des Menschen», erklärte Tschu San.

«Was ist das für eine Natur?» fragte Madame Liang.

«Sich den Bauch mit gutem Essen vollzuschlagen», erwiderte Tschu San.

Madame Liang lachte ihr silbriges Lachen, und Tschu San war zufrieden mit sich und fuhr fort, wobei er aus Furcht vor möglichen Lauschern die Stimme senkte.

«Da Madame mit einem Restaurant so guten Erfolg hat, warum nicht mit zwanzig? Wir könnten überall in unserem großen Land Gasthäuser eröffnen, jedes mit seinem eigenen Restaurant. Unsere Leute dursten nach Vergnügungen und hungern nach gutem Essen. Wir haben in diesen vielen Jahren keine Freude gehabt, und das Essen . . .» Er machte ein angewidertes Gesicht. «Sogar in Peking, außer in wenigen alten Restaurants! O ja, Madame, ich sehe, Sie schütteln den Kopf, aber es ist wahr. Nur in wenigen alten Restaurants, in denen man noch die Pekingente zubereitet, oder in einer mohammedanischen Herberge, wo man gebratenen Hammel bekommt, kann man noch essen wie früher. Und denken Sie an die Fremden, Madame, die zu Tausenden hierher in unsere Gasthäuser kommen würden, um unsere guten Speisen zu bestellen! Ich habe gehört, daß die Amerikaner sogar in ihrem eigenen Land unsere Gerichte essen, aber natürlich können sie sie nicht richtig zubereiten, denn sie haben nicht so gutes Wasser, Gemüse und Fleisch, wie unser Boden hervorbringt. Die Amerikaner sind sehr reich, das Geld fließt ihnen nur so aus den Händen. Was meinen Sie dazu, Madame?»

Er hatte sich vorgebeugt und mit eindringlicher Stimme und gespannter Miene geredet, begierig, ihr Einverständnis zu erhalten.

Sie hätte beinahe zugestimmt, aber die Vorsicht war ihr jetzt zur Gewohnheit geworden. Tschu San konnte sie doch wohl trauen? War die Erwähnung der Amerikaner ein schlauer Trick, um ihre Loyalität gegenüber den Machthabern zu erproben? Ein Anflug von Mutlosigkeit befiel sie. Sie fühlte sich allein in ihrem Haus, allein in ihrer Heimat. Da war niemand, dem sie ganz und gar vertrauen konnte; selbst ihre Kinder waren im Augenblick geblendet durch die Freude, wieder daheim zu sein. So war es doch wohl besser, wenn sie sich gegenüber Tschu San, der auf ihre Antwort wartete, weder zustimmend noch ablehnend äußerte. War dies vielleicht doch der Ewige Weg?

«Tschu San», sagte sie, «du denkst immer an mein Wohl. Wie könnte ich ohne dich mein Geschäft erhalten? Ich danke dir für den guten Gedanken, den du mir vorgetragen hast, obwohl er sich nicht sogleich verwirklichen läßt. Ich fürchte, es ist unde· kbar, daß wir uns wieder mit den Amerikanern anfreunden. Die heutige Generation unseres Volkes wird ihnen nicht verzeihen.»

Tschu San machte ein trotziges Gesicht. Seine kleinen schwarzen Augen hefteten sich auf einen elfenbeinernen Buddha auf einem geschnitzten Tisch, und die Unterlippe seines breiten Mundes schob sich vor.

«Madame», sagte er, «wir Söhne des Himmels sind ein Volk, das weiß, was ein großes und was ein kleines Unternehmen ist. Wenn die gegenwärtige Dynastie untergegangen ist, werden wir den Amerikanern verzeihen, das schwöre ich Ihnen, weil sie so reich sind.»

«Bitte, sag nicht Dynastie», erwiderte Madame Liang. «Wenn dich jemand belauscht, könnte er meinen, du seist ein Anhänger der alten Regierung.»

«Und wie soll ich sie nennen?» fragte Tschu San.

«Wir müssen abwarten und sehen», antwortete sie. «Wenn ihr Weg nicht der Ewige Weg ist, so bleibt ihr Regime nur ein Zwischenspiel in unserer Geschichte. Und jetzt laß mich allein, gute Seele, ich bin sehr müde.»

Er stand auf, verneigte sich und wandte sich zum Gehen. An der Tür hielt sie ihn auf. «Tschu San, freundliche Seele! Gewiß ist dein Plan gut. In anderen Zeiten hätte ich ihn in Betracht gezogen. Wenn die Gegenwart wirklich nur ein Zwischenspiel sein sollte, werde ich ihn in Zukunft erwägen.»

Er nickte, verneigte sich noch einmal und ging hinaus.

Unmerklich ging der Frühling in den Sommer über, und Grace wandte sich nach einem Jahr der Lehre bei dem alten chinesischen Lehrer der Praxis zu. Sie ging mehrmals in der Woche in die Klinik und beobachtete Dr. Tsengs Methoden. An einem Morgen Anfang Juni, im fünften Monat des chinesischen Mondjahres, zu früher Stunde, als die Klinik noch nicht geöffnet war und Grace sich Notizen machte, während der alte Arzt irgendeinen Aspekt der alten Medizin erläuterte, erschien der Minister Tschao Tschung. Er trug wie immer seine Uniform aus dunkelblauem Tuch und lächelte, obgleich er blaß aussah.

«Ah, Doktor Liang», sagte er, «heute stehe ich Ihnen als Patient zur Verfügung.»

Der alte Arzt stand auf, aber Tschao Tschung bedeutete ihm, sitzenzubleiben. Er nahm selber Platz und wandte sich an den Arzt.

«Doktor Tseng, ich komme, um Ihnen zu sagen, daß ich seit ein paar Tagen ungewöhnlich müde und appetitlos bin.»

«Ich sehe, daß das Weiße in Ihren Augen gelblich ist, und Ihre Stimme klingt ein wenig heiser», erwiderte Dr. Tseng.

Tschao Tschung lächelte wieder. «Ich gebe mich in Ihre Hände.»

«Zeigen Sie mir bitte Ihre Zunge», forderte Dr. Tseng ihn auf.

Der Minister streckte die Zunge heraus, und der Arzt untersuchte sie lange.

«Jetzt lassen Sie mich den Puls Ihrer linken Hand fühlen.»

Dr. Tseng nahm das Handgelenk des Ministers in seine Rechte und wandte sich an Grace.

«Beachten Sie, wie ich den Puls der linken Hand messe. Ich drücke meinen vierten Finger hierhin, wo Handfläche und Handgelenk zusammentreffen, und meinen ersten und dritten Finger daneben. So fühle ich hier die drei Pulse, wobei ich zuerst nur leicht, dann etwas stärker und schließlich sehr stark drücke.»

Bei diesen Worten spitzte der alte Arzt den Mund und fühlte die Pulse an Tschao Tschungs linker Hand. Das nahm fast eine halbe Stunde in Anspruch. Dann sprach er wieder.

«Genosse Tschao, bitte strecken Sie Ihre rechte Hand aus.» Der Minister gehorchte, und Dr. Tseng fühlte die Pulse am rechten Handgelenk ebenso sorgfältig, mit dem Unterschied, daß er jetzt den Zeigefinger auf die Stelle legte, wo Handgelenk und Handfläche zusammenstoßen, und den dritten und vierten Finger daneben. Sein Daumen lag auf dem Ballen des Handgelenks. Insgesamt dauerte diese Untersuchung fast eine Stunde. Danach stellte er die Diagnose.

«Ihr Herzrhythmus hat sich durch Erschöpfung verlangsamt; Sie müssen drei Tage ruhen und Ihre Augen schonen. Ich behandle Sie jetzt mit einer leichten Akupunktur; Sie werden sich dann sogleich gestärkt und wohler fühlen.»

Er half Tschao Tschung aus dem Jackett, und als das Fleisch bloßlag, steckte er je eine Nadel mittlerer Länge in zwei Stellen, die eine links, die andere rechts vom Genick des Patienten.

«Ich fühle mich schon besser», erklärte Tschao Tschung und knöpfte sein Jackett zu.

«Das kommt daher, weil das Gleichgewicht zwischen *Yang* und *Yin* wieder hergestellt ist», erklärte Dr. Tseng, und zu Grace gewandt: «Heute morgen werde ich über das Thema *Yang* und *Yin* sprechen.»

«Ja, bitte», antwortete Grace.

Tschao Tschung war aufgestanden und wollte gehen. An der Tür blieb er stehen.

«Ach, da fällt mir etwas ein, Doktor Liang. Ihr Schwager . . .»

«Was ist mit ihm?»

«Haben Sie Einfluß auf ihn?»

Grace lächelte. «Ich nicht, aber meine Schwester.»

Tschao Tschung zögerte. «Seit er nicht mehr angeleitet wird, haben wir Schwierigkeiten mit ihm . . .»

«Ist das möglich?» fragte Grace überrascht. «Die beiden scheinen so zufrieden zu sein.»

«Ja, aber er ist ein Individualist.»

«Wie meinen Sie das?»

«Er sträubt sich dagegen, bestimmte Anweisungen auszuführen.»

«Ich weiß nichts davon.»

«Natürlich, da er auf einem Gebiet tätig ist, für das Geheimhaltung unabdingbar ist, konnten Sie nichts davon erfahren.»

«Was soll ich tun?»

«Sagen Sie Ihrer Schwester, daß er nicht allzu individualistisch denken darf.»

«Wird sie das verstehen?»

«*Er* wird es schon verstehen», entgegnete Tschao Tschung und zog die dunklen Brauen in die Höhe. Dann hob er die rechte Hand zum Gruß und ging hinaus.

Grace hatte ihn nicht verstanden, darum konnte sie seine Worte nicht vergessen. Sie hörte sie noch in der Erinnerung nachklingen, als sie Dr. Tsengs eintönig leiernder Stimme lauschte, während er *Yang* und *Yin* erklärte.

«Vor fünftausend Jahren, in der Tschu-Dynastie, entstand jenes alte Buch, das auf Geheiß des Präsidenten neu gedruckt wurde. In diesem Buch, das ich hier in den Händen halte und das Sie sorgfältig studieren müssen, lesen Sie, daß es im menschlichen Körper zwei verschiedene Blutarten gibt. Die eine wird durch *Yin*, das Prinzip der Dunkelheit, die andere durch *Yang*, das Prinzip des Lichtes beeinflußt. Diese beiden wirken zusammen . . .»

Nach einer Weile begann sie zu lauschen und vergaß sogar, was Tschao Tschung gesagt hatte. Diese zweierlei Blutarten, die man vor Jahrtausenden im menschlichen Körper entdeckt hatte, waren doch nichts anderes als das Blut der Venen und der Arterien! Das heißt also, ihre Landsleute wußten schon, was andere Völker erst Jahrhunderte später entdeckten. Kein Wunder, daß dieses Volk so stolz war.

Am Nachmittag legte ihr der alte Arzt, bevor er nach Hause ging, das Buch auf den Tisch, das ihre Mutter stets um sich hatte, das *I-Ging, Das Buch der Wandlungen.*

«Diese Trigramme müssen Sie verstehen», sagte er. Er wickelte sein Werkzeug in das viereckige blaue Tuch, das ihm als Tasche diente. Jetzt legte er seinen langen Zeigefinger auf eine aufgeschlagene Seite des Buches. «Beachten Sie hier die acht *kua!* Das sind die Veränderungen der Natur, die zusammen und doch in entgegengesetzter Richtung wirken; die eine kommt herein, während die andere hinausfließt. Das ist die ewige Bewegung des Lebens, die Dualität von positiv und negativ, und beide sind gleich wertvoll, und jedes ist unentbehrlich für das andere. So kann es kein Licht ohne das Gegenteil, die Dunkelheit, geben, keinen Tag ohne Nacht, keinen Sommer ohne Winter, keinen Herbst ohne Frühling, keine Kraft ohne Schwäche, nichts Männliches ohne das Weibliche. In jedem *Yang* ist zugleich das *Yin* enthalten; in jedem *Yin* muß ein *Yang* sein. Ist das Gleichgewicht gestört, so bricht die Krankheit aus.»

Nachdem er gegangen war, grübelte sie über den Sinn seiner Worte nach. Es war ihr zur Gewohnheit geworden, eine Parallele in der westlichen Medizin zu suchen, um die alte chinesische Weisheit in die Sprache moderner Wissenschaft zu übersetzen. Wies nicht das parasympathische Nervensystem eine Ähnlichkeit mit *Yin* auf? Sie war so in Gedanken versunken, als sie in der Dämmerung nach Hause kam, daß sie ihrer Schwester mitzuteilen vergaß, was Tschao Tschung gesagt hatte. Außerdem wurde sie nun noch mehr abgelenkt, denn als sie in den Hof trat, kam ihr Mercy entgegen, lächelte in heimlichem Glück und verschränkte ihre Finger mit der rechten Hand ihrer Schwester.

«Ich war heute beim Arzt», vertraute sie ihr an, als sie zur offenen Haustür gingen, durch die die milde Abendluft hereinwehte.

«Bist du krank?» fragte Grace sofort.

«Ich habe Glück in mir!» antwortete Mercy triumphierend. Sie benutzte eine alte chinesische Redensart.

«O glückliche Schwester!» rief Grace und umarmte sie.

In all der Aufregung vergaß sie die morgendliche Unterhaltung mit dem Minister, und es wurde Nacht, bevor sie ihr wieder einfiel. Das Abendessen war vorbei, die Diener hatten sich zurückgezogen, und sie und Mercy waren allein im mittleren Zimmer.

John hatte sich entschuldigt. Er hatte weniger als gewöhnlich gegessen, und Mercy war um ihn besorgt, als er hinausging.

«Ob ihm wohl etwas fehlt?» fragte sie. Diese Worte erinnerten Grace an den Morgen.

«Oh, ich habe ganz vergessen!» sagte sie und wiederholte nun Tschao Tschungs Mahnung.

Mercy hörte tief beunruhigt zu. «Was meint er mit ‹individualistisch›?» fragte sie mit einem so kindlichen Blick, daß Grace gerührt war.

«Er hat gesagt, mein Schwager würde es verstehen», erwiderte sie.

Nachts, als Mercy mit ihrem Mann allein war, berichtete sie ihm alles und fragte am Ende: «Verstehst du es?»

«Ja», antwortete John kurz.

Mercy wartete, und als er immer noch schwieg, drängte sie ihn sanft.

«Willst du es mir nicht erklären, Liebling?»

Sie sprachen englisch, wie gewöhnlich, wenn sie nachts allein waren. Der chinesischen Sprache fehlten die Worte der Zärtlichkeit, die sie brauchten, wenn sie einander nahe waren.

«Da gibt es nichts zu erklären», erwiderte er. Sie konnte in der Dunkelheit sein Gesicht auf dem Kissen neben sich nicht sehen und bemerkte nur die Schärfe seiner Stimme.

«Aber warum –»

Er brach ihre Frage ab. «Die einzige Erklärung wäre, daß ein

Wissenschaftler und ein Politiker oder Aktivist anders denken. Ich bin Wissenschaftler und stehe für meine Arbeit mit meinem Gewissen ein. Tschao Tschung ist Politiker, er denkt an die Regierung und wie sie ihre Ziele erreichen kann. Wir sind uns nicht einig, das ist alles.»

Er sprach fest, aber ruhig, und sie wußte nicht, warum sie plötzlich Angst bekam. Sie rückte näher an ihn heran und legte ihren Kopf auf seine Schulter.

«Aber mein Lieber, wir sind doch eben erst angekommen. Findest du es richtig, daß du so rasch Meinungsverschiedenheiten mit einem mächtigen Minister hast?»

Er verbiß sich die Antwort, die ihm auf der Zunge lag. An diesem Tag, da sie ihm ihr Glück verkündet hatte, sollte sie nicht traurig sein! Denn als er heute zum Mittagessen nach Hause gekommen war, das sie allein einnahmen, da Grace den ganzen Tag im Krankenhaus verbrachte, war sie auf ihn zugegangen und hatte den Kopf an seine Brust gelehnt. Er war überrascht, denn gewöhnlich zeigte sie ihm tagsüber ihre Liebe nicht so auffällig. Er hatte sie umarmt und gefragt: «Ist dir nicht gut?»

«Im Gegenteil, mir geht es ganz wunderbar gut.» Und dann hatte sie zum zweitenmal den alten chinesischen Satz der Verkündung benutzt: «Ich habe Glück in mir.»

Einen Augenblick war er überwältigt gewesen und hatte sie an sich gedrückt. Dann hatte er mit vor Freude und Überraschung rauher Stimme gefragt: «Hast du einen Arzt aufgesucht?»

«Ich war in der gynäkologischen Klinik.»

«Wurde deine Annahme bestätigt?»

«Es ist sicher.»

Das fiel ihm jetzt wieder ein, und er sagte sich, daß er ihr gegenüber solche Worte wie «individualistisch» nicht gebrauchen durfte, weil sie ihr nur Angst machen würden. Und hatte sie nicht vielleicht recht? Durfte er, da hier in der Heimat ein Kind geboren werden sollte, dieses neue Leben gefährden, um sich selbst, einem ehrgeizigen Wissenschaftler, die Freiheit zu bewahren?

«Wir wollen glücklich sein», sagte er schließlich. «Wir haben so viel, um glücklich zu sein.»

Bei diesen Worten nahm er sie in seine Arme und drückte sie an sich, bis sie beruhigt war. Er lag noch lange Zeit wach. Er wußte genau, was der Minister gemeint hatte, als er ihn des «Individualismus» bezichtigte.

«Haben Sie das Recht zu fragen, wozu Ihre Wissenschaft gebraucht wird?» hatte Tschao Tschung gefragt.

Sie saßen im Privatbüro des Ministers – ein Zimmer mit schalldichten Wänden und einer Doppeltür als einzigem Eingang. Er war frühmorgens hierher beordert worden und war unvermittelt von hellem Sonnenschein in das gedämpfte Licht des abgeschlossenen Raumes getreten. Hinter einem schweren Schreibtisch aus Schwarzholz saß Tschao Tschung, finster, ohne sein gewohntes Lächeln. Ihm zur Rechten saß Hauptmann Li. Es war das erste Mal, daß John vor den Minister geladen wurde, und ganz entgegen seiner Natur und trotz seines Selbstvertrauens empfand er Angst.

«Setzen Sie sich», befahl Tschao Tschung.

Er setzte sich auf einen Stuhl neben dem Schreibtisch und wartete, während sein Vorgesetzter einige Papiere durchsah. Das Licht der Schreibtischlampe fiel scharf auf Tschao Tschungs Gesicht – ein grausames Gesicht, oder sah es nur so aus, weil er in diesem Augenblick lächelte? Vielleicht lag es an dem etwas schweren Mund oder an den buschigen Brauen über den durchdringenden, tiefblauen Augen ...

«Wenn wir die militärischen Möglichkeiten der Zukunft überblicken», begann Tschao Tschung plötzlich, indem er den Kopf hob und den Blick auf John heftete, «stellt sich die Frage, wie wir uns rüsten sollen, um im Fall eines Angriffs den Feind zu vernichten.»

John Sung wartete. Welchen Feind? Wer greift wen an? Die Fragen formten sich in seinem Geist, aber er sprach sie nicht aus, und Tschao Tschung fuhr fort:

«Wir haben allerdings den bedeutendsten Raketenbauexperten der Welt, der die Entwicklung unserer Kernforschung vorantreibt. Dank der Dummheit des amerikanischen Senators McCarthy wurde er vor ein paar Jahren in den Vereinigten Staaten nicht als ‹vertrauenswürdiger› Wissenschaftler erklärt, obwohl er auf diese Erklärung fünf Jahre lang gewartet hatte, und daraufhin kehrte er verärgert in unser Land zurück. Wirklich, ich bin diesem McCarthy dankbar, daß er damit einen großen Wissenschaftler gezwungen hat, Amerika zu verlassen. Das wäre uns mit keiner Überredungskunst gelungen.»

«Ich bin Doktor Tsien nie begegnet», bemerkte John Sung.

«Nein? Nun, das werden Sie eines Tages», erwiderte Tschao Tschung. «Inzwischen werde ich Ihnen Ihre Aufgabe zuweisen. Dazu möchte ich Ihnen zunächst erklären, daß unsere Militärexperten sich darüber einig sind, daß wir uns, bis unsere Kernwaffen mit allen Kräften weiterentwickelt werden können, durch subtilere Methoden schützen sollten. Irgendwelche Bakterien oder vielleicht Drogen, irgend etwas, das man unbemerkt anwenden kann und das eine tödliche Wirkung hat.»

Die schweren schwarzen Brauen hoben sich plötzlich über den fragenden blauen Augen. John Sung starrte fest in diese Augen, während Tschao Tschung wartete.

«Nun?» fragte er schließlich ungeduldig.

«Bitte, fahren Sie fort», sagte John Sung.

Um den verkniffenen Mund zeichnete sich ein flüchtiges Lächeln ab.

«Ich denke an eine Art Flüssigkeit», sagte Tschao Tschung, «oder an ein Gas, das, sobald es mit der Haut in Berührung kommt, zu Lähmungen und raschem Tod führt. Wenn Ihnen ein einfacheres Verfahren lieber ist, könnte es auch ein radioaktives Gift sein, das man heimlich den Wasservorräten beimengen könnte. Ich habe hier eine äußerst genaue Karte vorliegen . . .»

Er zog unter den Papieren, die vor ihm lagen, eine große Karte hervor, die er auseinanderfaltete. Auf seinen Wink stand John Sung auf und trat neben ihn. Tschao Tschung fuhr fort, wobei sein Zeigefinger über die Karte fuhr.

«Sehen Sie, hier sind die Wasserreserven westlich der kontinentalen Wasserscheide. Beachten Sie, wie dicht sie hier nebeneinander liegen. Jetzt bewegen wir uns durch die Vereinigten Staaten. Hier befindet sich der Mittelpunkt des Tennessee Valley; weiter östlich ist allerdings die Bevölkerung dichter. Es müßte leicht zu machen sein. Schön, nicht wahr?» Seine Miene hellte sich auf, und er blickte John Sung an.

«Es ließe sich machen, gewiß», erwiderte John Sung.

Er kehrte an seinen Platz zurück und spürte, wie sein Herz hämmerte. Es schlug dreimal so rasch wie sonst. War es möglich, daß der Minister ihm nahelegen – oder schlimmer noch – befehlen wollte, er müsse ein so abscheuliches Mittel entwickeln, ein Mittel, um ... er verdrängte sofort wieder diesen bestürzenden Gedanken.

«Ich glaube zuversichtlich, daß solche Versuche unterbleiben», sagte er schließlich.

«Wir müssen gewappnet sein», erwiderte Tschao Tschung.

Es entstand eine Pause, die keiner von beiden beenden wollte. John Sung kam zu dem Schluß, daß er das Schweigen nicht brechen könne. So mußte Tschao Tschung endlich reden.

«Ich frage Sie als Wissenschaftler: Welche Methode würde Ihrer Meinung nach wirkungsvoller sein?»

«Ich hoffe, daß keine von beiden jemals angewandt wird.»

«Nicht einmal im Krieg?» fragte Tschao Tschung mit geheuchelter Überraschung.

«Auch im Krieg gibt es so etwas wie Ehre», sagte John Sung.

Zu seinem Erstaunen verlor Tschao Tschung die Fassung. Er schob die Papiere zur Seite und schlug mit beiden Fäusten krachend auf den Tisch.

«Sie sind zu lange im dekadenten Westen gewesen!» schrie er. «Der Krieg ist ein Spiel mit eigenen Regeln – Ritterlichkeit, Ruhm, Mitleid mit den Gefangenen – alles Unsinn! Der Krieg dient nur einem Ziel, nämlich den Feind zu töten, ihn mit allen Mitteln auszurotten. Im Krieg gibt es keine Gerechtigkeit, keine Ehre. Wer zuerst tötet, siegt!»

Er war so aufgebracht, daß er vom Stuhl aufsprang und auf dem Teppich hin und her ging.

«Wir hassen den Krieg! Wir Chinesen sind zu kultiviert, zu realistisch, um uns einzubilden, daß der Krieg ein Spiel sei! Vor langer Zeit lehnten wir es ab, Feuerwaffen herzustellen, weil sie unmenschlich sind und Unschuldige vernichten könnten. Haben die alten Kaiser nicht sogar das Schießpulver, unsere eigene Erfindung, als Waffe verboten? Wir gebrauchten es für harmlose Vergnügungen wie Feuerwerke. Ebenso die Raketen. Schon vor Jahrhunderten erkannten wir das Prinzip der Rakete, aber ein Kaiser untersagte die Weiterentwicklung, damit nicht eines Tages mit Waffen bestückte Raketen die unschuldige Menschheit zerstörten! Haben denn wir die erste Atombombe geschaffen und auf eine bewohnte Stadt abgeworfen? Haben wir etwa Giftgase und schädliche Bakterien für die Kriegführung erfunden? Warum sind wir heute gezwungen, an den Krieg zu denken? Um uns zu verteidigen! Wir, die wir seit Jahrhunderten den Krieg verachteten, in Soldaten die niedrigsten Verbrecher sahen und eine Schande für unsere Familien, wir sind nun gezwungen –»

Er brach ab, denn er erstickte fast an seiner Wut. Plötzlich drehte er sich um, blieb vor John Sung stehen und beugte sich über ihn. Seine Augen glühten, und seine Stimme zischte.

«Können Sie dieses radioaktive Gift für die Verseuchung der Wasserquellen eines Feindes herstellen?»

John Sung schreckte nicht zurück. Er blickte fest in die drohenden Augen. «Ja», sagte er, «ich kann es.»

Dann fügte er rasch, um dem Befehl zuvorzukommen, hinzu: «Aber ich werde es nicht tun.»

Tschao Tschung biß sich die Lippen und sprach den Befehl nicht aus. Es war zu früh. Dieser Mann war noch ein Fremder in seiner Heimat. Er mußte umgeschult werden. Bevor er Gehorsam lernte, mußte man ihn umfunktionieren.

«Sie denken zu individualistisch», erklärte der Minister schroff und bedeutete Hauptmann Li, John Sung aus dem Zimmer zu führen.

«Frische Kaulquappen, die im Frühjahr schlüpfen, sollten in kaltem reinem Quellwasser sauber gewaschen und drei oder vier Tage nach der Menstruation ganz geschluckt werden. Wenn eine Frau am ersten Tag vierzehn lebendige Kaulquappen schluckt und am nächsten zehn, so wird sie fünf Jahre lang nicht empfangen. Ist die Empfängnisverhütung danach noch notwendig, so kann sie dasselbe Rezept zweimal wiederholen und ist damit für immer unfruchtbar ... Dieses Rezept ist deswegen gut, weil es wirksam, sicher und nicht teuer ist. Der Nachteil besteht darin, daß es nur im Frühjahr angewendet werden kann.»

Grace legte die Aufzeichnungen hin, die sie gerade studierte, und lachte.

«Warum lachst du?» fragte Mercy.

Nach einem langen, kalten Winter war es in Peking wieder Frühling geworden. Die Schwestern saßen im Schatten einer ausladenden Dattelpalme im Hof. Mercy nähte an einer kleinen roten Satinjacke für das Kind, das sie erwartete.

«Ich lese ein Rezept für Geburtenkontrolle», erwiderte Grace und las den Absatz laut vor. Mercy hörte ungläubig zu.

«Aber das ist doch Unsinn, nicht wahr?» rief sie aus.

«Es ist ein bißchen verblüffend, aber vielleicht doch kein Unsinn», antwortete Grace. «Das ist das erstaunliche an unserer alten Medizin. Man hält sie für absurd, aber meistens enthält sie ein Körnchen Wahrheit, das man mit Hilfe einer wissenschaftlichen Methode entwickeln könnte. Ich frage mich nur, warum unser Volk die Naturwissenschaften nicht weiter betrieben hat? Wir hatten einen glänzenden Anfang, die Erfindung des Schießpulvers, des Buchdrucks, die Astronomie ...»

Sie bemerkte, daß ihre Schwester ihr nicht zuhörte.

«Aber Kaulquappen! Ich muß schon sagen!» Mercy verzog angeekelt das Gesicht. «Ich befolge lieber die Anweisungen unseres Präsidenten. Er sagte, er hoffe, unser Volk werde sich aufgeschlossen zeigen und erkennen, daß es nur ein Vorteil sein kann, wenn wir siebenhundert Millionen Menschen sind. Eine zahlreiche Bevölkerung sei etwas Gutes, sagte er.»

«Und du willst sie noch vergrößern», neckte Grace sie.

«Ich bin stolz darauf», erwiderte ihre Schwester. Sie hob die kleine Jacke hoch. «Ich hoffe, es wird ein Junge. Ich möchte eine gute chinesische Ehefrau werden. Und ich halte nichts von der Geburtenkontrolle. Damit bringt man chinesische Menschen ohne Blutvergießen um!»

Mercy wendete die kleine rote Jacke hin und her, während Grace schwieg und die Dämmerung sich über den Hof senkte.

«Es hätte auch in Amerika geboren werden können», sagte Grace.

«Wir wollten, daß es hier geboren wird», entgegnete Mercy fest. «Komm, gehen wir hinein. Es wird dunkel.»

Sie schwieg auch, als sie aufstand und ins Haus ging. Bald würde John heimkehren, und sie wollte es ihm behaglich machen, denn sie beobachtete schon seit einigen Wochen, daß seine Stimmung sich verdüsterte. Er war energisch wie zuvor, stand morgens früh auf und ging nach einem raschen Frühstück zur Arbeit. Über diese Arbeit sprach er nie, und wenn sie ihn fragte, bekam sie nur ausweichende Antworten. Daher vermutete sie, daß er an geheimen Projekten arbeitete. In Amerika hatte sie sich mit Frauen von Kernforschern angefreundet und von ihnen erfahren, daß diese Projekte für die nationale Sicherheit höchst wichtig seien und daher kein Wissenschaftler von seiner Arbeit sprach.

«Ich hätte nie gedacht, daß mein Mann mithelfen würde, die Atombombe herzustellen», hatte eine ältere Frau gestanden.

Darum tat Mercy für John alles, was sie konnte. Wenn er abends nach Hause kam, erwartete ihn heißer Tee, das Bad war bereitet, und frische Kleidung lag auf dem Stuhl.

«Du bist wieder müde», sagte Mercy vorwurfsvoll.

«Es war ein sehr anstrengender Tag», erwiderte er finster.

Er setzte sich auf einen niedrigen Stuhl und schloß die Augen.

«Trink deinen Tee, Liebling», mahnte Mercy liebevoll und schenkte ihm ein.

Er hob die Schale, trank sie halb leer und setzte sie ab. Mercy betrachtete sein blasses Gesicht. Er hatte wieder die Augen geschlossen, und ihr schien, als zitterten seine Lippen. Plötzlich bekam sie Angst. Er war besorgt oder hatte Schwierigkeiten. Warum wollte er ihr dann nicht wenigstens sagen, daß er Kummer hatte, auch wenn er sonst nichts sagen durfte? Sie widerstand dem Bedürfnis, ihn um eine Erklärung zu bitten. Statt dessen hob sie das rote Jäckchen vom Tisch auf.

«Sieh mal, was ich heute für unser Baby genäht habe!»

Er nahm es ihr aus der Hand und strich es auf seinem Knie glatt. «Sehr hübsch», sagte er ausdruckslos.

Jetzt war sie ernsthaft beunruhigt und außerdem verletzt.

«John!» rief sie, «freust du dich denn gar nicht auf das Baby? Sind wir nicht seinetwegen hergekommen?»

Er schüttelte den Kopf und gab ihr die kleine Jacke zurück. «Ob das ein guter Grund war – weißt du . . .» Er stockte. «Ich bin müde, Mercy. Ich nehme jetzt mein Bad und ruhe mich vor dem Essen ein bißchen aus.»

Er ging hinaus, und sie blieb mit dem Nähzeug in der Hand sitzen. Dunkle Ahnungen legten sich wie ein Schatten über sie.

Das Museum war fast leer. Der Tag war heiß, ein wolkenloser Julitag in New York, der Himmel wölbte sich blau über der Stadt, und die Hitze tanzte in flimmernden Wellen über den engen Straßen. Wenige Menschen gingen träge durch die weiten Räume des Museums, die Männer ohne Jackett und die Frauen in ärmellosen Kleidern. Nur einen korrekt gekleideten Mann bemerkte Joy; ein Chinese, das hatte sie gleich beim Eintritt gesehen. Seltsam, wie das Auge eines Chinesen augenblicklich die Gestalt eines Chinesen wahrnahm. Er stand vor einem Gemälde, einem modernen Gewirr von Farben und Formen, und betrachtete es völlig versunken. Sie trat näher an ihn heran und erkannte den berühmten chinesischen Maler Hsuan Teng. Ihr Herz klopfte schneller. Seit sie sich für die Malerei entschieden hatte, war es ihr Wunsch gewesen, ihn kennenzulernen. Seine Aquarelle, makellos in ihrer chinesischen Technik, jedoch Darstellungen von Wolkenkratzern, Docks und all den Ansichten einer dichtbevölkerten Stadt, hatten sie in ihrem Entschluß bestärkt, Malerin zu werden. Obwohl für die moderne Kunst aufgeschlossen, hatte sie doch nicht mit Öl malen wollen. Aber wie konnte sie ihre eigenen, so unerklärlich heftigen Emotionen in einem zarteren Medium ausdrücken? In dieser Phase der Unsicherheit hatte sie die Bilder Hsuan Tengs entdeckt, der mit aller Subtilität der alten chinesischen Kunst dennoch die Brutalität und das Tragische im modernen Leben einer Großstadt mit solcher Schärfe aufzeigte, daß sie erzitterte. Das Leben beruhte doch nicht auf der Tragödie? Ihr heiteres Wesen lehnte diese Vorstellung ab; aber sie übernahm seine Maltechnik. Ich will die Freude malen, sagte sie sich.

Sie wußte, daß er in New York lebte, und das war mit ein Grund gewesen, vor einem Monat das schützende Haus der Brandons in San Francisco zu verlassen und sich in New York ein kleines Zimmer zu mieten. Ob sie nun nach China zurückkehrte oder nicht – sie wollte sich auf alle Fälle vor ihrer Abreise in der Malerei weiterbilden.

Sie ging auf Hsuan Teng zu. Er schien niemanden zu sehen, und so mußte sie ihre Schüchternheit überwinden.

«Mr. Hsuan?» fragte sie leise.

Er wandte sich um, und sie sah in sein freundliches rundes Gesicht.

«Ja, der bin ich.»

«Ich wünsche mir schon lange, Ihnen zu begegnen, aber ich habe es nicht gewagt.»

Er lächelte. «Bin ich so furchtbar?»

«So hoch über mir!»

Jetzt, da sie vor ihm stand, wußte sie auf einmal nichts mehr zu sagen.

«Wir kennen uns, glaube ich, noch nicht», sagte Hsuan Teng; seine etwas hohe Stimme klang angenehm.

«Ich kenne Sie natürlich», erklärte sie. «Jeder muß Sie kennen – aber Sie kennen mich freilich nicht. Warum auch? Ich heiße Joyce Liang. Meine Familie nennt mich Joy.»

«Und mit vollem Recht.»

Aus seinem Verhalten sprach die alte chinesische Höflichkeit, jene Anmut, die sie an die Freunde ihrer Mutter erinnerte. Wie alt mochte er sein? Das war schwer zu sagen, denn das Gesicht wirkte jung, nur an den Schläfen zeigte sich ein weißer Schimmer.

«Sie sind Malerin?» fragte er.

«Woher wissen Sie das?»

«Sie haben Farbe unter den Fingernägeln», erwiderte er.

Sie lachten, und seine kleinen Augen blitzten.

«Malern kann ich nicht widerstehen», sagte er. «Setzen wir uns doch. Sagen Sie mir, was Sie malen.»

Sie setzten sich nebeneinander auf eine Bank gegenüber einem gewaltigen Wandgemälde kontrastierender und dennoch harmonisch sich verbindender Farben.

«Ich kann Ihre Frage nicht so einfach beantworten», sagte sie. «Es ist nicht leicht zu finden, *was* zu malen man geboren ist.»

«Ist man denn überhaupt dazu geboren?»

«Ohne Zweifel. Kennen Sie meine Arbeiten?»

«Wer kennte sie nicht?»

Er überhörte ihre Absicht, ihn zu rühmen.

«Fällt Ihnen daran etwas Wesentliches auf?»

Sie überlegte kurz. «Die menschliche Gestalt ist immer klein, so klein, daß sie oft ganz verloren dasteht. Auf Ihrem Bild ‹Vater und Sohn› mußte ich die beiden in der verschneiten Landschaft erst suchen, bis ich sie fand – sie sind nicht größer als so!» Sie zeigte ihren Daumennagel.

«Die menschliche Gestalt ist immer da, nicht wahr?» Hsuan Tengs Stimme klang sanft.

«Immer.»

«Weil der Mensch das Wesentliche ist, so klein er auch sein mag.»

Sie sah ihn ernst an. «Ich würde gern von Ihnen lernen.»

«Warum nicht?» erwiderte er. «Wir sind beide Chinesen. Ich werde Sie lehren, was ich gelernt habe.»

Einen Augenblick vermochte sie nichts zu sagen. Künstler waren nicht oft so großzügig, aber dieser hier war nicht nur ein bedeutender Künstler, sondern auch ein bedeutender Mensch. Jetzt fiel ihr etwas ein, was ihre Mutter einst gesagt hatte: «Begabung ist nur dann groß, wenn ein Künstler für seine eigene Begabung groß genug ist. Nur eine große Seele kann das eigene Talent erfüllen.»

Sie sah Hsuan Teng gerade in die Augen.

«Sie sind eine große Seele», sagte sie.

Von dieser Stunde an begann ihre Freundschaft, die liebevolle Freundschaft zwischen einem älteren Mann und einer jüngeren

Frau, die Verehrung einer jungen Frau für einen älteren Mann, platonisch, und doch waren beide sich bewußt, daß sie Mann und Frau waren. Und dann drängte sich ihnen unweigerlich das Thema China auf. Beide Künstler stritten sich über die Frage, ob sie in die Heimat zurückkehren sollten. Sie erzählte ihm von Mutter und Schwestern, und er hörte aufmerksam zu.

«Aber keine von ihnen ist Künstlerin», entgegnete er.

«Meine Schwester Mercy ist Sängerin.»

«Sie sagen, sie sei zurückgekehrt, damit ihr Kind in der Heimat geboren werde. Das ist nicht die Überlegung einer echten Künstlerin. Sie ist an erster Stelle Mutter.»

Das konnte sie nicht leugnen, denn Mercys Briefe sprachen immer von dem Kind, das nun bald geboren werden sollte, und wie recht sie gehabt habe, daß sie heimgekehrt sei.

«Mein größtes Geschenk mache ich der Heimat», hatte sie geschrieben, «denn gibt es ein größeres Geschenk für das Land als ein Kind, besonders jetzt, da alles noch so neu ist? Du kannst dir nicht vorstellen, wie schön es hier ist; die Hügel vor der Stadt sind frühlingsgrün, und die Leute, die auf den Feldern arbeiten, sind zufrieden. Jetzt arbeiten alle gemeinsam, wir sind eine Familie – eine wunderbare Zeit, um zur Welt zu kommen.»

Joy zeigte Hsuan Teng diesen Brief, als sie zum Unterricht in sein Atelier ging. Es war ihre zweite Begegnung, und da sie immer noch ein wenig befangen war und die drei riesigen, ineinandergehenden und reich ausgestatteten Räume, in denen seine Bilder hingen, sie noch mehr einschüchterten, hatte sie ihm den Brief sofort hingestreckt. Er las ihn sorgfältig. Seine scharfen, aber freundlichen Augen glitten über jede Zeile. Der Brief war auf englisch geschrieben, und das fiel ihm auf.

«Wie kommt es, daß Ihre Schwester Ihnen in einer fremden Sprache schreibt?»

«Wir sind zweisprachig aufgewachsen», erklärte sie ihm. Er faltete den Brief zusammen und gab ihn ihr zurück. Dann blieb er eine Weile schweigend und nachdenklich sitzen, den Blick auf ein Rollbild geheftet.

«Können Sie die chinesischen Schriftzeichen auf diesem Rollbild lesen?» fragte er dann.

Sie schüttelte errötend den Kopf. «Ich bin die jüngste von meinen Schwestern. Als meine Mutter uns hierherschickte, hatte ich erst vier Jahre lang die Schule besucht. Jetzt habe ich viele Schriftzeichen vergessen. Ich glaube, ich könnte diese alte Schrift – es sind Siegelzeichen, nicht wahr? – nicht mehr lesen.»

Er nickte. «Vier alte Siegelzeichen. Genau übersetzt bedeuten sie: ‹Herz, das dem Goldenen Felsen ähnelt›. Eine Künstlergruppe hat mir dieses Rollbild geschenkt, bevor ich China verließ. Ich verdiene solche Worte nicht, aber ich lasse sie an der Wand hängen, so daß ich sie jeden Tag sehen kann. Sie haben sich meinem Gehirn eingeprägt. Wissen Sie, warum?»

Sie schüttelte den Kopf, den Blick auf sein ernstes Gesicht gerichtet.

«Weil sie das Herz eines echten Künstlers beschreiben. Gold, das schönste Metall, fest wie ein Felsen! Wenn ich in Versuchung komme, erinnere ich mich, höre ich die Stimmen meiner toten Gefährten, deren Herzen aus Gold waren, aber keine Felsen.»

«Wie meinen Sie das, bitte?» fragte sie.

«Ich meine, sie sind umgekommen», antwortete er streng.

«In unserem Land?»

«Ja.»

«Aber warum?»

«Sie waren begabt. Sie hatten Herzen aus Gold», sagte er mit solcher Bitterkeit, daß sie die nächste Frage, die ihr auf die Lippen kam, nicht aussprach. Er stellte sie selbst.

«Wie sie starben? Sie wurden wegen aufrührerischer Tätigkeit enthauptet oder zu Zwangsarbeit verurteilt, weil sie die Machthaber zu kritisieren wagten. Die Hundert Blumen – haben Sie von den Hundert Blumen gehört?»

Sie nickte. Wer wußte nicht von den Tagen der Hundert Blumen, die der Vorsitzende proklamiert hatte, von der Anregung und Förderung freier Gedanken, die zu Verbannung, Zwangsarbeit und Tod führten?

«Dann wissen Sie, warum ich nicht in unser Land zurückkehre», sagte er. «Ich weiß, wer ich bin. Ich bin ein Künstler, nicht mehr und nicht weniger, und ich habe eine Pflicht: meine Kunst zu verwirklichen.»

«Aber können Sie Ihre Kunst nicht in der Heimat verwirklichen? Indem Sie den Menschen helfen, zu verstehen?»

«In meiner Heimat, wo alle meine Freunde tot sind?»

Er sah sie düster an, und sie wagte nicht zu sprechen. Sie konnte nur seinem Blick standhalten, halb entschuldigend, als habe sie etwas Unrechtes gesagt. Als er ihre großen bekümmerten Augen und ihren zarten Mund sah, wurde er wieder sanft.

«Nein, mein Kind, Freiheit ist die einzige Luft, die wir Künstler atmen können, und wo immer in der Welt die Luft noch frei ist, da ist unsere Heimat. Verstehen Sie?»

«Ich verstehe die Worte», sagte sie, «aber nicht ihren Sinn.»

«Ach ja, Sie sind noch sehr jung», erwiderte er.

Damit gab er sich einen Ruck und brach das Gespräch ab. Er stand auf und führte sie im Atelier umher, um ihr dieses und jenes Bild zu zeigen.

«Diese Räume enthalten die Geschichte meines Lebens als Künstler. Warum sage ich, als Künstler? Ich habe kein anderes Leben. Hier sehen Sie das beste Bild, das ich vor meiner Abreise aus China malte. Ich bin in einem Dorf außerhalb von Schanghai aufgewachsen. Meine Familie war gut, aber wir waren arm, denn mein Vater rauchte Opium. Ich war das jüngste Kind und blieb als letztes zu Hause. Wir hatten sehr wenig Geld und nicht immer genug zu essen. Jeden Morgen ging meine Mutter fort, um zu arbeiten, und wenn sie abends nach Hause kam, gab sie mir Geld. ‹Nimm dies›, sagte sie dann, ‹und kauf uns etwas zum Abendessen. Sag deinem Vater nicht, daß ich dir Geld gegeben habe.› Ich versprach es ihr, aber er wußte es doch immer. Er erwartete mich am Tor. Er bat um nichts, er sagte nichts, aber seine Augen bettelten mich an. Er war still und freundlich. Ich liebte ihn – und ich sparte stets etwas von dem Geld und kaufte ihm heimlich Opium. Wenn ich nach Hause kam, stand er wieder am Tor. Ich gab ihm das kleine Päckchen, und er nahm es, ohne etwas zu sagen. Und ich sagte auch nichts.»

«Hat Ihre Mutter das nie erfahren?» fragte Joy.

«Wenn sie es bemerkte, so sagte sie auch nichts», erwiderte er und trat vor das nächste Bild.

«Bitte beachten Sie dieses Bild. Es ist das letzte, das ich malte, bevor ich nach Amerika ging. Ein nebliger Morgen im chinesischen Stadtteil von Schanghai – ein Rikscha-Mann, der sein Gefährt zieht, sein Kunde ein fetter, alter, vornehmer Mann, der zum Teegeschäft fährt.»

«Meine Mutter schreibt, es gebe keine Rikschas mehr.»

«Ach, aber trotzdem gibt es immer noch bitterharte Arbeit! Alle meine Freunde – auch der beste Maler von uns allen – wurden fortgeschickt, um einen Tunnel durch einen Berg zu graben.»

Er wartete ihre Antwort nicht ab, sondern sprach weiter, indem er zum nächsten Bild ging. «Das hier ist ein Experiment. Ich malte es auf dem Schiff, als ich über den Pazifik kam. Eines Morgens erwachte ich inmitten von blauem Meer und ziehenden weißen Nebelwolken – sonst nichts.»

«Raum», murmelte sie, «unendlicher Raum in Meer und Himmel, und das alles in Wasserfarben ausgedrückt! Ich muß noch so viel lernen!»

«Als ich nach San Francisco kam», fuhr er fort, «war ich entzückt von den riesigen Gebäuden hoch über Meer und Felsen. Ich habe mich durch dieses fremde Land, das fast so groß ist wie das unsere, hindurchgemalt, bis ich das Meer auf der anderen Seite, die östliche See und diese Stadt erreichte. Hier lebe ich, male unaufhörlich und mische die Farben, um die Bedeutung der Stadt auszudrücken, den Brennpunkt des westlichen Lebens, so schön, so abscheulich, so reich und so gefährlich arm –»

Er unterbrach sich und zuckte die Achseln. «Genug», schloß er. «Sagen Sie mir, was Sie gemalt haben, bevor wir uns trafen. Haben Sie Ihre Mappe mitgebracht?»

«Ich habe es nicht gewagt.»

«Haben Sie Angst vor mir?»

«Natürlich.»

«Das verstehe ich nicht. Ich suche doch auch immer noch.»

«Ja, aber Sie haben Ihre Technik, Ihren Stil.»

«Ich habe niemals meine Technik, meinen Stil. Jedes neue Konzept erfordert seine eigene Technik und seinen eigenen Stil und bringt ihn mit sich. Ein Künstler ist ständig im Fluß, immer bereit für neue Eindrücke.»

«Aber wie soll man anfangen?»

«Beginnen Sie, indem Sie Farben mischen und sie mit dem Pinsel auf das Zeichenpapier auftragen. Ich will es Ihnen zeigen ...»

Er führte sie in den dritten Raum, sein Arbeitszimmer, wie sie bemerkte. An der Wand hing ein unvollendetes Bild von riesigen Ausmaßen. Ein kleineres stand auf einer großen Staffelei. Beide waren unfertig, und beide stellten ein riesiges Theater voller Menschen dar, die den Blick auf eine leuchtende Bühne richteten, auf der Tänzer sich in einem graziösen Ballett bewegten.

«Wie mischen Sie?» fragte sie, fasziniert von den Nuancen von Hell und Dunkel, von Licht und Schatten.

«Ich versetze die Farben mit klarem Wasser», erläuterte er, wählte aus einem Krug voller Pinsel einen aus, tauchte ihn in eine Schale mit klarem Wasser und fuhr mit ihm über einen kühnen Strich Scharlachrot im Mantel einer Frau, dann tupfte er die Feuchtigkeit mit Löschpapier ab. Die harte Kontur wurde weicher, das Scharlachrot ging in tiefes Rosa über und verschmolz mit dem Schatten.

«Dasselbe wiederhole ich vielleicht mehrmals», sagte er, «bis die Schatten genauso sind, wie ich sie haben möchte.»

Das war die erste von vielen Stunden. Schließlich wurde ihr klar, daß er es war, der sie von der Rückkehr nach China, zu ihrem Volk, ihrer Mutter und ihren Schwestern abhielt. Sie begann ihr eigenes Leben zu leben, und er war ihr Lehrer. Dennoch konnte sie nicht Tag und Nacht um ihn sein. Er war berühmt und begehrt, und so mußte er hier und dort erscheinen.

Manchmal reiste er nach Europa. Dann wartete sie allein in ihrem kleinen Appartement in einem niedrigen alten Haus in der Dreißigsten Straße, oder sie wartete sogar in seinem Atelier, wenn er nicht zu spät abends zurückkehrte. Während sie ihn erwartete, betrachtete sie seine Bilder, und endlich begann sie ein eigenes Bild, aber es war ein abstraktes, in dem sich ihre geheime Unruhe und Unentschlossenheit spiegelten. Sollte sie heimkehren, oder sollte sie bleiben?

Aus Tagen wurden Wochen, aus Wochen Monate, und allmählich beantwortete die Frage sich von selbst. Sie verliebte sich in ihn. Wenn er sie nicht liebte, würde sie in die Heimat zurückkehren.

«Wenn, wie Sie sagen, Ihre jüngere Schwester kurz vor der Geburt ihres ersten Kindes steht, so empfehle ich Brühe von einer alten Henne mit aufgekochter Ginsengwurzel», sagte Dr. Tseng.

In Peking war der Sommer gekommen, und die Zeit der Taifune hatte ihren Höhepunkt erreicht. Mächtige Wogen peitschten die Küsten des südlichen Meeres. Ihre Mutter schrieb, Schanghai ertrinke in Sturm- und Regenfluten. Peking lag weiter nördlich im Landesinnern; hier wirbelten heftige Winde den Straßenstaub zu winzigen Zyklonen auf, und die Menschen schlossen ihre Türen und Fenster vor der schweren Luft. Mercy erwartete stündlich ihr Kind, und Dr. Tseng, der durch das unaufhörliche Geschwätz seiner Frau davon erfahren hatte, trug an diesem Morgen Grace Liang seine Gedanken vor.

«Um das beste Resultat zu erzielen», begann er salbungsvoll, «muß man die Ginsengwurzel bei Vollmond ausgraben, und zwar um Mitternacht. Den besten Ginseng findet man in Korea, den schlechtesten in Amerika. Hua T'o, im zweiten Jahrhundert Gott der Chirurgie, führte an seinen Patienten mit Hilfe eines Anästhetikums aus Weinemulsion und Hanf die kühnsten Operationen schmerzlos durch. Es wird berichtet, der berühmte Krieger Kuan Yün sei eines Tages durch einen Pfeil am Oberarm verletzt worden. Er lachte Hua T'o aus, als dieser das Anästhetikum erwähnte, aber dann konnte er tatsächlich Schach spielen, während der Pfeil herausgezogen wurde. Unglücklicherweise kam Hua T'o später ums Leben. Der Eroberer Ts'ao Ts'ao suchte ihn auf, um sich von seinen schrecklichen Kopfschmerzen heilen zu lassen. Hua T'o war gerade dabei, seinen Schädel zu öffnen, als Ts'ao Ts'ao mißtrauisch wurde und befahl, ihn zu enthaupten.

Es ist traurig, aber wahr – nachdem er tot war, verbrannte seine unwissende Frau alle seine Papiere im Küchenherd.»

«Ich glaube, meine Schwester möchte kein Anästhetikum», sagte Grace.

«Aha, das ist sehr löblich. Dann also die Hennenbrühe, und vergessen Sie nicht die Ginsengwurzel.»

Grace beschloß insgeheim, die Wurzel, die hier in der Stadt erhältlich war, selbst auf ihre chemischen Eigenschaften hin zu untersuchen. Darum zog sie sich gleich nach dem Unterricht in das kleine Labor zurück, das man ihr zugewiesen hatte, und machte sich an die Arbeit. Es war Spätnachmittag, und als sie mit ihrer Analyse fertig war, hatten fast alle Ärzte und Studenten das Gebäude verlassen. Sie hatte nichts gefunden, was die Empfehlung Dr. Tsengs rechtfertigen konnte, und kam gerade zu dem Schluß, daß die Ginsengwurzel nutzlos sei, außer für Abergläubige, als sich die Tür öffnete und Liu Peng vor ihr stand.

«Ah, hier sind Sie, Genossin!» rief er. «Ich habe alle Räume und Säle nach Ihnen abgesucht. Dann traf ich den alten Doktor Tseng auf dem Heimweg; er sagte mir, sie hätten heute über die Ginsengwurzel gesprochen, und er habe Ihnen geraten, sie Ihrer Schwester zu geben, die bald niederkommen werde. Ich dachte an Ihre Zweiflernatur und vermutete, daß Sie Ihre eigenen Experimente machen würden, und tatsächlich finde ich Sie hier.»

Sie goß den Rest des Elixiers in einen Topf und warf die Wurzel in den Abfalleimer. «Es ist nichts darin, was bei der Geburt helfen könnte», sagte sie. «Tannin, gelber Enzian, Harz, Stärke und ätherische Öle – das ist alles.»

Sie wollte die Flüssigkeit gerade in den Ausguß schütten, als er sie aufhielt und seine Hand auf ihr Handgelenk legte.

«Warten Sie. Sie haben einen Bestandteil vergessen. Es müßte etwas Ginsenin darin enthalten sein – sehr wenig, aber genug zur Heilung. Es ist doch immer etwas Wahres an unserer Heilkunde.»

Er zog seine Hand nicht gleich zurück, und sie spürte ihr Gewicht; es war eine große, schöngeformte Hand. Schon vor

Monaten waren ihr seine Hände aufgefallen, genauer gesagt, an einem bestimmten Abend, als er sie in ein kleines, altes Restaurant eingeladen hatte, in dem man auf herkömmliche Weise die Ente zubereitete. Es war eine mondhelle Augustnacht im siebenten Monat des Jahres gewesen, und sie hatte ein chinesisches Gewand angezogen, ein langes, schmales, ärmelloses Gewand aus kirschrotem Brokat, mit hohem steifem Kragen. Sie besaß es seit einigen Jahren und hatte es seit ihrer Heimkehr nicht mehr getragen, denn heutzutage trugen nur wenige Frauen in China helle Farben. Sie hatte dabei sogar Bedenken gehabt, denn Liu Peng war politisch sehr gewissenhaft, ja streng. Aber an jenem Abend gab er sich liebenswürdig, und als sie noch ein wenig beim Wein saßen, hatte er sie lange angesehen und dann beinahe sanft gesagt:

«Ich hatte vergessen, wie eine Frau leuchtet, eine schöne Frau in einem langen, roten Gewand.»

«Finden Sie, daß es nicht recht von mir war, es anzuziehen?»

«Nicht, wenn wir allein in einem kleinen alten Restaurant essen und zur gerösteten Ente Schao-hsing-Wein trinken.»

Von jenem Abend an ahnte sie, daß etwas in seinem Herzen vorging, und befragte ihr eigenes. Sollte eines Tages etwas zwischen ihnen sein? Er war überarbeitet und immer beschäftigt, ein moderner Chirurg, kühn und originell, wie sie ihn bei der Operation beobachtet hatte, und er litt furchtbar, wenn er das Ringen mit dem Tod verlor. Aber er war nie im Ausland gewesen. Seine Kenntnisse der westlichen Medizin hatte er in dem großen modernen Krankenhaus hier in Peking erworben, das die Amerikaner der Stadt vor einem halben Jahrhundert geschenkt hatten.

«Der Ginseng ist besser, wenn man ihn eben aufgebrüht hat», sagte er jetzt. «Dann wird er süß. Das ist die Stärke.»

«Ich habe ihn nie gekostet», antwortete sie und zog ihre Hand zurück.

«Seien Sie vorsichtig damit – es heißt, es sei ein Aphrodisiakum.»

Er neckte sie, und sie zog eine Grimasse. «Ich glaube nicht an solche Sachen. Aphrodisiaka nehmen nur solche Leute, die ohnehin nichts anderes als Liebe im Kopf haben.»

«Sie halten also nichts von körperlicher Liebe?»

«Das habe ich nicht gesagt –»

Bevor sie ausreden konnten, hörte sie, wie jemand ihren Namen rief. «Doktor Liang, man sucht Sie im Büro. Ihre Schwester ist zur Niederkunft im Krankenhaus eingetroffen.»

«Oh», sagte sie erschrocken, «ich muß sofort gehen.» Sie lief hinaus, ohne ihn noch einmal anzublicken.

Sechs Stunden später wurde im westlichen Flügel des Krankenhauses ihr Neffe, das Kind Mercys und John Sungs, geboren. Es war ein strammer Junge, rund und lebhaft, und er brüllte vor Ärger, als Grace ihm auf den Hintern klopfte. Die Mutter saß im Bett, schlürfte Hennenbrühe mit Ginseng und lächelte.

«Ich habe meinen Lebenszweck erfüllt», sagte sie. «Ich habe meinem Land einen neuen Staatsbürger geschenkt.»

Madame Liang war tief gerührt, als sie von der Geburt ihres Enkels erfuhr. Eigentlich hatte sie nach Peking reisen wollen, um bei der Geburt zugegen zu sein. Da aber das Kind der Familie des Vaters gehörte, meinte sie, es könne anmaßend erscheinen, wenn sie komme. So sah sie es denn später, als es nach einem Monat zu ihr gebracht wurde. Dennoch feierte sie den Tag auf ihre Art, indem sie ihrer Tochter und dem Kind Geschenke schickte und sich dann für den Rest des Tages in ihre Räume zurückzog.

Hier überließ sie sich ihren Gedanken und Erinnerungen. Denn der Tag war nicht nur ein reiner Freudentag. Während einerseits das Kind geboren worden war, jährte sich am gleichen Tag der Tod ihres alten Freundes, des berühmten Frauendarstellers Mei Lang Fang. Sie erinnerte sich noch an jenen Nachmittag vor vielen Jahren, als sie Mei Lang Fang zum ersten Mal besucht hatte, nachdem sie ihn am Abend zuvor in seiner berühmten Rolle als *Mulan, die Kriegerin* gesehen hatte. Mulan war eine historische Gestalt, die einst alle für einen Mann gehalten hatten, bis nach zwölf Jahren glänzender militärischer Leistungen der Kaiser ihr seine Tochter zur Ehe geben wollte und sie sich als Frau zu erkennen geben mußte.

Es gab in Madame Liangs Leben Erlebnisse, die sie wie Schätze in ihrer Erinnerung bewahrte; ihre Freundschaft mit Mei Lang Fang war eines der kostbarsten Erlebnisse, obgleich ihrer Beziehung nichts Romantisches anhaftete, denn für sie war er weder Mann noch Frau, sondern ganz einfach ein großartiger Mensch. Er hatte ihr die Schönheit der reinen Kunst offenbart; seine weichen Bewegungen, wie «Wind über den Trauerweiden», seine schöne, wohlklingende, hohe Stimme, seine Finger «wie Spargelspitzen» – das alles machte ihn zum größten Frauendarsteller der chinesischen Oper. Ein paarmal hatte sie ihn in seinem Palast besucht, hatte erlesenen Tee mit ihm getrunken und kleines, mit Creme gefülltes Zuckerkonfekt gegessen, das sein tibetanischer Koch zubereitete und das er so gern aß, daß seine Figur stets ein wenig zu füllig war. Dann war sie nicht mehr zu ihm gegangen und hatte nur noch seine Aufführungen besucht.

«In leiblicher Gestalt verwirren Sie mich», hatte sie erklärt.

Er hatte verständnisvoll gelacht. «Es stimmt. Ich bin nur auf der Bühne ganz ich selbst. Aber wenn Sie im Zuschauerraum sind, so bleiben Sie doch einen Augenblick stehen, wenn ich hereinkomme. Ihre Gegenwart wird mich dazu inspirieren, mein Bestes zu geben.»

Sein Bestes war die Perfektion. Die Armbewegungen – er beherrschte über fünfzig –, mit denen er jede Nuance eines Gefühls ausdrücken konnte, die Handbewegungen, die eine bestimmte Tätigkeit bedeuteten – eine Tür von innen oder von außen öffnen, Flüsse durchschwimmen, ein Pferd besteigen, trinken, in ein Fahrzeug steigen, die täglichen Ereignisse des Opernlebens, alles ohne Szenerie – außer einer Stadtmauer – und ohne Requisiten – all das gestaltete er so eindringlich, mit solcher Anmut und Treffsicherheit, daß die Zuschauer vor Begeisterung tobten. Getreu seiner Kunst hatte er dem Drängen der Politiker nicht nachgegeben, sondern hatte weiter wie gewöhnlich gespielt, ohne das Geschrei der Propagandisten zu beachten. Als japanische Eroberer Peking besetzten, hatte er sich geweigert aufzutreten und sich aus Protest einen Bart wachsen lassen, den der Barbier abrasierte, sobald der Staat wieder frei war und das Land dem Volke zurückgegeben wurde.

In seinen letzten Lebensjahren hatte sie ihn immer häufiger in den alten Opern gesehen, in denen Helden und Heldinnen der Geschichte gezeigt wurden, denn in dieser seltsamen und turbulenten Gegenwart war es besonders wichtig, die Vergangenheit lebendig zu erhalten. Und als er dann starb, hatte sie bei dem prunkvollen, von der neuen Regierung angeordneten Staatsbegräbnis in ihrem Herzen wohl am tiefsten um ihn getrauert.

So hatte das Schicksal ihr an diesem Jahrestag, den sie in stillem Gedenken an ihren Freund verbrachte, der ein so großer Künstler und Bewahrer der Tradition war, einen Enkel geschenkt, einen Verkünder der Zukunft. Und niemand wußte genau, was aus ihm werden würde, da er inmitten von gärenden Kräften aufwuchs, deren Einfluß sich nicht vorhersehen ließ, die aber in der Vergangenheit wurzelten. Es schien ihr, als sei mit dem Tod Mei Lang Fangs die Vergangenheit selbst auf der Bühne und in den Legenden abgeschlossen.

In dem großen, kahlen Raum, dem Privatbüro des Ministers, machte sich die Kühle des einbrechenden Winters bemerkbar. Ein Kohlebecken in der Mitte des Raumes glühte, aber schon dicht daneben spürte man seine Hitze fast nicht mehr, und John Sung saß weit davon entfernt, nahe der Tür, genau gegenüber dem Schreibtisch Tschao Tschungs.

«Weigern Sie sich immer noch, die Geheimwaffe gegen die Vereinigten Staaten herzustellen?» fragte Tschao Tschung.

«Ich bitte darum, mich von der Arbeit im Rüstungswesen zu dispensieren», erwiderte John Sung.

Seine ehrlichen dunklen Augen, durch die Linsen seiner Brille vergrößert, waren unverwandt auf das imposante Gesicht vor ihm gerichtet. Der Minister hob ein Papier auf und las es schweigend durch. Nach einer Weile begann er zu sprechen, ohne die Augen zu heben, offenbar ganz vertieft in seine Lektüre.

«Wissen Sie, daß Sie nicht das Recht haben, sich einem Befehl zu widersetzen?»

John Sung antwortete nicht. Er saß reglos, abwartend. Der Minister legte das Papier beiseite und suchte offensichtlich unter dem Stapel auf seinem Schreibtisch nach einem anderen. Inzwischen sprach er weiter:

«Alle wissenschaftlichen Bemühungen müssen sich jetzt auf die Verteidigung konzentrieren. Wir haben unsere Lektion gelernt. Wir, das kultivierteste Volk der Erde, haben uns in den letzten viertausend Jahren durch unsere weisen Männer irreführen lassen. Wir sind überzivilisiert in einer Welt der Barbaren. Vor langer Zeit lehrte man uns, daß der Krieg kein Zeitvertreib zivilisierter Völker sei. Darum hörten wir vor tausend Jahren auf, Feuerwaffen zu entwickeln, weil wir es für unmenschlich und ungeheuerlich hielten, Unschuldige zu töten. Mögen die Krieger mit Breitschwertern kämpfen und sich gegenseitig umbringen, sagten wir, aber Unschuldige dürfen nicht durch Zufall sterben. Darum verboten wir, das Grundprinzip der Rakete anzuwenden, obwohl wir es kannten. Selbst Schießpulver wurde nur für Feuerwerke verwendet. Wir fühlten uns geborgen an unserem Ort unter dem Himmel, als Mittelpunkt eines schützenden Kreises unterworfener Völker, über deren Grenzen wir nicht hinausstießen. Wer hätte gedacht, daß die Barbaren drüben nun selbst Atombomben, Raketenwaffen und alle möglichen todbringenden Chemikalien herstellen würden? Sie als Wissenschaftler kennen ihre Geheimnisse. Können Sie sich tatsächlich weigern, Ihr eigenes Volk zu schützen?»

John Sung erwiderte nichts. Er schwieg beharrlich und blickte den Minister an. Dieser schlug plötzlich mit beiden Handflächen auf den Schreibtisch und schrie kurz und bellend auf.

«Ich weiß, warum Sie die Geheimwaffen nicht herstellen wollen! Sie verhehlen eine verräterische Liebe zu den Amerikanern, unseren schlimmsten Feinden! Die Russen sind zu dumm, als daß wir sie fürchten müßten. Aber die Amerikaner sind nicht dumm. Sie kreisen uns mit ihren Stützpunkten ein. Wir müssen sie vernichten!» Er unterbrach sich und holte Atem.

«Sie hassen uns nicht», entgegnete John Sung ruhig.

«Spielt das eine Rolle, wenn wir sie hassen?» erwiderte der Minister.

«Warum sollten wir das amerikanische Volk hassen?» fragte John Sung.

Er wußte genau, wie gefährlich es war, solche Fragen zu stellen, aber sein Gerechtigkeitsgefühl drängte sie ihm auf. Er hatte seit seiner Kindheit in Amerika bei der Familie seines Onkels, eines Kaufmannes, gelebt. Wenn er an Amerika dachte, sah er jene Massen rechtschaffener, freundlicher Menschen vor sich, die von der Welt nichts wußten, aber neugierig waren und sich gern amüsierten. Er konnte nicht, um sein Leben zu retten, eine Waffe herstellen, die ihrer Vernichtung dienen sollte. So riskierte er seine Sicherheit, aber wie konnte er Mercy seine mißliche Lage schildern, während sie sich an dem Kind freute, um dessentwillen sie in die Heimat zurückgekehrt waren? Wieder schrie der Minister auf ihn ein.

«Warum wir sie hassen sollten? Weil wir die einzig wahre Kultur besitzen! Auch in der Wissenschaft waren wir den anderen voraus – bedenken Sie, daß wir schon zwölfhundert Jahre vor den Europäern das Heckruder erfunden haben! Fock- und Hecksegel im dritten Jahrhundert! Fünfhundert Jahre später das mit Tretrad angetriebene Schaufelrad für Schiffe! Um das zwölfte Jahrhundert Kriegsschiffe mit Rammbug und zwanzig Schaufelrädern – die Briten behaupten, wir hätten ihres nachgemacht, diese Idioten! Im dreizehnten Jahrhundert besaßen wir Schiffe mit fünfzig Kabinen für Passagiere, doppelbeplankte Sechsmaster mit wasserdichten Abteilungen! Erst im vergangenen Jahrhundert bauten dann auch die Barbaren wasserdichte Schotten! Schon vor fünfhundert Jahren hatten wir hundertfünfzig Meter lange Schiffe, wir zogen an Bord frisches Gemüse in Kübeln! Wir befuhren die Hochsee bis Sumatra und Indien! Ich verfluche Konfuzius und alle jene verrückten Heiligen, die uns gegen den Krieg beeinflußten! Haben Sie jemals von Sun Wa gehört, der vor dreitausend Jahren lebte? Nein? Dann lesen Sie seine *Kriegskunst*! ‹Kämpfe nicht, wenn du nicht in Gefahr bist›, schrieb er. Jetzt sind wir bedroht. Sie können besser als alle unsere anderen Wissenschaftler zu unserer Verteidigung beitragen.»

Er schwieg eine Weile atemlos, und auf seinen Lippen standen Speicheltropfen.

«Weigern Sie sich immer noch?» fragte er, als John Sung ihn schweigend anblickte.

«Ja», erwiderte dieser, aber seine Stimme klang ein wenig zaghafter.

«Dann muß man Sie eben – zwingen», sagte der Minister freundlich, sehr freundlich.

John Sung stand auf. «Bin ich entlassen?»

«Vorläufig», erwiderte der Minister, plötzlich gleichgültig.

John Sung trat in das Schlafzimmer, wo seine Frau dem Kind gerade die Brust gab. Sie saß in einem niedrigen Rohrstuhl, die Füße auf einem Schemel. Ein Ölofen westlichen Modells wärmte den Raum, und John Sung spreizte die Hände darüber. Mercy sah lächelnd zu ihm auf.

«Unser Sohn hat schon ein Pfund zugenommen», sagte sie.

«Ich wünschte, du könntest sehen, was für ein Bild ihr beide abgebt», erwiderte er.

Sie sprachen aus Vorsicht englisch miteinander, und in diesem Augenblick wurde ihm klar, daß sie stets bei allem, was sie sagten, das unausgesprochene Gefühl hatten, jemand könne mithören. Da er jetzt sogar fürchtete, daß man sie beobachtete, ging er ans Fenster und zog die Vorhänge zu.

Dann setzte er sich auf den Rand des breiten chinesischen Bettes. Sollte er ihr von seiner Bedrängnis erzählen? Nein, er brachte es nicht über sich. Und wäre es nicht auch vergeblich, da sie doch nicht fliehen konnten? Man würde ihn beschatten, wohin er sich auch wenden mochte. Das Beste war wohl, wenn er seiner Arbeit im Labor weiter nachging! Man hatte ihm großzügig Platz eingeräumt, und er hatte die Kernphysik, zumindest für den Augenblick, aufgegeben, um die Natur der Chromosomen zu erforschen. In anderen Teilen der Welt betrieben Wissenschaftler die gleichen Forschungen, und er hätte viel darum gegeben, von ihren Fortschritten zu erfahren, aber er erhielt keine Informationen. Sein Land war in die traditionelle Isolierung zurückgekehrt. Er überlegte, welche Gefahren diese Isolierung mit sich brachte, denn wie konnte ein modernes Volk in Sicherheit leben, wenn es nicht wußte, was in der übrigen Welt geschah?

Er erinnerte sich an die geschichtlichen Rückblicke des Ministers – das stimmte ja alles, aber es war völlig nutzlos, wenn die Leute hier keine Ahnung hatten, was andere Völker leisteten, und daher auch keine Verteidigung aufbauen konnten.

«Wir wiederholen die gleichen alten Fehler», murmelte er.

«Was sagst du, John?» fragte Mercy.

«Nichts. Gar nichts. Ich dachte nur über etwas nach.»

Sie lachte. «Jetzt weiß ich, daß du zufrieden bist. Du kannst deine Arbeit nicht einmal zu Hause vergessen ... Sieh dir diese kleinen Händchen an! Sind sie nicht reizend? Fühl einmal, wie weich, wie zart sie sind! Wie Rosenblätter ...»

Er stand gehorsam auf, zwang sich, Furcht und Sorgen zu vergessen, kniete neben seiner Frau nieder und nahm die kleine rosa Faust seines Sohnes in die Hand. Als er auf diese winzige menschliche Hand niederblickte, fühlte er zum ersten Mal eine echte Anwandlung von Vatergefühl. Für dieses neue Leben war er verantwortlich. Hatte er das Recht, es schon zu Beginn zu gefährden? Durfte er um diesen Preis das eigene Gewissen beruhigen? Noch vermochte er sich nicht zu entscheiden – nein, jetzt noch nicht!

Das Kind wuchs und gedieh, und das Leben im *hutung* von Peking verlief scheinbar ruhig. Jeder erfüllte seine tägliche Pflicht, offenbar völlig von der Gegenwart in Anspruch genommen. So kam ein kalter, klarer Tag vor dem Ende des Mondjahres, mit blauem Himmel, so blau wie die Ziegel auf den alten Palästen. Dr. Grace Liang lief auf dem zugefrorenen See vor dem ehemaligen kaiserlichen Palast Schlittschuh. Sie bewegte sich anmutig, aber Liu Peng war noch rascher. Er überholte sie, wendete, und sie liefen nebeneinander her, bis sie stolperte. Er hielt sie auf, bevor sie stürzte, und beide blieben stehen.

«Ich habe mir den Knöchel verrenkt», keuchte sie mühsam.

«Hören wir lieber auf», sagte er. «Ich habe außerdem Hunger.»

Sie sprachen chinesisch, denn er verfügte nur über sein Schulenglisch, das er mit irischem Akzent sprach, da sein Lehrer ein Ire gewesen war. Sie hatte darüber gelacht – es war komisch, diesen Akzent von einem Chinesen zu hören. «*Oysters*, nicht *eysters*», hatte sie verbessert.

«And please do not desthroy intirely my poor English», hatte er entgegnet.

Danach hatten sie sich nur auf chinesisch verständigt, und sie merkte, daß er es nicht vertragen konnte, wenn man über ihn lachte.

«Zeigen Sie mir Ihren Knöchel», sagte er jetzt, als sie ihre Schlittschuhe abschnallte.

Sie streckte ihren linken Fuß vor, und er befühlte vorsichtig den Knöchel.

«Das Eis ist rauh», bemerkte sie. «Ich bin über einen Höcker gestolpert.»

«Früher schickte der Kaiser – und später die Kaiserin – Diener hinaus, um das Eis mit heißen Eisen zu glätten», sagte er. «Jetzt haben wir auch keine Diener mehr – nur Genossen.»

Er blickte sie scharf an, sie gab jedoch keine Antwort. «Ihr Fuß ist nicht verrenkt, nur verstaucht. Doktor Tseng wird Ihnen vielleicht das Kraut *T'ien men tung* – wie heißt es noch englisch – *lucidus Asparagus,* glaube ich, verschreiben.»

«Halten Sie wirklich etwas von unseren alten Arzneien?»

«Es ist viel Wahres daran.»

Sie gingen auf ein Restaurant nahe dem See zu, und sie bemühte sich, nicht zu humpeln. Er fuhr fort:

«Nehmen Sie zum Beispiel *ai yen.*»

«Bitteren Wermut?»

«Ich kenne das englische Wort nicht; das Kraut war im Westen verboten, obwohl ich gerade gelesen habe, daß man vor kurzem wieder darauf zurückgekommen ist, weil man entdeckt hat, daß es den Gallenfluß fördert.»

Sie traten in das Restaurant und setzten sich an einen kleinen Ecktisch. Das Lokal war überfüllt, denn es war die Zeit der Nachmittagsmahlzeit, der zweiten und letzten Mahlzeit des Tages, die in dem Restaurant serviert wurde.

«Ich weiß nicht recht, was ich davon halten soll», sagte sie, «aber ich muß sagen –»

«Was sagen?» fragte er, denn sie hatte sich unterbrochen.

«Nun also, Doktor Tseng hat mir geraten, meiner Schwester vor der Geburt des Kindes den Puls zu fühlen; wenn er rasch ging und nicht langsamer wurde, würde es ein Junge werden. Zeigten sich diese Symptome am rechten Handgelenk, so würde es ein Mädchen werden. Nun stellte ich sie am linken Puls fest, und es war tatsächlich ein Junge.»

«Die Menschen leben nicht Tausende von Jahren, ohne etwas zu lernen», antwortete Liu Peng. «Wir sind das älteste und weiseste Volk auf Erden. Dem Westen sind wir auf allen Gebieten überlegen, ausgenommen auf dem der Feuerwaffen. Selbst unser großer Führer Sun Yat-sen hat gesagt, der Chinese könne nur im Bereich der Wissenschaft vom Westen lernen, aber die wahren Grundlagen der Philosophie müsse der Westen von ihm lernen.»

Er sprach mit naiver Überzeugung, wie sie verwundert bemerkte, denn auf seinem schönen Gesicht spiegelte sich ruhige Selbstzufriedenheit. Als sie später am Abend allein in ihrem Zimmer darüber nachdachte, erkannte sie erstaunt, daß dieser Liu Peng, durch und durch Chinese, allein auf Grund dieser Tatsache von seiner Überlegenheit überzeugt war. Aber das ganze Ausmaß dieser Überzeugung begriff sie erst viele Wochen später, und dann machte ihre Mutter sie darauf aufmerksam.

Jetzt lag sie behaglich im Bett und ließ den Tag an sich vorüberziehen. War es möglich, daß sie sich von diesem Liu Peng angezogen fühlte? Sie dachte an seine schöne, kräftige und dennoch anmutige Gestalt, an sein eckiges Gesicht, und zugleich fiel ihr ein, daß die Helden der chinesischen Geschichten stets eckige Gesichter, kühne Augen und feste, volle Lippen hatten. Das also war Liu Pengs Gesicht. Dabei erinnerte sie sich auch an ein anderes Gesicht, Clems, und stellte fest, daß sie schon lange, monatelang, nicht mehr an ihn gedacht hatte. Zwei oder dreimal hatten sie einander geschrieben, dann bekam sie keine Briefe mehr. Wurden sie auf irgendeinen unbekannten Befehl hin abgefangen? Das würde sie nie erfahren, und in dieser Ungewißheit hörte sie auf, zu schreiben.

«Treib den Tiger vorn hinaus und laß durch die Hintertür den Wolf herein», zitierte Madame Liang.

Ihre Tochter Grace war aus Peking zu Besuch herübergekommen, gerade zur selben Zeit, als die russischen Wissenschaftler verärgert China verließen.

«Jetzt merken wir allmählich, was wir getan haben», fuhr sie fort, «und darum wollen wir uns freuen, daß wir auch den Wolf vertrieben haben.»

Grace zog die Augenbrauen in die Höhe. «Und wer ist der Tiger?»

«Die Japaner und die westlichen Imperialisten; und die Russen sind natürlich der Wolf», erwiderte Madame Liang. «Aber ich wußte, daß die Russen nicht bleiben würden, ein so barbarisches Volk, behaart wie die Affen! Wir haben sie all die Jahre lang geduldet – warum, weiß ich nicht. Sie haben die Äußere Mongolei und die Mandschurei eingenommen oder doch zumindest die Oberherrschaft dort ausgeübt. Nun sollen sie gehen.»

«Aber Mutter, so wird uns niemand helfen, die Amerikaner schon ganz gewiß nicht!» widersprach Grace.

«Wir müssen unsere eigenen Talente in die Waagschale werfen», sagte Madame Liang mit fester Stimme, «darum freue ich mich auch, daß mein Schwiegersohn John Sung in die Heimat zurückgekehrt ist. Sein Entschluß, mit unseren Wissenschaftlern zusammenzuarbeiten, war gut. Bald werden wir zum Erstaunen der Welt wieder die Führung auf dem Gebiet der Wissenschaft übernehmen, wie einst.»

«Mutter, ich habe dich nie so – wie soll ich sagen – patriotisch reden hören.»

«Ich bin Chinesin», erklärte Madame Liang. «Ich glaube an unsere Bestimmung. Ich vertraue unserem Schicksal.»

Ihre Tochter hörte etwas verwirrt zu. Als sie später am Abend allein in ihrem Zimmer darüber nachdachte, fiel ihr eine seltsame Ähnlichkeit in der Einstellung ihrer Mutter und aller anderen Chinesen auf: das alte und absolute Vertrauen in die Überlegenheit des Chinesen. Und wenn sie sonst noch so abweichender

Meinung waren, ob Kommunisten oder nicht, hielten sie sich doch alle für den Mittelpunkt der Welt, sowohl im geographischen Sinn als auch im Hinblick auf die Menschheit. Sie fragte sich, ob das anders zu erklären sei als durch Unwissenheit. Aber ihre Mutter war doch weise, kultiviert und liebenswürdig und keineswegs unwissend. Waren das nicht die Attribute der Überlegenheit?

Während sie wach lag und das kühle Mondlicht schräg auf den Boden fiel, lachte sie leise in sich hinein. Konnte irgendeine Macht, eine menschliche oder eine natürliche, ein Volk vernichten, das sich für unzerstörbar hielt, Jahrtausende lang daran geglaubt hatte und an diesem Glauben vielleicht ewig festhalten würde? War das nicht die Bürgschaft für das Leben, den «Ewigen Weg»?

Am selben Tag, als Grace aus Peking zurückkehrte, suchte Liu Peng sie auf. Er lief ihr im langen Mittelgang des Krankenhauses nach, und als sie sich umdrehte und ihn neben sich sah, zog er sie in ein leeres Klassenzimmer.

«Großartige Nachrichten!» rief er. «Die Russen sind fort! Wie Diebe sind sie davongeschlichen!»

«Vielleicht freuen Sie sich zu früh; sie haben uns schließlich geholfen.»

«Was heißt hier ‹zu früh›?» fragte er. «Es kann nicht zwei Sonnen am Himmel geben. Wir können uns nicht weiter vor den Russen beugen. Der Vorsitzende hat recht. Es muß eine klare Linie gezogen werden. Koexistenz ist ein Wunschtraum. Einer muß immer oben sein. Und das sind wir von jeher gewesen.»

«Sie auch!» rief sie aus. «Sie und meine Mutter!»

«Wieso ich auch?» fragte er.

«Sie benutzen den Kommunismus ebenfalls als Werkzeug, um Ihre Überzeugung als Chinese auszudrücken – ein Werkzeug anstatt einer Ideologie! Genau dasselbe taten die Kaiser damals, als China der Nabel der Welt war – zumindest in unseren Augen.»

«Was meinen Sie mit ‹zumindest in unseren Augen›?»

«Unser Land war niemals der Mittelpunkt der Welt, das bildeten wir uns nur ein.»

«Was ist mit Ihnen los? Sind Sie für Chruschtschow? Für die Koexistenz?»

«Nein, nur für die Wahrheit.»

«Aber natürlich sind wir von jeher Mittelpunkt der Welt gewesen! Mit uns konnte sich niemand messen. Die ganze Welt wollte mit uns handeln. Unser Einfluß erstreckte sich über alle vier Ozeane! Auch heute noch will die ganze Welt mit uns Handel treiben, und wieder fürchtet uns die Welt. Alle Länder um uns her werden unserem Einfluß erliegen, genau wie früher. Auch unter dem Kommunismus werden alle uns zum Führer erküren.»

«Das alte Konzept – die große Einheit!» spottete sie.

«Warum nicht?» fragte er.

Plötzlich ärgerte sie sich über ihn; seine Auffassung war absurd, mittelalterlich, er selbst war alles andere als der moderne Mensch, für den er sich hielt. Aber hinter der Aufwallung des Ärgers fühlte sie sich mit einer neuen, unwiderstehlichen Kraft zu ihm hingezogen. Seine schwarzen Augen glänzten, sein breiter Mund war fest; er war ganz Ernst und Feuer. Was für ein Fieber erwachte da in ihrem Blut?

«Sie – Sie sind auch Chinesin», sagte Liu Peng. «Sie verstehen unser Volk sehr gut. Und wenn Sie es nicht verstehen, will ich es Ihnen beibringen. Ich werde Sie zwingen. Ja, Sie haben recht gehört. Gegenwärtig ist der Kommunismus unser Werkzeug, aber sein Sinn bleibt unverändert. Die Macht liegt in unseren Händen. Was unser war, wird uns Stück um Stück zurückgegeben werden. Die tributpflichtigen Länder werden uns wieder Tribute zahlen. Unter unserer Führung wird sich alles harmonisch vereinen. Und wir gewinnen kampflos, wie zuvor. Die wenigen hochentwickelten Völker sind unsere jüngeren Brüder. Sie überlassen sich unserer Führung. Dann wird der Große Friede kommen. Sie und ich stehen nicht in feindlichen Lagern, sondern auf derselben Seite. Ich will nicht, daß Sie von mir getrennt sind. Wir stehen zusammen, Sie und ich. Wir sind Chinesen!»

Sie versuchte zu lachen, sie versuchte zu sagen, er meine wohl, sie solle an seiner Seite stehen, wo immer er sei, und sie könne diese untergeordnete Stellung nicht annehmen. Sie hatte die Welt jenseits der Grenzen Chinas gesehen. Sie kannte Amerika. Aber sie konnte nicht lachen, sie konnte nicht sprechen. Sein Gesicht kam ihrem ganz nahe. Sein glühender Blick senkte sich in ihren. Er nahm ihre Hände in die seinen und preßte sie gegen seine Brust.

«Spreche ich die Wahrheit?» fragte er.

«Ja», erwiderte sie flüsternd.

Sie trennten sich eilig, um ihre täglichen Aufgaben zu erfüllen, und während der Arbeit prüfte sie ihre Gefühle. Ja, vielleicht war sie verliebt, aber wie wenig wußte sie von dem Mann, den sie liebte, und wie wenig kannte er sie! Ja, sie war Chinesin, aber eine Chinesin, die weit über jene Randzonen der tributpflichtigen Länder hinaus gereist war. Liu Peng wußte nichts von der Welt, wie sie heute war, und wollte auch nichts von ihr wissen. Die ungeheuren Verpflichtungen der Liebe beunruhigten sie. Natürlich mußte sie ihn irgendwie informieren und ihm die Wirklichkeit nahebringen. Er war jung; er war hochintelligent; er würde die Wahrheit erkennen, wenn sie sie ihm enthüllte. Ihre Mutter hingegen war nicht mehr jung und mochte ruhig an den Tröstungen der Illusion festhalten.

Zu diesem Entschluß kam sie im Laufe des Morgens, während der alte Dr. Tseng die Tageslektion herunterleierte.

«Bei der Akupunktur müssen auch das Wetter und die Mondphasen berücksichtigt werden. An einem schönen Tag, wenn die Sonne scheint, fließt das Blut auch leicht durch den menschlichen Körper, der Speichel ist frei, der Atem geht mühelos. An kalten, wolkigen Tagen fließt das Blut dick und langsam, der Atem geht schwer, und der Speichel ist belegt. Bei zunehmendem Mond sind Blut und Atem kräftig. Bei abnehmendem Mond sind Blut und Atem schwach. Darum sollte man die Akupunktur nur an schönen warmen Tagen vornehmen, bei zunehmendem Mond oder noch besser, bei Vollmond.»

«Interessant», bemerkte Grace dazu, «im Westen hat man durch bioklimatische Forschungen festgestellt, daß Herzanfälle an kalten, wolkigen Tagen häufiger auftreten.»

Dr. Tseng blätterte eine Seite seines in blaues Tuch gebundenen Buches um. «O ja, gewiß haben die Barbaren jenseits der vier Meere von unseren Wissenschaftlern erfahren», sagte er gleichgültig.

«Sie sind zu Zwangsarbeit auf dem Lande verurteilt», schloß der Minister.

John Sung rückte auf seinem Stuhl hin und her. Der Holzstuhl, auf dem er saß, erschien ihm plötzlich unerträglich hart. Er räusperte sich.

«Es gibt noch einen weiteren Grund, warum ich die wissenschaftliche Forschung meide, zu der Sie mich zwingen wollen, Herr Minister. Ich beschäftige mich zur Zeit mit Genetik.»

«Sie sind Wissenschaftler, und alle wissenschaftlichen Prinzipien sind sich gleich.»

John Sung gab keine Antwort. Diesem Mann zu widersprechen, hatte keinen Sinn; sich mit dem Minister in einen Streit einzulassen aber wäre gefährlich gewesen. Er würde eben einfach nicht nachgeben. Sein Schweigen versetzte Tschao Tschung in Wut.

«Ihr Wissenschaftler!» schrie er. «Ihr mit Euren politischen Einstellungen! Ihr verleugnet genau die Grundsätze, die der Vorsitzende unter Einsatz seines Lebens festigen will!»

John Sung bewahrte hartnäckig Geduld. «Die Wissenschaft verlangt vor allem einen forschenden Geist. Wir sind dazu berufen, zu beobachten, zu prüfen und erst dann Schlüsse zu ziehen, wenn die Resultate begründet und erwiesen sind.»

«Es gibt Dinge, die wir so akzeptieren müssen, wie sie proklamiert werden!»

«Nicht für einen Wissenschaftler!»

«Dann können wir den Wissenschaftler eben nicht akzeptieren!»

«Ob man ihn akzeptiert oder nicht – damit ändert man ihn

nicht. Sein Ziel ist die unveräußerliche, unwandelbare Wahrheit.»

«Sie sind zu Zwangsarbeit auf einem abgelegenen Feld verurteilt!»

Die Stimme des Ministers war jetzt ein Brüllen.

«Wann reise ich ab?» fragte John Sung und stand auf.

«Morgen früh!»

John Sung verneigte sich und wollte gerade gehen. An der Tür jedoch blieb er stehen, drehte sich um und sah den Minister an.

«Jeder dient seinem Land auf seine Weise», sagte er.

Sobald sie allein in ihrem Zimmer waren, berichtete er seiner Frau, was vorgefallen war. Das Kind saß auf einer Matte am Boden und spielte mit einem Tonspielzeug. Mercy hatte den Kleinen im Wohnzimmer im Arm gehalten, aber als John eintrat, sah sie gleich, daß er ihr etwas zu sagen hatte. Jetzt war es heraus. Sie hatte das Kind auf den Boden gesetzt und sich ihrem Mann zugewandt.

«Ich werde zur Zwangsarbeit verschickt.»

Ihr Atem stockte; er sah, daß ihr Gesicht aschfahl wurde, und ihre Stimme klang dünn und scharf.

«Man hat dich beschuldigt?»

«Weil ich mich weigere, an Vernichtungsmitteln gegen die Amerikaner zu arbeiten.»

Er beschrieb ihr den Plan, nach dem die Wasserquellen in den Vereinigten Staaten, die Flüsse, die Reservoirs, die Bäche, an denen das Vieh weidete, vergiftet werden sollten. Angesichts solcher Gründe für seine Weigerung, den zentralen Mächten zu gehorchen, war sie machtlos.

«Nein, natürlich kannst du das nicht tun. Ich verstehe, daß du das ablehnen mußtest – natürlich! Ich bin stolz auf dich – aber ich fühle mich schuldig.»

«Schuldig?»

«Ich habe darauf gedrängt, daß wir hierherkommen, damit das Kind . . .»

Sie biß sich auf die Lippen; er legte den Arm um sie und hob mit der anderen Hand ihr Gesicht zu sich empor.

«Jeder dient der Heimat, wie er das für richtig hält. Bereue nichts.»

Sie standen eine endlose Weile da, und er sah ihr tief in die Augen. Dann aber wurde ihm der Gedanke, daß sie sich vielleicht jahrelang nicht sehen würden, unerträglich; er ließ sie los und sank in einen Rohrstuhl.

«An eine moderne Wohnung ist zunächst nicht zu denken», sagte er.

Sie wünschten sich jetzt, da das Kind da war, eigene vier Wände, und sie hatte gemeint, warum nicht eine wirklich moderne Wohnung in einem der acht- oder zehnstöckigen Appartementhäuser aus Ziegeln, wie sie erst vor kurzem außerhalb des Stadtzentrums erbaut worden waren? Man hatte die alten Stadtmauern abgerissen, Bäume gepflanzt, und sie stellte sich so etwas wie eine amerikanische Vorstadt Pekings vor.

«Du mußt bei deiner Schwester bleiben», fuhr er fort, «oder zu deiner Mutter nach Schanghai fahren.»

«Ich bleibe hier», antwortete sie. «So kann ich wenigstens Musikunterricht geben, um mir die Zeit zu vertreiben.»

Tränen traten ihr in die Augen, und er versuchte sie zu trösten. «Damit leistest du unserem Land gewiß einen guten Dienst», sagte er.

Aber es war noch zu früh für Tröstungen. Seine Stimme klang hohl, das bemerkte er selbst, und als ihre Blicke sich trafen, schluchzte sie plötzlich laut auf und warf sich in seine Arme.

«Die Preise sind so hoch, daß man sie nicht mehr bezahlen kann», klagte Tschu San.

Madame Liang seufzte. «Der Himmel hat uns einen Fluch auferlegt.»

Der Tag schien wie jeder andere. Und doch war jeder Tag in kaum merklichem Grad schlimmer als der vorherige. Das Volk, blind vor Glauben und Hoffnung, war getäuscht worden. Im vergangenen Jahr hatten die Oberen wichtige Entscheidungen getroffen. Sie hatte ihnen mißtraut und es sogar gewagt, dieses Mißtrauen gegenüber Tschao Tschung zu äußern.

«Wir Chinesen sind nicht wie die Leute draußen», hatte sie gesagt. «Die anderen vertrauen auf ihre Erfindungen, aber wir vertrauen auf unser Land.»

«Wir werden auf beides bauen», hatte Tschao Tschung mit seiner gewohnten Zuversicht verkündet, «auf unsere Erfindungen und unser Land. Wir werden einen doppelten Sprung vorwärts tun, in Industrie und Landwirtschaft, und zwar gleichzeitig.»

Darauf hatte sie zweifelnd geschwiegen. Während Monate vergingen, beobachtete sie mit wachsender Bestürzung, wie die tapferen Bauern und andere Leute der unteren Schichten sich eifrig bemühten, in kleinen, selbstgebauten Öfen in Hinterhöfen oder auf den Tennen Eisenerz zu schmelzen. Beunruhigt sah sie zu, wie die Bauern in Kommunen zusammengetrieben wurden.

«Der alte Li ist da und bittet um etwas zu essen», fuhr Tschu San fort.

Sie saß gerade am Frühstückstisch, schob aber sogleich die Teller beiseite.

«Führ ihn herein», befahl sie.

Tschu San ging hinaus, und sie blieb tief bedrückt sitzen und wartete. Sie wußte inzwischen, daß auch ihre eigene Familie von einem schweren Schlag getroffen worden war. Tschao Tschung, der einzige, dem sie vertraute, hatte, ohne ihr ein Wort zu sagen, den Mann ihrer Tochter zu Zwangsarbeit verurteilt. Was für eine Verschwendung, sagte sie sich betrübt, einen Mann mit seinen Geistesgaben zu körperlicher Arbeit heranzuziehen! Schuf der Himmel nicht viele verschiedene Menschen? Darum sollte jeder seine Aufgabe haben. Die Alten hatten recht gehabt; sie hatten ihre Gelehrten so hoch geschätzt, daß sie ihnen jede manuelle Arbeit verboten, damit ihr Geist nicht ebenso müde wurde wie ihr Körper.

Leise öffnete sich die Tür, und der alte Li, ein Bauer, stand da, blinzelnd und lächelnd. Er war im Laufe der Jahre, seit sie ihn zuletzt auf seinem kleinen Stück Land vor der Stadt gesehen hatte, sehr gealtert. Sie war ihm zum ersten Mal während der japanischen Besetzung begegnet, als sie mit Tschu San die Bauernhöfe vor der Stadt aufgesucht hatte, um Eier und Geflügel für das Restaurant zu besorgen. Damals war er ein selbstbewußter Bauer gewesen, der einzig darüber klagte, daß die japanischen Soldaten ein paar Tage zuvor seine versteckten Kornvorräte entdeckt hatten. Damals ein Mann mittleren Alters mit frischem Gesicht, erschien er jetzt mager, zerlumpt und alt.

«Setz dich», sagte sie, und zu Tschu San gewandt: «Sag Tschu Ma, sie möchte noch eine Schale und ein Paar Eßstäbchen bringen.»

«Ich wage es nicht, ich wage ja nicht», sagte der alte Li mit bäuerlicher Ehrerbietung, aber sein Blick hing an dem heißen Reisbrei im hölzernen Napf und an den Schüsseln mit gesalzenen Eiern, Fischen und heißem Kringelgebäck.

«Wie könnte ich essen, wenn du nicht mitißt?» erwiderte Madame Liang mit gleicher Höflichkeit.

Als sie nun sein gelbes, durchfurchtes Gesicht und seine glanzlosen, eingesunkenen Augen sah, wies sie ihm gebieterisch seinen Platz neben ihr am Tisch, und nachdem er ihrer Aufforderung schüchtern und verlegen nachgekommen war, neigte sie sich zu ihm und sagte leise: «Erzähl mir alles, was du durchgemacht hast.»

Da er ihr, wie allen anderen, vertraute, begann er leise zu berichten.

«Sie kennen mich, Herrin, ich bin ein einfacher Mann wie alle meine Vorfahren. In vielen Generationen konnte keiner von uns ein Buch lesen oder dachte auch nur daran. Uns hat der Himmel auf das Land gesetzt, und da sind wir geblieben. Aber auf unsere Weise ging es uns gut. Zur Zeit meines Urgroßvaters konnten wir ein kleines Stück Land kaufen. Seitdem kaufte jede Generation einigen Boden hinzu; beim Tode meines Vaters hatten wir siebzehn Morgen, und ich wünschte mir, es in dieser Generation bis auf zwanzig zu bringen. Da ich der einzige Sohn bin, stellte ich ein paar Männer ein, die noch ärmer waren als ich und die mir pflügen halfen, bis meine eigenen Söhne heranwuchsen und mehr tun konnten als den Wasserbüffel auf die Weide führen. Wer hätte gedacht, daß solche Zeiten über uns kommen, daß die Leute, die ich einstellte, sich gegen mich wenden und mich einen Grundbesitzer nennen würden, den man verachten muß?» Er sah mit dem zitternden kleinen Bart am Kinn so mitleiderregend aus, daß Madame Liang ihn zu trösten versuchte.

«Sie haben sich gegen dich gewandt, weil sie selbst kein Land besaßen. Aber was ist mit deinen Söhnen?»

«Die haben mich auch verlassen», sagte der Alte betrübt. «Sie gingen zur Schule, und jetzt wandern sie überall herum und verkünden die Wunder der heutigen Zeit. Sie behaupten, ich sei nicht mehr ihr Vater, ich, der ich sie aus diesen Lenden erzeugt habe!»

Er klatschte sich auf die ausgemergelten Schenkel unter seiner verblichenen blauen Baumwollhose und ließ den Kopf hängen. Tschu Ma kam mit Schale und Stäbchen herein, legte ihm auf und ging wieder hinaus.

«Iß», drängte ihn Madame Liang. «Heißes Essen stärkt die Seele.»

Um ihn zu ermutigen, nahm sie die eigenen Stäbchen wieder auf. Er aß eine kurze Zeitlang, wobei er sich bemühte, seinen Hunger zu verbergen. Als er seine Schale geleert hatte, füllte sie sie nach, ohne Tschu Ma hereinzurufen. Nachdem er auf diese Weise drei Schalen und auch die kleinen Schüsseln auf ihr Zureden fast geleert hatte, legte er seine Stäbchen hin und begann wieder zu reden.

«Wir finden keine Ruhe, nicht einmal für eine Stunde, wir Leute auf dem Lande, wir mit den alten hundert Namen», sagte er. «Wahrhaftig, unsere Körper sind durch die schwere Arbeit nur noch Haut und Knochen. Tagsüber pflügen, säen und ernten wir gemeinsam, eine Armee von Männern und Frauen. Nachts versuchen wir Eisen herzustellen. Aber wie können wir Eisen machen? Dazu sind wir nicht bestimmt. Wenn Leute etwas tun, wozu sie nicht bestimmt sind, dann mißlingt es ihnen.» Er beugte sich vor und sprach noch leiser, damit niemand als sie ihn hören konnte.

«Dieses Jahr wird es keine Ernte geben. Ebenso wie das Eisen, das wir herstellen, nutzlos ist, bringt das Land keine Ernte hervor. Viele arbeiten, aber das Land ist ihnen fremd. Sie säen zu flach oder zu tief, und die Erde nährt den Samen nicht, und so stirbt er. Im nächsten Jahr, Herrin, wird das ganze Volk Hunger leiden. Ich trage diese Lumpen und muß sie tragen, weil man kein Tuch kaufen kann! Es gibt nicht einmal genügend Faden und Nadeln, und wer spinnt und webt denn noch? In zwei Jahren werden die Leute verzweifelt sein, und was wird dann aus *Jenen*?»

«Sie werden sich ändern», entgegnete Madame Liang. «Im tiefsten Herzen wissen sie, daß der Wille des Volkes der Wille des Himmels ist.»

«Stürme werden kommen», fuhr der Alte fort, ohne ihren Einwurf zu beachten. «An manchen Orten wird Regen fallen, und an anderen Orten wird monatelang Dürre herrschen. Was wir anbauen, werden die Heuschrecken fressen, und unsere Felder werden kahl sein. Der Himmel zürnt. Viele Leute werden nach Hongkong flüchten. Mit ihnen dieser einfache Mann. Ich habe nichts zu verkaufen, keine Eier, kein Geflügel, kein Schweinefleisch und keinen Kohl. Selbst unter den japanischen Tyrannen war ich nicht so arm. Aber wie steht's mit Ihnen, Herrin?»

«Ich werde bleiben. Ich bin immer geblieben», erwiderte Madame Liang.

John Sung lag schlaflos in seinem schmalen Bett, das aus einigen über zwei Holzbänke gelegten Brettern bestand. Er war Sprungfedermatratzen gewohnt, und er wußte auch, daß sein Körper durch den amerikanischen Komfort verweichlicht worden war. Jetzt schmerzte ihn jeder Muskel, als würde er ihm von den Knochen gerissen. Bei Tagesanbruch würden die Bauern, mit denen er hier stationiert war, mit Glockengeläut und Pfiffen auf den Feldern versammelt werden. Wieder mußte er sich insgeheim eingestehen, daß diese brutale Methode, den Intellektuellen schwere körperliche Arbeit aufzuerlegen, auch eine gewisse Berechtigung hatte. Im Augenblick eine Verschwendung, aber eine Notwendigkeit, wenn aus diesen riesigen Volksmassen von siebenhundert Millionen, von denen drei Viertel Bauern waren, eine moderne Nation geschmiedet werden sollte. Hier in der Dunkelheit, kurz vor der Morgendämmerung, während er mit den Hüftknochen die Bretter spürte, gab er zu, daß er selbst bisher nicht einmal eine Hacke in die Hand genommen und noch nie einen Hammer geschwungen hatte, um einen Nagel einzuschlagen. In seiner Kindheit, daheim in China-town in San Francisco, hatte seine altmodische chinesische Tante ihm nicht einmal erlaubt, in dem kleinen Gemüsegarten im Hinterhof zu arbeiten oder ihr im Hause zu helfen.

«Das ist Frauenarbeit», hatte sie hartnäckig behauptet. «Du bist der Sohn, du mußt deine Bücher lesen.»

Eine solche Absonderung der Intellektuellen von den Bauern, und das seit Jahrhunderten, mußte unweigerlich eine Elite hervorbringen, die sich überhaupt nicht um das Volk kümmerte und daher das Haupthindernis bei der Schaffung einer Nation war.

Der Vorsitzende, selbst ein Bauernsohn, hatte gleich zu Anfang angeordnet, Gelehrte und Studenten sollten auch lernen, mit eigenen Händen zu arbeiten. Johns Hände waren schon mit Blasen bedeckt. Die Hacke mit langem Stiel, gewiß ein Fortschritt gegenüber der früheren kurzstieligen, hatte seine allzu zarte Haut aufgerieben. An der rechten Hand waren die Blasen geplatzt und begannen zu eitern.

«Genosse, du hältst deine Hacke zu fest», hatte der junge Bauer, der neben ihm arbeitete, tags zuvor gesagt. «Wenn du die Hacke zu fest hältst, rächt sie sich. Sieh mich an . . .» Er hatte seine Hacke hoch geschwungen und ließ sie dann, gleichsam durch ihr eigenes Gewicht, in die Erde schlagen.

Jetzt kroch das Licht des kommenden Tages durch die Ritzen der Holzwände. Männer rührten sich und stöhnten im Schlaf. Hier und dort richtete sich einer auf und starrte verwirrt um sich. Alle sind verwirrt, dachte John Sung, und keiner mehr als ich. Die Veränderungen verwirrten sie, große einschneidende Veränderungen wie die Trennung von Eltern und Kindern, der Alten von den Jungen, der Männer von den Frauen; alle lebten getrennt, jeder von jedem, und so erwachten sie ganz benommen an diesem neuen Tag der schweren Arbeit und der Versprechungen. Was für Versprechungen! Er hörte, wie sie von den heiseren Stimmen begeisterter junger Kader ausgerufen wurden.

«Mit der Produktionsbrigade begründen wir die Volkskommune! Genossen, ihr werdet euren Lohn erhalten! Kein Hunger mehr. Keine Not! Alles für alle!»

Er antwortete darauf mit standhaftem Schweigen: Es ist alles zum Scheitern verurteilt! Sie gehen von falschen Voraussetzungen aus. Die menschliche Natur läßt sich nicht bezwingen, und der Mensch denkt, lebt und arbeitet für sich selbst. Belohnungen waren unabdinglich, und heute gab es keine.

Die Sonne stieg zum Horizont auf. Glocken läuteten und scharfe Pfiffe ertönten. Die Männer sprangen auf und zogen sich an. In fünfzehn Minuten, der ihnen zugemessenen Zeit, hatten sich die Bauern in Reih und Glied aufgestellt. Die Brigaden- und Mannschaftsführer schrien, und die Männer marschierten auf die Felder. Die sorglosen, behaglichen Zeiten waren vorbei, die Tage, da benachbarte Bauern zu zweit oder zu dritt, schwatzend und lachend und die kurze Bambuspfeife rauchend, auf ihre eigenen Felder gingen. Jene Tage, die Jahrtausende lang gedauert hatten, waren nun vorbei. Fünfhundert Millionen Bauern, Männer und Frauen, marschierten wie Soldaten auf die Felder, die ihnen nicht mehr gehörten, und mit ihnen marschierte John Sung. Dennoch war alles zum Scheitern verurteilt. Unter dem niederdrückenden Gefühl des auf ihm lastenden Schicksals nahm er seine Hacke auf – einer in einer endlosen Reihe.

Die Uhr im Wohnzimmer des Hauses in Peking zeigte beinahe auf Mitternacht, als John Sungs Tag zu Ende ging. Alle Uhren im ganzen Land zeigten jetzt die gleiche Zeit an, denn so hatte es der Vorsitzende bestimmt, damit das Land und alle seine Bewohner eine Einheit bildeten, die im gleichen Rhythmus und unter den gleichen Bedingungen lebte. Dabei hatte Jen Yu-ti in seinem offiziell anerkannten Buch *Die Geographie Chinas* geschrieben:

«Im Osten Chinas geht die Sonne vier Stunden früher auf als im Westen. Wenn der Ussuri im äußersten Osten des Landes in den goldenen Strahlen der Morgensonne liegt, ist es in Tienschan und im Pamirgebiet im fernen Westen noch Nacht.»

Mercy trat nach ihrer Tagesarbeit ins Zimmer und blickte auf ihre Armbanduhr. Eigentlich war es jetzt genau zwanzig Minuten nach sechs. Eine Tür öffnete sich, und eine ältliche Frau mit einem Baby auf dem Arm kam herein.

«Der kleine Herr hat nicht ein einziges Mal geschrien, während Sie fort waren», sagte sie stolz.

Das Baby streckte die Arme nach seiner Mutter aus, und sie nahm es und drückte es an sich.

«Ist Post gekommen?» fragte sie.

Diese Frage wiederholte sie täglich, obwohl sie im Laufe von fünf Monaten nur einmal eine bejahende Antwort erhalten hatte.

«Ein Brief von Ihrer ehrenwerten Mutter in Schanghai», sagte die Frau. «Hier, ich habe ihn an meiner Brust aufbewahrt.»

Sie gab Mercy den Brief, und während sie aus einer heißen Kanne, die stets bereit stand, Tee einschenkte und ihrer Herrin eine Schale reichte, sprach sie weiter.

«Die Nahrungsmittel werden immer teurer, Herrin. Schweinefleisch kostet viermal so viel wie letztes Jahr. Wenn die Dürre weiter anhält, gibt es bald nichts mehr zu essen. Das Land trocknet aus, und der Wind trägt die Erde fort.»

Mercy gab keine Antwort. Sie las gierig den Brief. Hatte ihre Mutter etwas erreicht oder nicht? Niemand besaß die stille Macht ihrer Mutter. War ihre Mutter nicht unbesiegbar? Sie beschaffte Nahrungsmittel, wenn niemand sonst wußte, wo er etwas auftreiben konnte. Das große Restaurant war besser besucht als je. Sie überflog die senkrechten Zeilen mit der überaus feinen Pinselschrift ihrer Mutter auf den Blättern aus dünnem Reispapier.

«Wie versprochen habe ich mit einer Person über die andere gesprochen. Er ist bereit, nachzuprüfen, was man tun kann, um die Zeit abzukürzen oder die Bedingungen zu bessern. Mehr konnte ich nicht erreichen. Dann lobte er deinen Musikunterricht. Er möchte deine Schule der staatlichen Universität anschließen, damit sie nicht als individualistisches Unternehmen mißbilligt wird. Ich brauche dir nicht zu sagen, daß es in unserer gegenwärtigen Lage allgemein nützlich wäre, alles Erdenkliche zu tun, um den Wünschen von oben entgegenzukommen.»

Sie faltete das Blatt zusammen und steckte es in ihre Tasche. Ihre ältere Schwester durfte, wenn sie heimkam, nicht erfahren, daß sie ihre Mutter gebeten hatte, sich für John Sung zu verwenden. Zwischen den beiden Schwestern wurde die Kluft immer tiefer. Grace, verliebt in Liu Peng, sah in den Machthabern nichts Böses. Sie kritisierte sogar, daß ihre Schwester es nicht abwarten konnte, ihren Mann wieder bei sich zu haben. Am

Abend zuvor war es zur offenen Auseinandersetzung gekommen, so daß beide, ohne ihre Gedanken zu Ende zu führen, verstummten, um die gegenseitigen Beschuldigungen nicht fortzusetzen. Grace, die ältere, hatte das Gespräch kurzerhand abgebrochen und gesagt, daß sie sich als Schwestern nicht streiten dürften.

«Wenn wir, die Töchter unserer Mutter, uns nicht einig werden können, dann sollen wir über die Sache lieber Schweigen bewahren.»

Als Grace jetzt am Ende des Tages in das Zimmer kam, in dem Mercy wartete, war sie fest entschlossen, höflich zu sein. Sie waren aufeinander angewiesen, und außerdem verbanden sie Kindheitserinnerungen. Dennoch waren sich beide der Unstimmigkeiten bewußt. Ein paar Augenblicke vereinte sie die einhellige Bewunderung für den gesunden kleinen Jungen, der auf dem Schoß seiner Mutter saß und mit ihrem goldenen Armband spielte. Dieses Armband gab nun erneuten Anlaß, ihre Meinungsverschiedenheit auszutragen. Ihre Mutter hatte ihnen zum Abschluß der Mittelschule in Schanghai, bevor sie nach Amerika gingen, die gleichen Armbänder geschenkt.

«Wo hast du denn dein Armband, Schwester?» fragte Mercy jetzt.

«Ich habe es weggelegt», antwortete Grace.

«Warum?»

«Ich fand, es paßte irgendwie nicht.»

«Zu den Zeiten, meinst du?»

«Vielleicht.»

Mercy lachte. «Oder paßt es Liu Peng nicht?»

Grace lachte nicht. «Und stört dich das?» fragte sie betont ruhig.

«Nicht im geringsten», entgegnete Mercy leichthin, «nur ...» Sie brach ab, aber Grace zwang sie, weiterzureden. «Nur ... was?»

«Nichts – außer – außer, daß du dich verändert hast, seit du ihn kennengelernt hast.»

«Ich bemerke keine Veränderung an mir, und wenn, dann nur zum Besten. Ich verstehe jetzt vieles klarer als vorher.»

«Was zum Beispiel?»

«Warum unsere Regierung so handelt, wie sie es gegenwärtig tut.»

«Auch daß sie ihren besten Männern Zwangsarbeit auferlegt?»

«Ja, auch daß sie Männern wie John Sung Zwangsarbeit auferlegt, wenn du darauf hinaus willst. *Ein* Mann darf keine Ausnahme sein! Das ist gegen das System. Der Individualismus breitet sich aus wie eine Krankheit. Wenn man John erlaubt, eine ihm zugewiesene Aufgabe abzulehnen, wen kann man dann überhaupt noch zu einer Arbeit zwingen? Wir müssen zusammenarbeiten wie ein großes nationales Team, eine feste Einheit, um unseren Platz in der modernen Welt zu behaupten. Jeder Mann, jede Frau eignet sich für eine bestimmte Position. Wir können das ganze Gefüge nicht erkennen, aber die oben, die Planenden sehen das.»

Mercys dunkle Augen füllten sich mit Tränen. «Das bringt mir meinen Mann nicht wieder!»

«Wir dürfen nicht an persönliche Gefühle denken – niemand von uns darf das.»

Mercy wurde plötzlich ärgerlich. Ihre Tränen versiegten. Sie nahm das Baby an sich und ging rasch zur Tür.

«Ich möchte nur wissen, was Clem jetzt von dir denken würde», rief sie. «Ich kann mir nicht vorstellen, daß du ihm so noch gefallen würdest!»

Damit ging sie hinaus. Grace blieb reglos sitzen. Clem? Sie hatte schon monatelang nicht mehr an ihn gedacht, und ihr wurde klar, daß Liu Peng sie von allen Menschen isoliert hatte und sie weiter isolierte. Aus Anziehung war jetzt Liebe geworden, ein ebenso persönliches Gefühl wie das, was sie Mercy vorgeworfen hatte. Sie rief sich ihre Begegnungen ins Gedächtnis zurück, seit sie sich eines Abends plötzlich ganz impulsiv geküßt hatten. Dreimal hatten sie sich inzwischen gesehen, aber jedesmal im Beisein anderer. War die Zärtlichkeit in seiner Stimme, die Wärme in seinem Blick nur Einbildung gewesen? Er hatte wenig gesprochen, bloße Arbeitsanleitungen, aber seine innere Kraft, die Macht seiner unterdrückten Persönlichkeit, war gleichsam in elektrischen Wellen zu ihr hinübergeströmt. Sie war die äußerste Beherrschung des Chinesen nicht gewohnt, und dadurch wirkte seine Gegenwart nur noch erregender. Ihre Einbildungskraft, unbehindert durch irgendwelche Worte oder Handlungen Lius, entzündete sich von neuem. Wie einfach, ja fast kindlich, hatte dagegen Clem gewirkt – Clem, harmlos, offen, so bereit, ihre Hand zu nehmen, seine Bewunderung zu zeigen, seine Gedanken mitzuteilen. Sie beschloß, noch zurückhaltender, noch ruhiger zu werden, sich gegen ihre Vorgesetzten noch respektvoller und gegen ihre Untergebenen noch distanzierter zu verhalten, sich Liu Pengs würdiger zu erweisen und sich mit der Philosophie und Politik des Vorsitzenden zu befassen. Was für ein Mann war das, dieser eine, auf dem das gesamte Gebäude von siebenhundert Millionen Menschen ruhte?

Sie sah Liu Peng erst eine ganze Woche später, und dann zufällig, auf einem Gang. Er blieb stehen, als sei er überrascht, sie zu sehen, und sie hielt ebenfalls an, wußte aber nicht, ob er das von ihr erwartete. So standen sie einen Augenblick im raschen Strom der vorbeigehenden Studenten und verwirrten Patienten reglos einander gegenüber und wußten beide nicht, was sie sagen sollten. Da besann sie sich wieder auf ihren Vorsatz und benutzte ihn als Vorwand – obwohl es ganz gewiß ein sinnvoller war –, um den Abschied hinauszuschieben.

«Ich möchte mehr erfahren», sagte sie ernst.

«Wovon?» fragte er.

«Von den Grundsätzen des Vorsitzenden», erwiderte sie und improvisierte, während sie redete. «Seine Zukunftspläne, was er erreichen möchte . . .»

«Lesen Sie seine Bücher und seine Gedichte», erwiderte Liu Peng, wie ihr schien, kühl.

Sie zog sich innerlich stolz von ihm zurück.

«Danke», sagte sie und wollte gerade weitergehen, als er sie beim Handgelenk faßte.

«Bleiben Sie», sagte er leise. «Wann können wir uns treffen?»

«Wo und wann Sie wollen», antwortete sie. «Ich wohne, wie Sie wissen, mit meiner Schwester zusammen, im *hutung* Drei Füchse.»

«Heute abend nach der Arbeit, um neun», sagte er und ließ sie los.

Sie trennten sich, und sie eilte ins Labor, bestürzt, als sie merkte, daß sie den festen Griff seiner Hand um ihr Handgelenk nicht vergessen konnte. Sie hätte schwören können, daß der Puls in diesem Handgelenk rascher schlug als gewöhnlich, und der Tag wollte kein Ende nehmen. Der alte Dr. Tseng sagte seine Lektion wie üblich monoton herunter, nachdem er, wie durch einen sonderbaren Zufall, entschieden hatte, über die verschiedenen Pulse des Körpers zu sprechen.

«Der Puls kann dem aufmerksamen Arzt sogar den nahen Tod ankündigen», erklärte er.

Er kam jeden Tag mit seiner Thermosflasche voll heißem Tee, und jetzt goß er ihn in eine Tasse und schlürfte ihn geräuschvoll.

Danach räusperte er sich und schneuzte sich, und zwar erst das eine Nasenloch und dann das andere, mit einem viereckigen Papiertuch, das er in den Papierkorb warf. Er fuhr fort:

«Wenn der Herzpulsschlag schwächer wird, wenn er unaufhörlich platzt wie die Samen einer Wasserlilie, wird das Gesicht des Patienten dunkelrot, das Haar an seinem Körper wird spröde, und der Tod naht.

Wenn der Puls der Lunge nicht mehr leicht und federartig geht, wird die Haut blaßrot, das Haar am Körper brüchig, und der Tod naht.

Wenn der Puls der Niere –»

«O bitte, hören Sie auf», flehte Grace. «Gibt es denn zwischen diesen vielen Pulsen keine Übereinstimmung?»

«Gewiß gibt es eine Übereinstimmung im ganzen menschlichen Körper», erklärte der alte Arzt würdevoll. «Innerhalb dieser Einheit unterscheiden wir drei Hauptpulsgruppen. Jede Gruppe zerfällt wiederum in zwei, die äußere und die innere. Diese wiederum bestehen aus sieben und acht Teilen ...»

Als an diesem Abend Liu Peng ankam und Mercy und dem kleinen Jungen vorgestellt wurde, kam man auf die Pulse zu sprechen. Grace gab amüsiert die Ausführungen des alten Arztes wieder, aber Liu Peng lachte nicht mit.

«Lachen Sie nur», sagte er, «aber es spricht vieles für die Pulsdiagnose. Westliche Ärzte, die unsere Pulstheorie erforscht und angewandt haben, bestätigen, daß sie auf diese Weise sehr genaue Diagnosen stellen können, deren Richtigkeit durch klinische Untersuchungen bewiesen wurde.»

Sie wartete, daß er diesen Gedanken weiter erläuterte, aber er streckte plötzlich die Hände aus und nahm Mercy das Kind vom Arm. Der Kleine blickte ihn zweifelnd an und zog schon die Mundwinkel herab, um zu weinen. Liu Peng umschmeichelte ihn mit Lächeln und besänftigenden Worten, bis das Kind sich mit ihm abfand. Dann setzte er es auf seine Knie und begann ohne Einleitung über die Gefahr der Geburtenkontrolle zu reden, wobei er in das reizende Gesicht des Jungen blickte.

«Denken Sie doch, was für ein Verlust für unsere Nation, wenn dieses Kind nicht geboren wäre! Wie, wenn die Mutter seine Geburt verhindert hätte, in der irrigen Vorstellung, daß sie ihrem Land als Parteiangehörige, Kommunen- oder Brigadenführerin nützlicher wäre? Statt dessen hat sie dieses prächtige Kind geboren. Sehen Sie diese langen Ohren – ein Zeichen für Intelligenz, ebenso wie der gewölbte Hinterkopf. Ich war mit den Bevölkerungstheorien Ma Yin-chus und seiner Mahnung, die Einwohnerzahl unseres Landes zu beschränken, nie einverstanden. Und es empört mich besonders, daß die Geburtenkontrolle ausgerechnet von unseren intellektuellen Arbeitern praktiziert wird, deren Hirne wir brauchen und die sich vermehren sollen, anstatt eben dies zu verhindern. Unser Vorsitzender hat recht.

Wir brauchen mehr Menschen, nicht weniger. Menschen sind der Schatz unserer Nation.

Ich überrede meine Patienten stets dazu, Kinder zu zeugen. Planen, ja, das ist wichtig, denn wir brauchen mehr gesunde Kinder, aber auf jeden Fall Kinder!»

Seine durchdringenden schwarzen Augen wurden so sanft, wie Grace sie noch nie gesehen hatte. Dieser Mann vermochte also Zärtlichkeit zu empfinden! Er sah Mercy an und lächelte. «Mögen Sie noch mehr Kinder gebären», sagte er liebenswürdig.

Mercy machte sich die Gelegenheit zunutze. «Das ist ziemlich unwahrscheinlich, da mein Mann weit fort von hier in einer Bauernkommune arbeitet.»

«Ist das möglich?» fragte er Grace überrascht.

«Es stimmt.»

«Dann darf es nicht sein», erwiderte er.

Als Mercy hinausgegangen war, da das Kind vor Hunger weinerlich wurde, war er unruhig. «Gehen wir hinaus», schlug er vor. «Der Mond scheint hell, es wird noch einen Monat lang keinen Regen geben.»

Sie folgte ihm in den Hof, und dort fragte er sie unter einem Pflaumenbaum mit reifenden Früchten unvermittelt, ob sie ihn heiraten wolle. Sie erwartete, daß er ihr seine Liebe gestehen werde, aber er sprach nicht von Liebe.

«Laß uns bald heiraten», sagte er, «damit wir ebenso schöne Kinder haben wie das deiner Schwester. Wir werden zusammen heldenhafte Söhne für unser Land zeugen.»

Sie wartete immer noch, doch es kam kein Zeichen, kein Wort der Liebe. Ihr wurde kalt ums Herz. Wenn er nicht davon sprach, wollte sie es auch nicht tun.

«Heiraten?» fragte sie schließlich. «Ich weiß nicht recht. Laß mich ein bis zwei Jahre, vielleicht sogar länger, unserem Volk dienen, so wie ich bin.»

Um keinen Preis der Welt hätte sie den Schrei ihres Herzens laut geäußert: «Aber liebst du mich denn?» So blieb der Schrei unausgesprochen und ohne Echo.

Inzwischen wickelte er ein Paket aus, das er mitgebracht hatte, und sagte:

«Hier sind Bücher. Lies sie. Du erfährst darin vom Vorsitzenden – von seinem Leben und seinem Wesen. Und du wirst sehen, warum wir ihm folgen.»

«Danke», erwiderte sie.

Das also war der Zweck seines Besuches gewesen.

«China kann nur dann erobert werden», las sie an jenem Abend, als sie allein war, «wenn alle Bewohner der Provinz Hunan tot sind.»

Das war ein Sprichwort, das sie in ihrer Kindheit oft von ihrem Vater gehört hatte. Er war für sie jetzt nur noch eine undeutliche Gestalt, ein schöner, feuriger Mann, schwungvoll und leidenschaftlich, wie man es den Hunanesen nachsagte, die so gern Pfeffer aßen; und sie entdeckte diese Eigenschaften ihrer Vorfahren auch in sich, wenngleich eingedämmt und gezügelt durch die Erziehung ihrer Mutter. Daß der Vorsitzende in Hunan geboren war, brachte ihn ihr näher. Als Sohn eines Bauern mit Grundbesitz hatte er dennoch lesen gelernt; seine Jugend fiel in die aufrührerische Epoche Sun Yat-sens und seines stellvertretenden Kommandeurs Huang Hsing. Die Provinz war damals ein Wirrwarr geheimer Gesellschaften; Huang Hsing schloß ein Bündnis mit ihrem Oberhaupt, Ma Fu-i, um die Bauern aufzuwiegeln, und zettelte Bombenanschläge auf die höchsten Beamten in den Städten an. Ihre Pläne wurden jedoch entdeckt und vereitelt.

In dieser gärenden Stimmung der Revolution wuchs der spätere Vorsitzende heran. Sie las zwei Gedichte, die er vor kurzem bei seiner Rückkehr in sein Heimatdorf geschrieben hatte:

«Weil sie sich opfern, opfern zu vielen, erstarkt ihr Wille,
wagt Befehle an Sonne und Mond: schafft neue Tage.
Freudenblick: Reis und Bohnen, ein tausendfaches Gewoge;
rings im Lande die Helden, herab im Abenddunst.»

Vor Jahren, als junger Mann, hatte er geschrieben:

«Berg, der aufsteigt, aufgestockt neben dem Jangtse-Ufer; Höhenweg aufwärts, Grün an Grün, die vierhundert Windungen. Kalt läßt der Blick hinüber zum Meer, die Ansicht der Welt ...»

Sie las seine vielen Gedichte wieder und wieder und studierte seine Essays und seine Autobiographie. Die Gedichte empfand sie als echtesten Ausdruck seines Wesens. Sie fühlte sich zu diesem Mann, den sie nie gesehen hatte und wahrscheinlich auch nie sehen würde, in ihrem tiefsten Wesen hingezogen und stellte sich vor, Liu Peng sei sein Abbild, und wenn sie den einen verstehe, lerne sie zugleich auch den anderen kennen. Außerdem gab ihr diese Lektüre endlosen Gesprächsstoff für ihre gemeinsamen Stunden mit Liu Peng. Sie entdeckte in dem zurückhaltenden jungen Arzt eine leidenschaftliche Hingabe für den älteren Mann und eine Bereitschaft, seine Verehrung in Worten mitzuteilen, die er sonst vielleicht nicht ausgesprochen hätte.

«Wo hast du den Vorsitzenden zum ersten Mal gesehen?» fragte sie eines Tages.

Frühling und Sommer waren vorbei, es wurde Herbst, und in allen Höfen der Stadt standen die Chrysanthemen in Blüte.

Es war ein Feiertag, und sie und Liu Peng hatten sich am Tor des Himmlischen Friedens verabredet, um den von Bäumen gesäumten Boulevard am Großen Platz hinunterzugehen. Im Norden lagen die Paläste der Vergangenheit mit ihren königsblauen Ziegeldächern, zinnoberroten Pfeilern, rosa Mauern und weißen Marmorbrücken.

«Gehen wir lieber fort von diesem modernen Boulevard», sagte sie jetzt. Die Herbstsonne, an einem Himmel so blau wie die Palastdächer, schien glänzend auf diese alte Szenerie, und sie traten auf Fliesen, die bereits vor Christi Geburt gelegt worden waren.

«Aber ich gehe lieber auf dem Boulevard», sagte Liu Peng trotzig.

«Warum?» fragte sie.

Sie war heiter und fröhlich, in einer Stimmung, die sie von Amerika her gewöhnt war, seit ihrer Rückkehr jedoch selten empfunden hatte. Zu viele Veränderungen waren über China hinweggegangen, während sie fort gewesen war; es war nicht mehr dasselbe Land, das sie als junges Mädchen verlassen hatte; die Leute wirkten verschlossener, ernster und angespannter, als sie sie in Erinnerung hatte. Aber als sie jetzt um die Mittagszeit vor dem Herbstfest neben Liu Peng herging, entspannte sie sich und war einfach glücklich. Am liebsten hätte sie ihre Hand in seinen Arm gelegt, aber sie unterließ es. Die Zwanglosigkeit, die auf amerikanischen Straßen herrschte, war hier nicht erlaubt. Es schien seltsam genug, daß die Pärchen hier nebeneinander hergingen wie sie neben Peng, ohne sich zu berühren. Dennoch ließen heute die stille Herbstluft, die Wärme der Sonne und ihre allgemeine Zufriedenheit mit der Arbeit ein Glücksgefühl in ihr aufkommen.

Sie arbeitete jetzt unter Dr. Tsengs Anleitung am blauen Eisenhut, *Aconitum fischeri, Fu-tse,* wie er ihn nannte, und am kletternden Eisenhut, *Aconitum uncinatum* oder *Ts'ao wut'ou,* einem Kraut, das giftiges Aconitin enthielt. Das erste war, sorgfältig dosiert, zubereitet und angewandt, gut gegen Erkältungen, Husten und Fieber; das zweite, mit rohem Eiweiß vermischt, als Breiumschlag geeignet. Wenn man die Maße jedoch nur im geringsten falsch berechnete, wirkte die Dosis wie pures Gift.

Das war nur ein kleiner Teil von den zahllosen Heilkräutern, die Dr. Tseng ihr erklärte und deren Wirkung er ihr an seinen Patienten demonstrierte. Zu dieser Freude an einer zufriedenstellenden, anregenden Arbeit kam noch eine tiefere Freude, das Bewußtsein, daß sie in Liu Peng verliebt war. Sie, in allem, was sie tat, eine Entdeckerin, mußte jetzt durch ihre Liebe zu diesem Mann, der eine so starke Anziehungskraft auf sie ausübte, die Liebe erkunden. Das war nicht leicht, denn er hielt sich zurück, auch wenn sie zusammen waren, selbst heute, da ihre Sehnsucht nach einer Berührung so stark wurde, daß er dieses Verlangen gleichsam wie eine elektrische Spannung empfinden mußte, mit der ihr Körper geladen war. Aber er redete und redete nur, und sie konnte ihn über dem Rauschen des Blutes, das fiebernd vor Liebe und Begehren durch ihre Adern lief, kaum hören. Aber seine Stimme fuhr unverändert fort.

Sie traten in einen alten, der Öffentlichkeit zugänglichen Palast und wanderten durch reichausgestattete Räume, er immer noch redend, während in ihren Ohren nur einzelne Worte wie «schlechte Jahreszeit», «beunruhigender Aufstand in Hunan» nachhallten. Und wenn sie nun einfach seine Hand faßte, die an seinem Körper herabhing, dicht neben ihrer eigenen? Aber das durfte sie nicht, wenn sie nicht riskieren wollte, daß er sie zurückwies.

Sie hatten einen kleinen kahlen Raum in einem abgelegenen Flügel des Palastes erreicht, und jetzt bemerkte sie, daß sie allein waren. Unwillkürlich blieb sie stehen und wandte sich plötzlich mit flehendem Blick nach ihm um. Sie sah, wie sein Blick sich veränderte und sein Gesicht errötete. Ohne ein Wort zu sagen, legte er die Arme um sie, und im gleichen Augenblick lagen ihre Lippen auf den seinen. Er zog sich auch nicht rasch zurück. Sie spürte die Wärme seines Körpers durch das Baumwolljackett, roch den frischen Seifengeruch und genoß die leidenschaftliche Freude dieses Augenblicks. Dann löste er seine Lippen von den ihren, hielt sie aber immer noch umschlungen und blickte auf sie nieder.

«Ich habe noch nie zuvor eine Frau geküßt», sagte er leise. «Man liest solche Dinge – und fragt sich. Jetzt weiß ich es.»

«Was?» fragte sie.

«Was es bedeutet.»

Auf der anderen Seite der Welt, in New York, war ebenfalls ein schöner Tag. Hsuan feierte die Eröffnung seiner Ausstellung in der führenden Galerie der Stadt. Seine Vernissagen waren immer Ereignisse, und auch heute drängten sich die Menschen in der Galerie. In Künstlerkreisen hatte es sich herumgesprochen, daß der berühmte Maler neue Techniken entwickelt hatte, und Sammler und Kunstliebhaber waren aus dem ganzen Land gekommen. Mr. und Mrs. Brandon, Neulinge als Sammler moderner chinesischer Malerei, waren eigens von San Francisco hergeflogen und kamen jetzt herein. Ihre Blicke schweiften suchend durch die vollen Räume. Sie waren ein ansehnliches Paar in den späten Fünfzigern, und es umgab sie ein Flair des Wohlstandes und angenehmer Selbstzufriedenheit.

«Ich sehe weder Hsuan noch Joy», sagte Mr. Brandon gerade.

«Wie kann man in solchem Gedränge überhaupt jemanden sehen?» fragte Mrs. Brandon.

In diesem Augenblick wurden sie von Joy entdeckt. Sie, die gewöhnlich westliche Kleidung trug, hatte heute ein langes, enganliegendes chinesisches Gewand aus apfelgrünem Brokat angezogen; sie hatte ihre Tante in Hongkong schon vor Monaten gebeten, es ihr zu diesem Anlaß zu schicken.

«Sie sind gekommen», rief sie erfreut, als sie die Brandons erblickte, und Mrs. Brandon schloß sie fest und herzlich in die Arme.

«Wir hätten uns dieses Ereignis um keinen Preis der Welt entgehen lassen», erklärte sie.

Mr. Brandon nahm Joys Hand in seine beiden Hände.

«Wie geht's dir, Joy? Hübsch wie immer, wie ich sehe! Wo

sind Hsuans neue Bilder? Ich habe gehört, er male jetzt abstrakt.»

Joy lachte. «Aber auf chinesische Art!» Sie machte sich los und fuhr fort: «Sie wissen ja, wir chinesischen Maler sind auf unsere Weise immer abstrakt gewesen. Wir kopieren nie die Natur. Wir betrachten und meditieren, und dann gehen wir nach Hause und malen das Ergebnis unserer Meditation. Das ist dann die Essenz dessen, was wir als Realität gesehen haben.»

«Wie geht es deiner lieben Mutter?» fragte Mrs. Brandon, die sich noch nie für Gespräche über Kunst interessiert hatte.

Joy wurde sogleich ernst. «Ich habe von ihnen allen seit Monaten nichts gehört. Auch meine Tante in Hongkong hat keine Nachricht.»

«Es heißt, in unserem geliebten China stehe es nicht zum besten», bemerkte Mr. Brandon.

«Was haben Sie gehört, Mr. Brandon?» fragte Joy beunruhigt.

«Mißernten, in einigen Gebieten Dürre und in anderen Überschwemmungen – Versagen der Kommunen.»

«O nein!»

Jetzt hatte Hsuan sie bemerkt. Er drängte sich sanft, aber energisch durch die sich hin- und herschiebende Menge, lächelte höflich, schüttelte die Hände, die sich ausstreckten, um seine zu drücken, und gelangte so, stets gewandt und verbindlich, an Joys Seite.

«Wie gütig von Ihnen, daß Sie von so weit hergekommen sind», murmelte er, indem er Mr. Brandon die rechte und Mrs. Brandon die linke Hand hinstreckte. «Ich freue mich, ja, ich freue mich sehr. Vor allen Dingen möchte ich Ihnen meine neuen einfarbigen Bilder zeigen. Kommen Sie bitte mit. Ich habe sie im westlichen Fügel nebeneinander hängen lassen.»

«Hsuan», rief Joy, «Onkel Brandon sagt, daheim in China stehe es schlecht – Hungersnot, Überschwemmungen und keine Ernte!»

«Was wäre auch anderes zu erwarten?» fragte der Maler gelassen. «Der Himmel zürnt.» Damit machte er diesem Thema ein Ende und deutete an, daß es ihm nicht recht war, wenn Joy bei einem solchen Anlaß wie einer erfolgreichen Ausstellung seiner Bilder Katastrophen erwähnte. Jetzt wandte er sich mit seinem liebenswürdigen Lächeln an Mrs. Brandon.

«Ich verbiete es mir, mich mit politischen Angelegenheiten zu befassen. Wie es in unserem berühmten *Buch der Wandlungen* heißt:

«‹Hat der Edle etwas zu unternehmen und will voraus, so geht er irre; doch folgt er nach, so findet er Leitung.›

Darum, liebe Freunde, folge ich. Aber ich will diese weisen Worte doch zu Ende zitieren. Die beiden nächsten Zeilen heißen:

‹Fördernd ist es, im Westen und Süden Freunde zu finden,
ruhige Beharrlichkeit bringt Heil.›»

Er überging mit der erlesenen Höflichkeit der Chinesen die vorletzte Zeile, die lautet: «. . . im Osten und Norden der Freunde zu entraten», obwohl er wußte, daß keinem Amerikaner daran etwas auffallen würde, und bezweifelte, daß seine «kleine Joy», wie er sie nannte, das *Buch der Wandlungen* jemals gelesen hatte. Aber sein Gefühl für Schicklichkeit war so ausgeprägt, daß er zu allen Zeiten, ob allein oder in Gesellschaft, sein Verhalten nicht veränderte.

«Bitte kommen Sie jetzt», sagte er mit ruhiger Autorität. «Gehen wir zum westlichen Flügel. Ich möchte, daß Sie meine abstrakten Bilder sehen, bevor zu viele davon verkauft sind.»

Sein Englisch war grammatikalisch korrekt, aber er hatte einen durchaus persönlichen Akzent und betonte oft die falsche Silbe. Als er am Abend vorher zu Joy gesagt hatte: «Wirklich, ich *ver*ehre Sie», hatte sie nur gelächelt und zunächst nicht ganz begriffen, was er sagte; erst hinterher war ihr die Bedeutung seiner Worte aufgegangen. Das Verb selbst war zwar alltäglich und eigentlich fast bedeutungslos, wenn Amerikaner es gebrauchten, denn sie drückten damit ganz einfach aus, daß sie etwas mochten, seien es nun die Grübchen auf einem Gesicht oder Diamanten. Hsuan jedoch war Purist, und sie wußte, daß er dieses Wort anstatt «lieben» verwendete, das er gewiß für unziemlich intim hielt. Seit er sich so erklärt hatte, befand sie sich in einem ihr selbst unbegreiflichen Seelenzustand, denn sie wußte, wie ernst seine Erklärung zu nehmen war, da in jedem Wort, das er aussprach, Unter- und Obertöne mitschwangen und es darum nur die Kernbedeutung seiner Mitteilung wiedergab. Meister und Schüler hatten ihre Beziehung streng formell gehalten. Dennoch verheimlichte sie sich keineswegs, daß sie leidenschaftliche Gefühle für ihn empfand, eine Mischung von der Liebe, die sie für ihren Vater empfunden haben könnte, an den sie sich nur undeutlich erinnerte, und der schwärmerischen Liebe, die sie einem jungen Mann ihres Alters entgegengebracht hätte, und sie kannte sich gut genug, um zu wissen, daß sie nur mit einem Künstler und unter Künstlern glücklich sein konnte. Als er daher am Abend zuvor seine Gefühle der Verehrung in so einfachen, aber bedeutungsvollen Worten ausgedrückt hatte, war sie ernst und aufgewühlt gewesen. Sie hatten gerade sein kleines abstraktes Bild mit dem Titel «Morgendämmerung» an einen engen Platz zwischen Tür und Wand im westlichen Flügel gehängt. Es war sein letztes Bild, und er hatte zuerst beschlossen, es nicht aufzuhängen, damit der Raum nicht zu überfüllt wirkte. Aber sie hatte ihm zugeredet.

«Es ist eines Ihrer besten», hatte sie gedrängt. «Es erinnert mich an den Sonnenaufgang über dem Lu-Gebirge in der Provinz Kiangsi. Ich stand damals als Kind immer früh auf und betrachtete allein den zuerst rosa und dann golden schimmernden Himmel. Sie haben diese sich verändernden Farben eingefangen.»

Er hatte sie angestarrt; seine kleinen schwarzen Augen blickten zuerst überrascht, dann milderte sich ihr Ausdruck und wurde zärtlich. Fast abrupt, doch mit sanfter Stimme hatte er gesagt: «Ich *ver*ehre Sie!»

Heute abend, wenn die Menschen alle gegangen waren und sie allein blieben, würde er doch wohl weitersprechen?

Sie befanden sich jetzt im westlichen Flügel und gingen von Bild zu Bild. Es standen nicht viele Leute hier, denn die meisten zogen die realistischen Arbeiten vor; so waren sie bis auf ein paar langhaarige Studenten und ihre miniberockten Freundinnen allein mit den Brandons, und Joy schwieg und hörte Hsuan zu. Er blieb bei seinen Erklärungen ernst, beinahe abwehrend, als müsse er sich verteidigen.

«Ich versuche die Stimmung der Welt so einzufangen, wie ich sie empfinde», sagte er gerade zu Mr. Brandon. «Glauben Sie mir, Realismus bekundet sich nicht mehr in Gegenständen, nicht einmal in Personen. Er ist in den elektrischen Wellen, jenen Partikeln, aus denen die Gefühle der Menschen bestehen, die überall von unserer Erdkugel in den Raum aufsteigen. Ich versuche, dieses Aufsteigen, diese Schwingungen durch Farbe und Bewegung auszudrücken.»

«Aha, ich verstehe», murmelte Mr. Brandon. Er setzte seine Brille auf und betrachtete das Bild, ein Gemisch miteinander verwobener, kontrastierender und doch harmonisierender Farben, die deutlich sichtbar Bewegung ausdrückten.

«Eine großartige Leistung», verkündete er, «aber sie geht über den Horizont der meisten Leute.»

«Meinen Sie?» fragte Hsuan ein wenig entmutigt.

«Da bin ich ganz sicher», sagte Mr. Brandon bestimmt. «Trotzdem möchte ich das Bild haben. Ich möchte damit leben. Vielleicht haben Sie darin, ohne es zu wissen, den Geist Ihrer Heimat ausgedrückt.»

An diesem Abend, als alle fort waren, gingen Meister und Schülerin in ein nahe gelegenes chinesisches Restaurant, um über den vergangenen Tag zu sprechen. Die Eröffnung war ein großer Erfolg gewesen, aber von den Abstrakten waren außer dem Bild, das Mr. Brandon erworben hatte, nur wenige verkauft worden. Junge Männer und Frauen hatten sich nach den Preisen erkundigt und waren dann seufzend weitergegangen, aber Hsuan war nicht nur ein großer Künstler, sondern auch ein guter Geschäftsmann und hatte die Seufzer überhört.

«Das kleine Bild an der Tür», hatte Joy schmeichelnd gesagt, «können wir nicht mit seinem Preis ein wenig heruntergehen? Der junge Mann mit dem Bart steht schon eine Stunde lang davor. Er kann sich gar nicht davon trennen.»

Hsuan antwortete unerschütterlich: «Ich verkaufe mich nicht billig – vor allem nicht an junge Männer mit Bart!»

Später war das Bild zum vollen Preis an eine ältliche Frau mit Brillanten an den Fingern und an den Ohren verkauft worden.

Jetzt saßen Hsuan und Joy im chinesischen Restaurant, das zu dieser späten Stunde fast leer war, und lächelten einander über den Tisch hinweg zu. Ja, der Tag hatte großen Erfolg eingebracht; viele Bilder waren verkauft worden; die Kritiker äußerten Respekt bis vorsichtige Begeisterung, und Meister und Schüler genossen jetzt die wohltuende Entspannung. Joy blickte in Hsuans rundliches Gesicht, und er setzte die Brille auf und erwiderte ihren Blick eindringlich.

«Stimmt etwas nicht mit mir?» fragte sie unschuldig.

«Im Gegenteil», erwiderte er. «Ich inspiziere nur die junge Frau, die ich zu heiraten beabsichtige.»

Sie war verblüfft über seine Direktheit, konnte nichts erwidern, und ihr hübscher Mund blieb leicht geöffnet. Er legte die Brille ins Etui zurück, steckte das Etui in die Tasche und lächelte sie wieder an. Dann wurde er ernst und sagte mit feierlicher Stimme:

«Ich habe mir viele Jahre lang Vorwürfe gemacht, weil ich die Heirat ablehnte, die meine Eltern für mich arrangiert hatten, als ich noch zur Schule ging. Damals vertrat ich revolutionäre Ideen und verlangte die Freiheit, mir meine Frau selbst auszusuchen. Meine Eltern waren traurig, denn sie wünschten sich Enkel. Außerdem meinten sie, in der Jugend gelinge es einem am seltensten, eine gute Frau zu finden, und ich war ihr einziger Sohn. Aber ich blieb so hartherzig, wie nur die Jungen sein können.

Ach, wie konnte ich vorhersehen, daß die Regierung unseres Landes eines Tages durch so junge und törichte Leute wie mich zerstört werden und danach der Kommunismus unser Volk in seine scharfen Klauen bekommen würde. Da ich wußte, daß ich zum Maler geboren war, schob ich damals alle Gedanken an die Ehe beiseite und floh nach Amerika, wo ein Künstler noch unabhängig und in Frieden leben kann. Aber um eine Frau zu finden, braucht man Zeit, und ich hatte keine Zeit. Zuerst mußte ich es selbst zum Erfolg bringen. Das habe ich nun erreicht. Und jetzt habe ich durch einen glücklichen Zufall, ohne Zeit zu verlieren, die Frau gefunden, die ich mir so lange gewünscht habe. Das bist du!»

Am liebsten hätte sie gerufen: «Natürlich werde ich deine Frau! Ich habe all diese Monate lang, da wir nur Meister und Schülerin waren, darauf gewartet.» Und fast hätte sie gelacht, weil er so seltsam war und so anders als jeder, den sie bisher kennengelernt hatte; er blieb stets und in allen Umständen ganz er selbst. Er wäre auch dann ganz er selbst gewesen, wenn er sein Heimatdorf nie verlassen hätte.

Amerika hatte ihn nicht im geringsten verändert, außer daß er sich hier die englische Sprache aneignete, in der er seine völlig chinesischen Gedanken ausdrückte. Sie hätte ihm ihre Hand über den Tisch entgegenstrecken mögen, aber sie beherrschte sich, weil eine so freie Geste ihn vielleicht verletzt hätte, und antwortete ernst und bescheiden: «Es ist mir eine Ehre, deine Frau zu werden.»

Zu ihrer Überraschung kam jetzt seine rechte Hand über den Tisch und lag wartend da, die Handfläche nach oben gekehrt, und nun legte sie ihre kleine Rechte in seine offene Hand und fühlte, wie seine Finger sich um sie schlossen.

Die kümmerliche Ernte wurde von den Herbststürmen vernichtet. Der Zorn des Himmels hatte in dem scheinbar endlos sich hinziehenden Jahr nicht nachgelassen. Man hatte die Bauern mit Versprechungen oder mit Gewalt in Kommunen zusammengetrieben. Tausende und aber Tausende hatten in Reih und Glied die Reisfelder im Süden und die Weizenfelder im Norden gepflügt; sie hatten die Reissämlinge zur rechten Zeit ausgesetzt und den Weizen zur rechten Zeit gesät, aber die Ernte fiel spärlich aus. Als es hätte regnen sollen, blieb es trocken, und strahlende Sonne verhärtete den Boden; als dann endlich der Regen kam, löste er eine Katastrophe aus; er stürzte in gewaltigen Güssen nieder und überflutete die bereits schlammigen Felder. Alte Bauern murrten und sagten, der Himmel zürne.

«Weil wir heutzutage keinen Kaiser haben, der im Himmelstempel für uns die Andacht verrichtet», murmelten sie.

Jetzt, da die Reisfelder golden für die Ernte stehen sollten, beugten sich die leeren Hülsen unter unzeitigen Winden und Regen. Der Frost kam früh, und der Himmel war ständig dunkel. Unter der Erde hörte man ein seltsames Grollen, und hier und da bebte sie. Niemand konnte sich die Mißernte erklären, denn man hatte voller Hoffnung und Eifer gesät. Jetzt war die Hoffnung erloschen, und der Eifer wich der Verzweiflung. Vergeblich liefen die jungen Anführer von einem zum anderen und versuchten mit allen Mitteln, die zweifelnden Bauern zu ermutigen.

An einem Tag zu Winteranfang in jenem dunklen Jahr saß John Sung im Kreise der Bauern, mit denen er in einem strohgedeckten Bauernhaus mit Lehmwänden in einem Dorf im Norden lebte. Regen lief von den Dachrinnen auf die Tenne im Hof;

Regen sickerte durch das schadhafte Dach und tropfte auf die Bauern, die drinnen auf Bänken und Brettern saßen und einem jungen Mann zuhörten. Er war knabenhaft, ungelenk und dünn, seine Stimme brach sich und klang bald kindlich, bald männlich, so daß die Bauern trotz ihres Hungers lachen mußten.

«Der Plan ist gut», ereiferte sich der junge Mann. «Ihr wißt doch selbst, Genossen, daß es immer welche gab, die nichts arbeiteten, während die anderen alle Arbeit tun mußten. Nach dem weisen Plan des Vorsitzenden müssen nun alle arbeiten, und zwar alles mögliche. Das heißt wirklich Gleichheit für alle. Schluß mit der Schwerarbeit für die Bauern und der Faulheit des Stadtvolks; jede Kommune arbeitet für sich, ernährt sich, regiert sich selbst, Stadt und Land werden eins, und alle haben teil an der Arbeit des Bauern, des Studenten, des Fabrikarbeiters und des Soldaten.»

Ein Traum, dachte John Sung, schön und unmöglich. Warum unmöglich? Weil das Wesen des Menschen unberücksichtigt bleibt, das in jeder Person isoliert und getrennt ist, und das eigene Ich ist in erster Linie mit sich selbst beschäftigt. Nur wenn dieses Ich satt und geborgen ist, es im Winter warm hat und im Sommer kühl, Eigenes besitzt und für Eigenes arbeitet, kann Frieden herrschen. Aber paradoxerweise und obwohl er ganz und gar anderer Meinung war als der junge Mann, tat dieser ihm leid, wie er so dastand und mit seiner hohen, unsicheren Stimme, aber in vollem Ernst und aus tiefster Überzeugung redete. Denn leider glaubte der junge Mann an das, was er sagte. Man hatte ihn gelehrt zu glauben, und er hatte die Fähigkeit des Zweifelns verlernt. Was würde aus ihm, wenn eines Tages Wahrheit und Realität ihn weckten? Wohin konnte sich seine Seele dann retten, die jetzt so ganz dem geweiht war, woran er glaubte? Würde dieser Glaube sich nicht schließlich in Verzweiflung und Gewalttätigkeit gegen die verkehren, denen er so rückhaltlos vertraut hatte?

Die Bauern brauchten kein Mitleid. Sie waren an Not gewöhnt und abgehärtet, unempfindlich gegen Schmerz. Leid war von jeher ihr Los gewesen. Generationen lang hatte niemand sie beachtet, und sie hatten gelernt, nur an sich selbst zu denken. Sie hörten dem jungen Mann zu, bereit, es mit dem neuen Weg zu versuchen, aber sie würden ihm nur dann folgen, wenn sie sich den Bauch gefüllt und Kleider am Leib hatten und dann und wann auch lachen konnten. Weiter reichte ihre Loyalität nicht; ihre Herzen konnte man nicht erreichen, und das Träumen war ihnen längst vergangen. Nein, sagte John Sung zu sich selbst, nein, mit den Bauern habe ich kein Mitleid. Sie hatten ihr Land hergegeben, aber sie konnten es sich wieder nehmen. Und sie hatten durchaus nicht den Wunsch, Studenten, Soldaten oder Fabrikarbeiter zu werden. Solange es Land gab, waren sie sicher.

Dies alles ging John Sung durch den Kopf, während er neben den anderen auf einer Bank des Bauernhauses saß und draußen Regen rauschte und der Wind heulte. Er sah genauso aus wie die übrigen, mit braunem, zerfurchtem Gesicht, nackten, schwieligen Füßen, der Körper müde von schwerer Arbeit. Dennoch hatten diese langen Monate unter den Bauern ihm gutgetan. Er hatte sie reden gehört, ihre Gewohnheiten beobachtet und durch sie, die zahlreichsten im Lande, viel von seiner Heimat gelernt. Sein Schweigen, sein gesunder Menschenverstand, seine Weisheit und vor allem seine ständige Teilnahme an ihrer Arbeit hatten ihm ihr Vertrauen eingetragen, und so war er infolge natürlicher Auswahl ihr geheimer Führer geworden.

Jetzt hatte der junge Mann ausgeredet, und sie hätten sich zerstreuen und wieder auf die Felder zur Arbeit gehen sollen. Der Regen machte das jedoch unmöglich, und der junge Mann wußte nicht recht, was er nun befehlen, welche Arbeiten er ihnen auferlegen sollte. Auch er verließ sich immer mehr auf John Sung, und so wandte er sich nun stumm und flehend an ihn und bat um Ruhe. John Sung erhob sich und sagte:

«Genosse, die Felder sind überschwemmt; wäre es da nicht gut, wenn das alte Stroh zusammengetreten würde und wir Seile daraus anfertigten? So vergeuden wir nicht unsere Zeit.»

«Ja, das wäre gut», sagte der junge Mann dankbar.

Die Bauern standen widerstrebend auf und schlenderten in aufgelösten Reihen auf einen niedrigen Schuppen am Ende des Hauses zu, in dem Stroh und Tiere untergebracht waren. John Sung ging nicht mit ihnen. Er zögerte so lange, bis er mit dem jungen Mann allein war. Dann trat er auf ihn zu und sagte leise:

«Genosse, wir haben nur noch für zwei Tage Reis.»

Der junge Mann sah ihn an. «Es wird Nachschub kommen», sagte er, und da John nicht antwortete, fuhr er fort: «Zweifelst du daran?»

«Ja.»

«Ich schwöre –», begann der junge Mann, aber John Sung hob die Hand und unterbrach ihn.

«Das hast du schon vor elf Tagen geschworen, Genosse. Du hast gesagt: ‹In drei Tagen›, aber es kam kein Nachschub. Die Köche in der Volksküche sind unruhig. Was sollen sie tun? Sie fragen mich. Ich kann ihnen nur antworten, das sei nicht meine Verantwortung. Ich bin ja nur der Leiter der Arbeitsgruppe.»

Die Lippen des jungen Mannes zitterten, und seine Augen füllten sich mit Tränen. «Kann ich dafür, daß der Regen zur falschen Zeit kommt?»

«Weder du noch ich noch irgend jemand anders ist schuld daran», erwiderte John Sung. «Aber es müßte einen Plan geben. Gewiß sind Reserven da und Kornvorräte für den Fall einer Hungersnot . . .»

Die Augen des jungen Mannes blitzten, und seine Tränen trockneten sogleich. «Wie kannst du so etwas sagen? Kannst du am Vorsitzenden zweifeln? Ist er nicht unser Vater und unsere Mutter zugleich? Er plant für uns alle!»

John Sung senkte den Kopf und schwieg. Er war zwar ganze zehn Jahre älter als dieser Bursche, aber inzwischen hatte er gelernt, daß das Alter nichts mehr bedeutete. Die Jugend war an der Macht.

Die Jugend war an der Macht, und bittere Hungersnot brach über das Land herein. Die Menschen waren empört, denn man hatte ihnen doch versprochen, daß sie nie wieder Hunger leiden würden. Aber jetzt kamen die vertraute Not und der Hunger, Entbehrungen und die alte Verzweiflung, da man nicht wußte, wohin man sich wenden sollte. Ruhig, mit verbissener Treue gegenüber jenen einfachen Männern und Frauen, neben denen er so viele Monate lang gearbeitet hatte, ging John in der Hierarchie über ihm vom einen zum anderen. Ebenso ruhig stand er dann, nachdem er von einer Stufe zur anderen Rat eingeholt hatte, am Ende des Mondjahres in einer Schneenacht gegen Winterausgang vor dem eigenen Haustor. Er klopfte vorsichtig an, denn er hatte gelernt, sich so zu bewegen, daß er möglichst wenig auffiel. Es war eine eiskalte, windlose Nacht, und auf dem Schnee hatte sich eine Eiskruste gebildet. Er wartete zitternd und zog sein dünnes Gewand an sich. In der Kommune hatte es kaum Kleidung gegeben, und er fror ohne seinen Strohumhang. Er hatte ihn heute wegwerfen müssen, denn das Stroh hatte sich aufgelöst und hielt nicht mehr warm. Wieder klopfte er mit halb erstarrten Händen ans Tor. Endlich wurde geöffnet, und der alte Wang erschien und spähte in die Dunkelheit hinaus.

«Laß mich hinein», sagte John.

«Wer bist du?» sagte der Alte.

«Ich bin Sung, der Vater des Kindes.»

Mit diesen Worten schob er den Alten sanft beiseite und trat ein. Der Alte hob die Papierlaterne, die er in der Hand hielt, so daß das Licht auf John Sungs Gesicht fiel. Jetzt erkannte er ihn.

«Wie mager Sie geworden sind, Herr», rief er.

«Heutzutage sind viele mager», antwortete John Sung. «Und nenne mich nicht ‹Herr›. Ich bin niemandes Herr – nicht einmal Herr meiner selbst.»

Er schritt auf das stille Haus zu, der Alte ging mit dem Schlüssel ihm voran, um die Tür zu öffnen und hinter ihm abzuschließen. Im Haus war die Luft sommerlich warm. Ein kleiner eiserner Ofen stand in der Ecke; John beugte sich einen kleinen Augenblick darüber, um die Wärme zu spüren. Dann ging er leise, um die Schlafenden nicht zu wecken, durch den Raum und öffnete die Tür zum Schlafzimmer seiner Frau. Eine Nachtlampe verbreitete sanftes Licht. Mercy schlief, das dunkle Haar lose auf den Kopfkissen, und in ihrem gebeugten Arm, das Gesicht ihrer Brust zugewandt, lag das Kind.

Einen Augenblick zögerte er, bevor er sie weckte. Wie schön sie waren, diese beiden Menschen, die ihm gehörten und zu denen er gehörte! Die Tränen, die er in Elend und Traurigkeit nicht vergossen hatte, stiegen ihm jetzt vor Freude in die Augen. Die Seinen waren geborgen. Sie sahen nicht einmal verhungert aus. Irgendwie hatten sie zu essen bekommen. Mercy öffnete gleichsam unter dem Einfluß seiner Nähe die Augen und sah ihn an.

«Immer wieder träume ich von dir», murmelte sie. Er kniete neben ihrem Bett nieder.

«Ich bin hier», sagte er.

Jetzt begriff sie, legte das Kind zur Seite, drehte sich um, und sie umarmten sich lange.

«Ach, wie ist das möglich?» sagte sie endlich, leise weinend, und beugte den Kopf zurück, um ihn anzusehen. «Wie mager du geworden bist – so ganz verändert, gar nicht mehr du selbst! Du bist krank gewesen!»

«Nur ausgehungert», sagte er und stand auf.

Da sah er, daß das Kind aufgewacht war und ihn mit weit aufgerissenen, erschreckten Augen ansah. Es zog bereits den kleinen Mund herab und wollte heulen, aber Mercy nahm es in die Arme und beruhigte es mit mütterlichen Worten.

«Es ist dein *dieh-dieh*, mein Kleiner. Weine nicht.»

Sie sprach chinesisch, und John Sung vermutete, sie wolle, daß das Kind nur diese Sprache lerne.

Dann blickte sie lächelnd zu ihm auf und sagte auf englisch: «Vergib ihm, Lieber. Er wird dich bald kennen.»

Sie hielt das Kind in den Armen, während sie miteinander sprachen, lehnte sich in die Kissen zurück und sah ihn an, als er zu erklären versuchte, warum er hier war.

«Ich wurde von einer Stelle zur nächsten geschickt», sagte er, «bis ich in Peking ankam, mit der Erlaubnis, an die höchste Stelle zu appellieren.»

Sie wurde sofort ängstlich. «Aber das ist gefährlich!»

«Ich kann nicht an mich selbst denken», erwiderte er.

«Dann denke an deinen Sohn.»

Er schüttelte den Kopf. «Die Leute hungern.»

Er erzählte ihr, was im Lande vor sich ging, von Unzufriedenheit, Hoffnungslosigkeit und Aufstand.

«Aber warum versagen denn die Kommunen?» fragte sie bestürzt.

«Dafür gibt es verschiedene Gründe. Der Hauptgrund ist wohl, daß man dem Bauern zu viel genommen und zu wenig dafür gegeben hat.»

Sie legte ihm die Hand auf den Mund und blickte sich furchtsam um.

«Pst, paß auf, was du sagst», flüsterte sie.

Diese Worte sagten ihm, was er nicht wissen wollte: Selbst hier in seinem eigenen Hause herrschte die Angst.

Am nächsten Morgen um zehn Uhr wurde er sogleich in Tschao Tschungs Büro eingelassen. Über Nacht hatte der Himmel sich aufgeklärt, und ein weißschimmernder Tag unter wolkenlosem blauem Himmel brach an. Nachdem er ein heißes Bad genommen, gegessen und seine eigene Kleidung angezogen hatte, war er wieder mehr er selbst, obwohl der Anzug an seinem Körper baumelte, als gehöre er einem anderen Mann. Er wußte, daß er sich nicht allein körperlich, sondern auch in mancher anderen Hinsicht geändert hatte. Er empfand ein neues Interesse für seine Heimat. Ihre Probleme betrafen auch ihn, und er war sich der Kraft seines Volkes bewußt. Während er darauf wartete, daß man ihn vor Tschao Tschung führte, grübelte er über beides nach. War er enttäuscht von der Heimat? Nein, im Gegenteil, er liebte ihre Landschaft und ihre Menschen.

An diesem Morgen hatten Mercy und er ihrem Sohn beim

Spielen zugesehen. Der Kleine hatte seinen Vater sehr bald akzeptiert, und John Sung empfand die reinsce Freude, die er je erlebt hatte, als das Kind ganz unerwartet die Arme nach ihm ausstreckte; er hatte seinen Sohn auf den Arm genommen und an sich gedrückt. Mercy sah ihnen zu, und ihr Blick trübte sich.

«Hätten wir in Amerika bleiben sollen?» fragte sie.

Er hatte den Kopf geschüttelt. «Nein! Wir sind da, wo wir hingehören.»

Jetzt öffnete sich die Tür, und ein junger Mann in der üblichen graublauen Kluft trat ein.

«Der Minister ist bereit, Sie zu empfangen, Genosse», sagte er, ohne sich zu verneigen, wie es John Sung vom Elternhaus her gewohnt war, so daß er selbst es jetzt tat, obgleich der junge Mann sich schroff abwandte. Er folgte ihm in die inneren Räume. Dort saß Tschao Tschung hinter dem großen Schreibtisch, auf dem nur Federhalter und Papier lagen.

«Sie sind also gekommen, Doktor Sung. Ich freue mich, Sie zu sehen. Nehmen Sie Platz», sagte Tschao Tschung fröhlich.

Er trug einen dunklen Anzug aus feinem englischem Tuch, den Kragen bis zum Hals hinaufgeknöpft. John setzte sich und wartete, bis sein Vorgesetzter die Unterhaltung begann.

«Ich habe Gutes von Ihnen gehört», begann Tschao Tschung in seiner weltgewandten Art, und seine tiefe Stimme klang angenehm wie immer. «Sie sind zum Brigadeleiter aufgestiegen. Demnach darf ich annehmen, Sie haben eingesehen, daß die Kollektivarbeit die Grundlage unserer Agrarpolitik ist. Aber ich vermute, Sie sind gekommen, um zu bitten, daß man Sie von der Zwangsarbeit befreit.»

«Im Gegenteil», erwiderte John, ohne zu zögern, «ich komme vor allem, um Ihnen zu danken, daß Sie mich zu den Bauern geschickt haben. Ich habe vieles gelernt, was ich sonst nie erfahren hätte. Ferner bitte ich um Lebensmittel für unsere Bauern und mehr noch um eine Politik, die Hungersnöten für immer vorbeugt. Andere Nationen haben dieses Problem bereits gelöst. Also können wir es auch.»

Tschao Tschung zog die schweren Augenbrauen über den funkelnden Augen zusammen. Er war neuerdings sehr reizbar und duldete keine Kritik. Und er verbarg auch jetzt seinen Ärger nicht.

«Der Vorsitzende hat an alles gedacht. Wie können Sie es wagen, zu behaupten, daß es eine solche vorbeugende Politik nicht gibt? In den letzten vier Jahrzehnten hat der Vorsitzende seine Politik zur Bodennutzung überaus sorgfältig geplant und ausgeführt. Zuerst wurden die Großgrundbesitzer, dann die reichen Bauern und schließlich auch die Bauern von mittlerem Wohlstand ausgeschaltet. Außerdem hat der Japanische Krieg den ärmeren Bauern gezeigt, daß der Vorsitzende ihr Beschützer ist. Infolgedessen konnte er Führer aller Bauernbewegungen werden. Die Bauern sind seine Kinder, und er ist ihr Vater. Nach der ersten Phase, dem Kampf gegen den Grundeigentümer, begann die zweite, nämlich die gerechte Aufteilung des Bodens. Dann wurden die einzelnen Parzellen in der letzten Phase – der Kommune – zusammengefaßt. Neue Kader und Parteimitglieder stehen jetzt allen ländlichen Gebieten vor und regeln die Angelegenheiten. Die Bauern sind mit uns einig – oder waren es zumindest, bis diese Naturkatastrophen über das Land hereinbrachen. Können wir denn Überschwemmungen und Dürre verhindern?»

«Ja», erwiderte John Sung fest.

«Wie können Sie das behaupten?» rief Tschao Tschung.

«Andere Länder haben es geschafft», beharrte John Sung.

Er war zu weit gegangen. Tschao Tschung sprang auf, beugte sich über den Tisch und schrie:

«Sie wissen noch gar nicht, was Zwangsarbeit bedeutet! Halten Sie sich bereit für die Bergwerke!»

Aber John Sung ließ sich nicht einschüchtern. Die Bauern hatten ihn zäh und hart gemacht. Ihn ließen die Wut und die drohende Miene des Ministers gleichgültig.

«Wenn der Vorsitzende unser Vater ist, wer sind Sie dann, Genosse?» fragte er.

Tschao Tschung bewunderte ihn unwillkürlich. Seine Augen blitzten belustigt auf.

«Ich bin sein ältester Sohn», sagte er, «und *ich* schicke Sie ins Bergwerk.»

Nun mußte er Mercy auf sein neues Exil vorbereiten, aber er beschloß, es heute noch nicht zu tun. Mochte sie sich ein paar Stunden an Mann und Sohn erfreuen. Sobald er den Abreisetermin erfuhr, mußte er es ihr sagen und ihr helfen, damit fertig zu werden. Diese nüchternen Gedanken faßte er, während er durch den Schnee stapfte, der unter dem jetzt umwölkten Himmel zu schmelzen begann. Als er zu Hause ankam, war Grace da. Sie hatte von seiner Rückkehr gehört und wollte später zur Arbeit gehen, um ihn noch zu sehen. Als er hereinkam, erwartete sie ihn allein im Wohnzimmer.

«Mercy bringt das Kind zu Bett», erklärte sie. «Und sie macht sich Sorgen, weil du so abgemagert bist. Ich bin zu Hause geblieben, um zu sehen, ob du krank bist.»

Sie sprachen jetzt nur noch Chinesisch miteinander, denn Liu Peng hörte es nicht gern, wenn sie sich einer fremden Sprache bediente.

«Mir geht es gut, aber ich habe Hunger», gestand er. «Bei uns herrscht Lebensmittelknappheit, wie du sicher weißt. Wie kommt es, daß ihr alle, du, meine Frau und mein Sohn, so wohlgenährt ausseht?»

«Wir haben nicht gelitten», erwiderte sie. «Unsere Mutter schickt uns Lebensmittel, von Joy aus Amerika und sogar von unserer Tante aus Hongkong bekommen wir Essenspakete.»

Er war erstaunt. «Woher wissen die nur, daß es uns so schlecht geht?»

«Das ist ein zu starkes Wort. Niemand ist schlecht dran», entgegnete sie vorwurfsvoll.

«O doch, uns geht es schlecht», wiederholte er. «Um von unseren Entbehrungen zu berichten, bin ich zum Minister gegangen.»

«Und hat er dir geglaubt?»

«Das hat er mir nicht gesagt. Statt dessen schickt er mich zur Arbeit ins Bergwerk. Aber ich will deiner Schwester heute noch nichts davon sagen – erst, wenn ich weiß, wann ich abreisen muß.»

Er setzte sich, denn ihm wurde plötzlich schwindelig, stützte die Arme auf den Tisch und schloß die Augen.

«Du bist krank», rief Grace.

«Nur erschöpft», antwortete er. «Ich habe keine Reserven. Dieses langsame Aushungern –»

Sie fühlte seinen Puls. Er flatterte unregelmäßig unter ihren Fingern. «Du mußt essen», sagte sie erschrocken, ging hinaus und kam bald darauf mit einer Schale heißer Suppe wieder.

«Trink dies», befahl sie. «Es ist Ginsengwurzel darin. Ich halte es immer bereit.»

Er nahm die Schale dankbar an und trank sie aus; die Wärme durchdrang seinen ganzen Körper.

«Woher wissen sie es nur?» murmelte er.

«Was sagst du?» fragte Grace.

«Die Leute im Ausland», erwiderte er. «Woher kennen sie unsere Geheimnisse?»

Madame Liang hatte sich zurückgezogen. In diesen Zeiten von unbestimmter Dauer überblickte sie kritisch ihr Leben, sich selbst und ihre Familie, sah alles so und dann wieder anders, grübelte und dachte nach, bis die nahe Zukunft aus der Vergangenheit hervorging und ihr klar erschien. Solche Klarheit fand sie nur dann, wenn sie die Gegenwart an der Vergangenheit maß. So verglich sie den Präsidenten, den sie einmal gesehen hatte, als sie für ihre Mitarbeit eine Auszeichnung in seiner Handschrift erhalten hatte, insgeheim mit Tschu-Ko Liang, jenem größten Strategen der Vergangenheit, der «im Osten Lärm schlug, während er im Westen angriff». Der Vorsitzende hütete den großen Roman *Shui Hu Chuan* wie seine Bibel, und wenn sie ihn neben die darin beschriebenen Helden stellte, schien er ihr ebenso listig und gewandt. Zwar befolgte er die Lehre des Ausländers Marx, aber diese Lehre enthielt ein kosmisches Prinzip ebenso wie das alte Buch, ein Prinzip für die Regelung des Universums, dem alle anderen Ordnungen weichen mußten. Der Vorsitzende verachtete Konfuzius, aber er gab ebenso wie Konfuzius genaue Anweisungen für das tägliche Leben, von der Empfehlung, scharfen Pfeffer zu essen, bis zur richtigen Anwendung wissenschaftlicher Theorien. Das Volk verehrte ihn als Gotthelden. Als er aus Anlaß der Freilegung mittelalterlicher Gräber vor der Hauptstadt symbolisch die Spitzhacke hob, erklärten die Zeitungen, «die große Erde habe gebebt». Er schwamm trotz seines hohen Alters noch durch den gewaltigen Jangtsekiang und verfaßte anmutige Verse. In mancher Hinsicht glich er dem Kaiser Ch'in, der als Tyrann regierte und dennoch als Herrscher die Zuneigung des Volkes gewann und stets den Grundsatz der Genügsamkeit befolgte.

Nur indem sie die Ähnlichkeit des Vorsitzenden mit den Alten erkannte, vermochte Madame Liang ihn in der Gegenwart zu akzeptieren. Wenn sie insgeheim aufbegehrte, mahnte sie ihr Herz zu Geduld. Das Volk brauchte jemanden, den es verehren konnte. Ohne eine solche Persönlichkeit war es ängstlich und verloren zwischen Himmel und Erde. Sie beteten jetzt keine Götter mehr an, denn Götter waren verboten. Darum schufen sie sich in der Verehrung des Vorsitzenden eine eigene Religion. Wo die Menschen keinen Gott haben, ersetzen sie ihn durch das Abbild eines Gottes. So ist es, und so war es immer gewesen.

In ihrer Einsamkeit – denn obgleich von Menschen umgeben, war sie dennoch einsam – grübelte sie oft über das Wesen der Menschheit nach, wie sie es durch viele Wandlungen beobachtet hatte, und kam zu der Auffassung, daß sich trotz aller Umwälzungen nichts änderte. Sie wußte jetzt, daß sie in allen Wandlungen das Unwandelbare finden würde. Und was ist das Unwandelbare, wenn nicht das Volk selbst? Jener alte Weise, Laotse, hatte schon vor vielen Jahrhunderten die Wahrheit gesagt: Wirf Eier gegen einen Felsen, und wenn du alle Eier der Welt nimmst, bleibt der Fels doch unverändert. Sie war sich des Unwandelbaren nie so gewiß gewesen wie jetzt, als von Natur und Mensch verursachte Katastrophen das Volk heimsuchten. Gewiß, das Volk war an Leiden gewöhnt, aber die gegenwärtige Not übertraf alle Leiden der Vergangenheit. Zu den Fehlern des Menschen kamen die Prüfungen des Himmels. Sturm und Kälte im Sommer, Tauwetter und Regen im Winter, Dürre zur Zeit der Reisaussaat, Hagel zur Erntezeit, und obendrein der vernunftwidrige, blinde Eifer jener fanatischen Untergebenen, der Kader, die die Bauern zwangen, fruchtbare Bodenflächen durch tiefes Pflügen zu ruinieren, Düngemittel auf fetter Erde zu verschwenden, aus den Reisfeldern Wasser abzulassen und die jahrhundertealten Bräuche des Landes zu ändern, nur weil auf einem Blatt Papier gedruckte Befehle standen, die weder der Zeit noch dem Ort entsprachen, weder dem Samen noch dem Boden. Sie hatten in völliger Unwissenheit die bestürzten Bauern irregeführt, bis halbverhungerte Menschen zu Tausenden das Land verließen und nach Hongkong flohen.

Die Nachricht erreichte zur Schmach der Nation das Ausland; sie wußte es, weil sie zu ihrer Überraschung Essenspakete von ihrer dritten Tochter Joy aus New York erhielt. Sie selbst brauchte nichts, denn sie hatte ihre eigenen Quellen für das Restaurant, und so schickte sie die Pakete ihren Töchtern nach Peking weiter, wo die Märkte kläglich aussahen. Dennoch war nicht zu leugnen, daß schlimme Zeiten herrschten, und so beschloß sie, nach Peking zu fliegen, um selbst nachzusehen, wie es um ihre Töchter und ihren Haushalt bestellt war. Der Gedanke, daß ihr Enkel vielleicht nicht genug kräftige Nahrung bekam, beunruhigte sie. Darum nahm sie Tschu Ma mit und flog, nachdem sie die nötigen Vorsichtsmaßregeln getroffen und Tschu San manche Mahnungen erteilt hatte, mit bangendem Herzen, wie gewöhnlich, wenn sie ins Flugzeug stieg, nach Peking. Um sich abzulenken, faßte sie währenddessen den Plan, den Minister Tschao Tschung aufzusuchen, mit ihm über die schlechte Lage zu sprechen und wie man ihr abhelfen könne. Früher hätte man die Götter durch Opfer und Geschenke an die Tempel günstig gestimmt, aber da dieser Aberglaube inzwischen verboten war, mußte man andere Mittel und Wege finden.

Sie erreichte die Hauptstadt ohne Zwischenfälle und setzte gemeinsam mit Tschu Ma, deren Inneres durch den Flug so durcheinandergeschüttelt worden war, daß sie sich mehrmals erbrechen mußte, ihre Reise zum *hutung* Drei Füchse fort. Sie hatte ihrer Tochter geschrieben, daß sie kommen werde, aber als sie sah, daß niemand am Flugplatz war, um sie abzuholen, schloß sie daraus, daß die Post nicht rechtzeitig eingetroffen war, und machte sich allein auf den Weg. Ihre Ankunft löste Überraschung und Freude aus. Es war Abend, und bis auf ihren Schwiegersohn waren alle zu Hause. Ihr Enkel war aufgewacht, starrte sie eine Weile an, unschlüssig, ob er weinen sollte, lächelte dann aber und ließ sich von ihr auf den Arm nehmen. In dieser herzlichen Atmosphäre erkundigte sich Madame Liang nun ausführlich nach dem täglichen Leben ihrer Töchter. Grace antwortete zuerst, da sie die älteste war.

«Wir haben genug zu essen, mach dir keine Sorgen, Mutter. Von dir bekommen wir Pakete, und auch Joy versorgt uns. Die Milch für das Kind bereiten wir aus Trockenmilch, die sie uns schickt, und wir erhalten außerdem getrocknete Lebensmittel. Unsere Diener treiben immer noch Reis, Hühner und Eier auf. Vor ein paar Tagen kauften wir Schweinefleisch, getrocknete Bohnen, Fadennudeln und Mehl.»

«Und die anderen Leute?» fragte Madame Liang.

«Es ist hier genau wie anderswo», erwiderte Grace.

Madame Liang wandte sich an ihre zweite Tochter. «Und was meinst du dazu?»

Jetzt sah sie, wie die beiden Töchter einen verstohlenen Blick wechselten. Mercy nahm ihr das Kind vom Arm, weil es schläfrig wurde. «Grace hat dir alles gesagt», erklärte sie ausweichend und gab den Kleinen der alten Dienerin, die wartend dastand.

«Also bitte», sagte Madame Liang energisch. «Was ist zwischen euch los?»

Mercy drückte sich das Taschentuch an die Augen und schwieg. Aber Grace antwortete ungeduldig.

«Mercy stellt unser Land gegenüber anderen Ländern in ein ungünstiges Licht. Wenn sie nicht meine Schwester wäre, müßte ich ihre unpatriotische Gesinnung melden. Und auch so befinde ich mich in einer gefährlichen Lage. Meine Pflicht weist mir eine Richtung, mein Gefühl eine andere. Ich finde keine Ruhe und bin ganz zerrissen.»

Jetzt nahm Mercy das Taschentuch von den Augen, die vor Zorn und Tränen glänzten. «Sag, was du willst», rief sie. «Du brauchst ja nicht an mich, meinen Mann oder mein Kind zu denken! Und du denkst auch nicht an unser Land, sondern an das Land Liu Pengs! Bevor du dich in ihn verliebtest, warst du längst nicht so patriotisch!»

Sie wandte sich schluchzend an ihre Mutter. «Mutter, kannst du uns helfen? Kannst du einen von den Oberen sprechen und ihn bitten, daß John nach Hause kommen darf? Du hättest ihn sehen sollen – er ist nur noch ein Skelett, die Haut von der Sonne schwarz und ausgedörrt und seine armen Hände zerschunden. Er ist den ganzen Weg zu Fuß hergekommen, um mit denen da oben zu sprechen, und dafür hat man ihn ins Bergwerk geschickt! Und meine Schwester macht mir obendrein noch Vorwürfe!»

«Vorwürfe? Warum?» fragte Madame Liang und blickte von einer zur anderen.

Die beiden musterten einander nur feindselig, und keine wollte reden; was konnte sie also tun? In diesen neuen Zeiten war es mit dem Gehorsam gegen die Eltern vorbei. Sie wartete, bis sie begriff, daß sie keine Antwort erhalten würde, dann zog sie sich mit liebenswürdigen Worten zurück und erklärte, sie sei müde und wolle eine Stunde ruhen.

Sie legte sich zwar auf das Bett, fand aber keinen Schlaf. Ihre Gedanken waren hellwach; sie rief sich jeden Blick und jedes Wort ihrer Töchter deutlich zurück und beschloß etwas zu tun, was sie noch nie getan hatte. Sie wollte Tschao Tschung mitteilen, daß sie in der Stadt sei, und ihn zum Abendessen in ein berühmtes Restaurant einladen. Wegen seiner Position müßte er es ihr abschlagen; darum würde er die Einladung an sie zurückgeben. *Sie* konnte seine Einladung jedoch unmöglich ablehnen. Sie kannte seine Frau; man würde sie also in sein Haus einladen, denn sie waren ja alle moderne Menschen, die sich freier bewegten, als es sonst möglich gewesen wäre. Sie stand vom Bett auf, schrieb die Einladung und sandte sie durch Tschu Ma fort, die sich auf den Botengang freute, denn eine ihrer Kusinen war Dienerin im Hause des Ministers.

Danach ging sie wiederum zu ihren Töchtern, und sie verbrachten den Abend in angenehmer Unterhaltung und lasen Joys Briefe aus New York. Sie erwähnten mit keinem Wort irgendwelche Schwierigkeiten oder Ärgernisse, und als Tschu Ma vor Mitternacht mit der erwarteten Einladung zurückkehrte, schob sie sie schweigend in die Tasche und sprach von anderen Dingen, bis

Grace von einer Dienerin aus dem Zimmer gerufen wurde. Dann beugte sie sich zu Mercy und sagte leise:

«Beruhige dich, mein Kind, morgen abend esse ich beim Minister und seiner Frau.»

«Oh, Mamachen», flüsterte Mercy atemlos, «du bringst aber auch alles fertig!»

Von dieser Zuversicht gestärkt, kam Madame Liang am nächsten Abend zwischen Sonnenuntergang und Dämmerung im Hause des Ministers an. Es war noch früh genug, daß sie den Garten besichtigen konnten, bevor sie hineingingen. Tschao Tschung und seine Frau kamen ihr am Tor entgegen. Sie hatten trotz der frühlingshaften Kühle in einem kleinen Gartenhaus mit einem von Holzpfeilern getragenen Dach Tee getrunken. Dies war Tschao Tschungs zweite Frau; seine erste, eine Französin, die er als Student in Paris kennengelernt hatte, war mit ihm nach China gegangen und ein paar Jahre mit ihm in Peking geblieben; in dieser Zeit hatten sie das französische Haus gebaut, in dem er heute noch wohnte. Sobald es klar wurde, daß die Kommunisten China regieren würden, war sie jedoch nach Paris zurückgekehrt, und Tschao Tschung hatte in ihre Rückkehr dankbar eingewilligt, denn sie ersparte ihm nur Peinlichkeiten. Ein Jahr danach hatte er eine chinesische Schauspielerin geheiratet, einen modernen Filmstar aus Schanghai, eine anmutige, hübsche Frau, die ihre Rolle als Ministersgattin glänzend spielte. Sie wußte, daß ihr Mann Madame Liang einst geliebt hatte, aber da sie zwanzig Jahre jünger war, empfand sie keine Eifersucht. So begrüßte sie Madame Liang an diesem Abend mit echter Freude und entschuldigte sich fast im selben Augenblick, sie müsse den Koch bei der letzten Zubereitung der frischen Garnelen überwachen, die heute erst vom Süden heraufgeflogen worden waren.

Tschao Tschung bat Madame Liang nun zum Tee und einem anschließenden Spaziergang durch die Gärten, die er selbst entworfen hatte. Die Pflaumenbäume standen in voller Blüte, und Bambusschößlinge stießen ihre spitzen Köpfe durch die Erde.

«Für Bambus ist es hier zu nördlich», bemerkte Madame Liang.

«Viel zu weit im Norden», gab Tschao Tschung zu, «aber ich habe ihn, wie Sie sehen, in eine geschützte Ecke gepflanzt ... Ich mußte einfach Bambus haben.»

Madame Liang lächelte. «Wenn Sie müssen, dann werden Sie ihn auch haben. So sind Sie immer gewesen.»

«Außer in einem Fall», entgegnete Tschao Tschung boshaft.

Madame Liang lachte. «Werden Sie das nie vergessen?»

«Nie», antwortete er, und seine kleinen Augen blitzten vergnügt.

«Wie töricht», meinte Madame Liang, aber in sanftem Ton, denn eine erinnerungsträchtige Stimmung mußte in diesem Augenblick gefördert werden.

Sie hatte schon immer ein ausgeprägtes Feingefühl gehabt, und sie bewies es besonders jetzt, da sie mit Tschao Tschung nicht allein über ihren Schwiegersohn, sondern auch über nationale Angelegenheiten sprechen wollte. Aber es war noch zu früh – vielleicht sollte sie doch lieber bis nach dem Abendessen warten. Andererseits war er dann möglicherweise übersättigt und schläfrig. Nein, er war ein Gourmet, aber kein Gourmand. Sie würde also warten. Etwa drei Stunden später wurde sie für diese Klugheit belohnt. Es kam der Augenblick, da der letzte Gang von vier Fleischgerichten zusammen mit weißem gedämpftem Reis abgetragen worden war und Tschao Tschung sich in seinen geschnitzten Schwarzholzstuhl zurücklehnte und in das Französische überwechselte – ein Zeichen der Vertraulichkeit zwischen ihm und alten Freunden der Pariser Zeit. Sie hatte ihre Fertigkeit in dieser Sprache nie verloren, dennoch kehrte sie nach ein paar höflichen Worten, mit denen sie das Festessen lobte, wieder zum Chinesischen zurück und entschuldigte sich bei Tschao Tschungs Frau, worauf diese lachte und erwiderte, sie höre gern Französisch, obwohl sie kein Wort davon verstehe; es höre sich an wie Hühnergegacker und amüsiere sie.

«Wirklich», ergänzte Tschao Tschung, «glauben Sie mir, liebe

Freundin! Sie ist ein aufrichtiges Kind und lügt nie. Wenn sie Französisch hört, kann sie stundenlang lachen. Und wenn es ihr über wird, geht sie leise hinaus und unterhält sich auf ihre Weise. Sie ist leicht zu amüsieren.»

Nach diesen Worten verfiel er wieder ins Französische und lenkte selbst das Gespräch. «Ich habe seit einiger Zeit den Eindruck, meine Freundin, daß Sie nicht mit allem einverstanden sind, was wir – ich meine die Regierung und der Staat – heutzutage für unser Volk tun. Das wäre auch nicht so gefährlich, wenn wir nicht eben eine Periode der Prüfungen durchmachten und daher ganz allgemein jede Kritik ablehnten – eine Phase, die vorübergehen wird, sobald wir sicherer werden. Eine ihrer selbst sichere Regierung ermutigt Kritiken. Ist sie jedoch unsicher, so kann keine Kritik gerecht sein, weil die Informationen unzureichend sind.»

Jetzt war der geeignete Augenblick gekommen. Bis dahin hatte Madame Liang gefällig zugehört. Nun sprach sie.

«Ich denke gerade an eine einzige politische Maßnahme, die ich in Frage stelle.»

«Und das wäre?» fragte Tschao Tschung.

«Ich möchte wissen», begann Madame Liang und schien ein wenig zu zögern, «ob wir mit dem kostbarsten Schatz der Nation, den wir sonst immer hoch geachtet haben, richtig und klug umgehen, wenn wir einen Menschen mit hervorragenden Geistesgaben, einen in westlicher Technologie ausgebildeten Wissenschaftler, zur Arbeit unter der Erde, in ein Bergwerk, schicken?»

Tschao Tschung starrte sie an, dann lachte er laut auf.

«Oh, diese Frauen», rief er. «Wie geschickt und listig haben Sie den Inhalt meiner Worte in eine kleine Pille, nicht größer als eine Erbse, zusammengepreßt! Ich bin restlos überzeugt. Nein, es ist nicht klug. Das ist Verschwendung. Ich war gereizt. Außerdem ist er jetzt genug bestraft. Er hat mit den Händen arbeiten gelernt. Ich rufe ihn sofort zurück.»

«Ich danke Ihnen», sagte Madame Liang. «Und wollen wir

jetzt nicht die hübsche junge Frau Minister wieder zu uns bitten?»

Tschao Tschungs Frau hatte sich schon längst aus dem Zimmer geschlichen. Bevor er eine kleine Tischglocke ergriff, um einen Diener zu rufen und seine Frau herüberbitten zu lassen, betrachtete er Madame Liang belustigt und zugleich mit einem leichten Anflug von Traurigkeit.

«Sie werden sich nie ändern, meine Freundin.»

«Da haben Sie recht. Ich werde mich nie ändern.»

«Sie sind eine echte Chinesin», sagte Tschao Tschung bewundernd.

Madame Liang blieb aus mehreren Gründen noch eine Weile in der Hauptstadt. Die Staubstürme, die die Menschen im Frühjahr gequält hatten, mit jenem feinen Sand, den die Nordwestwinde von der Wüste Gobi herüberwehten, waren jetzt vorbei, und die Stadt zeigte sich im besten Licht. Sie kannte die alte Kaiserstadt mit ihren Palästen und Tempeln noch aus ihrer Jugend, als sie an der Universität studiert hatte, bevor sie nach Paris gegangen war; aber die neue Stadt war ihr fremd. So mietete sie in Begleitung von Tschu Ma ein Gefährt und fuhr an einem schönen Morgen zum Tor des Himmlischen Friedens, einem mächtigen alten Bauwerk, von dessen Fundament aus sie die Volkshalle und den großen neuen Platz überblickte, der fast eine Million Menschen fassen konnte. Von hier aus sah sie auch die aufragenden Pfeiler des Revolutionsmuseums; diese gewaltigen neuen Gebäude wurden von zwei alten Stadttoren eingefaßt. Auf den neuen, von Bäumen gesäumten Boulevards herrschte reges Leben; dort bewegten sich Fußgänger, Rikschas, Fahrräder oder Autobusse und dann und wann ein Auto. An jeder Ecke standen in Glashäuschen Polizisten in ihren Uniformen, dunkelblauen Hosen, weißen Jacken mit rotem Gürtel und dunkelblauen Kappen. Sie riefen ihre Anweisungen durch Stierhörner aus, aber die Leute waren diszipliniert, und es bedurfte nur selten einer Zurechtweisung.

Hinter dem Weichbild der Stadt, in der umliegenden Landschaft, wurden neue, fünf- bis achtstöckige Häuser gebaut, mit Aufzügen und Balkonen, Elektrizität und fließendem Wasser. Sie ließ dort anhalten, ging auf eines dieser Gebäude zu und fragte, ob sie eine Wohnung besichtigen dürfe.

«Sie wird Ihnen nicht gefallen, Genossin», erklärte der Verwalter. «Solche Wohnungen kaufen junge Leute, nicht Damen wie Sie.»

Dennoch trat Madame Liang ein und blickte sich in den kleinen, kastenähnlichen Zimmern um, der winzigen Küche, dem käfigartigen Balkon, der vor der Tür hing. Dann schüttelte sie den Kopf.

«Sie haben recht», sagte sie. «Ich könnte nicht in einem solchen Vogelnest unter dem Himmel wohnen.»

Als sie an diesem Abend das Haus im *hutung* betrat, sah sie, daß Tschao Tschung Wort gehalten hatte. Während sie die Stadt besichtigt hatte, war John Sung heimgekehrt, und zwar mit einem Sonderflugzeug. Er hatte bereits gebadet und neue, saubere Kleidung angezogen, aber es bedurfte wohl noch vieler Bäder, um den Schmutz von Monaten im Kohlenbergwerk aus seiner Haut zu waschen. Als sie durch das Tor ging, arbeitete er im Garten; er kam sogleich auf sie zu und ergriff nach amerikanischem Brauch ihre Hand.

«Sie sind wieder da!» rief sie, stolz, daß es ihr gelungen war, ihn aus der Verbannung heimzuholen.

«Ich danke Ihnen, daß es so ist», erwiderte er.

Sie gingen gemeinsam über den Hof, während er ihr erzählte, er sei morgens, bald nachdem sie fortgegangen war, angekommen, habe den Tag mit seiner Familie verbracht, und jetzt bringe Mercy das Kind zu Bett, während er sich um den Garten kümmere.

«Ich bedaure meine Verbannung nicht», sagte er, als sie sich im Mittelzimmer gesetzt hatten. «Ich habe sehr viel gelernt. Ich bin jetzt ein guter Bauer und kenne die Oberfläche der Erde. Außerdem bin ich Bergarbeiter und habe gesehen, welche Geheimnisse unter der Erdoberfläche liegen. Aber das Wichtigste habe ich von meinem Volk gelernt.»

Ihr gefiel dieser Schwiegersohn. Er gefiel ihr sogar sehr, mit seinen großen feingeformten, abgearbeiteten Händen mit den zerbrochenen und rissigen Fingernägeln, den ernsten, beinahe düsteren Augen, dem Gesicht, das fast zu kantig war, als daß man es in der üblichen Weise hätte schön nennen können, obwohl es ein angenehmes männliches Gesicht war. Jetzt kam Grace von der Arbeit nach Hause, und neben ihr ging ein hochgewachsener junger Mann, den sie als Liu Peng vorstellte. Da Madame Liang jedoch ein wenig müde war, entschuldigte sie sich und ging in ihr Zimmer, um sich auszuruhen; sie sagte, sie werde zum Abendessen wieder bei ihnen sein.

Das Abendessen war vorbei. Es war der erste warme Sommerabend. Lao Wang hatte eine frühe Wassermelone gekauft und sie in die Quelle gehängt, um sie zu kühlen.

«Ich schlage vor, wir gehen auf den Hof und essen unsere Melone», sagte Grace, als sie ihre Stäbchen quer über die Schalen gelegt hatten, zum Zeichen, daß die Mahlzeit beendet war.

Sie gingen hinaus, wobei die Jüngeren zurücktraten, um Madame Liang den Vortritt zu lassen. Dann boten sie ihr den bequemsten Stuhl an.

Sie protestierte lachend. «Ihr seid doch immer noch altmodisch», bemerkte sie. «Wer kümmert sich heute schon darum, wer wo sitzt? Schließlich sind alle gleich.»

«Aber wir hängen an Ihnen», sagte John Sung, «und was die Gleichheit anlangt: Sind denn alle Finger an einer Hand gleich lang? Jeder hat seinen Platz.»

Sie setzten sich, und als kein Platz mehr übrig war, ließen sich die beiden jungen Männer auf der steinernen Schwelle nieder. Lao Wang schnitt die Melone auf, und jeder aß ein Stück und spuckte die schwarzen Kerne auf den Boden. Alle waren zufrieden und fröhlich, vor allem, weil John Sung wieder zu Hause war, und außerdem in der Hoffnung, daß das dritte Jahr, das auf die beiden letzten, so schrecklich verlorenen Jahre folgte, einem besseren Ende entgegengehe. Die Ernte im Süden und in den mittleren Provinzen schien vielversprechend, im Norden stand der Weizen gut, ja, sogar ausgezeichnet, und so kamen wieder Lebensmittel auf die Märkte.

«Wir haben uns irreführen lassen», sagte John Sung, nachdem sie über die Hoffnungen gesprochen hatten, und legte seine Melonenschale beiseite. «Gewiß, wir haben Torheiten begangen. Man kann nicht lachen, und doch ist es lächerlich, daß wir in Dörfern und Hinterhöfen unsere Hühner in Massen schlachteten, damit wir genügend Federn rupfen konnten, um Fächer zum Schüren der Glut unserer primitiven Schmieden anzufertigen, weil wir aufgefordert wurden, Roheisen herzustellen.»

Liu Peng ließ keine Kritik gelten. «Sagen Sie, was Sie wollen», erklärte er, «aber nach hundert Jahren der Verwirrung und Unrast haben wir wichtige Ziele erreicht. Arbeit für jeden Mann und jede Frau, Schulen für Kinder, zwei Mahlzeiten pro Tag – keine Festgelage, aber einfaches Essen –, gerechte Besteuerung, Soldaten, die keine Räuber sind. O ja, das Leben ist viel besser geworden, als es früher war.»

Madame Liang fiel ihm sanft ins Wort. «Die Weisen haben gesagt: ‹Nicht die Armut ist zu befürchten, sondern die Unausgewogenheit zwischen reich und arm.›»

«Was bedeutet», ergänzte Mercy ein wenig gereizt, «daß wir alle gleich arm sind. Und wie steht es mit den Kommunen?»

Grace ergriff Liu Pengs Partei gegen ihre Schwester: «Ein Bauer ohne Land merkt vielleicht nicht einmal so sehr, daß er kein Land besitzt; zumindest braucht er nicht eins seiner Kinder zu verkaufen, um für die übrige Familie Nahrung zu beschaffen!»

Madame Liang hörte zu; die feindlichen Unterströmungen entgingen ihr nicht; dennoch gefiel ihr der Freimut, mit dem alle sich äußerten. Ihre Töchter und John Sung waren in Amerika gewesen, wo die Menschen die Redefreiheit gewohnt waren, aber auch Liu Peng war frei. Sie war stolz auf ihre Familie, die sie hier im Mondschein um sich versammelt hatte. Sie waren jung und wohlgestaltet, und obgleich Liu Peng noch nicht zu ihnen gehörte, ahnte sie, daß er ihnen eines Tages nahestehen würde. So drückte sie ihre Zufriedenheit folgendermaßen aus:

«Ich bin dankbar für euch alle, meine Familie, obgleich ich den Göttern, die ja aus der Mode gekommen sind, nicht danken kann. Meine Töchter werden mir viele Enkel schenken. In meiner Jugend war auch ich eine Rebellin, aber jetzt begehre ich nicht mehr auf. Ich sehe lieber meine Familie um mich.»

Lao Wang sammelte die Melonenschalen auf, und Liu Peng wollte ihm helfen; darüber wurde der alte Diener so betrübt, daß er sich beschwerte.

«Das ist meine Pflicht, junger Herr. Warum nehmen Sie mir die weg?»

Mercy lachte und sagte auf englisch: «Aha, sehen Sie? Sie haben mit Ihrer Gleichheit nur seine Gefühle verletzt!»

Liu Peng setzte sich nieder und machte ein etwas gekränktes Gesicht. «Familien sind Ausbeutungsmittel», erklärte er. «Die Eltern betrachten ihre Kinder als Kapitalanlagen, und die Kinder warten nur, bis ihre Eltern sterben und ihnen ein Vermögen zufällt, das sie nicht selbst verdient haben.»

«Darum spionieren die Kinder ihre Väter aus», warf Mercy ein, «und die Söhne werden weit von den Eltern fortgeschickt.»

«Damit die Jungen nicht die Vorurteile der Alten übernehmen», unterbrach Liu Peng.

«Und haben die Söhne nicht früher auch ihre Väter verlassen und sind in viele Länder ausgewandert? Nur wenige Familien blieben zusammen», ergänzte Grace, die wieder zu Liu Peng hielt. «Kinder wurden verkauft, und die Söhne von Wissenschaftlern wurden auf entlegenen Posten eingesetzt . . .»

«Ich behalte mein Kind bei mir», sagte Mercy.

Ihre Schwester wandte sich ihr zu. «Du bist die einzige. Viele Frauen sind froh, wenn sie ihre Kinder tagsüber in einem Kinderhort lassen können. Und welche Frau möchte noch wie damals jedes Jahr ein Kind bekommen und die Füße zu Stümpfen gebunden haben, so daß sie nicht mehr aus dem Haus gehen kann? Ich nicht ... und du auch nicht, wenn es darauf ankäme! Nein, jung und alt sind froh, daß sie einander losgeworden sind.»

So zersplitterte der liebliche Mondscheinabend in lauter geräuschvolle Bruchstücke. Das Kind wachte auf und wurde schreiend herausgebracht. Madame Liang beschloß, am nächsten Tag in ihr Haus zurückzukehren, wo sie zwar allein, aber doch in Frieden leben konnte. Und John Sung machte sich am nächsten Tag auf Geheiß seiner Frau auf den Weg und mietete drei Zimmer in einem hohen neuen Betonbau am anderen Ende der Stadt.

Aber der Umzug brachte John Sung und seiner kleinen Familie keine Ruhe. In den ersten paar Wochen ging alles gut, und sie waren zufrieden. Er nahm seine genetischen Forschungsarbeiten wieder auf und erhielt ein eigenes kleines Labor in einem großen Gebäude, das der Wissenschaft vorbehalten war. Mercy beschäftigte sich zu Hause mit dem Kind und mit der Einrichtung der Wohnung. Dann aber stellte sich heraus, daß diese Periode für die Oberen nur eine Zeit der Beobachtung war. Eines Morgens suchte ein hochgewachsener junger Offizier, Hauptmann Li, John Sung in seinem Labor auf. Er legte seine Beglaubigungsschreiben vor, darunter auch einen Brief von Tschao Tschung an John Sung. Der Minister schrieb darin, der Vorsitzende wünsche, daß John Sung die Genetik mit dem Studium der Atomwissenschaft verbinde, insbesondere der Wirkung der Atomspaltung auf den menschlichen Körper und die Chromosomen. Der Vorsitzende habe erklärt, es sei notwendig, alle wissenschaftlichen Forschungsarbeiten auf einen praktischen Zweck auszurichten. Die gegenwärtige Lage erfordere, daß die Verteidigung gegen den westlichen Imperialismus gestärkt werde, und so könne man für das Studium der reinen Wissenschaft weder Geld noch Zeit aufwenden. Als John Sung diesen Brief las, begriff er, daß seine Verbannung und Zwangsarbeit die Oberen in keiner Weise von ihrem Vorhaben abgebracht hatten. Man würde ihn zwingen, nachzugeben oder neue Strafen auf sich zu nehmen. Eine dunkle Ahnung beschlich ihn.

«Bitte, setzen Sie sich, Genosse Li», sagte er.

Als beide saßen, begann Hauptmann Li:

«Die Oberen möchten wohl Begabungen und Wünsche wertvoller Männer wie Sie, Genosse Sung, berücksichtigen. Aber wenn diese Wünsche dem Interesse des Volkes oder den Plänen für das Gemeinwohl zuwiderlaufen, werden die Staatsbürger umfunktioniert.»

«Und wie werde ich umfunktioniert?» fragte John Sung.

Hauptmann Li blickte auf ein Blatt Papier, das er aus seiner Tasche gezogen hatte.

«Sie sollen zur Provinz Sinkiang weiterreisen. Alle Instruktionen sind hier genau angegeben. Für die Fahrt ist gesorgt, und man wird Ihnen bei der Ankunft am Zielort Ihren Wohnsitz zuweisen. Ihre Arbeit erstreckt sich über die nächsten drei Jahre. Ihr Vorgesetzter ist unser großer Experte in der Raketenforschung, der unsere Kernforschungsprojekte leitet –»

John Sung unterbrach ihn. «Kann ich meine Familie mitnehmen?»

Hauptmann Li schien überrascht. Seine schwarzen Brauen hoben sich über die schönen schwarzen Augen.

«Ihre Familie?»

«Meine Frau und mein Kind», sagte John Sung ungeduldig.

Hauptmann Li zog ein weiteres Schreiben aus einer anderen Tasche und überflog es.

«Ich glaube, man hat Ihrer Frau eine neue Musikschule hier in der Hauptstadt zugewiesen», sagte er, faltete das Blatt zusammen und steckte es wieder ein. «Sie hätte schon vor ein paar Monaten damit anfangen sollen, aber wegen der Geburt ihres Kindes gewährte man ihr Aufschub.»

John Sung erwiderte nichts. Madame Liang hatte getan, was sie konnte, aber es war nicht genug. Er saß mit gesenktem Kopf, dann richtete er sich auf.

«Ich muß mich bereitmachen», sagte er schließlich.

Hauptmann Li erhob sich. «Sie haben drei Tage Zeit», sagte er, drehte sich schneidig um, knallte die Absätze zusammen und marschierte hinaus.

«Ich wünschte, wir hätten Amerika niemals verlassen!»

Mercys Schrei zerriß ihrem Mann das Herz. Ihm wurde zum erstenmal klar, daß vor allem sie die Nachteile ihrer Rückkehr zu tragen hatte. Sie saß auf einem niedrigen Bambusstuhl am offenen Fenster, das Kind auf dem Schoß. Als sie schluchzte, sah der Junge sie verwundert an, und da er ihr verzerrtes Gesicht bemerkte, zog er die Mundwinkel herab. John Sung nahm ihn auf den Arm.

«Komm, beruhige dich», sagte er auf englisch. «Dein Sohn bekommt ja Angst vor dir.» Er gab ihr sein Taschentuch, und sie wischte sich die Augen.

«Gibt es irgendeine Möglichkeit, umzukehren?» fragte sie.

Er schüttelte den Kopf. «Du weißt es selbst. Man wird uns nie erlauben, das Land zu verlassen.»

«Aber wir können doch fliehen – wir können nach Hongkong, wo meine Tante uns weiterhelfen würde. Hunderte tun das!»

Er setzte das Kind wieder auf ihren Schoß und nahm an dem Tisch Platz, der ihm als Schreibtisch diente. «Was würdest du sagen, wenn ich dir mitteilte, daß ich nicht fort will?»

«Ich würde sagen, daß ich dich nicht verstehe!»

In ihrer Stimme schwang ein gereizter Unterton mit. Er drehte seinen Stuhl um, so daß er sie ansehen konnte. Das Kind glitt von ihrem Schoß und ging auf einen Flecken Sonnenschein am Boden zu, den es mit den Händen zu fangen versuchte. Beide Eltern mußten nun doch lachen.

«Armes Kind», sagte Mercy. «Es versteht nicht, warum es einen Sonnenstrahl nicht greifen kann. Hier, Schatz . . .» Sie nahm eine Holzperlenkette vom Tisch und gab sie dem Kind.

«Um wieder auf unser Gespräch zurückzukommen», sagte John Sung, während sein Blick auf dem Kind ruhte, «denken wir doch an die Voraussetzungen, unter denen wir heimkehrten. Zuerst einmal war es Patriotismus. Wir glaubten, daß unser Land uns brauchte. Besteht diese Voraussetzung noch?»

Mercy, die an seine logische Denkweise gewohnt war, erwiderte nichts, so daß er seine Frage selbst beantwortete.

«Ganz gewiß. Ich muß sogar sagen, die Erfahrung mit den Bauern hat meine Zuversicht bestärkt. Unser Volk braucht uns mehr, als wir uns vorstellen können. Ich machte mir in schlaflosen Nächten viele Stunden lang Gedanken über die Zukunft. Unser Land steht am Ende einer Epoche. Gerade jetzt bahnt sich ein tiefgreifender Kampf an. Er wird im selben Augenblick ausbrechen, da der Vorsitzende alt wird und stirbt. Bis dahin gärt es unter der Oberfläche.»

Er hatte die Stimme gesenkt, obwohl er immer noch englisch sprach. Sie hob plötzlich aufmerksam den Kopf.

«Was für ein Kampf?» fragte sie.

«Der Kampf zwischen den Ideologen und den Experten», sagte er.

«Das verstehe ich nicht.»

«Die Revolutionäre alter Schule, die fanatischen Träumer, die Ideologen gegen die praktisch denkenden Männer, die Realisten, jene, die unsere nationalen Schwierigkeiten genau definieren können – nennen wir sie die Nichtträumer, die Fachleute.»

«Ich verstehe immer noch nicht», gestand sie.

Er blieb geduldig mit ihr. Schließlich hatte ihre individuelle Aufgabe der Schwangerschaft und Geburt sie ganz in Anspruch genommen, während er in das wimmelnde Leben des Volkes hineingezwungen worden war und sich täglich mit dem Gedanken befassen mußte, daß es galt, für Millionen Menschen Nahrung zu beschaffen.

«Denke nach, liebes Herz, dann siehst du ein, daß die Leute in jedem Land ernährt werden müssen, damit sie nicht gegen die Herrscher aufbegehren. Sie brauchen nicht nur etwas zu essen, sie brauchen auch die Mittel, um sich den Lebensunterhalt mit anständiger Arbeit zu verdienen. So läßt sich das Problem unseres Landes in ein Wort fassen: Produktion. Aber die Produktion besteht aus zwei Teilen: Landwirtschaft und Industrie. Die Theoretiker wissen nicht, wie die Produktion organisiert werden muß. Dies beweist das Mißlingen des sogenannten Großen Sprungs nach vorn. Da ging es um die Industrie, und der Versuch scheiterte. Und denk an die Kommunen. Sie waren für die Landwirtschaft geschaffen, und sie waren ein Fehlschlag. Unser Volk hungert jetzt noch im Vergleich zu industrialisierten Völkern. Gewiß, jetzt ist das Ende in Sicht, denn dieses Jahr wird die Ernte gut, aber nur, weil weder unzeitige Regen noch Dürre kamen, nicht auf Grund der besseren Organisation. Die Fachleute warten ab. Sie wissen, daß man sie eines Tages braucht, denn ohne sie kann es keinen Fortschritt geben. Ich bin einer dieser Fachleute. Auch ich warte auf meine Stunde. Siehst du, jetzt weißt du, warum ich bleiben will, selbst wenn ich fortgehen könnte.»

Gegen ihren Willen war sie bewegt. «Und unser Sohn?»

John Sung unterbrach sie. «Ach, unser Sohn! Bis er aufgewachsen und ein junger Mann geworden ist, haben wir unsere Chance wahrgenommen, wir Praktiker. Die Ideologie wird dann, wie schon heute, nebensächlich sein. Man wird die Männer danach aussuchen, was sie leisten können, was sie technisch gelernt haben, nicht nach dem, was sie denken oder träumen. Ich möchte einer von denen sein, die hier einen modernen Staat aufbauen, denn wir verstehen uns darauf! Unser Sohn wird gern leben. Er wird stolz auf sein Volk sein – wie ich. Er wird die Früchte dessen sehen, was Männer wie ich gesät haben!»

Er schwieg und erinnerte sich an die Wochen und Monate schwerer Arbeit und unzureichender Ernährung und Kleidung. Aber eigentlich dachte er weniger an dies alles. Er dachte an die Männer und Frauen, mit denen er gearbeitet hatte, die Bauern, die Bergleute, die sich so eifrig bemühten, unter einer neuen Führung ihr Bestes zu tun, so voll Respekt gegenüber jungen Männern, von denen man annehmen sollte, daß sie sie besser anleiten würden, so heldenhaft tapfer, als die neuen Methoden fehlschlugen und sie sogar ihre ärmlichen Häuser und ihr Stück Land verloren. Er sah sie einen nach dem anderen; jeder hatte seine Geschichte, jeder seine Hoffnung, bis schließlich die Naturkatastrophen und unerfahrene Führer sie an den Rand des Hungertodes brachten.

«Wir haben vorher schon gehungert», sagten sie sich und blickten einander mit bleichen Gesichtern an. Sie suchten Kräuter und wilde Früchte und überlebten wie zuvor.

«Unser Volk ist es wert, gerettet zu werden», sagte John Sung zu seiner Frau. «Ich will bei ihm bleiben, ich gehöre zu ihm, und ich bin stolz, daß mein Sohn hier aufwächst.»

So sprach er Mercy allmählich wieder Mut zu, und schließlich sagte sie, sie sei bereit, mit der Gründung einer an die staatliche Universität der Hauptstadt angeschlossenen Musikschule ebenfalls zu diesem Aufbau beizutragen.

«Aber ich möchte allein hier leben. Ich kehre nicht zu meiner Schwester zurück», sagte sie.

«Schick keine Lebensmittel mehr», schrieb Madame Liang ihrer Tochter Joy. «In diesem Herbst haben wir eine gute Ernte. Der Reis steht gut; der Weizen reicht für unsere Bedürfnisse, oder beinahe, und es wird eine Menge importiert. Nächstes Jahr bauen wir vielleicht selbst genügend an.»

Sie wäre keine echte Chinesin gewesen, wenn sie nicht eine Zufriedenheit empfunden hätte, die sie zugleich belustigte, als sie feststellte, daß der Weizen, der ihr Volk in den vergangenen bitteren Jahren vor dem Verhungern bewahrt hatte und aus dem das köstliche, dampfgebackene Brot für ihr Restaurant bereitet wurde, das ihre Kunden so gern aßen, auf den weiten Feldern von Kansas und Illinois angebaut worden war. Sie vertraute auf die grenzenlosen Möglichkeiten des Handels. Was immer die Ideologen verkündeten, das Leben basierte auf den menschlichen Bedürfnissen und dem Handel. Sie hatte bisher immer noch gefunden, was sie brauchte, um ihr Restaurant in Gang zu halten, wenn sie genügend zahlte. Und sie war immer bereit, zu zahlen, obgleich Tschu San ihr Vorwürfe machte.

«Madame, wie können wir einen solchen Preis für eine Handvoll Eier aufbringen?»

«Wie können wir es uns leisten, keine Eier, kein Mehl, Fett, Fleisch, keinen Fisch oder Zucker zu haben?»

Sie glaubte, daß angesichts dieser Notwendigkeit jede Ideologie letzten Endes versagte. Man mußte nur geduldig warten, bis die Theoretiker dem hungrigen Volk gegenüberstanden – oder jenen, die reich genug waren, um Feinschmecker zu sein. Wie gut kannte sie ihre Kunden!

«Ich habe dir doch gesagt, mein Kind, daß wir keine Lebensmittel in die Heimat zu schicken brauchten», sagte Hsuan in New York, als Joy ihm Madame Liangs Brief vorlas. Ihre Briefe – oder, um es genau zu sagen – alle Briefe aus China interessierten ihn wenig, denn er war ganz in seine Arbeit vertieft, und er betrachtete es als reinen Zufall, als Chinese geboren zu sein. Er war vor allem Künstler und hätte in jedem Land glücklich sein können, in dem es ihm erlaubt war, sich seiner Kunst zu widmen. Zu seinen engsten Freunden gehörte ein deutscher Wissenschaftler in Florida, ein Experte auf dem Gebiet der Raketenforschung, der mit dem Entwurf von Raumfahrzeugen beauftragt war. Hsuan wußte ganz genau, daß dieser Wissenschaftler in jedes Land gehen würde, um seine Forschungen zu betreiben. Und er fand, Künstler und Forscher seien nun einmal übernational und einzig von der Größe ihrer eigenen Begabung erfüllt. Gelegentlich malte er sich eine Gesellschaft solcher übernational denkender Männer aus, die sich ohne Rücksicht auf die Grenzen von Staat oder Rasse für die Menschheit einsetzten. Aber das waren müßige Träumereien, das wußte er wohl, Wunschträume von Männern wie er, die sich niemals unterwerfen würden, nicht einmal der eigenen Ordnung. Was sie hervorbrachten, mußten andere – Händler und Geschäftsleute – auswerten. Was machte es schon für einen Unterschied, ob das Produkt Bilder, Raumschiffe oder Fleisch, Früchte oder Gemüse waren? Es gab immer jene, die produzierten, die Schöpferischen, und die Verteiler. Die Ideologen lehnte er als unproduktive Müßiggänger ab. An zweiter Stelle nach seiner Kunst kam für ihn die Wissenschaft. Kunst und Wissenschaft beruhten auf Logik und festen Prinzipien.

Inzwischen plante er eine Reihe von Ausstellungen in den Vereinigten Staaten und später in Europa. Lange Zeit hatte er auch mit dem Gedanken gespielt, in Griechenland zu malen. Dieses alte Land mit chinesischen Augen zu sehen, mußte den Reiz der Neuheit haben. Er respektierte die Geschichte, nicht nur um ihrer selbst willen, sondern weil sie ein Muster für die Zukunft darstellte.

«Hast du die zwanzig Bilder nach San Antonio verfrachten lassen?» fragte er seine junge Frau.

Er wahrte ihr gegenüber eine halb väterliche Haltung und bekundete als Kritiker und Lehrer gegenüber ihren eigenen Malereien die Würde des Meisters. Damit gab er ihr die Bestätigung, die sie brauchte, und den notwendigen Schutz, da sie jetzt in diesem Land mit seinem Völkergemisch allein war.

«Ich habe sie gestern aufgegeben», antwortete Joy. «Der Träger hat mir beim Packen geholfen, und der Lastwagen kam mittags. Sie müßten eine gute Weile vor uns in San Antonio sein.»

«Ausgezeichnet, mein Herzchen und Seelchen! Und jetzt habe ich Hunger und hätte gern eine Schale Nudelsuppe zu Mittag.»

Sie eilte hinaus, um ihren Pflichten nachzukommen, und er setzte sich wieder vor seine Staffelei. Da er gern große Gegenstände durch unendlich kleine ausdrückte, malte er die Niagarafälle von der kanadischen Seite aus gesehen. Ganz unten vor der ungeheuren Szenerie, fast verloren im Dampf der Gischt, schuf er mit seinem überaus feinen Pinsel zwei winzige menschliche Gestalten, die dort Hand in Hand standen. Sie waren niemand Bestimmtes – außer, daß Joy und er auf ihrer Hochzeitsreise die Niagarafälle besichtigt und dort Hand in Hand gestanden hatten.

«Ich schlage vor, wir leben ein paar Monate lang wie Kameraden zusammen, bevor wir offiziell heiraten», sagte Liu Peng.

Grace löste sich aus seinen Armen. «Ist das notwendig?»

Sie hoffte, diese Frage leicht genug hingesagt zu haben, damit er nicht meinte, sie sei konventionell oder bürgerlich oder habe sonst irgendeine Einstellung, die er verabscheute. In Wirklichkeit jedoch war sie tief betroffen, denn sie gehörte in ihrem Weltbild der Generation ihrer Eltern an. Damals hatten die jungen Leute, angeregt durch die russische Revolution, ostentativ ihre Theorien der freien Liebe verkündet. Ihre Mutter jedoch hatte nach der Hochzeit ihre Auffassung geändert, als ihr Mann Konkubinen ins Haus nahm.

«Mir scheint, die freie Liebe unterscheidet sich nicht wesentlich von dem Vergnügen, das die Männer sich immer gegönnt haben», hatte ihre Mutter einst zu ihren Töchtern gesagt. «Die alte Form der freien Liebe hat nur einen Vorteil – einen Vorteil für die Konkubine, meine ich. Sie wird in Haus und Familie ihres Liebhabers eingeführt. Das ist natürlich ein Ärgernis für die Frau, es sei denn, sie verachtet ihren Mann; in diesem Fall ist sie froh, ihren Pflichten als Ehefrau entbunden zu sein.»

Diese Bemerkung, die sie als junges Mädchen schwerlich hatte verstehen können, fiel Grace nun wieder ein. Und was trug Liu Peng ihr jetzt an, wenn nicht, seine Konkubine zu sein, aber ohne den Schutz, den sein Vater seinen Konkubinen hatte gewähren müssen?

Eine Frage drängte sich ihr auf, eine Frage, an die sie in all der Verwirrung der Liebe gar nicht gedacht hatte.

«Hast du jemals eine Ehefrau gehabt, Liu Peng?»

Er sah sie zerstreut an. «Ja, natürlich. Wie könnte ein Mann meines Alters eine Ehefrau ganz umgehen?»

«Aber du bist entkommen?»

«Natürlich.»

«Wie?»

«Indem ich nie dort war, wo sie war.»

«Dann hast du sie also nie gesehen?»

«Nie! Meine Eltern verlobten mich schon als Kind, und ich wurde in Stellvertretung verheiratet. Meine Eltern meinten, sie würden gewinnen, indem sie die Hochzeit vollzogen, aber in Wirklichkeit gewann ich, indem ich nicht dabei war. Auf diese Weise bekamen sie niemals den Enkel, den sie sich von mir wünschten und der ja der eigentliche Zweck der Heirat war.»

Er sprach schroff und gleichgültig und verzog keine Miene. Sie saßen an einem Septembertag spät nachmittags auf ihrem Hof. Es war der Tag des Herbstfestes, aber sie hatten an den volkstümlichen Feiern nicht teilgenommen, sondern den ganzen Morgen im Krankenhaus gearbeitet; sie an der Läuterung einer Arznei, die sie destillierte, das Emodin, das in vielen Pflanzen in Form von Glukosid enthalten war, und er an der Analyse eines Schnittes von einem Tumor, den er am Tag zuvor aus dem Unterarm eines Patienten herausoperiert hatte. Mittags hatten sie sich zu einem bescheidenen Mahl in einem kleinen Restaurant getroffen, vom Balkon des Krankenhauses eine Parade und Volkstänze angesehen und waren dann vor Einbruch der Dämmerung nach Hause gegangen. Sie waren allein, denn das Dienerehepaar hatte, nachdem der Tee aufgetragen war, um Ausgang gebeten, um das abendliche Feuerwerk sehen zu können. Nach kurzem Schweigen hatte Liu Peng seinen Vorschlag unterbreitet; sie war ihm ausgewichen und hatte sich seiner Umarmung entzogen. Er hatte sich auf den Bambusstuhl gesetzt und sich zurückgelehnt, die Hände hinter dem Kopf verschränkt. Sie kniete am Ufer des Teiches und warf mit kleinen Steinen nach den Goldfischen, die im Wasser hin und her schossen. Beide sprachen scheinbar leidenschaftslos, und doch war jede Frage, jede Antwort bedeutungsschwer.

«Aber du hast – Geliebte gehabt?»

«Drei», erwiderte er.

«Und?»

Er blickte in den Himmel, den der Sonnenuntergang golden färbte. «Du willst, daß ich sie dir beschreibe?»

«Nur wenn du es möchtest», entgegnete sie gleichmütig. Sie suchte weiter nach kleinen Steinen und schichtete sie zu einem winzigen Haufen.

«Ich kann weder sagen, daß ich es möchte, noch daß ich es nicht möchte. Sie traten zu verschiedenen Zeiten in mein Leben, wir lebten eine Weile mehr oder weniger zusammen und trennten uns wieder.»

«Ich dachte, du meintest – du wolltest sie beschreiben.»

«Du sagtest, wenn ich möchte.»

«Da es dir nichts ausmacht, beschreib sie mir.»

«Warum quälen sich die Frauen so gern?» fragte er nachdenklich. «Mir ist es gleich, wie viele Liebhaber du gehabt hast.»

«Ich habe keine Liebhaber gehabt», erwiderte sie kurz. Wie konnte man Clem einen Liebhaber nennen?

«In Amerika hat jede Frau einen Liebhaber», bemerkte er streng.

«Stimmt aber nicht», erklärte sie.

«Ach, du Amerika-Verehrerin!»

«Stimmt auch nicht!»

«Streiten wir uns lieber um Tatsachen», antwortete er. «Die erste von den drei Frauen, die ich liebte, war ein Mädchen, das ich kennenlernte, als ich noch in die Schule ging. Sie lief von zu Hause fort, um bei mir zu sein. Ich wohnte allein in einem kleinen Zimmer, und dort lebten wir zusammen. Sie kochte ausgezeichnete Suppen aus Teigstreifen. Wenn wir ein bißchen Extrageld hatten, kauften wir ein Ei dazu. Wenn wir gegessen hatten, soviel wir konnten – oder vielleicht nur die ganze Suppe aufgegessen hatten –, sprachen wir über Anarchie. Damals war ich Anarchist. Ich glaubte, die Anarchie sei der glücklichste Zustand der Menschheit. An unserer Schule gab es viele Geheimbünde, aber ich schloß mich nicht einmal dem Anarchistenbund an. Später habe ich dann eingesehen, daß für den Fortschritt des Landes eine Organisation unentbehrlich ist, und gab die Anarchie auf.»

«Was wurde aus dem Mädchen?»

«Sie wurde schwanger, hatte eine Abtreibung und starb. Ich glaube, deswegen wollte ich dann Chirurg werden. Die alte Frau, die die Abtreibung vornahm, war schmutzig und ungeschickt.»

«Warum hast du das Mädchen denn nicht geheiratet und das Kind behalten?»

«Heiraten verstieß gegen meine Prinzipien – damals hielt ich es für eine Form von Sklaverei, ganz besonders für die Frau. Außerdem war ich legal verheiratet, obwohl ich meine Frau nie gesehen hatte. Sie lebte im Haus meiner Eltern und umsorgte sie nach feudalistischem Prinzip wie eine Dienerin.»

«Und dann?»

«Dann? Ach so, die nächste Frau! Sie war eine gute Kommunistin. Wir arbeiteten zusammen in einer Brigade. Ich bekam als Intellektueller zwei Jahre Zwangsarbeit und wurde einer Genossenschaft zugewiesen, die später Teil einer Kommune wurde. Sie war sehr hübsch. Ich verliebte mich wie ein Bourgeois, und wir sprachen sogar von Heirat. Dann ertappte ich sie eines Tages mit einem anderen Mann hinter einem Reisstrohbündel. Das war das Ende. Ich lebte vier Jahre lang ohne Frauen. Dann ließ ich mich mit einem russischen Mädchen ein. Das war für uns beide nicht gut. Ihr Vater war technischer Berater. Als alle technischen Berater nach Rußland zurückgeschickt wurden, ging sie mit ihrem Vater. Sie war erst achtzehn. Seitdem – keine. Nur dich.»

«Aber heiraten willst du immer noch nicht.»

«Ich weiß es nicht genau. Vielleicht, wenn unsere Beziehung ... gut ist, weißt du, dann will ich es.»

«Und wenn ich es jetzt wollte?»

«Dann wärst du töricht. Du kennst mich nicht gut genug, um mich heiraten zu wollen.»

«Aber gut genug, um mit dir zu schlafen?»

«Ich hoffe.»

«Aber für das Schlafen allein ... würde es da nicht auch eine andere tun?»

«Nein. Ich möchte etwas Ernstes.»

Sie schwieg einen Augenblick, dann überwand sie sich zu ihrer Frage.

«Ich dachte, du sagtest – als wir uns zum erstenmal küßten ... du habest noch nie zuvor eine Frau geküßt.»

Er lachte. «Habe ich auch nicht! Ich habe keine von ihnen geküßt. Die chinesischen Mädchen dachten damals gar nicht an so was, und die Russin, nun, ich fand Küsse damals abstoßend – eine westliche Sitte. Aber mit dir ... wollte ich es plötzlich.»

Sie überlegte und sagte dann:

«Als du mir das Buch vom Präsidenten gabst – erinnerst du dich an jene Mondnacht im Hof? –, da sagtest du: ‹Laß uns heiraten und Kinder haben, heldenhafte Söhne für unser Land.›»

«Und du meintest, du seist nicht bereit!»

«Jetzt bist du nicht bereit!»

Er antwortete nicht gleich, und als er es schließlich tat, war seine Stimme ernst. «Ich habe gelernt, daß zwei Menschen wie du und ich nicht nur heiraten, um Kinder in die Welt zu setzen. Früher schloß man eine Ehe, um Kinder für die Familie zu zeugen. Ist es so viel besser, Staatsbürger zu erschaffen? Jetzt weiß ich, daß das nicht genügt. Die Ehe ist zuerst einmal für Mann und Frau da. Wenn wir das aus der Erfahrung der Liebe wissen, nicht allein, weil wir es sagen, dann ja, dann bin ich für Ehe und Kinder. Wir taugen für beides, denn wir kennen uns selbst.»

Er saß da und blickte in den Himmel, und das Licht des Sonnenuntergangs lag golden auf seinem Gesicht. Er sah sie nicht an, während er auf ihre Antwort wartete. Sie aber blickte ihn an, ihre Augen verweilten bei dem starken knochigen Körper, den eindringlichen schwarzen Augen, den schweren schwarzen Brauen und der überraschend weichen Linie seines schönen Mundes. Sie liebte ihn mit einer starken physischen Leidenschaft. Zum erstenmal in ihrem Leben, das der Wissenschaft, dem Studium und der Forschung gewidmet war, liebte sie einen Mann um seines Körpers willen. Seinen Geist hatte sie noch nicht erforscht und wollte es auch nicht, aus Furcht, sie könnte etwas entdecken, was ihn ihrer Liebe weniger würdig erscheinen ließ, als sie wünschte. Fast bedauerte sie, daß er ihr von den drei Frauen erzählt hatte, obwohl sie ihn darum gebeten hatte. Spielte das denn überhaupt eine Rolle? Es kam nur auf diesen Augenblick an, da sie allein zusammen waren. Ihr Blick streifte seine sehnige Gestalt, die ausgestreckt vor ihr lag, und sie fühlte das Blut in ihr aufwallen, bis sie es nicht mehr beherrschen konnte. Bisher hatte ihr unerbittliches Hirn es stets bezwungen.

Er sah sie überrascht an, und sie bemerkte, daß er deutlich fühlte, was in ihr vorging. Wortlos stand er auf und ging langsam mit geschmeidiger Anmut über den Hof. Sie hatten das Tor für die Rückkehr des Dienerehepaares offengelassen. Er schob die Eisenstange davor und hängte sie ein.

«Jetzt sind wir allein», sagte er.

Er nahm ihre rechte Hand in seine linke, und sie gingen schweigend zusammen ins Haus und in ihr Schlafzimmer. Sie hatte vor einiger Zeit ein großes altes, geschnitztes chinesisches Bett mit Vorhang gekauft. Er hob die Vorhänge aus ihren Silberhaken und ließ sie zusammenfallen, so daß sie das Bett wie ein Zelt umschlossen. Schweigend zog er sie aus, ein Kleidungsstück nach dem anderen, und sie wehrte sich nicht. In diesem Augenblick, den sie sich nie ausgemalt hatte, empfand sie keine Scham, außer darüber, daß sie keine Scham empfand, und während sie nackt dastand, zog auch er sich aus. Dann hielt er den Vorhang auf, so daß sie sich ins Bett legen konnte, kroch ihr nach und hakte die Vorhänge wieder ein. Eine kurze Weile lagen sie nebeneinander, dann wandte er sich ihr zu, und sie ließ ihn gewähren, staunend über sich selbst, weil sie ihm erlaubte, was sie noch keinem Mann erlaubt hatte. Denn was sie bis dahin für unrecht gehalten hatte, erschien ihr nun auf einmal recht.

Mercy saß neben ihrer Schülerin und lauschte den unsicheren Tönen, die das junge Mädchen dem alten Klavier im Klassenzimmer der Musikschule entlockte. Ihr geübtes, feines Ohr hörte jeden Mißklang, während ihre Gedanken eigene Wege gingen. Ihr Leben zersplitterte gegenwärtig in lauter einzelne Bruchstücke, in denen sie keine verbindende Linie sah. Ihr schien, als sei sie zur Zeit mindestens drei verschiedene Personen – Frau, Mutter, Lehrerin –, ohne daß sie wußte, welche ihr wahres Ich, ihr eigentliches Wesen sei. Monate waren vergangen, seit John Sung in die ferne Provinz Sinkiang gereist war; er schrieb selten, und seine Briefe klangen trocken. Sie bemühte sich, ihm diese scheinbare Kälte zu verzeihen, da er sich nicht so leicht in Worten mitzuteilen vermochte, und außerdem wußte sie, daß er ihr über Bedeutung und Zweck seiner Arbeit nichts sagen durfte. Sie vermutete, daß er mit einer wichtigen Arbeit betraut war, nicht mit der Herstellung von Kernwaffen, dessen war sie ganz sicher, sondern mit der chemischen Abwehr gegen Strahlungen oder Gift, die ein Feindesland gegen China einsetzen könnte. Zu ihrem Kummer bemerkte sie, daß für ihre jungen Schüler Amerika zum Hauptfeind geworden war; um sich selbst und ihren Sohn nicht zu gefährden, wagte sie jedoch ihre Gedanken nicht auszusprechen. Immer wieder drängte es sie, wenn sie haßerfüllte Worte gegen die Amerikaner hörte, einzugreifen und zu sagen: «Ihr kennt sie doch nicht so wie ich – sie sind nicht so, wie ihr denkt!» Aber sie schwieg aus Vorsicht, und dieses Schweigen lastete auf ihrer Seele. Sie sehnte sich nach ihrem Mann, fühlte aber die ungeheure Entfernung zwischen ihm und sich, vor allem, da nicht feststand, wann er wiederkommen würde. Manchmal wachte sie nachts schluchzend auf und meinte, sie werde ihn nie wiedersehen.

Auch konnte sie ihm nicht von ihrem Jungen schreiben, wie sie wollte, denn sie wagte nicht, ihre Befürchtungen in Worte zu fassen, die vielleicht von anderen gelesen wurden. An seinem dritten Geburtstag sollte er in eine staatliche Schule eintreten wie alle Kinder. Dort würde er lernen, woran sie selbst immer weniger glaubte. Wie konnte sie ihm sagen, auch wenn sie allein zu Hause waren, daß die Amerikaner nicht ihre Feinde seien, sondern ein freundliches, sorgloses, großzügiges und von Natur aus friedliches Volk? Sie durfte ihm nicht die Wahrheit beibringen, denn dann würde man ihm einreden, sie sei eine Verräterin, weil sie die Amerikaner liebe. Er selbst würde in dem Glauben aufwachsen, daß sie als echte Patriotin Amerika hassen müsse.

In dieser Verwirrung wußte sie nicht, was tun, und so tat sie nichts, und da sie nichts tat, vereinsamte sie völlig. Sie besuchte nicht einmal ihre ältere Schwester, die, wie sie hörte, mit Liu Peng zusammenlebte. Und sie traute auch ihrer Mutter nicht. Ja, so weit war es mit ihr gekommen, daß sie nicht ganz sicher war, ob ihre Mutter sie nicht verraten würde, denn wie war es möglich, daß sie so viele Jahre offensichtlich in Frieden und bescheidenem Luxus gelebt hatte, wo doch um sie herum alle Menschen ihrer Gesellschaftsklasse verarmt oder umgekommen waren? Welche Zugeständnisse hatte ihre Mutter wohl gemacht? Und wenn sie Zugeständnisse machte, weil sie glaubte, daß das Volk sich eines Tages befreien und die Macht in die eigenen Hände nehmen würde, stand diese Liebe dann nicht an erster Stelle in ihrem Herzen?

So lebte Mercy jetzt allein in ihren drei kleinen Zimmern in dem riesigen neuen Gebäude, in dem lauter Fremde wohnten. Sie hatte niemanden, dem sie ihre Gedanken anvertrauen konnte, außer ihre Dienerin, die nachts in der engen Eingangshalle schlief und tagsüber das Kind versorgte. Diese einfältige Seele aber hätte sie mit solchen Zweifeln nur erschreckt, und wer wußte, ob sie vertrauenswürdig war und das, was sie gehört hatte, nicht nach oben weitertrug? So mußte Mercy ihr einsames Herz verschließen und sich ganz der Arbeit widmen.

Als Leiterin der neuen Musikschule hatte sie viel zu tun, denn sie mußte nicht nur unterrichten, sondern auch geschäftliche Angelegenheiten erledigen. Die Schule hatte zunächst elf Schüler aufgenommen; neun davon waren Mädchen. Unter den beiden Jungen war ein Zwanzigjähriger, der bisher wenig Unterricht erhalten hatte. Als Tschen fünf Jahre alt gewesen war, hatte eine Dänin, Frau eines Geschäftsmannes aus Dänemark, ihm die ersten Klavierstunden gegeben. Er war der Sohn des Kochs im Hause dieser Dame; sein Vater stammte aus dem Umkreis von Kanton. Eines Tages befand sich die Dame oben im Haus und hörte, wie der Junge die Tasten anschlug. Sein Vater, der Koch, hatte ihm zwar streng untersagt, das Haus zu betreten, und ihn angewiesen, in den Räumen der Dienerschaft in den hinteren Gärten zu bleiben. An diesem Tag aber hatte der Junge gesehen, wie der Vater seinen Marktkorb nahm und hinausging, und als seine Mutter schlief, schlich er ins Wohnzimmer des geräumigen Hauses und steuerte, da er niemanden sah, begierig auf das Klavier zu. Er war nie in diesem Zimmer gewesen und hatte noch kein Klavier angerührt, aber oft dem Spiel der musikalischen Dänin gelauscht. Und er glaubte, daß er aus dem großen schwarzen Kasten ebenso schöne Töne hervorholen könne. Er versuchte es, so gut er konnte, mit beiden Händen auf den Tasten, als die Dänin eintrat. Erschrocken wollte er durch die offene Glastür fliehen, aber sie erwischte ihn beim Arm. Er hatte sie noch nie so nahe gesehen, und jetzt bemerkte er, daß sie seltsame Augen hatte, wie blaues Glas, und ihr Haar war nicht vom Alter weiß, wie er bisher angenommen hatte, sondern vielmehr wie blasses Gold. Und sie war jung, und ihre Haut war weiß und rosig.

«Bleib hier», sagte sie, die Hand auf seinem Arm. «Du brauchst keine Angst zu haben. Ich lehre dich, Musik zu spielen.»

Sie sprach nicht sehr gut chinesisch, aber er verstand doch genug, so daß er sich ans Klavier zurückführen ließ. Dann gab sie ihm mit ihrer freundlichen, sanften Stimme die erste von vielen

Stunden. Als alle ausländischen Geschäftshäuser von den Machthabern besetzt wurden, mußten die Dänin und ihr Mann ebenfalls in ihre Heimat zurückkehren, und der Junge kam mit Vater, Mutter, zwei Schwestern und drei Brüdern nach Peking, wo sein Vater Küchenchef eines neuen Hotels wurde. Tschen nahm weiter Musikunterricht und ging von einem Lehrer zum anderen, bis an der staatlichen Universität eine Musikschule errichtet wurde. Hier erst war er zufrieden, denn Frau Sung, wie Mercy genannt wurde, unterrichtete ihn selbst, und in ihren Stunden machte er nicht allein rasche Fortschritte, sondern sie zeigte ihm auch, wie er die Musik, die er komponierte und bisher nur nach dem Gedächtnis gespielt hatte, aufschreiben konnte. Sie war zwar Sängerin, spielte aber auch Klavier. Er fand in ihr nicht allein eine ausgezeichnete Lehrerin und eine gute Freundin, sondern sah in ihr auch eine sehr schöne Frau und umwob sie mit seinen jugendlichen Träumen, mit Phantasien, in denen er sie aus irgendeiner Gefahr befreite und ihr das Leben rettete.

Mercy ahnte nichts von diesen Träumereien des jungen Mannes. Sie wußte nur, daß aus ihrem Schüler eines Tages ein bedeutender Musiker werden würde. Oft fragte sie sich, wie ein so ungewöhnliches Talent sich wohl weiterentwickeln würde. Würde auch dies verständnislosen Menschen preisgegeben werden? Würde man auch ihm die Freiheit verweigern, Musik zu schaffen, die aus seiner Seele kam, mußte er verbogen werden, um es irgendwelchen engstirnigen Chauvinisten recht zu machen? Solche Fragen bewegten sie sehr, und da sie die Antworten fürchtete, drängten diese Fragen sie nur in weitere Gedanken und neue Fragen. Sie grübelte ständig darüber nach, was aus ihrem Sohn werden würde. Sollte er eines Tages so werden wie der junge Musiker Tschen, begabt, aber unfähig, jene Höhe zu erreichen, zu denen sein Talent ihn berechtigte?

Schließlich kam sie zu dem Schluß, den sie sich bisher nicht hatte eingestehen mögen, nämlich, daß sie ihrem Sohn unrecht getan hatte, als sie ihn hierher in die Heimat brachte. Für manche mochte es ja ganz gut sein, aber nicht für ihren und John Sungs

Sohn, denn sie waren Intellektuelle, Künstler auf dem Gebiet der Musik und der Wissenschaft, und ihr Sohn war dazu geboren, ein Schaffender, ein Befehler zu sein. Aber wie sollte er lernen und von wem? Und würde man ihn lehren, woran sie glaubte, oder etwa das, was sie immer weniger überzeugte? Würde man ihm auch den Haß auf die Amerikaner einimpfen? Sie dachte liebevoll und mit schlechtem Gewissen an Mr. und Mrs. Brandon und ihre Kinder, an die freien, herrlichen Ferien, die sie und ihre Schwestern in dem großen Haus verbracht hatten, sorglos, zufrieden und ohne Furcht. Hier in der Heimat hingegen war sie immer ängstlich, ohne zu wissen, warum, denn niemand hatte sie bedroht, aber die Furcht lag sozusagen in der Luft, sie sprach aus dem Geflüster und den Gerüchten um diesen oder jenen, der verschwunden war oder ein merkwürdiges Ende gefunden hatte.

Schließlich quälten ihre Gedanken sie so sehr, daß sie ihrer Mutter schrieb und sie bat, sie zu besuchen. Sie erklärte das mit dem Vorwand, ihr Sohn wachse heran und müsse nun bald in den Kindergarten, und sie wünsche, daß er seine Großmutter schon aus frühester Erinnerung kenne. Als Madame Liang diesen Brief empfing, ahnte sie, daß er eine geheime, dringende Botschaft enthielt, und beschloß sofort, mit Tschu Ma nach Peking zu fliegen und selbst nachzusehen, wie es dort stand und ob ihre Vermutung zutraf.

«Wann hast du zum letztenmal von deinem Mann gehört?» fragte Madame Liang ihre Tochter.

Bisher hatte sie keine Fragen gestellt. Es war der Abend des zweiten Tages. Tags zuvor war sie am Spätnachmittag angekommen und war früh zu Bett gegangen, nachdem sie noch eine Stunde lang ihren Enkel bewundert hatte, ein ungewöhnlich kluges Kind, wie sie zufrieden feststellte. Er schrie nicht, als er sie sah, schenkte ihr jedoch auch kein allzu eilfertiges Lächeln. Jetzt setzte er sich auf einen kleinen Bambusstuhl und beobachtete sie eine Weile aufmerksam. Sie machte ihrerseits auch heute keine Annäherungsversuche, sondern sprach ruhig weiter mit Mercy.

«Ich höre selten von ihm», antwortete Mercy auf ihre Frage. «Vielleicht einmal oder zweimal im Monat, und ich merke, daß nicht alle seine Briefe mich erreichen, denn er bezieht sich dann und wann auf einen Satz in einem früheren Brief, von dem ich nichts weiß.»

«Er befindet sich in einem Gebiet, das absolut geheimgehalten wird», sagte Madame Liang.

«Aber er arbeitet nicht an der Wasserstoffbombe», erwiderte Mercy.

Madame Liang zog ihre schönen Brauen fragend in die Höhe.

«Nein, Mutter», beharrte Mercy, «er wird niemals an Explosivwaffen arbeiten, die vielleicht gegen die –»

Hier blickte sich Madame Liang rasch im Zimmer um und legte den Zeigefinger an die Lippen. Alle Türen waren geschlossen, und da es Spätherbst war, ja schon fast Winteranfang, blieben auch die Fenster zu; außerdem lag die Wohnung im dritten Stock, und so war es unwahrscheinlich, daß man ihre Stimmen hören konnte. Dennoch verstummte Mercy erschrocken. In diesem Augenblick stand der kleine Junge von seinem Stuhl auf und ging auf seine Großmutter zu. Er legte die kleinen Hände auf ihre Knie und blickte in ihr Gesicht, worauf sie ihm zulächelte und ihn auf den Schoß hob. Sie betrachteten einander eine Weile aus nächster Nähe. Dann plötzlich zeigte das Kind ihr sein Vertrauen, lehnte den Kopf an ihre Schulter, und sie legte gerührt die Arme um ihn.

«Er erkennt mich wieder», sagte sie zu Mercy. «Wir sind uns in einer anderen Inkarnation begegnet.»

Madame Liang, die in ihrer Jugend so rebellisch, so revolutionär gewesen war und sich geweigert hatte, mit ihrer Mutter in den buddhistischen Tempel zu gehen, kehrte nun im Alter zu den Lehren ihrer Kindheit zurück. Als feuriges junges Mädchen, das sich stets gegen die ältere Generation auflehnte, die Geschichte ihres Landes verachtete und die Lehren seiner Weisen ablehnte, hatte sie keine Zärtlichkeit empfunden. Jetzt, da Alter und Einsamkeit begannen, spürte sie, daß die Zärtlichkeit in ihr wuchs wie eine Blume im Schatten; sie grübelte oft über Tod und Leben ihres Geistes nach und suchte Wissen und Weisheit bei den Weisen der Vergangenheit. Ihren Töchtern war sie eine geduldige und pflichtbewußte, aber nicht sehr zärtliche Mutter gewesen. Während sie nun ihren Enkel ansah, fühlte sie eine tiefe, sanfte Zärtlichkeit in sich aufsteigen. Sie hatte keinen Sohn geboren, und dieses Kind war ihr auf seine Art näher als jedes andere. Denn obgleich Madame Liang in ihrer Jugend mit Überzeugung behauptet hatte, die Frau sei ebensoviel wert und ebenso tüchtig wie der Mann, und daher seien einer Mutter Töchter ebenso willkommen wie Söhne, waren die alten, ererbten Traditionen doch in ihr verborgen und warteten, bis das Fieber der Jugend erlosch, um wieder zum Vorschein zu kommen. In diesem Augenblick schien es ihr, als sei ihr Enkel das kostbarste Kind, das je geboren wurde, und sie begriff, daß ihre Tochter sich Sorgen machte, weil sie es in einem Land zur Welt gebracht hatte, dessen Zukunft noch ungewiß war.

«Woran denkst du?» fragte Mercy.

«Ich denke an die Zukunft dieses Kindes», erwiderte Madame Liang langsam. «Im Hinblick auf die Zukunft unseres Landes und unseres Volkes empfinde ich keine Zweifel und keine Furcht, sondern Zuversicht und Frieden. Unser Volk wird sich wieder aufrichten wie schon jahrtausendelang in der Vergangenheit, es wird bewahren, was an unserem neuen Leben gut ist, und wiederbeleben, was in der Vergangenheit gut war. Aber wo wird in der Übergangszeit dieses Kind sein Leben verbringen? In unserem riesigen, uralten Land sind hundert Jahre nicht mehr als ein Tag. Und doch sind diese hundert Jahre mehr als ein Lebensalter. Wird der Junge leiden, während wir die Weisheit der Vergangenheit entdecken? Jahrzehnte des Kampfes und des Blutvergießens stehen noch bevor, und kann der Junge sie überleben? Werden Tyrannen seinen Geist und seine Seele unterdrücken und seinen Körper foltern?»

Mercy beugte sich vor und flüsterte ihrer Mutter zu: «Ach, siehst du, genau das fürchte auch ich!»

Madame Liang dachte nach, während sie das Kind an sich drückte und küßte, das friedlich an ihrer Brust ruhte. Dann sagte sie leise: «Solange sein Vater lebt, hast du nichts zu befürchten. Ein Wissenschaftler mit seiner Ausbildung ist zu wertvoll, als daß man ihn umbringen würde.»

Die beiden Frauen sahen einander an.

«Ich danke dir, Mutter», sagte Mercy unwillkürlich auf englisch.

An jenem einsamen Ort in der fernen Provinz, wo John Sung ebenso wie mehrere hundert andere junge Wissenschaftler seiner Arbeit an der neuen Waffe nachging, nahte sich jetzt, der Heimat und der Welt verborgen, eine schicksalsschwangere Stunde. Selbst die Wissenschaftler wußten nicht, ob der Augenblick kommen würde, da die verheerendste Waffe in den Himmel aufstieg. Dennoch sickerte gleichsam ohne Worte die Nachricht durch, so daß an einem bestimmten Tag in einem bestimmten Jahr, Monate nachdem Madame Liang ihre zweitälteste Tochter in Peking besucht hatte, dreihundert junge Wissenschaftler – die meisten waren in jenem Land ausgebildet, das man sie jetzt zu hassen zwang – sich nahe jenem abgelegenen Gebiet einfanden, wo die mächtige Schöpfung freigesetzt werden sollte. Es war die erste dieser Art, und alle empfanden sie als Stolz und Ruhm des Landes. Auch John Sung, der seine Arbeit nur widerstrebend liegenließ, hatte sich im letzten Moment doch auf den Weg gemacht, um, wie er sich sagte, sein Gewissen zu beruhigen und selbst zu sehen, wie weit die anderen Forscher seines Landes es gebracht hatten. Wenn alles wie geplant verlief und der Abschuß gelang, hatten sie auf wissenschaftlichem Gebiet ein Niveau erreicht, das sie den anderen Großmächten gleichstellte und ihnen Ehre und Ruhm eintrug.

Darum fand er sich an diesem Tag mit all den anderen so nah wie möglich an diesem Ort ein, einem von hohen, dürren Bergen umschlossenen, öden Gelände. Inzwischen hatte man immer wieder Verzögerungen angekündigt. Die Sonne erreichte über dem Gipfel der östlichen Gebirgskette den Zenit, und auf die morgendliche Kühle folgte Mittagshitze. Zum drittenmal wurde eine

Verzögerung gemeldet, und die Wartenden wurden ungeduldig. John Sung zweifelte insgeheim bereits, ob man die Waffe überhaupt schon abfeuern konnte, und wollte gerade in sein Labor zurückkehren, als plötzlich über den Lautsprecher angesagt wurde, der Countdown würde sogleich beginnen. So blieb er und drängte mit den anderen nach vorn, während die schicksalsschweren Sekunden vergingen.

Aber die letzte Sekunde kam nicht. Das gewaltige Objekt, zitternd vor innerer Kraft, explodierte ohne Vorwarnung von selbst mit so mächtigem Donnern, daß die Erde bebte und der Himmel in Flammen stand. Ein Feuerregen fiel meilenweit im Umkreis auf die Wüste nieder, und dieser Regen war für sie alle tödlich.

Hauptmann Li stieg die Stufen zu dem Flügel der staatlichen Universität empor, in dem die Musikschule untergebracht war. In der Hand hielt er einen weißen Umschlag mit dem Amtssiegel des Ministers Tschao Tschung.

«Geben Sie ihr dies in die Hand», hatte Tschao Tschung befohlen. «Dann wenden Sie ihr den Rücken zu. Lassen Sie sie, als wäre sie allein. Und bleiben Sie so stehen, bis sie spricht.»

Hauptmann Li hatte salutiert, sich auf dem Absatz umgedreht und war hinausgegangen. Die Zeitungen hatten über die Explosion in der Wüste nichts berichtet. Man hatte nichts bekanntgegeben, die Leute sprachen nicht einmal flüsternd davon, Trauer war nicht erlaubt, und doch verbreitete sich das Gerücht von der Katastrophe, obwohl man keine Einzelheiten wußte, denn niemand wagte, das Grauenvolle als Tatsache darzustellen. Hauptmann Li vermutete, daß dieser weiße Briefumschlag geheime Nachrichten enthielt, aber ehrlich, wie er war, dachte er nicht einmal daran, ihn zu öffnen. Statt dessen erfüllte er standhaft und hartnäckig seine Pflicht, und gegen Sonnenuntergang fand er die Gesuchte, die eben ihr kleines Büro verlassen wollte. Als er klopfte und auf ihre Antwort hin eintrat, steckte sie gerade ein paar Bücher in eine Tuchtasche auf ihrem Schreibtisch. Er knallte die Absätze zusammen und salutierte.

«Genossin Sung, ich bringe eine Nachricht vom Minister, Genosse Tschao Tschung.»

Er reichte ihr den Briefumschlag mit beiden Händen. Sie nahm ihn, setzte sich auf den Stuhl hinter dem Schreibtisch und schlitzte den Umschlag mit einem schmalen Messingmesser auf. Er wandte ihr den Rücken zu, als sie das Schreiben herauszog. Sie las es einmal, zweimal, dreimal, dann hörte er ein langes Stöhnen.

«Sind Sie krank, Genossin?» rief er, ohne sich umzudrehen.

Sie antwortete nicht, sondern stöhnte nur, als bliebe ihr der Atem in der Kehle stecken. Er wartete, aber als sie auch dann nicht sprach, sah er sich gezwungen, über die Schulter zu blicken, um zu sehen, ob sie ohnmächtig geworden oder sogar gestorben war. Nein, keins von beiden. Sie saß da, hielt das Schreiben in der Hand, blaß, ja grün, und ihre schwarzen Augen blickten starr ins Leere. Als sie bemerkte, daß er sie ansah, sagte sie mit erstickter Stimme:

«Wissen Sie ... wissen Sie, was für eine Nachricht Sie mir überbracht haben?»

Er schüttelte den Kopf. «Nein, Genossin, ich führte nur aus, was mir befohlen wurde.»

«Dann gehen Sie», sagte sie.

Gewohnt zu gehorchen, öffnete er die Tür und ging.

Nachdem er fort war, blieb Mercy noch lange sitzen und hielt das zerknitterte Schreiben in der Hand. Ihre Schüler gingen jetzt nach Hause. Es waren inzwischen hundert. Sie hatte ihre Pflicht getan; sie hatte eine gute Schule aufgebaut, während sie auf die Rückkehr ihres Mannes wartete. Nun sollte er nie wiederkommen, und damit war auch ihrer Tätigkeit ein Ende gesetzt. Sie wollte mit ihrem Sohn das Land für immer verlassen. Sie war nicht so tapfer wie ihre Mutter, vielleicht lag es auch daran, daß sie nicht den unbeirrbaren Glauben ihrer Mutter an das eigene Volk hatte. Aber wie konnte sie allein mit dem Kind entkommen? Man beobachtete sie, man konnte sie erwischen. Die Mutter konnte sie nicht um Hilfe bitten, nein, sie durfte nicht einmal etwas davon erfahren. Wenn man entdeckte, daß ihre Mutter sie gehen ließ, würde sie schwer bestraft werden. Sie mußte die Flucht allein ergreifen. Und wenn sie um Erlaubnis bat, ihre Tante in Hongkong zu besuchen? Noch besser war es, gar nichts zu sagen und schnell und heimlich zu verschwinden.

In diesem Augenblick hörte sie ein Klavier. Jemand spielte Beethovens «Sturm», spielte gut, ja brillant. Das war natürlich Tschen, es konnte nur Tschen sein, denn er blieb oft länger da und übte, nachdem die anderen schon gegangen waren. Plötzlich wußte sie, was sie zu tun hatte. Sie steckte den Brief ein und suchte Tschen, wobei sie der Musik folgte wie einem Signal, bis sie den Raum fand, in dem er spielte. Sie öffnete leise die Tür und ging auf ihn zu. Er sah ihr Gesicht und ließ die Hände auf die Tasten sinken.

«Was ist geschehen?»

Sie vermochte nicht zu antworten, sondern zog nur das Schreiben aus der Tasche und reichte es ihm. Er las es zweimal und gab es ihr zurück.

«Wie kann ich Ihnen helfen?» fragte er, und sein Herz wurde gerührt von Mitleid und Freude. Dies war die Stunde, die er sich erträumt hatte.

Sie konnte nicht sprechen. Ihre Lippen waren trocken, ihre Zunge schien geschwollen und ihre Kehle wie zugeschnürt.

«Sie müssen mir helfen», flüsterte sie endlich.

«Sagen Sie mir nur, wie», erwiderte er.

«Ich muß fort von hier, zu meiner Tante nach Hongkong. Mein Sohn und ich – wir müssen fort. Spielen Sie weiter – vielleicht hört jemand zu.»

Er begann wieder zu spielen, sanfte Musik, an die seine Hände sich erinnerten, während sie leise sprach.

«Wenn Sie mich zur Grenze bringen könnten, würde meine Tante mich dort abholen – Sie könnten mein Bruder sein. Niemand würde auf den Gedanken kommen, daß Sie mir helfen. Sie sind dort nur einer unter vielen. Wir müßten alte Sachen anziehen wie Bauern, und allen sagen, wir seien auf dem Weg nach Kanton, wo wir Verwandte hätten – nein, das geht nicht, wir können ja nicht Kantonesisch.»

«Ich spreche Kantonesisch», sagte er, und die Musik unter seinen Fingern glitt in eine Molltonart hinüber.

Mercy sagte sich, daß es möglicherweise nicht schwer sei, die Grenze zu erreichen, aber gewiß nicht unverkleidet. Sie wagte jedoch niemandem mitzuteilen, was sie vorhatte, und so arbeitete sie noch einen Tag länger und faßte gemeinsam mit Tschen, durch eine Musikstunde getarnt, den Plan, in ein Dorf nahe der Grenze zu fliehen, wo seine Großmutter väterlicherseits lebte. Sein Vater stammte aus der südlichen Provinz Kwantung, hatte dann später in Schanghai Arbeit gefunden und kehrte nur zum Begräbnis des Vaters in die Heimat seiner Kindheit zurück. Damals war Tschen elf Jahre alt gewesen, und er erinnerte sich noch an das Dorf und seine Großmutter.

«Wir fliegen nach Kanton», sagte Tschen leise, während er weiter Klavier spielte, «aber wir müssen uns beeilen, bevor unsere Abwesenheit entdeckt wird. Übermorgen ist ein Sommerfeiertag. Am besten fliegen wir schon morgen ab, allerdings getrennt. Dann sind wir am nächsten Morgen in Kanton. Ich weiß, wie wir das Dorf meiner Großmutter erreichen. Es ist eine kurze Bahnfahrt. Wenn irgend jemand fragt, sage ich, wir seien Geschwister und besuchten unsere alte Großmutter. Im Dorf ziehen wir uns ärmliche Kleidung an und kehren sofort in die Stadt zurück, und zwar frühmorgens, aber auch nicht zu früh, denn wir müssen uns in der Menge verlieren. Wir drängen uns mit Körben voll Gemüse und Obst für den Verkauf mit den anderen zur Grenze hin.»

So besprachen sie, während seine Musik ihre Stimmen übertönte, alle Einzelheiten und führten dann ihren Plan aus. Der freie Tag kam, sie handelten rasch, und Mercy erzählte ihrer Dienerin, sie fahre in den Süden und werde erst nach vier Tagen wiederkommen. So ging alles glatt, bis sie mit einem Korb voll später Pfirsiche an einem Arm und dem Kind auf dem anderen die Grenze überschritt. Sie gelangte in der Menge mühelos in das Gebiet von Hongkong. Als sie sich in Sicherheit wußte, drehte sie sich um und wollte sehen, ob Tschen ihr gefolgt war. Denn sie hatte ihn überredet, mit ihr zu gehen, und ihm versichert, er werde in Amerika mit seiner Musik großen Erfolg haben und Geld verdienen, von dem er einen großen Teil für sich behalten könne, während sein Schicksal in der Heimat ungewiß sei. Er war jung, begabt, ihr treu ergeben, glaubte alles, was sie sagte, und versprach, dicht hinter ihr herzugehen, wenn sie den chinesischen Boden verließen. Und das wollte er auch tun, aber als er schon einen Fuß über die Grenze gesetzt hatte, packte ein Beamter ihn bei der Schulter.

«Du bist kein Bauer», herrschte er ihn an. «Welcher Bauer hat solche Hände?» Er packte Tschens rechte Hand und zeigte sie den Umstehenden. «Ist das eine schwielige Bauernhand? Selbst von einem Henkelkorb bekommt man Blasen. Zurück, du!»

Tschen konnte nur gehorchen. Mercy, die den Vorgang beobachtet hatte, fühlte, wie ihr die Tränen in die Augen stiegen. Was hatte sie diesem unschuldigen, begabten Jungen angetan? Warum hatte sie ihn gebeten, ihr zu helfen? Aber ohne ihn wäre sie wohl nicht so leicht entkommen. Tschen wandte nicht einmal mehr den Kopf, um sie zum letztenmal anzusehen, denn er wollte dem Beamten nicht verraten, daß er zu ihr gehöre, damit nicht auch sie noch aufgehalten wurde.

Sie war nun in Sicherheit auf fremdem Boden und ging mit dem Kind zu Fuß weiter zum Haus ihrer Tante. Wer an ihr vorbeikam, mußte glauben, daß sie wirklich war, was sie zu sein schien; eine junge Bäuerin in grober Kluft, das Gesicht staubbedeckt und ein blaues Taschentuch über dem Kopf, das ihr Haar verbarg. Aber während sie weiterging, trauerte sie um Tschen. Was würde nun aus ihm werden? Wenn man ihn nicht als Verräter erschoß oder ins Gefängnis warf, so stand ihm zumindest Zwangsarbeit in einem abgelegenen Ort bevor, wo keine Musik gebraucht wurde.

«Ich versichere Sie, ich weiß nichts von meiner zweitältesten Tochter», sagte Madame Liang auf chinesisch.

Tschao Tschung starrte sie an. «Ich glaube Ihnen nicht», entgegnete er auf französisch.

«Ob Sie mir die Wahrheit glauben oder nicht, liegt nicht bei mir», sagt Madame Liang fest.

Tschao Tschung starrte sie an und sprach weiter französisch. «Es ist absurd, Madame, daß wir uns in verschiedenen Sprachen streiten. Sagen Sie mir nur die Wahrheit, und ich verspreche Ihnen, Sie werden keine Strafe erhalten.»

«Warum sollte ich mich vor einer Bestrafung fürchten, wenn ich nichts weiß und nichts getan habe?»

Madame Liangs Stimme klang ruhig, und Tschao Tschung lachte. «Einigen wir uns auf englisch», sagte er.

Madame Liang lächelte nur flüchtig. «Also gut, ich wiederhole meine Aussage auf englisch. Meine Tochter hat mir von ihrer Absicht, ihre Tante in Hongkong zu besuchen, nichts erzählt. Ich bin froh, daß sie sich dazu entschlossen hat. Der Tod ihres Mannes war für sie ein furchtbarer Schlag. Er war ein edler und hervorragender Mann. Wir haben alle einen großen Verlust erlitten, nicht nur für die Gegenwart, sondern auch für die Zukunft. Daß er nur einer von vielen war –»

Tschao Tschung unterbrach sie: «Es soll nicht gesagt werden, wie viele es waren. Dieser Verlust, zusätzlich zu den Katastrophen, die vor kurzem über uns hereinbrachen, ist mehr, als das Volk tragen kann. Lassen wir es dabei, daß einige unserer Wissenschaftler –»

«Einverstanden», unterbrach ihn Madame Liang, «und ich werde nie alles sagen, was ich weiß, nicht einmal Ihnen, mein Freund. Ich werde nur sagen, ich bin froh, daß meine Tochter meine Schwester in Hongkong besucht, und ich weiß nicht, warum sie es mir nicht erzählte oder das übliche Verfahren verfolgte und um Erlaubnis bat. Dafür bitte ich Sie um Entschuldigung. Sie war von jeher die impulsivste und selbständigste von meinen Töchtern. Ich werde sie auffordern, persönlich zu Ihnen zu kommen und Sie um Verzeihung zu bitten, und ich hoffe, daß Sie ihr diesen Verstoß nachsehen. Sie war zu lange in Amerika.»

Bei diesen Worten veränderte sich Tschao Tschungs Gesicht, und er sah sie scharf an. Sie begegnete seinem Blick mit unschuldiger, sanfter Miene.

«Haben Sie sonst nichts zu sagen?» fragte er.

«Nichts», antwortete sie.

«Deine Schwester ist eine Defätistin», sagte Liu Peng streng.

Grace gab keine Antwort. Sie wartete, bis er weitersprach. Die Nachricht von der Flucht ihrer Schwester hatte sie bereits auf dem üblichen Weg über die Dienerschaft erreicht. Am Abend zuvor hatte die Frau, die für die kleine Wohnung und das Kind gesorgt hatte, das Hausmeisterehepaar im *hutung* Drei Füchse besucht. Sie hatten eine Stunde zusammen verbracht und laut gelästert, und bevor sie sich verabschiedeten, alle Neuigkeiten über die Schwestern Liang ausgetauscht. Eine war mit ihrem Kind durchgebrannt; die andere lebte mit dem berühmten jungen Chirurgen Liu Peng in wilder Ehe, die dritte war ganz in Amerika geblieben. Sie kritisierten alle drei, denn die alten Traditionen waren tief in den Herzen der einfältigen Leute verwurzelt. Diese Mißbilligung beeinträchtigte jedoch keineswegs ihr Pflichtgefühl, und sie blieben ihren neuen Arbeitgebern ebenso treu wie einst ihren dem Spiel ergebenen, opiumrauchenden Herrschaften.

So erfuhr Grace durch Wang Ma von der Abreise ihrer Schwester. Die alte Frau war bei Grace eingetreten, hatte die Tür hinter sich geschlossen und in zischendem Flüsterton gesagt:

«Ältere Schwester, vorgestern abend hat Ihre zweite Schwester ein paar Kleider für sich und das Kind eingepackt und das Nachtflugschiff nach Süden genommen. Sie hat nicht gesagt, daß sie Ihre Mutter besuchen wolle, aber sie hat auch nicht gesagt, daß sie es nicht wolle. Wenn man dies und das zusammentut, so sieht man, daß sie es nicht tat, denn heute nachmittag kam Li, ein Offizier, und fragte, ob sie zu Hause sei. Jene demütige Seele, ihre Dienerin, antwortete, ihre Herrin sei nach Süden gefahren, um ihre ehrenwerte Mutter zu besuchen. Er sagte, das habe sie nicht getan, denn sie habe niemandem in der Musikschule davon erzählt, was sie gewiß getan hätte, wenn sie einen solchen Besuch vorgehabt hätte. Die Dienerin konnte darauf nur sagen, daß sie nichts wisse. Und nun, da mein Alter, die Dienerin und meine demütige Person dies und das zusammentaten, glauben wir, daß sie geflohen ist.»

«Wohin geflohen?» fragte Grace.

Die alte Frau zog die hageren Schultern in die Höhe. «Wer weiß? Es gibt nur zwei Fluchtwege, einer führt zu ihrem Mann, der andere nach Hongkong. Die Wahrheit ist ...» hier kam die Frau ihr so nahe, daß Grace vor ihrem stinkenden Atem den Kopf abwandte, «... die Wahrheit ist, Ältere Schwester, daß Ihre zweite Schwester hier nie glücklich gewesen ist. Und sie hat am Tag zuvor irgendeine schlechte Nachricht erhalten, denn sie schluchzte die ganze Nacht.»

«Hat sie nichts gesagt?» fragte Grace.

«Ihre zweite Schwester sagte nie etwas, weder neulich noch vorher.»

Grace war klar, daß dieses Gerede die Wahrheit enthielt, denn die Dienerschaft weiß ja immer über ihre Herrschaft Bescheid. Darum wartete sie jetzt, bis Liu Peng fortfuhr. Es war Abend; sie hatten eben gegessen, und jetzt saßen sie noch eine Weile im mittleren Zimmer, bevor sie zu Bett gingen.

«Deine Schwester ist über die Grenze gegangen. Ein Schüler begleitete sie, ein junger Mann namens Tschen; er wurde jedoch geschnappt, bevor er hinüberkam. Der diensthabende Beamte war schlau, und Tschen verriet sich durch seine Hände, obwohl er als Bauer gekleidet war. Seine Hände waren weich und sauber. Er wurde zum Verhör und zur Bestrafung nach Peking geschickt. Und er hat bereits gestanden.»

«Was gesteht er?» fragte Grace. Es gehörte mit zum Elend ihrer Liebe zu Liu Peng, daß sie sich stets physisch seiner Nähe bewußt war. Während er sprach, sah sie unwillkürlich seinen Mund, seine Augen, seine ausdrucksvollen Hände, den Ansatz seines Kopfes auf den breiten Schultern, die Anmut seines geschmeidigen Körpers, der ihr jetzt so vertraut war und dennoch einen immer mächtigeren Zauber auf sie ausübte.

«Ganz einfach, daß er nach Amerika wollte, weil er meinte, dort bringe ihm sein Talent mehr Geld ein!»

Liu Pengs volle starke Stimme klang zornig. Grace lachte.

«Die Todsünde, daß man nach Amerika gehen und Geld verdienen will!» bemerkte sie leichthin.

Liu Peng mißfiel ihre Antwort. «Du sprichst wahrer, als du denkst», erwiderte er. «Ich jedenfalls verstehe nicht, wie ein junger Mann in unserem Land sich heutzutage so tiefgehend verirren kann, nachdem er in der Schule unterwiesen wurde. Ich stimme immer mehr mit dem Vorsitzenden darin überein, daß das alte Feuer der Revolution in unseren jungen Männern erlischt. Gewiß, er spricht von unserer Armee, von den einberufenen jungen Soldaten, die von den schlimmen Zeiten der Vergangenheit und der Bitterkeit jener Tage nichts ahnen und daher die Annehmlichkeiten der Gegenwart nicht zu schätzen wissen. Sie können aus den Erinnerungen unserer älteren Revolutionäre nicht lernen, was sie nicht selbst erfahren haben.»

Grace hörte trotz seiner körperlichen Anziehungskraft interessiert zu. Ihr waches Gehirn reagierte sofort. «Vielleicht brauchen die Jungen einen neuen Idealismus; vielleicht spricht sie der Nationalismus mehr an als die Revolution!»

Liu Peng grübelte über ihre Antwort nach. Der Reiz dieser Frau war für ihn nicht in erster Linie physisch, sondern geistig bedingt. Er hatte noch nie eine Frau gekannt, mit der er eher Gedanken austauschen als nur Umarmungen erleben mochte. Gewiß verband sie eine starke gegenseitige Leidenschaft, aber die seine war zuerst durch wachsende Bewunderung für ihre Gelehrtennatur und ihre berufliche Tüchtigkeit geweckt worden. So empfand er auch, obwohl er sich nie erlaubt hatte, bestimmte Fragen zu stellen, die eine geheime Neugier ihm eingab, ihre Fremdheit, ihre Kenntnis des großen unbekannten Feindes, ihre persönliche Erfahrung in jenem verbotenen Land, den Vereinigten Staaten, als erregend. Seine Neugier wuchs mit zunehmendem Staunen über ihre Tüchtigkeit. Sie hatte eine hervorragende Ausbildung genossen; als aufrichtiger Mensch mußte er sich eingestehen, daß sie ihn in technischer Perfektion übertraf. Manchmal nahm er ihr diese Überlegenheit übel. Dann begegnete er ihr schroff; er wußte, daß er sie damit verletzte, konnte es ihr jedoch nicht erklären. Jetzt begann er zu begreifen, daß sie die erste Frau war, die jemals seine Liebe geweckt hatte. Die anderen waren nur Fleisch für sein Fleisch gewesen.

Er zwang sich, ihr zuzuhören. «Außerdem bin ich nicht sicher, ob wir es richtig machen, wenn wir nach so langer Zeit wieder zu den alten Methoden der Revolution zurückkehren. Nationen wachsen wie Menschen.»

«Woran denkst du dabei?» fragte er.

«Beispielsweise an den vor kurzem verkündeten Beschluß, die professionelle Differenzierung in der Armee aufzuheben», sagte sie. «Den Beschluß, Offizierstitel, Uniformen und Rangabzeichen abzuschaffen und jeden, ohne Rücksicht auf seine Stellung, mit Genosse anzureden.»

«Aber damit soll dem Rangbewußtsein, der Hoffnung auf persönlichen Ruhm und finanzielle Belohnung begegnet werden», erklärte er.

«Aber gerade das ist ein notwendiger Anreiz – davon leben die Menschen!» beharrte sie.

«Bourgeoisvorstellungen!» rief er.

«Auch so ein altes Schlagwort!» erwiderte sie lachend.

Ihr Lachen regte ihn jedesmal auf. Wie konnte sie es wagen zu lachen! Die geistigen Auseinandersetzungen zwischen ihnen erhitzten nun auch seinen Körper. Er wolle sie unterwerfen, ihr seinen Willen und seine Denkweise aufzwingen.

«Du weißt nicht, was du redest», schrie er und klatschte sich mit beiden Händen auf die Knie.

«Dann sag mir, wovon du sprichst», entgegnete sie herausfordernd. Er hatte durchaus nicht die Absicht, ihr jetzt oder irgendwann einmal zu erzählen, was er erst gestern von seinem Freund, einem Offizier, Hauptmann Lis Vorgesetztem, erfahren hatte.

Hauptmann Li, von nun an nur noch Genosse Li genannt, hatte, während er ihm eine Einladung zum Abendessen übergab, als erster neue wichtige politische Maßnahmen erwähnt.

«Der Genosse über mir lädt Sie dringend zum Abendessen ein», hatte er gesagt.

«Warum dringend?» hatte Liu Peng gefragt.

«Es sind neue Befehle von der Spitze eingetroffen», antwortete Genosse Li wichtigtuerisch.

Liu Peng hatte, wenngleich widerwillig, eine Operation verschoben und sich mit seinem Freund vom Militär getroffen, den er seit der gemeinsamen Schulzeit in Nanking, der südlichen Hauptstadt der nationalistischen Regierung, kannte.

«Der Vorsitzende», hatte sein Freund über einer prächtigen Pekingente berichtet, «hat bestimmt, es müsse ein neuer Weg gefunden werden, um Grundbesitzer, reiche Bauern und schlechte Elemente aller Art zu bekämpfen. Er fürchtet, wenn dieser revolutionäre Kampf nicht fortgesetzt werde, könne unser Volk wieder in den Revisionismus und sogar in den Faschismus zurückverfallen.»

«Und worin besteht der neue Weg?» hatte Liu Peng wissen wollen.

«Du wirst es sehen!»

«Was werde ich sehen?» hatte Liu Peng weiter gedrängt.

«Die Jungen werden sich erheben. Der Vorsitzende will unsere Jugend einsetzen. Der Aufstand, Ursprung der Revolution, ist der Jugend eingeboren.»

Während seiner Enthüllungen vergaßen sie zu essen, und der Morgen dämmerte herauf, als Liu Peng sich schließlich von seinem Freund verabschiedete.

«Sag es niemandem», hatte der Offizier gebeten.

Liu Peng hatte es ihm versprochen.

Aber der Offizier hatte ihn noch bei der Schulter festgehalten.

«Deine Genossin – Liang, die Ärztin – ist in Amerika ausgebildet worden.»

«Ich habe keinen Grund, es ihr zu sagen», hatte Liu Peng versichert.

Und er hätte tatsächlich keinen Grund gehabt, wenn sie es nicht heute abend darauf angelegt hätte, ihn mit ihrem Lachen herauszufordern. In solchen Fällen setzte er alle Mittel gegen sie ein, um sie gefügig zu machen. Und nun umriß er, trotz seines Versprechens, die Pläne, von denen er am Abend zuvor erfahren hatte. Sie hörte ungläubig zu.

«Ich bin erschrocken, ich bin entsetzt», rief sie aus. «Meinst du wirklich, daß man jetzt auch in der Armee, statt daß unsere Männer ordentlich schießen und die Methoden der modernen Kriegsführung beherrschen lernen, über Revolution und politische Schulung reden will? Aber das ist doch mittelalterlich! Das ist der gleiche Wahnsinn, wie wir ihn von früher kennen, ganz ähnlich dem Aberglauben der Boxer, die meinten, daß ihre Ideen sie für westliche Gewehre immun machten! Wie sehr ist unser Volk für diesen Wahnsinn bestraft worden, und welche Schande hat es erleiden müssen! Und jetzt will man den gleichen Fehler wiederholen! Wir beide wissen doch, daß keine Ideologie die harte Disziplin des Lernens ersetzen kann. Und das trifft auf jeden Beruf zu. Ohne ‹Fachleute› können wir nichts erreichen!»

«Ohne den revolutionären Geist können wir auch nichts erreichen», entgegnete Liu Peng trotzig.

«Das bedeutet also eine neue Säuberung!»

Ihr Gesicht und ihre Stimme wurden ernst. Für den Augenblick hatte sie ihn tatsächlich vergessen, und das konnte er nicht ertragen.

«Warum streiten wir uns eigentlich?»

Das war eine Forderung, und er stand unvermittelt auf. Mit zwei Schritten war er bei ihr, und sie lag in seinen Armen. Sie gab sich sofort und rückhaltlos hin. Sie hatte ihn gelehrt, seine Liebe in Kuß und Umarmung zu äußern, und als er sie jetzt an sich drückte, spürte sie wieder die alte, süße Mattigkeit im Blut aufsteigen. Jede Auseinandersetzung, jeder Streit endete in seinen Armen, und sie war glücklich, daß es so kam, denn sie konnte sich mit dem grundlegenden Unterschied nicht abfinden, der sich in jedem Bereich ihres Wesens offenbarte, außer in der körperlichen Liebe. Ihre aristokratische Mutter, mit ihrem sanften, aber festen Charakter, beherrscht und selbständig, hatte ihre Töchter geformt. Sein Vater hingegen, ein streitsüchtiger, ungebildeter, engstirniger «reicher» Bauer – dieser «Reichtum» bestand aus zwanzig Morgen Land, das seine Pächter für ihn pflügten – hatte einen rebellischen Sohn aufgezogen. Jetzt, in den Armen ihres Geliebten, fragte sie sich, warum sie ihn und warum er sie liebte, und sie fand darauf keine Antwort.

In solchen Augenblicken, die sie instinktiv zu vermeiden suchte, wußte sie, daß sie seine durch engstirnige revolutionäre Doktrinen eingeengte geistige Persönlichkeit nicht achtete und nicht achten konnte. Sie wußte, daß sie ihn bedauern mußte, wenn sie sich das erlaubte, aber sie ließ es nicht zu. Sie unterdrückte jede Kritik an ihm, indem sie sich, wenn er nicht in ihrer Nähe war, an die Stärke und Schönheit seines Körpers erinnerte, an die natürlichen Freuden ihres Liebeslebens und seine glänzende Auffassungsgabe, da er so rasch von ihr gelernt hatte, Liebe in Worten und Zärtlichkeiten auszudrücken.

Später, als er schlafend in ihren Armen lag, fiel ihr ein, daß sie ihre Schwester Mercy ganz vergessen hatte.

Madame Liang inspizierte die Wirtschaftsräume, wobei Tschu San ihr auf den Fersen folgte. Sie begutachtete und bemängelte, was sie dort sah – die riesigen Hackbretter waren nicht weiß geschrubbt; die Töpfe blinkten nicht, wie sie es wünschte; die Abfälle wurden nicht schnell genug fortgeräumt und die Reste nicht rasch genug aussortiert, damit die hungrigen Armen sie noch verwenden konnten.

Die hungrigen Armen? Sie standen dort in der Dämmerung, wie sie immer dort gestanden hatten, schlichen vor die Hintertüren, hielten ihre leeren Schalen hin und blickten sich stumm und furchtsam um. Es konnte ja ein Verbrechen sein, zu hungern und zu betteln. Früher hatten Hunger und Bettelei nicht als Verbrechen gegolten, aber in diesen Zeiten konnte man unverhofft unwissentlich ein Verbrechen begehen.

Tschu San nickte nach jeder Anweisung Madame Liangs. Sein Gedächtnis glich einem Tonbandgerät. Nachdem Madame Liang auch die Eßzimmer der Dienerschaft, die Kellner und Köche und deren Kittel gemustert hatte, zog sie sich in ihre Privatgemächer zurück und überdachte ihre Lage. Es stand schlecht, alles war so verworren. Seitdem Mercy mit dem Kind bei ihrer Schwester in Hongkong eingetroffen war, fühlte Madame Liang sich beobachtet. Äußerlich ging alles noch den gleichen Gang. Ihre Vereinbarungen mit den Oberen blieben unverändert. Seit zehn Jahren gehörte theoretisch ihr ganzes Privateigentum dem Staat, und dadurch war sie gewissermaßen eine staatliche Angestellte, die für Gehalt arbeitete. Praktisch jedoch betrieb sie ihr Restaurant wie zuvor, und offiziell forderte man von ihr keine Abrechnungen, obgleich sie jederzeit bereit war, sie auf Wunsch vorzulegen.

Natürlich wäre sie empört gewesen, wenn man diese Forderung jemals gestellt hätte, denn ein solches Mißtrauen hätte sie nicht dulden können.

Nachdem sie ihre geschäftlichen Angelegenheiten geordnet hatte, setzte sie sich mit einer Tasse grünen Tees in ihr Wohnzimmer und dachte weiter nach. War ihr Unbehagen vielleicht auf die überall im Lande spürbaren Unruhen zurückzuführen? Diese Unruhen nahmen allmählich die Form einer Rebellion der Jugend an, die sie bis vor kurzem noch nicht ernst genommen hatte, da die Jugend stets aufrührerisch ist. Außerdem schienen diese Bewegungen in ihrer Heimat viel weniger bedenklich als das, was sie über die mörderischen Überfälle der Jugend in anderen Ländern, besonders in den Vereinigten Staaten, in den Zeitungen las. Joy hatte in ihren Briefen die Aufstände der amerikanischen Jugend nie erwähnt, vermutlich, weil sie sich vor der Zensur hüten mußte. Wer wußte schon, wie es in der Welt draußen aussah? Schon die Neugierde war verboten, denn sie konnte zu Kontakten führen und vom Kontakt zur Beeinflussung.

Sie seufzte und fühlte sich plötzlich alt und einsam. Dabei konnte sie eigentlich zufrieden sein. Zwei ihrer Töchter und ihr Enkel waren in Sicherheit. Irgendwann einmal würde sie einen Brief von ihrer jüngsten Tochter in New York erhalten, in dem es hieß, Mercy und der kleine Junge seien angekommen. Ihre Schwester in Hongkong hatte die Nachricht bereits geschickt einfließen lassen.

«Deine zweitälteste Tochter besucht mich für ein paar Tage. Danach kehrt sie zu ihrer Schwester zurück.» Der Schlüssel lag in dem Wort «zurückkehren». Eine Rückkehr zu Grace war undenkbar, denn die beiden hatten sich allzusehr voneinander entfremdet. Darum war wohl die Rückkehr zu Joy nach Amerika gemeint. Und das konnte natürlich nicht in ein paar Tagen geschehen. Die Amerikaner hatten auch ihren Stolz und bewachten ihre Grenzen. Da mußten noch viele Papiere unterzeichnet und hin und her geschickt, viele Bürgschaften geleistet werden, bevor Mercy in einen amerikanischen Hafen einlief. Sobald sie einmal dort war, konnte Madame Liang endlich Ruhe finden und brauchte sich keine Sorgen mehr zu machen, obwohl sie die beiden Töchter vielleicht nie wiedersehen würde. Ja, sie mußte sich der Wahrheit stellen. Nie würde sie Joy wiedersehen und ihren Schwiegersohn Hsuan kennenlernen, den bedeutenden Künstler, der sich hartnäckig weigerte, in die Heimat zurückzukehren. Und auch mit Mercy und dem kleinen Enkel gab es kein Wiedersehen mehr. Das schmerzte sie zutiefst. Nie sollte sie diesem hübschen Jungen wieder begegnen, zumindest nicht in dieser Inkarnation. Er würde in einem anderen Land aufwachsen, seinem eigenen Volke fremd, er würde heiraten und Kinder haben, die ihr alle fremd blieben, denn sie wußte, daß seine Mutter ihm nicht erlauben konnte, seine Sicherheit dort drüben zu riskieren. Und es mußte noch viel Zeit vergehen, bis der Frieden in dieses zerrüttete Land einkehrte.

Denn wer konnte schon sagen, was hier vor sich ging? Sie hatte immer geglaubt, sie wisse es, aber jetzt konnte sie sich das nicht einmal mehr vortäuschen. Die brutalen jungen Leute zerstörten und brandschatzten, durch eine geheime Erlaubnis ermutigt, im Namen des betagten Vorsitzenden. Man konnte dieser Entwicklung nur Einhalt gebieten, indem man ihnen die geheime Erlaubnis entzog, aber in der Armee fanden insgeheim interne Machtkämpfe statt. War der Chef des Generalstabs im Laufe einer Säuberung beseitigt worden? Man hatte ihn seit dem zehnten Monat des vergangenen Jahres nicht mehr gesehen. Und wenn er tot war, wie viele wurden dann wie er «gesäubert»? Es fiel ihr auf, daß seit mehreren Monaten keine hohen Militärs mehr in ihrem Restaurant erschienen waren. Man redete jetzt überall von einem weiteren großen Sprung nach vorn, obwohl der erste mißlungen war. Der Streit zwischen Ideologen und Fachleuten, den Industrie- und Militärexperten, flackerte erneut auf. Der alternde Vorsitzende behauptete unbeirrbar, der Geist der Revolution müßte den Mangel an technischem Wissen aufwiegen – eine derart unpraktische Idee, daß Madame Liang ihren

Ärger unterdrückte, damit sie sich nicht verriet und sich im Chaos all derer verlor, die ihre Mißbilligung zu äußern wagten. Sie konnte nur wie viele ihrer Landsleute warten, bis der Vorsitzende starb und das Volk wieder an die Macht gelangte.

Inmitten dieser Überlegungen kam ihr der erschreckende Gedanke, daß sie vielleicht selbst noch vor jener Zeit sterben und so nicht mehr erleben konnte, wie die alte Weisheit der Vergangenheit wieder erstehen würde. Sie war nun ganz allein, bis auf Grace, ihre älteste Tochter in Peking, und sie vermied es, an sie zu denken, denn sie fürchtete die Konfrontation, da sie die Lage, in der Grace lebte, nicht mehr übersehen konnte. So hatte sie keine Menschenseele mehr, an die sie sich wenden konnte, falls sie krank – oder verhaftet würde. Es bestand stets die Möglichkeit, daß man für unbewußte Sünden gegenüber dem Staat verhaftet wurde. Sie war sich seit Jahren darüber klar, aber bisher hatte sie keine Angst gehabt, weil sie sich nie so einsam gefühlt hatte.

Während sie sich dieser Einsamkeit bewußt wurde, dachte sie zugleich auch an das Kind, ihren Enkel, den sie nun nie wiedersehen würde. Ohne ihn hatte sie keinen Anteil mehr an der Zukunft. Ihre Töchter waren schließlich auch nur Frauen. Ohne einen Enkel gab es für sie keine Zukunft. Sie lachte – ein bitteres Lachen. Der alte Aberglaube lebte immer noch in ihr, wie er auch im Volk weiterlebte, und dauerte bis zu ihrem Tod fort. Nie würde sie sich davon befreien können, und sie gestand sich nun auch ein, daß sie das eigentlich gar nicht wollte. Was aber würde geschehen, wenn sie starb? Was würde geschehen, wenn ihre ganze Generation ausstarb und nur diese rücksichtslose, unwissende Jugend am Leben blieb? Wer konnte dann die Weisheit der Vergangenheit wieder einsetzen? Jahrtausende der Weisheit und der Größe in ein paar Jahren vernichtet!

Der Gedanke war so furchtbar, daß sie aufstand.

«Tschu Ma», rief sie, «Tschu Ma, komm her!»

Die alte Frau, die sich stets in der Nähe ihrer Herrin aufhielt, lief ins Zimmer. «Hier bin ich», rief sie.

«Ich fliege zu meiner Tochter nach Peking», sagte Madame Liang. «Ich habe jetzt nur noch sie.»

In Peking war Hochsommer, als Madame Liang bei Grace eintraf. Sie hatte die Abreise so lange verschoben, bis ihre niedergeschlagene Stimmung verging, und das hatte länger gedauert, als sie erwartete. Dafür gab es mehrere Gründe: Zuerst einmal mußte sie wissen, daß ihre zweitälteste Tochter mit ihrem Enkel sicher in den Vereinigten Staaten angekommen war. Und diese Gewißheit hatte sie jetzt durch einen Brief ihrer jüngsten Tochter erhalten; Joy hatte ihrer Tante in Hongkong geschrieben, und diese hatte den Brief geschickt in einem Glas kandierter Kokosnuß versteckt und weitergesandt. Madame Liang erhielt die Nachricht, und sie las den Brief dreimal und noch einmal, bevor sie ihn mit einem Streichholz anzündete und die Asche aus dem Fenster blies. Joy schilderte in wenigen Worten, wie glücklich sie sei, daß Mercy und das Kind nun geborgen waren, und zwar mit Hilfe von Mr. und Mrs. Brandon, so daß kein Grund mehr zur Sorge bestand, es sei denn um die Mutter selbst.

«Komm zu uns, liebe Mutter», schrieb Joy. «Du hast meinen Mann nie gesehen. Er ist so gut zu mir. Ich erwarte mein erstes Kind und bin glücklich. Komm und sieh dir deine Enkelkinder an. Ich denke immerzu an dich. Hsuan ist ein bedeutender Maler, aber auch ich mache Fortschritte. Für mein Porträt von dir habe ich einen Preis bekommen. Ich mußte es nach der Erinnerung malen. Komm, Mutter, und bleibe bis ans Ende deines Lebens bei uns. Wir werden alle zusammen wohnen.»

Madame Liang hatte seit langem nicht mehr geweint, gleichgültig was für ein Kummer sie bedrückte, aber als sie diese liebevollen Worte las und an ihre Enkelkinder dachte, stiegen ihr die seit langem versiegten Tränen in die Augen. Warum sollte sie dieses Land des Aufruhrs nicht verlassen? Dieser Aufruhr würde dauern, so lange sie lebte. Das Land war so ungeheuer groß, das Volk so zahllos, daß Jahrzehnte, ja vielleicht hundert Jahre vergehen mußten, bevor die alte Ordnung wiederhergestellt oder eine neue geschaffen werden konnte. Denn welches Haus läßt sich, ist es einmal zerstört, in seiner ganzen Bedeutung wiedererrichten? Und wie konnte man wissen, bevor ein weiteres Menschenalter verging, welche Errungenschaften des gegenwärtigen Zeitalters man bewahren sollte? Nein, wie lange sie auch leben mochte, konnte sie doch nicht hoffen, den Frieden noch zu erleben. Warum also bleiben, um Revolution und Gegenrevolution zu erleben, die sie weder umgehen noch beenden konnte? Darum fühlte sie sich ernsthaft versucht, sich in die Vereinigten Staaten abzusetzen. Während sie hier allein in ihrem Zimmer saß, stellte sie sich ihr Leben in jenem anderen Land vor, in Frieden und von ihren Enkeln umgeben. Dann erinnerte sie sich wieder an ihre älteste Tochter. Wie konnte sie so einfach fortgehen und Grace über ihr Verbleiben in Unwissenheit lassen? Darum hatte sie beschlossen, nach Peking zu reisen und weder Tschu Ma noch Tschu San mitzunehmen. Sie wollte mit ihrer Tochter allein sein.

Dies war der erste Abend im Hause ihrer Tochter im *hutung* Drei Füchse. Grace und sie saßen draußen im Hof, Palmwedel in den Händen, und warteten, daß Liu Peng nach Hause kam. Madame Liang hütete sich, ihrer Tochter Vorwürfe zu machen, und verhielt sich so, als sei Liu Peng wirklich ihr Schwiegersohn und nicht nur ein Eindringling im Hause ihrer Tochter. Während sie warteten, erhob sich eine schwache Brise, und Madame Liang ließ den Fächer sinken.

«Vielleicht kann Liu Peng mir sagen, ob es stimmt, daß sich im Süden ganze Heere unseres Volkes bekämpfen?» sagte sie.

«Was hast du da gehört?» fragte Grace.

«Ich habe gehört, daß in Wuchow an der Grenze zwischen den Provinzen Kwangtung und Kwangsi ein Krieg zwischen Gegnern und Anhängern des Vorsitzenden ausgebrochen sei. Zweitausend Häuser wurden zerstört oder schwer beschädigt, und Tausende sind obdachlos.»

«Liu Peng wird es wissen», sagte Grace.

Als sie diesen Namen erwähnte, trat ein Schweigen ein, und es schien, als wartete die Tochter, daß die Mutter dieses Schweigen breche. Madame Liang jedoch hatte nicht das Gefühl, es sei höchste Zeit, etwas gegen Liu Peng zu sagen. So berichtete sie weiter über den Aufruhr.

«Ich fürchte, daß für viele Leute der sogenannte Klassenkampf nur ein Vorwand ist, um sich an alten Feinden zu rächen, und für Banditen und junge Rowdies ein Anlaß, sich die Unordnung zunutze zu machen, um zu morden. In Nanning, der Hauptstadt der Provinz Kwangsi, verriegeln die Leute bei Einbruch der Dunkelheit ihre Türen. Die Straßen sind dunkel, und nur Plünderer und einander bekämpfende Gruppen lungern noch umher. Die Schulen waren anderthalb Jahre lang geschlossen. Im letzten Frühjahr öffnete man sie wieder für kurze Zeit, schloß sie dann aber erneut wegen der Unordnung. Und Nanning ist nur eine von vielen solchen schwer heimgesuchten Städten. Ach ja, unser Land ist zerrissen und unser Volk verstört.»

«Mutter», sagte Grace, «ich wünschte, du sprächest nicht über diese Dinge, nur, um nicht über das zu reden, was dir eigentlich am Herzen liegt. Sag mir, was du wünschst.»

Sie sprach schon lange nicht mehr englisch, sondern nur noch chinesisch. Madame Liang war erstaunt, daß ihre Tochter ihre geheimsten Gedanken so klug erraten hatte, wollte sich jedoch nicht zwingen lassen.

«Erzähl mir von deiner Arbeit, mein Kind», sagte sie mit einschmeichelnder Stimme.

Ihre Tochter lachte hell auf. «Mamachen, du bist so ... köstlich! Meinst du, ich wüßte nicht, warum du gekommen bist? Na gut, meinetwegen halten wir es so, wie du willst. Worin meine Arbeit besteht? Nun, Ehrenwerteste, ich soll unsere chinesische Volksmedizin studieren, sie chemisch analysieren und prüfen, ob sie die notwendigen Elemente zur Heilung bestimmter Krankheiten enthält, die sie angeblich heilen soll.»

Madame Liang überhörte den zärtlich neckenden Ton im Lachen ihrer Tochter. Graces Antwort amüsierte sie.

«Und findest du diese Elemente angemessen?»

«Erstaunlich oft, ja», erwiderte Grace ernst. «Und Doktor Tseng ist ein erstaunlich guter Arzt. Er kennt den menschlichen Körper genau und stellt treffende Diagnosen. Sein Fehler besteht darin, daß er allzu primitive Arzneien verschreibt. Und er weiß auch nichts von der Existenz der Bakterien. Irgendwann einmal weigerte sich unser Volk oder es wurde ihm verboten, moderne wissenschaftliche Verfahren zu entwickeln, denn sie setzen Gedankenfreiheit und Experiment voraus.»

Madame Liang reagierte rasch und hakte bei dem Wort «Freiheit» ein.

«Ja, du erfaßt den Kern der Wahrheit», bemerkte sie. «Die alten Herrscher erlaubten dem Schöpfer keine Freiheit, aber die neuen tun es ebensowenig.»

Bevor Grace antworten konnte, hörten sie ein donnerndes Pochen am Holztor; der alte Diener kam aus der Küche gelaufen, schob den Balken zurück, und Liu Peng trat ein. Er war ein ungewöhnlich hochgewachsener Mann und dunkler als die meisten Männer aus dem Norden. Er wirkte erschöpft, und seine Augen unter den schwarzen Brauen waren tief umschattet. Auf seinen Hosen unterhalb der Knie und auf seinen Tuchschuhen waren Blutstropfen zu sehen.

Er verneigte sich leicht gegen Madame Liang und wandte sich an Grace. «Gestatte, daß ich mich umziehe. Ich hatte heute zu viele Operationen. Am Stadtrand ist es zu Kämpfen gekommen.»

«O bitte, ruhen Sie sich aus. Sie müssen sehr müde sein», sagte Madame Liang höflich.

Aber er war schon wenige Minuten später wieder da, und Grace schenkte ihm eine Schale Tee ein. Er nahm sie mit beiden Händen, verneigte sich flüchtig zu Madame Liang hinüber, trank den Tee und stellte die Schale auf einen kleinen Bambustisch neben sich.

«Sie sprachen über die neuen Herrscher, als ich hereinkam, Madame Liang?»

Bevor sie antworten konnte, erwiderte ihre Tochter für sie.

«Meine Mutter sprach über die Wissenschaft und fragte sich, warum unser Volk in seiner langen Geschichte keine modernen Verfahren entwickeln konnte.»

Madame Liang wies jedoch diese Hilfestellung zurück. «Ich sagte, daß die Unterdrückung durch die Herrscher die Entfaltung der Technik behindert hat.»

Zu ihrer Überraschung stimmte Liu Peng von Herzen mit ihr überein. «Sie haben ganz recht, Madame! Die Kaiser waren so verbohrt in die starren Regeln des Konfuzius, daß sie keine Initiative oder Neuerung duldeten. Das war der Tod der Wissenschaft.»

Madame Liang fühlte sich durch diese Zustimmung ermutigt und führte ihren Gedanken zu Ende. «Und ich meinte ferner, junger Herr, daß unsere gegenwärtigen Machthaber ebenfalls keine Gedankenfreiheit dulden.»

Liu Peng sah sie mit seinen schwarzen Augen durchdringend an. «Bevor es Freiheit geben kann, muß Ordnung herrschen», erläuterte er.

Diese schwierigen Auseinandersetzungen zogen sich noch über mehrere Tage hin. Madame Liang erkannte beinahe gegen ihren Willen in diesem starken, dominierenden jungen Mann eine Macht, die sie nicht analysieren konnte und widerstrebend bewundern mußte. Viele Stunden verbrachte sie allein, denn die beiden jungen Leute gingen täglich zur Arbeit, aber Grace kam vor Liu Peng nach Hause, und so verbrachten Mutter und Tochter ein paar gemeinsame Stunden.

Eines Tages wandte sich Madame Liang mit folgenden Worten an ihre Tochter: «Deine Schwestern flehen mich an, dieses aufgewühlte Land zu verlassen und meine letzten Jahre bei ihnen zu verbringen.»

Es war ein regnerischer Abend; die Luft war nach einem Gewitter abgekühlt. Sie saßen im Mittelzimmer, während der Regen vom Ziegeldach tropfte und vor der offenen Tür zum Hof einen silbrigen Vorhang bildete. Madame Liang war der Tag lang und ruhig erschienen, und doch bewiesen ihr ferne Geräusche, die über die Mauern des Hofes herüberkamen, daß in der Stadt Aufruhr herrschte. Sie hatte Schreie, lautes Jammern und Weinen gehört, stellte aber dem Dienerehepaar keine Fragen. Sie konnten ja doch nicht verstehen, was geschah, und waren ohnehin schon ängstlich genug. Als sie einmal mittags selbst ans Tor ging, um hinauszusehen, faßten die Alten sie bei den Armen und baten sie, das Tor nicht zu öffnen.

«Es ist bekannt, daß der berühmte Doktor Liu Peng hier lebt, darum sind wir sicher, solange das Tor geschlossen bleibt», sagten sie, «aber wenn wir es offenlassen, können wir dann die Verantwortung für Ihr Leben übernehmen? Überall streifen brutale junge Leute durch die Straßen und suchen Menschen, die sie umbringen wollen.»

Sie war entsetzt. «Aber wen wollen sie denn hier in der Hauptstadt umbringen?»

«Alle, von denen sie meinen, sie seien reich und gehorchten dem Vorsitzenden nicht.»

Sie hatte nachgegeben und war den ganzen Tag lang hinter dem verriegelten Tor geblieben. Es regnete unaufhörlich, so wie auch jetzt am Abend.

«Erwägst du wirklich, unser Land zu verlassen?» rief Grace.

«Da ich doch nicht helfen kann und soundso viele Jahre vergehen müssen, bevor wir Frieden haben, und da ich allein und ohne Enkel leben muß –» Hier unterbrach sich Madame Liang mit listigem Ausdruck. «Und du, meine Tochter, so wie du lebst mit diesem Mann, der dein Liebhaber ist und niemals dein Mann wird – oh, ich kann dich gut verstehen! Er ist ein Mann von gewaltiger Macht. Aber du bist eine starke Frau ... nein, ich kann doch nicht verstehen, warum ihr nicht heiratet!»

Grace antwortete nicht gleich. «Ich will ihn nicht zwingen», sagte sie dann. «Er soll frei sein. Ich kann nur für mich entscheiden, und ich werde ihn nie verlassen.»

«Das weiß ich», erwiderte Madame Liang. «Ich weiß auch, daß du über dein Leben entscheiden kannst. Vergiß nicht, daß auch ich in meiner Jugend revolutionär dachte. Ich bin ebenfalls schuld daran, daß unser geliebtes Land sich jetzt in einem solchen Aufruhr befindet! Aber damals glaubte ich, ich diente meinem Volk, als ich mich Sun Yat-sen anschloß, um unsere Regierung zu stürzen. Ach, wir glaubten uns im Recht, und wie ganz und gar unrecht hatten wir! Wir konnten die neue Regierung nicht schaffen, die wir uns ersehnten. Wir waren nicht einmal fünfhundert, und doch änderten wir das Leben von all den hundert Millionen unserer Landsleute. Und in die Verwüstung, die wir hervorriefen, kam dieser ... dieser ...»

Sie brach ab und horchte. Hinter der Mauer ertönte ein langgezogener, wimmernder Schrei ... Weiter weg hörte man eine Explosion und dann das Knistern von Flammen, die altes Holz fraßen. Grace wollte hinaus, um das Tor zu öffnen, aber bevor sie durch den Regenvorhang laufen konnte, packte Madame Liang sie beim Handgelenk.

«Was können wir gegen sie tun?» rief sie.

«Ich denke an Liu Peng», gab ihre Tochter erregt zurück.

Aber Madame Liang ließ sie nicht los, sondern zog sie ins Zimmer hinein. «Denk an dich selbst! Ist er mehr als jeder andere Mann? Was zwingt ihn in dieser Unordnung, immer bei dir zu bleiben? Wo sind meine Enkel? Sie sind in einem fremden Land, weil ihre Eltern es nicht wagen, sie hier aufwachsen zu lassen. Wo sind deine Kinder? Ich frage dich: Wagst du es auch nur, ein Kind zu bekommen? Nein, du wagst es nicht! Ist dies etwa Ordnung? Im Namen unserer Vorfahren, ist dies Anstand? Du kannst mir nicht antworten. Ich will nach Amerika, denn ich habe die Hoffnung für mein Volk aufgegeben. Vielleicht kann ich als Geist, als tausendjähriges, umherirrendes Gespenst, in Frieden in meiner Heimat wiedergeboren werden ...»

Sie weinte, sie, die niemals weinte. Sie ließ ihre Tochter los und setzte sich, und Grace war erschrocken, denn in all den Jahren seit ihrer Geburt hatte sie ihre Mutter niemals weinen gesehen. Sie kniete vor ihr nieder, streichelte die kalten Hände ihrer Mutter und tröstete sie mit zärtlichen Worten.

«Mutter, weine nicht! Ich werde dir eine bessere Tochter

sein ... ja, ich will ... ich will es versuchen. Ich werde sogar Liu Peng bitten ... daß er eine Zeremonie erlaubt ... nicht die alte, aber wir gehen zusammen in den Hochzeitssaal. Ich gebe meinen Stolz auf. Und dann bekommen wir Kinder, und du hast auch hier Enkel. Gefällt dir das? Enkel auf beiden Seiten der Welt? Mamachen, denk nicht, ich hätte die Jahre vergessen, die ich in Amerika verbrachte; es waren glückliche Jahre. Es hat keinen Sinn, darüber zu sprechen, aber ich vergesse sie nicht. Ich habe dort so viel gelernt. Eines Tages ist der Aufruhr vorbei ... wenn wir unseren Weg wiedergefunden haben ... unser Volk ist ein großes Volk und wert, daß man alles dafür hingibt, selbst das Leben. Darum bleibe ich bei Liu Peng. Ich kann es dir nicht erklären ... aber ich weiß nur, daß ich ihn nie verlassen kann ... nie, ebensowenig, wie ich unser Volk verlassen kann.»

Madame Liang trocknete unterdessen ihre Tränen. «Ich kann auch nicht fort – ich habe nur geträumt. Ja, ich habe dieses Chaos miterschaffen und muß zu meinem Volk stehen. Ich weiß nicht einmal, warum ich mein Haus verlassen habe. Ich muß zurück. Es ist mein Heim. Im eigenen Heim kann man leben wie man will. Ich muß nach Hause. Dort werde ich ruhig bis ans Ende meines Lebens bleiben – bis ans Ende meines Lebens.»

«Mutter, geh nicht –»

Sie ließ Grace nicht ausreden, sondern stand auf, schob sie von sich und ging, ihre Kiste zu packen. Irgendwann in der Morgendämmerung, als es in der Stadt ruhiger geworden war und alles schlief, fuhr sie in Begleitung ihrer Tochter zum Flugplatz. Liu Peng war nicht heimgekommen. Er ließ durch einen Boten ausrichten, er müsse die ganze Nacht durcharbeiten, um die vielen Verletzten zu versorgen. Im Flugzeug saßen nur wenige Passagiere, denn wer fliehen wollte, hatte die Stadt längst verlassen. Jetzt war es zu spät für die Flucht, denn der Tumult war überall, und hier wußten die Leute wenigstens, wo sie sich verbergen konnten.

«Komm zu uns zurück», bat Grace und umklammerte die Hand ihrer Mutter.

Madame Liang schüttelte den Kopf.

«Verzeih mir», sagte sie. «Ich habe nicht das Recht, dir Vorwürfe zu machen, ich, die ich alles mit eingeleitet habe. Gib acht auf dich, mein Kind . . . und verzeih mir, verzeih . . .»

Sie wartete den Protest und die flehenden Bitten ihrer Tochter nicht ab, sondern ging entschlossen den Gang entlang, fand ihren Platz, lehnte sich zurück und schloß die Augen. Sie war auf dem Heimweg.

Die Stadt war ruhig, als Madame Liang gegen Abend dieses Tages mit dem Bus vom Flugzeug her eintraf. Es dämmerte, und man sah kaum Menschen auf der Straße. Da sie kein Gefährt sah, wartete sie eine Weile, denn ihre Kiste war schwer. Sie stellte sie ab, setzte sich darauf und wartete, bis ein alter Mann mit einer Rikscha näher kam. Er blieb stehen, als sie winkte, und nachdem sie auf das Gefährt geklettert war, fuhr er sie etwa eine halbe Stunde, während die Dämmerung sich verdichtete. An ihrem Tor stieg sie ab und bezahlte ihn.

«Soll ich warten, bis jemand das Tor aufmacht?» fragte er, nachdem er die Kiste auf der Steinschwelle des Tores abgestellt hatte.

«Nein», sagte sie, «es ist jemand da.» Sie klopfte.

Dennoch blieb er unschlüssig stehen. Aber niemand kam. Sie versuchte mit beiden Händen das Tor aufzustoßen, aber es gab nicht nach. Da bemerkte sie eine Stange davor, die sie dort noch nie gesehen hatte, und las im Licht der Rikscha die auf den Holzbalken mit roter Farbe hastig gemalten Worte: «Dieses kapitalistische Haus muß zu Asche verbrannt werden.»

Sie drehte sich bestürzt nach dem Rikschafahrer um. «Mein Haus soll verbrannt werden», stammelte sie.

«Sie haben viele Häuser verbrannt», antwortete er.

Er wartete, weil er nicht wußte, was er sonst anfangen sollte, denn er war ebenso allein wie sie. Er hatte nie ein Haus oder ein Heim gehabt, und nun hatte sie ebenfalls keines. Wohin sollten sie sich wenden?

Beide stellten stumm die gleiche Frage. Sie wurde von einer Gruppe Unbekannter beantwortet. Eine umherstreifende Bande zog singend die Straße herauf. Sie waren alle jung, einige fast noch Kinder, und auch sie besaßen kein Heim. Sie sangen ihr wildes Lied, und plötzlich blieben sie stehen und starrten die zwei Alten an, die vor dem verriegelten Tor standen. Als sie sahen, daß die beiden alt und hilflos waren, verwandelte sich ihr Gesang plötzlich in rohes Gelächter. Madame Liang fragte, wer sie seien, aber sie lachten nur noch lauter, zeigten auf ihre roten Gürtel und kreisten sie ein. Sie klammerte sich in furchtbarer Angst an den alten Rikschafahrer, und er versuchte sie mit seinen Armen zu schützen, aber umsonst. Die Bande fiel mit Stöcken und Steinen über die beiden Alten her und stieß und schlug sie zu Tode.

Bei Madame Liangs Begräbnis war nur die älteste ihrer drei Töchter anwesend. Es war das prächtigste Begräbnis, das in den letzten Jahren stattgefunden hatte, und alle wunderten sich über die vielen Leute, die sich um den Sarg drängten. Das Zeremoniell war eine seltsame Mischung von alt und neu. Buddhistische Priester sangen ihre klagenden Litaneien, obwohl Madame Liang keine Buddhistin gewesen war. Der Pfarrer einer christlichen Kirche kam aus seinem Versteck hervor und betete für ihre Seele, obwohl sie keine Christin gewesen war. Unbekannte, für die sie jahrelang gesorgt und denen sie zu essen gegeben hatte, versammelten sich still im Hauptspeisesaal ihres Restaurants, in dem jetzt nur die Bahre stand. Die Jugendlichen hatten das ganze Mobiliar des geräumigen Hauses zertrümmert und ihre Privatgemächer ausgeplündert. Diese Zimmer waren jetzt geschlossen. Nur den Hauptsaal hatte man gereinigt und für dieses einzigartige Begräbnis hergerichtet.

Unter den Gästen befand sich auch der Minister Tschao Tschung. Er traf spät mit seiner Begleitung ein und trug einen Strauß weißer Blumen, den er neben die Tote legte. Einen Augenblick blieb er stehen und blickte auf ihr Gesicht hinab, das noch im Tode unversehrt und schön, wenngleich wachsbleich war.

Tschu Ma hatte sie in ein rosenrotes Gewand aus Satinbrokat gekleidet und ihr das Haar gekämmt. Die grausamen Wunden an ihrem Körper waren verborgen, und sie lag in ihrem Sarg, als schliefe sie.

Niemand konnte sagen, was in der Seele des Ministers vor sich ging, außer, daß es kummervolle Gedanken waren, Erinnerungen an die Vergangenheit vielleicht und Furcht vor der Zukunft. Wer weiß, dachte Grace, während sie das wohlgeformte, sorgenvolle Gesicht betrachtete. Wie wenig wußte sie vom Leben ihrer Mutter! Plötzlich fühlte sie sich einsam, obwohl Liu Peng neben ihr stand. Dieser Tod steigerte ihre Liebe, denn Liu Peng, der ihre Einsamkeitsgefühle ahnte, hatte sich zärtlicher als gewöhnlich gegen sie gezeigt. Aber sie wurde sich bewußt, wie schwach das Band zwischen ihnen war, und wünschte jetzt, obwohl sie ihn sogar in ihren Gedanken leidenschaftlich verteidigt hatte, daß dieses Band fester wäre.

Nachdem das Begräbnis vorbei und Madame Liangs Leichnam der Erde übergeben worden war, kehrte Grace in ihr Haus im *hutung* Drei Füchse zurück. Hier war alles wie sonst, und doch schien ihr alles verändert. Selbst ihre Liebe zu Liu Peng war nicht mehr dieselbe. Sie empfand jetzt eine Verantwortung, eine Pflicht gegen ihre tote Mutter. Madame Liang hatte sich durch den Glauben aufrecht gehalten, nicht den Glauben an die Götter, sondern an ihr Volk. Nun hatte ihr Volk sie ermordet, und doch übertrug sich seltsamerweise dieser Glaube, als Grace jetzt über das Leben ihrer Mutter nachdachte. Es war, als ob diese schöne, so standhafte, stille Frau in geheimnisvoller Weise in Verbindung mit ihrer Tochter blieb und als ob die Tochter den Geist ihrer Mutter in sich aufnahm. Durch diesen Geist fühlte sie sich stark, sogar in der Liebe, und sie wurde so energisch, daß Liu Peng eine Veränderung an ihr bemerkte, die er nicht begreifen konnte.

Die Tage vergingen, bis sie sich ihm eines Nachts verweigerte, was nie zuvor geschehen war. Er sprang aus dem gemeinsamen Bett und schrie sie an.

«Was – liebst du mich nicht mehr?»

Sie lag da und sah ihn an, die Hände hinter dem Kopf verschränkt. «Ich liebe dich mehr als je», gestand sie aufrichtig, «aber du hast recht, ich habe mich verändert. Ich bin jetzt mehr als eine verliebte Frau.»

«Was ist das für ein Unsinn?» fragte er, setzte sich auf den Bettrand und starrte sie mit zusammengezogenen Brauen an.

Zu seiner Überraschung sah er keine Furcht in ihren Augen. Statt dessen blickte sie ihn ruhig an und antwortete mit ebenso ruhiger Stimme.

«Wir haben nur an uns gedacht, du und ich. Ich staune, daß Liebe so eigensüchtig sein kann. Jetzt sehe ich, daß unsere Liebe irgendwie nur halb gewesen ist und nicht über die zwei Menschen hier im Haus hinausreicht. Früher oder später wird sie entweder wachsen oder nachlassen, und sie wächst nur, wenn auch wir wachsen, um sie zu erhalten. Liu Peng, ich will nicht dem Beispiel meiner Schwestern folgen. Ich könnte fortgehen und woanders in Frieden leben. Aber ich entscheide mich ebenso wie meine Mutter. Ich bleibe ... nicht deinetwegen, nicht allein deinetwegen, sondern weil ich an unser Volk glaube. Aber ich kann nicht weiterleben wie bisher. Ich möchte, daß du mich heiratest. Ich möchte Kinder von dir haben. Ich will im alten Stil leben ... Mann und Frau und Kinder ...»

Liu Peng hörte trotzig zu, den Blick auf sie gerichtet. «Und wenn ich das nicht will?»

Sie sah ihn ebenso unverwandt an.

«Dann trennen wir uns», sagte sie fest. «Ich habe meine Arbeit und werde sie verrichten.»

«Du liebst mich nicht», murmelte er.

«Ich liebe dich, und noch mehr», erwiderte sie, «und mehr noch, ich liebe ...»

Sie brach ab und lächelte. Ihre Augen standen voll Tränen.

«Wirst du mich heiraten?» fragte sie, nicht fordernd, sondern so gewinnend, daß er ihr nicht widerstehen konnte.

Er wollte jedoch nicht so leicht nachgeben. Das wäre gegen

seine Gewohnheit gewesen. Während er schwieg und mit sich kämpfte, sah sie ihn zärtlich an. Ein kraftvoller, ein willensstarker, impulsiver, zorniger junger Mann mit starken Emotionen, aufrichtig und unbegrenzt entwicklungsfähig, ein Mann, der oft aus Unwissenheit Fehler beging oder unvernünftig handelte, weil es ihm an Erfahrung fehlte, ein Bauer, Sohn eines Bauern, ein Mann aus dem Volke – ja, das war er, ein Mann aus dem Volke! Sie liebte ihn so wie er war, und da sie ihn liebte, glaubte sie wie ihre Mutter auch an die anderen Menschen, die wie er waren.

Endlich sagte er, schroff und immer noch gereizt: «Ich heirate dich, weil ich nicht ohne dich leben kann. Wenn du Kinder haben willst, so sollst du sie haben. Ich jedenfalls kann ohne dich nicht leben.»

Sie hörte zu, lachte und zog ihn zu sich herab, bis sein Kopf auf ihrer Brust lag, und rief dann, immer noch lachend: «Oh, wie ich dich liebe!»